Stella Conrad

Die Tortenkönigin

Stella Conrad

Die Tortenkönigin

Aktualisierte eBook-Neuausgabe November 2018

Genehmigte Lizenzausgabe des Verlages
EDITIONNOVA GmbH, Rolandsecker Weg 30, 53619 Rheinbreitbach

Covergestaltung: Wildes Blut – Atelier für Gestaltung
Stephanie Weischer unter Verwendung eines Bildmotives
von © shutterstock / 5 second Studio

Gesamtherstellung: EDITIONNOVA GmbH, Rheinbreitbach

KAPITEL 1

»Helene, du bist eine Göttin«, sagte Leon und grinste lüstern. »Und das Beste ist, du bist meine Göttin.«

Er lehnte sich zurück und leckte sich genießerisch einen Klecks Vanillecreme von der Unterlippe, den ich ihm liebend gern weggeküsst hätte.

»Ich muss wirklich aufpassen«, fuhr er fort und tätschelte sich den Bauch, »Marcel bringt mich um, wenn ich zunehme. Er sagt, ich werde zu fett, wenn ich so weitermache, aber ich kann dir einfach nicht widerstehen.«

Mein Gesicht wurde heiß – wie immer, wenn Leon mir ein Kompliment machte.

»Du hast mich in dein Bett gekocht«, sagte er immer, »das ist pure Verführung, was du auf den Tisch bringst – und deine Torten sind besser als jeder Orgasmus.«

Ich warf ihm eine Kusshand zu und begann, den Tisch abzuräumen. Plötzlich umfingen mich seine Arme von hinten, und er presste sich eng an mich.

»Du bist so süß wie deine Törtchen«, murmelte er in mein Haar, »du duftest so köstlich, hmmm ... und deine Haut ist wie Marzipan ...«

Er küsste mich seitlich auf den Hals, und sofort wurden mir die Knie weich. Seit unserem allerersten Kuss musste er mich nur berühren, und ich schmolz dahin. Und eines musste man ihm lassen: Leon wusste, wie und wo man eine Frau richtig berührt.

Seine Hände wanderten höher, während er weiter meinen Hals küsste. Ich wollte vor lauter Seligkeit gerade ohnmächtig werden, als das Dudeln seines Handys unser romantisches Intermezzo am Abend höchst unromantisch unterbrach, denn sofort ließ er mich los und zog sein Telefon aus der Hosentasche.

»Marcel«, murmelte er nach einem Blick auf das Display. Er drehte sich um und verließ die Küche, um mit seinem Manager zu telefonieren, während ich mich erst einmal sortieren musste.

Verdammter Marcel!, dachte ich wütend. Der Kerl hatte ein untrügliches Gespür für den unpassendsten Augenblick, um aufzutauchen oder anzurufen, kurz: um uns zu stören. Oder besser: um mich zu stören.

Eines hatte ich sehr schnell lernen müssen, seit Leon und ich ein Paar waren: Ich war die Nummer zwei in seinem Leben.

O nein, ich rede nicht von einer anderen Frau.

Ich rede von der Musik und Leons Ehrgeiz, ein Star zu werden. Dafür ließ er alles stehen und liegen. Bei einer Castingshow hatte er es immerhin auf den vierten Platz und damit zu einiger Aufmerksamkeit gebracht. Die Mädchen liebten ihn, und flugs war dieser Marcel auf der Bildfläche erschienen, hatte ihn unter Vertrag genommen und ihm eine große Karriere versprochen. Dafür musste Leon sich allerdings sieben Jahre jünger machen, als er in Wirklichkeit war – nämlich neunundzwanzig –, und vor allem musste er offiziell Single sein.

Ich war viel zu verliebt in ihn, als dass ich dagegen protestiert hätte, für die Öffentlichkeit nicht zu existieren. Trotzdem hasste Marcel mich und machte sich nicht einmal die Mühe, mir gegenüber höflich zu sein, wenn wir uns begegneten. Das äußerte sich allein schon dadurch, dass er mit mir nur französisch sprach, obwohl er genau wusste, dass ich diese Sprache gerade erst lernte – und obwohl er wie Leon gebürtiger Schweizer war und Deutsch beherrschte.

Mir war es egal.

Marcel war mir egal.

Für mich war nur wichtig, dass Leon und ich uns liebten und dass wir beschlossen hatten zu heiraten.

Als Marcel davon erfahren hatte – wir hatten ihn zu einem Abendessen zu uns eingeladen, um es ihm zu sagen –, war er auf mich losgegangen wie ein wild gewordener Stier und hatte mich beschimpft – auf Deutsch, damit ich auch ja keine seiner Beleidigungen verpasste. »Willst du seine Karriere zerstören?«, hatte er wütend gebrüllt. »Was soll er mit einer alten, fetten Kuh wie dir?«

Und während ich sprachlos und gedemütigt dagesessen hatte, hatte er Leon mit einem rasend schnellen französischen Wortschwall überschüttet, von dem ich kein einziges Wort verstand außer *merde*, das gefühlte viertausend Mal vorgekommen war. Leon hatte schweigend zugehört, und nachdem Marcel seine Tirade endlich beendet hatte, zuckte mein Geliebter nur mit den Schultern und sagte ungerührt: »Helene und ich werden im Mai heiraten.«

Ganz ehrlich – mir war in dem Moment ein Stein vom Herzen gefallen. Marcel war so heftig aufgesprungen, dass sein Stuhl umgefallen war. Er bebte vor Zorn, holte tief Luft und brüllte Leon an: »Das wirst du bereuen!«

Dann fuhr er zu mir herum, zeigte auf mich und zischte: »Und du auch. Du wirst noch an meine Worte denken, Helene.« Er sprach meinen Namen französisch aus – *Älänn* –, und ich glaube, es war bis dahin das einzige Mal, dass er mich überhaupt mit Namen angeredet hatte.

Danach hatte er Türen schlagend unsere Wohnung verlassen. Ich saß da, mit klopfendem Herzen, und wagte kaum, Leon anzusehen. Denn eigentlich hatte Marcel nur das Kind beim Namen genannt. Zugegeben, seine Worte waren nicht besonders freundlich gewesen. »Alte, fette Kuh« ist nicht gerade das, was man gern über sich hört. Aber ich war gerade dreiunddreißig geworden, und Leon war offiziell zweiundzwanzig. Und ja, ich hatte Übergewicht.

Nicht diese Art von »Übergewicht«, wenn eine Frau, die Größe 38 trägt, herumlamentiert, dass der Bund ihrer knallengen Jeans kneift.

Nein, ich spreche von saftigem Größe-44-Übergewicht, von dem, was man allgemein als Rubens-Figur bezeichnet. Von der Art Übergewicht, das Leute sagen lässt: »Immerhin hat sie ein schönes Gesicht«, wenn sie etwas Nettes über dein Äußeres bemerken wollen.

Nicht, dass ich mich dessen schämen würde, überhaupt nicht. Ich weiß, ich bin eine attraktive Frau. In meinem Leben haben viele Männer mich umworben, aber niemand so wie Leon, den ich vor einem Jahr auf einem Konzert in Bremen kennengelernt hatte, bei dem ich backstage für die Verpflegung der Künstler zuständig gewesen war. Er hatte nicht lockergelassen, bis er meine Telefonnummer hatte. Ich war geschmeichelt gewesen, dass dieser wunderschöne, umschwärmte, blonde Adonis mit mir geflirtet hatte, aber ich hatte nie damit gerechnet, dass er sich wirklich bei mir melden würde.

Seit drei Monaten wohnte ich jetzt bei ihm in Paris. Er lebte dort, weil Marcel über hervorragende Kontakte in der hiesigen Musikszene verfügte. In Frankreich war Leon bereits eine kleine Berühmtheit, und Marcels Plan war es, von hier aus die musikalische Welt zu erobern.

Mir war es egal, wo ich mit Leon wohnte, ich wäre ihm bis ans Ende der Welt gefolgt Und außerdem: Konnte es Romantischeres geben, als in der Stadt der Liebe zu leben? In zwei Wochen wollten Leon und ich heiraten. In ganz kleinem Kreis und heimlich, denn die Medien sollten nichts davon erfahren, damit Leons Image keinen Kratzer bekam. Andere

Frauen hätten vielleicht dagegen aufbegehrt – aber wozu hätte ich das tun sollen?

Ich hatte sowieso nicht vor, den Rest meines Lebens als Leons Anhängsel zu verbringen und hinter irgendwelchen Bühnen darauf zu warten, dass das Konzert endlich zu Ende war.

Ich hatte eigene Pläne.

Ich war eine hervorragende Konditorin, ich hatte meinen Meisterbrief in der Tasche, und mein Traum war es, eine kleine Patisserie zu eröffnen. Paris war der ideale Ort dafür. Ich hatte jahrelang jeden Euro gespart und verfügte über eigenes Startkapital.

Leon fand die Idee großartig. Er sah mich schon in einem nostalgischen Lädchen mit altmodischer Einrichtung, eine weiße Rüschenschürze umgebunden, umgeben von köstlichen Torten und bunten Petits Fours. Er hatte sogar schon ein Ladenlokal für mich gefunden, im 18. Arrondissement in der Nähe von Sacre Cœur, einen kleinen Eckladen mit dunkelgrün gestrichener Fassade in der Rue Chappe, ein paar Straßen entfernt von unserer hübschen Wohnung. Der jetzige Besitzer, ein Schuster, wollte sein Geschäft aus Altersgründen in Kürze aufgeben und suchte ab September einen Nachmieter.

Die Gegend war ruhig, lag aber an der Peripherie zu den Wegen der Touristen, die täglich zu Tausenden die Sehenswürdigkeiten dieser wunderschönen Stadt besuchten. In der Nachbarschaft lebten viele Künstler und Studenten, die tagsüber die Straßencafés bevölkerten. In der Rue Chappe gab es Weinhandlungen, Geschäfte für Maler- und Musikerbedarf und eine Ballettschule, aus deren geöffneten Fenstern häufig klassische Musik erklang.

In Gedanken hatte ich das Lädchen schon Hunderte Male eingerichtet.

Ich träumte von einer dunklen Holztheke, hinter der ich

stehen würde, ein paar verschnörkelten Metalltischen und stühlen, an denen Kunden sitzen und meine selbst gemachte heiße Schokolade genießen würden – eine Oase des Genusses, in der die Zeit stehen blieb, ein kleines, intimes Schlaraffenland für Menschen, die wussten, wie sinnlich das Vergnügen sein konnte, in aller Ruhe ein Stück Torte zu essen, die sich kaum entscheiden konnten zwischen all den Verführungen aus Sahne, Biskuit und Früchten, die hinter der Glasscheibe meines Tresen lockten ...

»Ich muss weg!«, rief Leon, der zurück in die Küche gekommen war und mich aus meinen Tagträumen weckte.

Na super, hatte Marcel also wieder mal einen Grund gefunden, Leon aus dem Haus zu locken.

Er umarmte mich ungestüm und sagte: »Du bist mir doch nicht böse, oder? Marcel hat kurzfristig einen Termin mit einem Typen von einer großen Plattenfirma bekommen. Er will uns in der Bar seines Hotels treffen, ganz zwanglos, um mal zu sehen, ob wir ...«

Er brach mitten im Satz ab und drehte sich von mir weg, um sich in dem großen Spiegel über unserem Esstisch zu mustern. Routiniert zupfte er seine Haare zu einer gewollt zerzausten Frisur, dann sah er mich an und fragte: »Sehe ich gut aus? Oder ...«

Was für eine Frage! Natürlich sah er gut aus.

»He«, sagte ich gespielt empört, »was ist mit unserem romantischen Abend?«

Er zauberte eine zerknirschte Miene in sein Gesicht – ein bisschen süßer Hundewelpe, ein bisschen unwiderstehlicher Herzensbrecher, dem man nichts übel nehmen konnte.

»Ich komme so schnell wie möglich zurück«, gurrte er, »und dann ...«

Ich tat verständnislos. »Und dann?«

Er zog mich an sich. »Dann liegst du im Bett, nackt, und

wartest auf mich. Und ich werde den ganzen Abend an nichts anderes denken können, als endlich ...«

Seine Hände verschwanden unter meinem T-Shirt, während er mich lange küsste.

Ich entwand mich ihm und sagte: »Ach so, das meinst du.«

Er sah mich verwirrt an, und ich musste kichern. Manchmal verstand er meinen Humor einfach nicht – es war kinderleicht für mich, ihn auf die Schippe zu nehmen.

»Los, zisch ab, Marcel ist bestimmt schon ganz ungeduldig. Und je schneller du zu ihm gehst, desto schneller bist du wieder bei mir. Und vergiss nicht«, ich drehte mich einmal um mich selbst, »das alles hier wartet auf dich. Nackt.«

Für einen Moment schien er drauf und dran, sich doch gleich auf mich zu stürzen, aber dann gab er sich einen Ruck und stürmte zur Tür hinaus.

Ich ging auf unseren kleinen Balkon und beugte mich weit über das Geländer. Die Rue des Martyrs war, genau wie die Rue Chappe, eine schmale Kopfsteinpflasterstraße mit alten, mehrstöckigen Häusern mit hohen Fenstern und hölzernen Fensterläden. Würde aus dem Frisörladen im Erdgeschoss nicht immer die aktuellste Popmusik ertönen, könnte man glatt glauben, die Zeit wäre stehen geblieben.

Vor der Haustür stand mit laufendem Motor Marcels grüner Peugeot, laute Discomusik schepperte aus dem geöffneten Sonnendach bis zu mir hoch in den fünften Stock. Ich sah Leon aus der Haustür kommen, ameisenklein. Bevor er einstieg, blickte er hoch und warf mir eine Kusshand zu. Dann klappte die Autotür zu, und Marcel fuhr mit aufheulendem Motor los.

Ich sah dem Auto hinterher, bis es mit quietschenden Reifen um die nächste Ecke verschwand.

Ich ging zurück in unsere Puppenstubenwohnung, die im Großen und Ganzen aus einem riesigen Bett, einer altmodischen Badewanne mit verschnörkelten Löwenfüßen und einer erstaunlich großzügigen Küche bestand, die sogar Platz für ein kleines Sofa bot. Da hatte vor Jahren jemand bei der Einteilung der Wohnung klare Prioritäten gesetzt: baden, Liebe machen, essen. Perfekt für Leon und mich.

Da er viel unterwegs war, gingen wir uns auch nicht auf die Nerven. Während er Gesangs- oder Sportstunden hatte, Fotoshootings, Besprechungstermine oder immer wieder Strategiebesprechungen mit Marcel, lernte ich Französisch – womit ich mich sehr schwer tat –, kümmerte mich um den überschaubaren Haushalt und probierte neue Kuchenrezepte aus.

Ich hatte schon mehrere dicke Kladden gefüllt mit Rezept- und Dekorationsideen für Torten und Törtchen und Cremerollen, gefüllte Waffeln und Plätzchen. Besonders gelungene Exemplare fotografierte ich und klebte die Bilder in die Kladden.

Ganze Tage verbrachte ich damit, mit Marzipan zu arbeiten. Kaum eine Blüte oder ein Blatt, die ich noch nicht aus der süßen Masse geformt hatte. Natürlich stellte ich mein Marzipan selbst her, auf die gute, altmodische Methode, die ich wie ein Ritual zelebrierte. Die ganzen Mandeln ließ ich quellen, dann zog ich die Haut ab und mahlte die Nüsse mit einer alten Küchenmaschine zu Brei. Die Masse wurde mit Puderzucker und Rosenwasser angereichert und dann so lange geknetet, bis sie geschmeidig genug war, um sie zu verarbeiten. Ich liebte es, Teige mit der Hand zu kneten, kräftig und sanft zugleich, ich liebte die aufsteigenden, süßen Düfte, die mich immer wieder in Hochstimmung versetzten. Das war meine Art, zu meditieren und zu entspannen. Ich fühlte mich am wohlsten, wenn in der Luft Mehlpartikel schwebten, wenn es nach Schokolade, Zimt und den Gewürzen, mit denen ich experimentierte, duftete. Ich genoss die Überraschung auf den Gesichtern meiner »Testesser«, wenn die Marzipanrose nicht, wie von ihnen erwartet, nach Zucker und Mandeln, sondern nach Orange oder Rosmarin schmeckte.

Besonders gern dachte ich mir neue Hochzeitstorten aus. Warum sollte eine drei-, vier- oder fünfstöckige Hochzeitstorte immer nur mit roten oder weißen Marzipanrosen geschmückt sein? Warum nicht mal blassblaue Hortensien oder zart gefiederte Farnblätter, winzige Maiglöckchen, Stiefmütterchen oder schillernde Orchideen, die von bunten Seidenschmetterlingen auf haarfeinen Golddrähten umflattert wurden? Warum sollte die Torte immer weiß oder cremefarben sein? Ich träumte von Fantasiegebilden in Pink, Türkis oder Sonnengelb.

Und warum sollten die Stockwerke immer übereinander stehen – warum nicht nebeneinander? Oder warum sollte die traditionelle, mehrstöckige Torte nicht mal aus vielen winzigen Törtchen bestehen, die auf einer schönen Etagere arrangiert waren?

Und ganz nebenbei arbeitete ich an unserer Hochzeitstorte, Leons und meiner. Dreistöckig sollte sie werden, das stand bereits fest. Jede Etage würde eine andere Füllung bekommen: Vanille-Buttercreme mit frischen Erdbeeren, Cassis-Mascarpone und Schokoladenmousse. Zwar würde die Heirat selbst nur ein schlichter, formeller Akt sein, aber ich wollte Leon mit einer romantischen, intimen Feier und einer spektakulären Torte überraschen.

Und den erotischsten Dessous, die er je an mir gesehen hatte.

KAPITEL 2

Je näher unsere Hochzeit rückte, desto aufgeregter wurde ich. Die Frequenz meiner Telefonate und Mails mit Marie, meiner besten Freundin aus Jugendtagen, wuchs stetig. Ach, Marie wenn ich dich nicht hätte ... Sie war meine Vertraute, sie kannte jedes meiner Geheimnisse, jedes Detail meiner Liebesgeschichte mit Leon. Sie hatte schon gewusst, dass ich mich in ihn verliebt hatte, als ich selbst mich noch strikt geweigert hatte, es mir einzugestehen.

Meine Familie dagegen ahnte nichts von meinen Plänen – aus gutem Grund, denn keiner von ihnen hatte besonders begeistert reagiert, als ich sie beim Familienkaffeetrinken an Omas Geburtstag damit überrascht hatte, zu Leon nach Paris ziehen zu wollen. Unisono hatten sie das Scheitern unserer Beziehung prophezeit, wenn auch mit unterschiedlichen Worten.

Peter, mein Vater: »Bist du verrückt geworden, diesem windigen Schnulzenheini hinterherzulaufen? Und wer übernimmt jetzt mein Geschäft? Habe ich dir dafür die Meisterschule bezahlt? Wenn du von hier weggehst, kannst du dein Erbe vergessen, hörst du?« (Das war ein ungewohnt emotionaler Ausbruch meines Vaters, so hatte ich ihn noch nie erlebt.)

Waltraud, meine Mutter: »Dein Vater hat recht. Wozu haben wir all die Jahre geschuftet? Für dich, damit du ein gut gehendes Geschäft übernehmen kannst. Wenn du jetzt gehst und uns mit dem Laden allein lässt, brauchst du nicht mehr wiederzukommen, hörst du? Was kann dieser ... dieser ... Leon dir schon bieten? Was ist er schon – ein brotloser Künstler. Und seinetwegen willst du in ein fremdes Land gehen, nach allem, was wir für dich getan haben? Wie willst du dich denn da verständigen? Kannst du überhaupt Französisch?« (Bei aller Aufregung immer noch pragmatisch, meine Mutter. Die Möglichkeit, Französisch zu *lernen*, existierte für sie nicht. Entweder man kann Französisch, oder man kann es nicht. Ein waltraudsches Naturgesetz.)

Cäcilie, meine Oma: »Ach, Kind, bist du wirklich sicher? Der Junge hat listige Augen – auf so einen Süßholzraspler musst du als Frau ständig aufpassen. Aber wenn du mit ihm glücklich bist, freue ich mich für dich.« (Leon hatte mich einmal bei meinen Eltern besucht und sofort eine Charme-Offensive gestartet, was ihn in den Augen meiner Sippschaft nur noch suspekter machte.)

Susanne, meine Schwester: »Der will doch nur ein Muttchen, das ihm zu Hause das Bett warm hält und ihn bekocht, wenn er von den Groupies gelangweilt ist. Wie kannst du nur so dumm sein, dafür eine gesicherte Existenz aufzugeben? Wenn ich so denken würde, wäre ich nicht das, was ich heute bin!« (Und was war sie? Die Gattin eines Dorfbürgermeisters, die sich für Jackie Kennedy hielt.)

Lutz, mein Schwager: »Du kannst nicht glauben, dass dieser Typ ernsthaft in dich verliebt ist, Helene. Sag selbst: Warum sollte er dich nehmen, wenn ihm schöne Frauen in Scharen hinterherlaufen?« (Und das ausgerechnet von Lutz mit seinem Schmerbauch und seiner Halbglatze. Irgendwann werde ich Susanne erzählen, dass er mich in angetrunkenem Zustand angebaggert hat – an ihrem Polterabend. »Noch ist es nicht zu spät für uns, Helene«, hatte er mir damals ins Ohr gelallt, »lass uns zusammen durchbrennen!« Ich habe ihn natürlich ausgelacht, und seither nutzte er jede Gelegenheit, mich zu beleidigen.)

Niemand aus meiner Familie wäre von unseren

Hochzeitsplänen begeistert gewesen. Im Gegenteil. Jeder Einzelne hätte nichts unversucht gelassen, mich davon abzubringen, niemand hätte sich mit mir oder auch nur für mich gefreut. Nicht aus Missgunst, o nein, nur aus Sorge um mein Wohlergehen, selbstverständlich.

Dass ich nicht lache.

Susanne, zwei Jahre älter als ich, hatte schon als Kind keine Gelegenheit ausgelassen, mich zu übertrumpfen und mir ihre Überlegenheit zu demonstrieren. Bis heute hatte sie nicht begriffen, dass sie diesen Konkurrenzkampf gegen sich selbst führte, da ich mich strikt weigerte, ihr Spiel mitzuspielen.

Deshalb war Marie so wichtig für mich – sie war nicht nur meine Freundin, sondern auch so etwas wie Familienersatz. Sie würde nach Paris kommen und meine Trauzeugin bei der kurzen Zeremonie im Rathaus sein. Die Vorbereitungen dafür mussten in aller Heimlichkeit abgewickelt werden, denn sie arbeitete ausgerechnet für meinen Schwager.

Ich konnte mich noch genau an das Telefonat erinnern, in dem Marie mir von Lutz' Reaktion auf ihr Ansinnen, ein paar Tage Urlaub zu nehmen, erzählt hatte.

Wir nannten ihn Majestix, nach dem Häuptling des kleinen, gallischen Dorfes in den Asterix-Comics. Das war der dicke – und ziemlich dumme – Kerl, der sich immer auf seinem Schild quer durchs Dorf tragen ließ. Die Ähnlichkeit mit Lutz – oder umgekehrt – war frappant.

»Es war großartig!«, kiekste Marie vergnügt. »Seine Hoheit wollte natürlich wissen, wozu ich Urlaub brauche.«

»Wie bitte? Das geht den doch einen Dreck an. Das darf der dich gar nicht fragen.«

»Na und? Als ob den das jemals gestört hätte! Er glaubt, es steht ihm dienstgradmäßig zu, über alles und jeden in unserem Kaff Bescheid zu wissen, das kennst du doch.«

Und ob ich das kannte. Aus eigener, leidvoller Erfahrung.

»Und was hast du ihm gesagt?«, wollte ich wissen.

Marie bekam einen Kicheranfall.

»Gynäkologischer Eingriff«, verkündete sie triumphierend, nachdem sie sich wieder beruhigt hatte.

»Und? Wie hat er reagiert?«

»Wie alle Männer reagieren, wenn sie so etwas hören«, prustete Marie, »Kopp so rot wie ein Himbeerlolli und zentimeterdick Schweiß auf der Stirn. Ich habe so getan, als hätte ich es nicht bemerkt, und was von Uterus erzählt und Infektion ...«, sie brach ab, weil sie vor Lachen nicht mehr weiterreden konnte.

»Das hast du nicht getan!«

War Marie nicht einfach göttlich?

»Doch!«, kreischte sie zurück. »Und ich hätte noch endlos so weitermachen können, wenn er mich nur gelassen hätte! Aber er wurde grün im Gesicht und fragte mich, warum ich ihm nicht einfach einen Krankenschein bringen würde.«

Sie machte eine Kunstpause, um mich ein bisschen zappeln zu lassen.

Ich tat ihr den Gefallen und sagte: »Komm, spann mich nicht auf die Folter. Was hast du geantwortet?«

»Ich habe ihm den Todesstoß versetzt. Ich habe gesagt, ich wäre nach dem Eingriff ein bisschen wund untenrum und könnte dann bestimmt nur breitbeinig laufen, und beim Pinkeln würde es schrecklich brennen. Er sah aus, als würde er sich stehenden Fußes auf seinen Angeberschreibtisch übergeben!«

Bei der Erinnerung daran seufzte sie selig.

»Und er hat nicht bemerkt, dass du ihm da unglaublichen Unsinn aufgetischt hast?«

»Ich bitte dich!«, rief Marie. »Welcher Mann, der nicht Gynäkologe ist, würde das bemerken? Die schalten doch alle ab, sobald die Worte *Arzt* und *Unterleib* in einem Satz genannt werden, und wollen nur noch, dass du aufhörst, darüber zu sprechen! Das funktioniert todsicher.«

»Hast du keine Angst, dass er Susanne danach fragt und die ihm dann klarmacht, dass nicht jede Entzündung gleich eine Operation erfordert?«

»Du machst wohl Witze. Er mag ja dumm wie ein Stück Pappe sein, aber er weiß sehr wohl, dass er dann Gefahr läuft, zu erfahren, dass auch seine kostbare Gattin einen Unterleib hat, der ab und zu mal zum Arzt muss.«

Und so hatte Marie sichergestellt, dass ihr kleiner Urlaub für ihren Chef fortan ein absolutes Tabuthema war.

Ich freute mich wahnsinnig auf sie.

Ein Zimmer in einer kleinen Pension in der Nähe unserer Wohnung war bereits gebucht, und ich zählte die Tage, bis ich sie am Aéroport Charles-de-Gaulle abholen konnte. Wie kleine Kinder erzählten wir uns bei jedem Telefonat, wie oft wir noch schlafen müssten, bis wir uns endlich sahen. Noch zehn Mal, noch neun Mal, noch acht Mal ...

Mittlerweile waren wir bei »noch drei Mal« angelangt, und ich saß summend an meinem Küchentisch und bastelte die Lilienblüten, mit denen ich die Hochzeitstorte schmükken wollte. Nach langen Telefonaten und Dutzenden Fotos von Torten, die ich an Marie gemailt hatte, stand endlich fest, wie sie aussehen sollte: glänzend pink und gekrönt mit Feuerlilienblüten aus Marzipan.

Die Blüten hatte ich bereits gestern geformt und über Nacht trocknen lassen. Jetzt war ich dabei, sie mit Lebensmittel-Farbspray orange zu färben, um dann mit einem hauchfeinen Pinsel lebensechte Strukturen und Flecken aufzutupfen.

Als plötzlich das Telefon klingelte, fuhr ich vor Schreck derart zusammen, dass ich kurzzeitig die Kontrolle über meine Spraydose verlor und meine linke Hand orange ansprühte.

Mit der Rechten griff ich nach dem Telefon. Die Nummer auf dem Display kannte ich nicht.

»Hallo?«

»Helene, Liebling, ich bin‘s. Du, ich komme später, die Besprechung dauert länger als geplant«, sagte Leon.

»Lass dir Zeit«, antwortete ich geistesabwesend und betrachtete den orangefarbenen Umriss meiner linken Hand, den mein kleiner Unfall auf der Tischplatte hinterlassen hatte. Je mehr Zeit ich hatte, die Blüten zu vollenden, desto besser.

»Ich komme so schnell wie möglich«, versicherte Leon, »wir werden höchstens noch ...«

Das, was er sagte, wurde von einer Lautsprecherdurchsage übertönt. Eine weibliche Stimme rief nach einem Docteur Picard, der bitte auf dem schnellsten Weg zum Operationssaal 4 kommen solle. Welch ein Glück, dass die letzte Lektion meines Französischkurses auf CD sich mit dem Thema »Arzt und Krankenhaus« beschäftigt hatte – eine Woche zuvor hätte ich vielleicht noch nicht verstanden, was die Durchsage zu bedeuten hatte.

Ich erstarrte.

Leon war in einem Krankenhaus?

»Wieso bist du im Krankenhaus, Leon? Was ist passiert?«, rief ich, während ich schon nach meinen Schlüsseln suchte und in meine Jacke schlüpfte.

»Wir hatten einen kleinen Auffahrunfall, nicht weiter schlimm«, murmelte er, »ich wollte dich nicht beunruhigen.«

»Ich komme sofort. Wo bist du?«

Mit gezücktem Stift wartete ich auf seine Antwort.

Er lachte. »Unsinn. Ich bin schon so gut wie raus hier. Die haben mein Handgelenk geröntgt, aber das ist bestimmt nur verstaucht. Marcel wird mich später nach Hause fahren. Mach dir keine Sorgen, hörst du, Liebling? Ich bin bald wieder bei dir.«

»Bist du sicher? Dann bis später«, antwortete ich und notierte mir schnell die Nummer auf dem Display.

Als er aufgelegt hatte, wählte ich diese Nummer, und eine weibliche Stimme meldete sich mit: »Ici Hôpital Saint Joseph, bonsoir.«

Ich legte auf, ich wusste, was ich wissen wollte.

Ich rief mir ein Taxi, knallte die Wohnungstür hinter mir zu und rannte die Treppen hinunter.

KAPITEL 3

Nach einer halsbrecherischen Fahrt durch das nächtliche Paris lieferte der Fahrer mich endlich vor dem Krankenhaus ab.

Ich war schweißgebadet, und mir war übel, hätte aber nicht sagen können, ob die Furcht einflößende Angewohnheit des Fahrers, kaum auf die Straße zu gucken und stattdessen – mir zugewandt – wie ein Maschinengewehr auf mich einzuschnattern, der Grund war oder meine Sorge um Leon.

Ich raste zur Rezeption und radebrechte mich dann bis zur Notaufnahme durch, wo ich schließlich vor einer verschlossenen, blickdichten Glastür mit einem Klingelknopf landete.

Ich hämmerte auf die Klingel ein.

Nach kurzer Zeit riss eine Schwester die Tür auf. Sie wirkte genervt. Aus den Räumlichkeiten hinter ihr drangen Geschrei und Gezeter. Es hörte sich an, als würden ein paar Frauen miteinander streiten.

Die Schwester bellte ungehalten: »Oui?«

Schlagartig schien ich meine mühsam erworbenen, rudimentären Französischkenntnisse verloren zu haben. Verzweifelt kramte ich in meinem scheinbar komplett gelöschten Gedächtnis nach Möglichkeiten, mich verständlich zu machen, und stammelte: »Leon Leblanc? Äh ... victime d'un accident ... äh, moi«, ich tippte mir auf die Brust, »la fiancée!«

Die Schwester seufzte, zog die buschigen Augenbrauen hoch und musterte mich von oben bis unten. Dann schüttelte sie langsam den Kopf.

Wie bitte?

Hatte sie mich vielleicht nicht verstanden? Fiancée hieß doch Verlobte, oder etwa nicht?

Ich erwog kurz die Möglichkeit, sie einfach aus dem Weg zu

rempeln, rechnete mir aber keine besonders hohen Chancen aus. Mit ihrer massigen Figur – gegen sie war ich eine Gazelle – füllte sie die Tür fast komplett aus. Ohne mindestens zehn Meter Anlauf würde ich sie keinen Millimeter bewegen können, und vermutlich würde sie mich einfach packen und wie einen läppischen Diskus von sich schleudern.

Ich stellte mich auf die Zehenspitzen und spähte über ihre Schulter in die Notaufnahme.

Und richtig, wen sah ich da stehen?

»Marcel!«, schrie ich und winkte hektisch mit beiden Armen. »Marcel, sie will mich nicht reinlassen!«

Er blickte von seinem Handy hoch, auf dem er gelangweilt herumgetippt hatte. Seine Mimik sprach Bände, als er mich erkannte: zuerst Erstaunen, dann Ärger, schließlich Resignation.

Er stieß sich von der Wand ab, an der er lässig gelehnt hatte, und kam zögernd auf die Tür zu.

»Helene«, sagte er über die Schulter der Schwester, die mit verschränkten Armen noch immer wie ein Felsmassiv zwischen Marcel und mir stand, »du hättest nicht herkommen sollen.« Er seufzte.

Sein Gesichtsausdruck war nicht zu deuten. Sah ich da Mitleid?

»Wieso? Was ist mit Leon? Geht es ihm schlecht? Ich will zu ihm!«, zeterte ich schrill.

Marcel schüttelte den Kopf. »Fahr nach Hause, Helene«, sagte er beschwörend, »glaub mir, es ist besser so.«

»Ich will zu dem Mann, den ich in drei Tagen heiraten werde«, fauchte ich, mittlerweile echt wütend. Was glaubte dieser Kerl eigentlich?

Marcel hob beide Hände in einer Du-hast-es-so-gewollt-Geste und sprach ein paar Worte mit der Schwester, die daraufhin widerstrebend den Weg freigab.

Ich schoss an ihr vorbei.

»Wo ist Leon?«

Marcel deutete mit dem Daumen auf eine halb geöffnete Tür. »Da drin«, murmelte er und fuhr fort: »Sag nicht, ich hätte dich nicht gewarnt.«

Je mehr ich mich dem Behandlungszimmer näherte, desto lauter wurde das Geschrei, das ich draußen schon gehört hatte.

Ich stieß die Tür mit einem energischen Tritt auf und blieb wie angewurzelt stehen.

Leon lag mit selbstgefälliger Miene auf einer Liege, sein rechtes Handgelenk war verbunden. Am Fußende standen zwei Mädchen, die sich wütend anschrien. Eins der Mädchen trug einen frischen Kopfverband. Beide waren filigrane, hübsche Geschöpfe mit langen, glatten Haaren, eine blond, die andere rothaarig.

Zuerst verstand ich nicht, was hier ablief. Leon hatte mich noch nicht bemerkt. Was wollten diese Mädchen hier? Und worüber stritten sie sich? Ich drehte mich zu Marcel um, der mir gefolgt und in der offenen Tür stehen geblieben war. Meinen fragenden Blick beantwortete er mit einem Achselzucken.

Ich wandte mich wieder den streitenden Mädchen zu, die mittlerweile Handgreiflichkeiten austauschten – und da fiel mir plötzlich ein Detail auf: Beide trugen den gleichen, auffälligen Ring mit einem großen, pinkfarbenen Kristall in Herzform. Diesen Ring kannte ich nur zu gut. Leon hatte ihn mir zur Verlobung geschenkt.

»Leon!«, schrie ich, um das Gekreische der Damen zu übertönen, die daraufhin abrupt verstummten und mich anglotzten.

Leon zuckte erschrocken zusammen, sah in meine Richtung und wurde kreidebleich. »Helene ...«, keuchte er, und das blanke Entsetzen stand ihm ins Gesicht geschrieben.

»Was ist hier los?«, fragte ich, obwohl ich die Antwort längst kannte.

Seine Augen irrten hektisch durch den Raum.

»Was ... was machst du denn hier?«, stammelte er. »Ich ... ich hatte dir doch gesagt, du sollst zu Hause auf mich warten.«

Die beiden Mädchen waren aus ihrer Starre erwacht und redeten auf Leon ein, während sie immer wieder auf mich zeigten. Er sagte fassungslos: »Warum bist du nicht zu Hause geblieben, Helene?«

»Weil ich das hier sonst verpasst hätte«, gab ich schnippisch zurück. »Und jetzt schick die Damen weg, ich will mit dir reden.«

Ich wunderte mich, wie cool ich blieb, obwohl sich gerade meine Zukunft in Luft auflöste.

Marcel kam in den Raum und sagte ein paar Worte zu den Mädchen, die bei ihnen wütenden Protest auslösten, aber er ließ sich nicht beirren und drängte sie unerbittlich in Richtung Tür. Die mit dem Kopfverband sträubte sich mehr als die andere, aber Marcel ergriff ihr Handgelenk und zerrte sie hinter sich her aus dem Raum.

Die Tür wurde mit einem lauten Knall geschlossen.

Ich ging auf Leon zu, der noch immer um Fassung rang. Vor der Liege blieb ich stehen.

»Und?«, herrschte ich ihn an.

»Helene«, sagte er beschwörend, »ich liebe dich, das glaubst du mir doch?«

Beinahe hätte ich gelacht.

»Ich glaube dir überhaupt nichts mehr«, antwortete ich. »Wer sind diese Mädchen?«

»Gute Bekannte«, beeilte er sich, zu versichern. »Nicht mehr, ehrlich. Du bist die einzige Frau, die ich liebe.«

Ich hielt ihm meine Hand mit dem Verlobungsring unter die Nase. Er zuckte erschrocken zurück.

»Ach, und deshalb hast uns allen den gleichen Ring geschenkt? Gab es die im Sonderangebot? Nimm drei, zahl zwei? Ein bisschen mehr Fantasie hätte ich dir eigentlich zugetraut.«

Sein Mund, den ich so gern geküsst hatte, ging auf und zu, ohne dass er ein Wort hervorbrachte. Was hätte er auch sagen sollen?

Ich zog mir den Ring vom Finger und warf ihn Leon an den Kopf. Der Kristall riss die Haut an seiner Stirn auf, und ein dünnes Rinnsal Blut lief an seinem Gesicht herunter. Ich hoffte inständig, dass eine Narbe zurückbleiben würde, die ihn immer an mich erinnern sollte.

»Ich will dich nicht mehr sehen, hörst du?«, schrie ich ihn an.

Er rang nach Luft. »Ja aber, Helene ... unsere Wohnung ... wo soll ich denn ...«

»Mir doch scheißegal«, fauchte ich, »ich gebe dir Bescheid, wenn ich ausgezogen bin. Und bis dahin wird dir sicherlich eine der Damen ein Bettchen anbieten. Mit Freuden, möchte ich wetten.«

Damit drehte ich mich um und stürmte aus dem Zimmer. Ich stieß die Mädchen zur Seite, die direkt vor der Tür standen.

Nur schnell raus hier, dachte ich, denn ich spürte, dass mir Tränen in die Augen stiegen. Diese Blöße wollte ich mir vor versammelter Mannschaft nun wirklich nicht geben.

Halb blind vor Tränen prallte ich in Marcel, der mich festhielt und sagte: »Ich fahre dich nach Hause, Helene.«

Das war der Moment, als alle Dämme bei mir brachen.

Nach Hause?

Ich hatte kein Zuhause mehr.

KAPITEL 4

Ich schluchzte hemmungslos, als Marcel mich in sein Auto verfrachtete und mir den Sicherheitsgurt anlegte.

Er schwieg, während er mich – deutlich zivilisierter und vorsichtiger, als ich es von ihm gewöhnt war – nach Hause chauffierte.

Ich weinte während der gesamten Fahrt, und irgendwann beugte Marcel sich über mich, öffnete das Handschuhfach und gab mir eine Packung mit Papiertüchern.

Vor meiner Haustür parkte er ein und stellte den Motor ab.

»Kommst du klar, Helene? Ich leiste dir gern noch Gesellschaft, wenn du das möchtest.«

Trotz meines Kummers war ich erstaunt.

War das der Marcel, der mich gehasst und immer ignoriert hatte? Ich verstand die Welt nicht mehr.

Ich nickte schniefend, und er stieg aus, kam um das Auto herum und öffnete die Beifahrertür für mich.

Mit bebenden Händen versuchte ich vergeblich, den Haustürschlüssel ins Schloss zu manövrieren, und war froh, als Marcel das für mich übernahm. Im Hausflur nahm er mich an der Hand und zog mich hinter sich her die Treppen hinauf bis zu der kleinen Dachwohnung, die bis vor ein paar Stunden noch mein kuscheliges Liebesnest gewesen war.

Jetzt blieb ich im Eingang stehen und zögerte.

»Komm«, sagte Marcel, legte mir den Arm um die Schultern, bugsierte mich vorsichtig in die Küche und platzierte mich auf das kleine Sofa. Ich vermied den Blick zum Küchentisch, auf dem noch immer die Lilienblüten für meine Hochzeitstorte lagen, an denen ich gearbeitet hatte – zu einem Zeitpunkt, als die Welt noch in Ordnung gewesen war.

Moment mal, Helene – auch da war die Welt nicht in Ordnung gewesen.

Du hast es nur nicht gewusst.

Ein Teil von mir war wie betäubt von dem Schock, von der Erkenntnis, dass Leon mich betrogen hatte – und das ausgerechnet mit diesen Mädchen, die ausgesehen hatten, als wären Paris Hilton und Victoria Beckham ihre modischen Vorbilder. Muss ich extra erwähnen, dass Leon mir immer sagte, er fände meine weibliche Ausstrahlung (ha!) besonders sexy?

Der andere Teil brannte förmlich darauf, jedes noch so schmerzhafte Detail von Leons Betrug zu erfahren, als hätte das jemals in der jahrtausendelangen Geschichte des Fremdgehens irgendeinem betrogenen Menschen auch nur das Geringste gebracht – außer noch mehr Schmerzen.

»Kanntest du die Mädchen?«, fragte ich Marcel, der mittlerweile dabei war, uns Wein aus der angebrochenen Flasche im Kühlschrank einzugießen.

Er stellte mein Glas auf den Tisch und nickte.

»Hatte Leon was mit denen?«

Er nickte wieder.

»Mit beiden?«

Nicken.

»Schon lange?«

Achselzucken.

Ich schauderte und war kurz davor, Marcel anzuschreien, warum er mir nie etwas davon gesagt hatte. Wie konnte er das alles mit ansehen und mir trotzdem noch ins Gesicht gucken? Aber vielleicht war genau das der Grund, weshalb er sich mir gegenüber immer so seltsam verhalten hatte.

»Wollte Leon mich wirklich heiraten?«

»Ja«, sagte Marcel.

»Aber das hätte nichts an der Existenz dieser Mädchen geändert, richtig? Oder irgendwelcher anderer Mädchen.«

»Vermutlich nicht, Helene. Leon ist eben so. Soweit er dazu

imstande ist, liebt er dich wirklich.«

»Soll mich das trösten?«, fauchte ich aufgebracht.

Marcel schüttelte den Kopf. »Ich weiß, dass dich jetzt nichts trösten kann.«

Er setzte sich zu mir auf das Sofa und beobachtete mich, wie ich mein Glas mit einem Zug leerte.

»Hast du die gemacht?«, fragte Marcel und deutete auf die Blüten.

»Die kannst du alle essen, wenn du willst. Oder wegwerfen. Ich brauche sie nicht mehr«, sagte ich und sah angestrengt an den Blüten vorbei.

»Wie – essen? Ich dachte, die wären aus Stoff oder so.« Er griff nach einer Lilienblüte und leckte daran. Dann hellte sich sein Gesicht auf, und er biss ein Blütenblatt ab und lutschte darauf herum.

Ich begann wieder zu weinen. »Die sollten für unsere Hochzeitstorte sein«, schluchzte ich.

»Ach, Helene«, sagte Marcel, »das tut mir alles unheimlich leid. Auch wenn du mir das nicht glaubst – ich mag dich wirklich.«

»Warst du deshalb immer so fies zu mir?«

»Was hätte ich denn machen sollen? Erinnere dich, ich habe dir prophezeit, dass du es bereuen wirst, als ihr mir von der Hochzeit erzählt habt.«

»Du hast mich eine alte, fette Kuh genannt«, rief ich empört.

»Das habe ich getan?«, fragte er erstaunt. »Wow. Dann entschuldige ich mich dafür.«

»Warum hast du mir nie die Wahrheit gesagt?«

»Weil Leon mich dann sofort gefeuert hätte«, antwortete er leise. »Er hatte mich natürlich zu Stillschweigen verdonnert. Die anderen Mädchen sind gekommen und wieder gegangen, aber du warst die Konstante in seinem Leben, Helene.«

Na, vielen Dank. Eine glückliche Ehe hatte ich mir eigentlich anders vorgestellt. Glaubte Leon wirklich, ein Recht auf eine Hauptfrau und zahllose Nebenfrauen zu haben?

Und das Schlimmste an der Sache war: Meine Schwester Susanne hatte recht gehabt!

»Und das Mädchen mit dem Kopfverband? War sie bei ihm, als der Unfall passierte?«

»Ja.« Marcel sah mich an. »Ist das wirklich noch wichtig für dich? Du solltest dich nicht unnötig quälen.«

»Du hättest dafür sorgen können, dass ich mich nicht so quälen muss, indem du mir reinen Wein eingeschenkt hättest. Deine Fürsorge kommt also reichlich spät«, gab ich zurück.

Er zuckte mit den Achseln. »Wie du willst.«

Mein pampiger, kleiner Angriff war wirkungslos an ihm abgeprallt, denn er hatte nicht einmal die Miene verzogen.

»Ja, Madeleine ... äh ... das Mädchen war bei ihm«, sagte er beiläufig und stopfte sich eine ganze Blüte in den Mund.

Zu beiläufig für meinen Geschmack. Madeleine ... komischerweise alarmierte mich die Tatsache, dass er zuerst ihren Namen genannt hatte und dann zurückgerudert war, indem er die betont neutrale Bezeichnung *das Mädchen* benutzte.

»Was ist mit dieser Madeleine? Du verschweigst mir doch was!«, rief ich.

Ich war aufgeregt, hatte Angst vor seiner Antwort und wollte sie trotzdem unbedingt wissen.

Marcel kaute hektisch an der Marzipanlilie. Er hob entschuldigend die Hände und zeigt dann auf seine wohlgefüllten Backen. Tut mir leid, ich kann mit vollem Mund nicht sprechen, sollte das wohl heißen. Ein kläglicher Versuch, Zeit zu schinden.

Aber nicht mit mir, mein Freund.

»Lass den Quatsch«, keifte ich und boxte ihn gegen den Arm. »Was ist mit dieser Madeleine?«, wiederholte ich.

Er kaute noch schneller, würgte den Rest herunter, verschluckte sich, hustete krampfhaft, rang röchelnd nach Luft und tastete panisch nach seinem Glas, während ich mit den Fingern auf die Tischplatte trommelte und ihn wütend anstarrte.

Als er sich gegen die Sofalehne zurückfallen ließ und nur noch ein bisschen röchelte, setzte ich sofort nach.

»Ehe wir den Faden verlieren – du wolltest mir etwas über Madeleine erzählen.«

Gleichzeitig fragte ich mich permanent, warum ich so fanatisch auf eine Antwort erpicht war, die mich – und das wusste ich ganz sicher – entweder extrem wütend oder extrem traurig machen würde.

Marcel resignierte. »Sie ist schwanger von ihm«, sagte er, ohne mich anzusehen.

Man konnte also gleichzeitig extrem wütend und extrem traurig sein. Dieser kleine, kurze, lakonisch dahingesagte Satz von Marcel raubte mir buchstäblich den Atem, seine Ungeheuerlichkeit füllte mein gesamtes Denken aus.

Ich weiß nicht, wie lange ich völlig bewegungslos dagesessen hatte, als in mein Bewusstsein drang, dass Marcel mich sachte an der Schulter rüttelte.

»Helene? Alles in Ordnung mit dir?«

Ich hörte seine Stimme wie durch Watte, hatte auch keinerlei Bedürfnis, ihm zu antworten.

»Helene?«

Ich wandte mich ihm zu, ganz langsam, und sah ihn an. »Was ist?«

Er versuchte ein schiefes Lächeln und sagte: »Leon ist nicht gut für dich. Du würdest mit ihm sehr unglücklich werden. Er macht alle Menschen unglücklich, die ihn lieben. Und wenn du bis jetzt noch ein Argument für eure Trennung gesucht hast ...«

Er hatte natürlich recht.

Ich konnte mir Leon nicht einfach so aus dem Herzen reißen. Wer weiß, vielleicht könnte er mich sogar überzeugen, dass er ab jetzt immer treu sein würde, wenn er die Gelegenheit dazu hätte. Er hätte genau gewusst, welche Knöpfe er bei mir drücken muss.

Aber die Tatsache, dass dein zukünftiger Ehemann eine andere Frau geschwängert hat, während du selbst dir ein Kind von ihm wünschst, lässt keine andere Entscheidung zu als die Trennung.

Nicht, wenn du auch nur das geringste Fünkchen Selbstachtung im Leib hast.

»Mach dir keine Sorgen, ich werde ihn verlassen. Einen Gefallen kannst du mir noch tun«, bat ich.

»Welchen?«

»Halte Leon von mir fern. Ich gebe dir Bescheid, wann er wieder in die Wohnung kann. Wenn er etwas braucht, rufst du mich an und kannst es dann hier abholen. Ich will ihn keinesfalls sehen oder sprechen.«

»Wie soll ich das denn machen?«, begehrte er auf.

»Lass dir was einfallen. Das bist du mir schuldig. Allein schon für die fette, alte Kuh.«

Er grinste kurz. »Also gut. Ich versuche mein Bestes.«

Gut so.

Ich konnte nur hoffen, dass er sein Versprechen hielt, denn ich konnte nicht dafür garantieren, Leon nichts zu tun, sollte er mir noch einmal vor die Flinte laufen.

Der Morgen dämmerte gerade, als ich mit schmerzenden Gliedern aufwachte – zusammengekrümmt auf dem kleinen Küchensofa. Für einen Moment war ich völlig verwirrt. Wieso hatte ich denn auf dem Sofa ...?

Die schlagartig einsetzende Erinnerung an die Ereignisse

der vorangegangenen Nacht fühlte sich wie ein Tritt in den Magen an. Mir entfuhr ein schmerzerfüllter Laut, als die Szene im Krankenhaus vor meinem geistigen Auge erschien. Diese beiden Mädchen, die um Leon gestritten hatten, eine davon schwanger von ihm – und Leon mittendrin als Hahn im Korb, selbstgefällig und auch noch geschmeichelt!

Nun, seine Selbstgefälligkeit war geplatzt wie eine Seifenblase, als ich plötzlich im Krankenzimmer gestanden hatte.

Immerhin ein schwacher Trost.

Ich hatte es nicht über mich gebracht, mich in unser Bett zu legen, nachdem Marcel sich verabschiedet hatte. Ich könne ihn jederzeit anrufen, falls ich Hilfe brauchte, hatte er zum Abschied noch gesagt und mich umarmt.

Ich richtete mich in eine sitzende Position auf und bewegte vorsichtig meine steifen Schultern. Ich fröstelte, während ich mich in der Küche umsah. Mein kleines, kuscheliges Liebesnest hatte sich über Nacht in eine lebensfeindliche Umgebung verwandelt – allein durch die Erkenntnis, hier eine Lüge gelebt zu haben.

Mein Blick fiel auf den großen Kühlschrank, der mit kleinen Liebesbotschaften übersät war, die Leon und ich uns gegenseitig dort hinterlassen hatten, und mein Schmerz schlug so abrupt in Wut um, als hätte ich einen Schalter umgelegt.

Ich sprang auf, stürzte zum Kühlschrank, riss all die kleinen, bunten Zettelchen ab, die von Magneten gehalten wurden, und stopfte alles in einen Müllsack.

Weiter ging es mit den zahllosen, getrockneten Rosen, die überall in Bündeln hingen, den – neben den Zettelchen sorgsam konservierten Beweisen von Leons Liebe (ha!). Ja, genau, *eine Rose für meine Rose*, dachte ich wütend, du blöder, verlogener Schwätzer. Die Rosen befanden sich in ganz unterschiedlichen Trocknungsstadien; viele hingen schon lange, und ihre Blüten zerbrachen mit leisem Knistern unter meinem Griff. Dunkelrote, noch schwach duftende Fetzen rieselten zu Boden und sahen auf dem alten Holz wie Blutspritzer aus. Bei anderen waren die Blütenblätter noch weich, weil sie erst einige Tage alt waren.

Als ich mit den Rosen fertig war, war die gesamte Wohnung rot gesprenkelt, und ich hatte einige beeindruckende Kratzer an den Händen.

Die restlichen Marzipanblüten, die Marcel nicht geschafft hatte, knetete ich zu einem Ball zusammen und pfefferte ihn mit einem Schrei in den Müllsack.

Im Schlafzimmer zerrte ich den geheimen Karton unter dem Bett hervor, in dem meine Hochzeitsüberraschungen für Leon warteten: die verspielte Dekoration für unser Schlafzimmer und vor allem das sexy schwarze Ensemble aus Seide, Spitze und Chiffon für unsere Hochzeitsnacht. Allein diese Handvoll raffinierter Erotik, die jetzt zusammen mit meterlangen Rosenranken, Kerzen und Pfauenfedern in den Müllsack wanderte, hatte mich ein Vermögen gekostet.

O ja, ich hatte mich und unser Schlafzimmer für die Hochzeitsnacht herausputzen wollen. Es tat weh, daran zu denken. Meine Wut verpuffte angesichts dieses Müllsacks, aus dem sich ein Stück Rosenranke schlängelte.

Eine unvergessliche Nacht hatte ich mir ausgemalt, eine bleibende, romantische Erinnerung. Leon sollte in der Nacht vor der Hochzeit bei Marcel übernachten, und das hätte mir die Zeit verschafft, das Zimmer zu dekorieren und Leon später damit zu überraschen. Nachmittags war der Termin auf dem Standesamt, danach wollten wir mit Marcel und Marie, unseren Trauzeugen ...

Marie! Ich fuhr auf. Marie – ich musste sie anrufen, sofort. Sie dachte doch immer noch, sie würde am nächsten Tag in ein Flugzeug steigen und zu meiner Hochzeit fliegen!

Ich erwischte sie noch bei sich zu Hause; sie frühstückte gerade.

»Na?«, rief sie aufgeräumt. »Da hast du aber Glück, ich wollte gerade los. Was gibt es denn, das nicht bis morgen warten kann?« Sie biss krachend in ihr Brötchen.

»Genau darum geht es«, sagte ich und zögerte. Es wollte nicht über meine Lippen. Ich würde jetzt zum ersten Mal offiziell bekannt geben, dass es aus war zwischen mir und Leon, und damit wurde es endgültig zur Realität. Plötzlich merkte ich, dass ich den Atem angehalten hatte, und holte tief Luft.

»Helene? Alles in Ordnung?«, kam es besorgt aus dem Hörer.

»Nein, nichts ist in Ordnung«, gab ich zurück, »die Hochzeit findet nicht statt. Du solltest deinen Flug sofort stornieren, vielleicht klappt das noch ohne größere Verluste. Leon und ich haben uns getrennt.«

Es auszusprechen führte dazu, dass ich zu weinen anfing. Marie schwieg einen Moment und sagte dann: »Ich komme trotzdem. Du brauchst jetzt eine Freundin.«

»Nein!«, schluchzte ich.

»Red keinen Unsinn, ich höre doch, dass es dir miserabel geht. Ich kann dir wenigstens ein paar Tage zur Seite stehen. Was ist mit deinen Plänen in Paris? Was ist mit eurer Wohnung?«

»Ich will hier nicht bleiben«, heulte ich, »ich will weg hier, so schnell wie möglich!«

»Wohin denn?«

»Am liebsten nach Hause«, wimmerte ich wie ein kleines Kind, »ich kann hier nicht mehr bleiben.«

»Du ziehst zu mir«, bestimmte Marie sofort, »ich kann mir kaum vorstellen, dass du Lust hast, bei deinen Eltern zu wohnen. Gut, dass ich eine Woche Urlaub habe.«

Ich beruhigte mich langsam. »Bist du sicher?«

»Natürlich bin ich sicher! Du kannst das große Esszimmer haben, das benutze ich sowieso nie. Da hast du sogar eine Tür direkt in den Garten. Das wird schön mit uns beiden!« Ich hörte, wie sie scharf die Luft einsog.

Dann sagte sie: »Tut mir leid, Helene. Ich führe hier ein Freudentänzchen auf, und dir geht es schlecht.«

»Ach, weißt du – ich freue mich auch auf dich. Aber ich muss dich warnen. Ich werde vermutlich keine besonders gute Laune in dein Häuschen bringen.«

»Ist mir egal. Du bist mir willkommen. Du – ich muss mal langsam los, sonst reißt Majestix mir den Kopf ab. Wann darf ich dich erwarten? Und was ist mit deinen Möbeln?«

»Mir reichen zwei Koffer«, sagte ich, »die Möbel sind mir schnurz. Damit kann er machen, was er will. Ich packe nur etwas Kleidung und mein Konditoren-Werkzeug ein, das ist alles.«

»Was ist denn überhaupt passiert, seit wir das letzte Mal telefoniert haben? Das war ... warte mal ... vor zwei Tagen. Und da war doch noch alles in Ordnung, oder nicht?«

Ich wollte jetzt nicht darüber sprechen, das war zu schmerzhaft für mich.

»Denk dran, Majestix wartet«, wich ich aus. »Ich werde morgen kommen. Ein paar Dinge habe ich hier noch zu erledigen. Ich steige spätestens morgen Mittag in den Zug. Schon morgen Abend sitzen wir zusammen in deiner Küche, und dann erzähle ich dir alles, ja?«

»Okay. Und ruf mich einfach an, wenn du weißt, wann ich dich am Bahnhof abholen kann.«

Damit war der Bahnhof der nächstgrößeren Stadt, Jever, gemeint – unser Kaff hatte natürlich keinen eigenen.

»Das mache ich. Und, Marie ... bitte erzähle niemandem, dass ich komme, ja? Ich ... ich brauche ein paar Tage, bis ich meinen Eltern alles sagen kann.«

»Großes Indianer-Ehrenwort«, versicherte Marie. »Bis morgen dann. Und wenn du heute Abend jemanden zum Reden brauchst, rufst du mich an.«

»Mache ich, tschüss«, verabschiedete ich mich von ihr und legte auf.

Entschlossen stopfte ich die Rosenranke komplett in den Müllsack und öffnete unseren Kleiderschrank.

KAPITEL 5

An diesem Tag erledigte ich alles, was notwendig war: Ich löste mein Konto auf und überwies mein Guthaben auf mein altes Heimatkonto, sagte beim Standesamt unseren Termin ab und fuhr zum Bahnhof, um mir eine Fahrkarte zu holen.

Ausgerechnet die erste Bewährungsprobe meiner frisch erworbenen Französischkenntnisse bestand darin, meine Abreise aus Frankreich zu organisieren, was einer gewissen Ironie nicht entbehrte, wie mir später bewusst wurde. An diesem Vormittag allerdings war ich weit davon entfernt, die Komik der Situation zu erkennen. Mit einem Wörterbuch und einem Sprachführer mit »Redewendungen für die wichtigsten Alltagssituationen« bewaffnet, kämpfte ich mich durch die Dinge, die es zu regeln galt.

Die Zugfahrt würde zehn Stunden dauern, ich musste vier Mal umsteigen – kein Vergnügen mit zwei großen Koffern, aber jede Minute und jeder gefahrene Kilometer würden die Entfernung zwischen mir und Leon vergrößern.

Dafür wäre ich zur Not auch getrampt oder zu Fuß gelaufen.

Mein Handy hatte ich stumm gestellt, aus gutem Grund. Bereits mittags hatte Leon dreiundzwanzig Mal vergeblich angerufen und siebzehn Textnachrichten geschickt.

Als ich nachmittags wieder in unserer Wohnung eintraf, hatte sich die Anzahl verdoppelt, und ich löschte alles, ohne etwas zu lesen oder die Mailbox abzuhören.

Um ehrlich zu sein, ich hatte nach wie vor Angst, schwach zu werden.

Kurz entschlossen wählte ich Marcels Nummer. Er ging sofort ans Telefon, murmelte »Warte kurz«, und dann hörte ich, wie er ein Zimmer verließ und die Tür hinter sich schloss, denn die laute Musik, die im Hintergrund dröhnte, wurde deutlich leiser.

»Helene, wie geht es dir?«, fragte er sofort.

»Gut«, erwiderte ich knapp, »ich will mich nur versichern, dass Leon hier nicht auftaucht.«

Marcel lachte leise. »Das ist nicht zu befürchten, der säuft sich hier gerade ins Koma, während er sich zum hundertsten Mal seine eigene CD anhört und lautstark sein Schicksal beweint.« Er seufzte. »Er geht mir furchtbar auf die Nerven.«

»Er beweint sein Schicksal? Er geht dir furchtbar auf die Nerven? Was seid ihr eigentlich für Jammerlappen?«

»Na ja, er ist schon ganz schön besoffen und lallt mir die Ohren voll damit, wie toll du bist und dass er den größten Fehler seines Lebens gemacht hat und nie wieder untreu sein wird, wenn du ihm verz...«

»Stopp, sprich es nicht aus«, fuhr ich ihm ins Wort. »Dann wird es dich freuen zu hören, dass deine Leidenszeit morgen Mittag schon vorbei sein wird.«

»Was ... was hast du vor?«

»Ich nehme meine Sachen, steige in einen Zug und fahre weg von hier. Er kann dann wieder in die Wohnung. Ich nehme alles mit, was mir wichtig ist, mir muss nichts nachgeschickt werden. Ich wünsche keinerlei Kontakt, sag ihm das.«

»Okay«, meinte Marcel kleinlaut.

»Und schließ ihn ein. Nicht, dass er mitten in der Nacht wach wird und sich auf den Weg hierher macht. Dann gibt es ein Unglück. Wenn er hier auftaucht, rufe ich die Polizei, und ich kann mir nicht vorstellen, dass du das willst.«

»He ...«, begann er, aber ich ließ ihn nicht ausreden.

»Mach‘s gut, Marcel. Danke, dass du mir gestern Gesellschaft geleistet hast.«

Ohne seine Erwiderung abzuwarten, legte ich auf. Mir war gerade nicht nach Höflichkeit und Verständnis Marcel gegenüber. Wenn ich ehrlich war, nahm ich ihm doch übel, dass er mir nie etwas gesagt hatte.

Ich kochte mir eine Kanne Tee, und dann packte ich meine Koffer. Den größeren füllte ich mit der Kleidung, die ich nicht in den Müllsack geworfen hatte, den anderen mit Küchenutensilien.

Den Abend und die Nacht verbrachte ich damit, mich von der Wohnung zu verabschieden. Ich saß, in eine dicke Decke gewickelt, lange auf unserem winzigen Balkon und lauschte den vertrauten Geräuschen der Nacht: hupenden Autos, Gesprächsfetzen von anderen Balkonen, Musik aus geöffneten Fenstern. Später lag ich zusammengerollt auf dem Bett. Ich weinte die ganze Nacht.

Am Morgen ging ich zur Bäckerei drei Häuser weiter und kaufte mir ein paar Croissants. Jede Sekunde lang war mir bewusst, dass ich dies zum letzten Mal tat, unser Treppenhaus hinunterlaufen, durch die große, altmodische Flügeltür auf die Straße treten, dann links ein paar Meter bis zum Schaufenster der kleinen Boulangerie, bei dessen appetitlicher Auslage mir immer sofort das Wasser im Mund zusammenlief, durch die Ladentür mit der Bimmel hinein in den warmen Duft frischer Backwaren, der mir seit frühester Kindheit so vertraut war.

Zu Hause machte ich mir eine große Schale Milchkaffee und setzte mich an den Tisch. Während ich die köstlichen Croissants in den Kaffee tunkte und aß, sah ich mich um. Die Wohnung wirkte unbewohnt und tot, seit ich gestern alle äußerlichen Zeichen unserer Liebe vernichtet hatte.

Meine Koffer standen gepackt und verschlossen an der Tür, meine Umhängetasche lag auf dem Sofa, das Taxi war bestellt.

Als ich mit meinem Frühstück fertig war, wischte ich die Blätterteigkrümel vom Tisch und spülte die Kaffeeschale, die ich dann abgetrocknet zurück in den Schrank stellte. Wenn

Leon in diese Wohnung kam, würde er keine Spur von mir finden. Den prallvollen Müllsack hatte ich im Hinterhof zu den Mülltonnen gestellt.

Ein Blick auf die Uhr sagte mir, dass der Taxifahrer jeden Moment klingeln würde. Es konnte nichts schaden, schon auf die Straße zu gehen, fand ich.

Ich zog meine Jacke an, legte meine Schlüssel für dieses Haus auf den Küchentisch und überprüfte noch einmal den Inhalt der Umhängetasche: Fahrkarte, Portemonnaie, Handy, Papiere – alles da. Dazu all die Kleinigkeiten, die sonst noch in dieser Tasche wohnten, von Papiertaschentüchern bis zu Pfefferminzpastillen. Ich war gerüstet.

Als die Wohnungstür hinter mir ins Schloss fiel, war ich erleichtert und erschrocken zugleich. Ich war draußen, die Schlüssel waren drinnen. Ich blieb einen Moment lang an der Tür stehen, dann nahm ich die beiden Koffer und schleppte sie ächzend die fünf Stockwerke herunter.

Eine halbe Stunde später verließ mein Zug den Bahnhof.

KAPITEL 6

Als ich zehn Stunden und viermal Umsteigen später aus dem Zug taumelte, war ich am Ende meiner Kräfte. Ein freundlicher Schaffner stellte mir die Koffer auf den Bahnsteig, nachdem er gesehen hatte, wie ich mich mit ihnen abmühte.

»Helene!«, kreischte es von links, und Marie kam auf mich zu gerannt und fiel mir um den Hals.

Sofort, als ich ihre Umarmung spürte, wollte ich losweinen, nur noch weinen und mich anlehnen, mehr wollte ich nicht.

»Komm«, sagte sie, »lass uns von diesem ungastlichen Ort so schnell wie möglich verschwinden.« Sie schnappte sich meine Koffer, sagte: »Uff! Hast du den Blödmann zersägt und mitgebracht?«, und marschierte los, aus dem kleinen Bahnhof hinaus zu ihrem Auto, einem klapprigen Kombi. Ich konnte nur noch hinter ihr hertrotten. Gemeinsam wuchteten wir mein Gepäck in den Kofferraum, stiegen ein und fuhren los.

Sie ließ mich vollkommen in Ruhe, stellte mir keine Fragen, außer: »Musik?«, und als ich nickte, drückte sie den Startknopf des CD-Spielers und verkündete stolz: »Habe ich selbst gebrannt!« Madonna, Kylie, George Michael, Pink ... sie alle sangen von Liebe, während wir uns Middelswarfen näherten, dem Dorf, in dem ich aufgewachsen war.

Die Fahrt führte uns über schmale, kurvige Landstraßen, an Bauernhöfen vorbei und an Weiden mit Kühen und Pferden, und durch Dörfer, die nur aus ein paar Häusern rechts und links der Straße bestanden. Eine Zeit lang hingen wir hinter einem Traktor fest und krochen mit zwanzig Stundenkilometern durch die Landschaft, die mir so vertraut war – und die so ganz anders war als die Umgebung, die ich vor wenigen Stunden verlassen hatte.

Mein Herz tat einen Sprung, als wir in unser Dorf hineinfuhren, und ich duckte mich unwillkürlich tiefer in den Sitz. Noch wollte ich niemandem begegnen, und ich wusste, unser Weg führte an der Konditorei meiner Eltern vorbei. Zwar war es bereits lange nach Ladenschluss, aber ...

Und richtig: Meine Mutter, in Glockenrock und Blümchenkittel, stand vor dem Geschäft und unterhielt sich mit Fräulein Behrens, meiner ehemaligen Grundschullehrerin, oder besser gesagt: jedermanns ehemaliger Grundschullehrerin, zumindest, was sämtliche Dorfbewohner zwischen sechs und knapp vierzig Jahren betraf.

Ich musste unwillkürlich lächeln, als ich den Eimer sah und die Utensilien zum Fensterputzen, mit denen meine Mutter sich bewaffnet hatte. Es kam zwar regelmäßig jemand, der die beiden Schaufenster reinigte, aber meine Mutter putzte grundsätzlich noch einmal hinterher, wenn der Mann wieder gegangen war. Sie traute es einem Mann – nicht unbedingt diesem speziellen Mann, sondern ganz allgemein *Männern* nicht zu, »ordentlich« zu putzen. Noch ein waltraudsches Naturgesetz.

Ich hatte sie einmal gefragt, warum sie sich nicht einfach die Kosten für den Fensterputzer sparen würde, wenn sie doch sowieso noch selbst ...? Und außerdem, meines Wissens habe es doch nie einen wirklichen Grund zur Beanstandung gegeben, oder?

Diese Frage hatte bei meiner Mutter für helle Empörung gesorgt. Das käme selbstverständlich nicht infrage, auf die Dienste des Mannes zu verzichten, wurde ich belehrt, man habe schließlich einen Ruf zu verlieren, wie das denn aussähe, wenn die Chefin selbst die Fenster putzen würde?

Mein Einwand, dass sie doch genau das täte, wurde ungläubig zur Kenntnis genommen. Sie sah mich an, als wäre ihr erst in diesem Moment klar geworden, dass sie eine minderbemittelte Tochter hatte.

Man könne es sich schließlich leisten, einen professionellen

Fensterputzer zu beschäftigen, sagte meine Mutter streng, und was sollten denn die Leute denken, wenn der plötzlich nicht mehr käme? Womöglich, dass man sich den Mann nicht mehr leisten könne! Diese Schande! Also wirklich. Sie schüttelte den Kopf. Ich würde aber auch wirklich dumme Fragen stellen!

In diesem Moment war mir klar geworden, dass dieses Fensterputz-Ritual eine perfekte Inszenierung war: Waltraud Bernauer, emsigste aller Frauen, steht den ganzen Tag im Geschäft, immer freundlich, immer fleißig, hat sich Wohlstand und eine gewisse Position im Dorf erarbeitet und ist sich doch nicht zu fein, selbst den Putzlappen in die Hand zu nehmen. Nach *Feierabend.*

Und weil das Geschäft Teil unseres Wohnhauses war, durften auserwählte Leute auch schon mal am Sonntagvormittag bei uns klingeln, wenn eine Tüte Paniermehl gebraucht wurde. Obwohl meine Mutter – was nicht sehr geschäftstüchtig von ihr war – die Ansicht vertrat, dass eine ordentliche Hausfrau immer ein paar altbackene Brötchen im Haus haben sollte, um sich jederzeit selbst Paniermehl raspeln zu können. Aber das nur nebenbei.

»Waltraud, Königin der Hausfrauen«, murmelte ich, während wir die Szene passierten, ohne dass meine Mutter mich bemerkt hätte.

Trotz der Musik hatte Marie mich gehört und grinste. »Was ich immer mal fragen wollte: Warum putzt sie die Fenster, wenn das doch dieser Typ schon vorher gemacht hat?«

»Das willst du nicht wissen«, sagte ich, »ihre Erklärung dafür klingt, als wäre es ein Sketch von Loriot.«

Marie lachte lauthals und bog in eine kurze Einfahrt ein, die vor einem kleinen Backsteinhaus endete.

Ich kannte das Haus schon seit jener Zeit, als noch Maries Tante Alma darin gewohnt hatte, die immer ein Stück Apfelkuchen für uns Kinder gehabt hatte. Das muss man sich vorstellen: Die Tochter des örtlichen Bäckers ist wild auf Tante Almas selbst gebackenen Apfelkuchen. Das war eins meiner bestgehüteten Geheimnisse; vermutlich wären meine Eltern tödlich beleidigt gewesen, hätten sie es je erfahren.

Tante Alma war vor vier Monaten gestorben, und seit sechs Wochen wohnte Marie in dem Häuschen, das von einem verwilderten Garten mit knorrigen Obstbäumen umgeben war.

Wir zerrten mein Gepäck aus dem Kofferraum. Marie schloss die Haustür auf, sagte: »Einfach hinter mir her«, und schleppte meinen Koffer ins Haus, durch einen schmalen Flur, und stieß dann eine angelehnte Zimmertür auf. Ich folgte ihr in den Raum und stellte aufatmend den Koffer ab.

Das Zimmer war leer bis auf ein verschnörkeltes Metallbett mit Seiten- und Rückenlehne, dessen Kopfende durch eine altmodische Stehlampe und einen Hocker als Nachttischersatz markiert wurde. Vor dem Bett lag ein gewebter Läufer auf dem alten Holzfußboden, ansonsten gab es noch einen leeren, rollbaren Kleiderständer, an dem ein paar Bügel hingen, und eine kleine Holzkommode.

Mitten auf dem Bett, das von einer dunkelroten Tagesdecke bedeckt war, lag eine große, gelbgestreifte Katze, die wir mit unserem Gepolter offenbar geweckt hatten. Sie starrte uns erschrocken an, sprang dann hastig vom Bett und flitzte aus dem Raum.

»Darf ich vorstellen: Das war Schorsch«, erklärte Marie. »Habe ich auch von Tante Alma geerbt, er gehört zum Inventar. Wir sind noch keine Busenfreunde, aber es wird langsam. Vorgestern ist er zum ersten Mal zu mir aufs Sofa gekommen.«

»Aha. Ist er nicht so von der Kuschelfraktion? Kratzt er?« Ich setzte mich müde auf die Bettkante.

Marie schüttelte vehement den Kopf. »Niemals! Aber er vermisst Tante Alma, glaube ich, und außerdem war er nicht besonders begeistert von der Renovierung. Tagelang waren Handwerker im Haus, und Schorsch war ständig auf der Flucht. Ich habe kurz daran gedacht, ihn solange mit in meine alte Wohnung zu nehmen, aber er hat sich nicht fangen lassen. Also habe ich ihn weiterhin hier gefüttert, und ansonsten war er unterwegs. Er kann durch die Katzenklappe rein und raus, wann immer er will.«

Sie sah sich um und zeigte auf den Kleiderständer. »Alles noch ein bisschen improvisiert, aber ich dachte, wir fahren morgen zum Möbeldiscounter und holen ein paar Sachen.«

Ihr Blick fiel auf mich, wie ich mit hängenden Schultern auf der Bettkante hockte, und ihr Gesichtsausdruck veränderte sich. »Da rede ich und rede ich«, rief sie bestürzt, »und du kannst kaum noch aus den Augen gucken. Du willst bestimmt erst einmal duschen, oder?«

Ich war zwar viel zu erschöpft, um eigene Ideen zu entwikkeln, aber zu duschen schien mir ein guter Plan zu sein.

Marie zog mich an der Hand hoch und führte mich in den ersten Stock zu einem rosa gekachelten Bad mit allen Schikanen: Dusche mit riesigem Duschkopf und Glastüren, Badewanne, Toilette in einer schulterhoch gemauerten Nische neben einem großen Handwaschbecken mit reichlich Ablagefläche.

»Wow!«, entfuhr es mir. »Das ist ja riesig!«

»Wir haben zwei kleine Räume zusammengelegt; das alte Bad und eines der Kinderzimmer.« Marie war sichtlich stolz auf ihr Badezimmer.

»Der Umbau muss Spaß gemacht haben.«

Ich wusste, dass Tante Alma ihr auch das Geld für die komplette Renovierung plus Mobiliar vererbt hatte. So war Marie in der beneidenswerten Situation gewesen, einem Heer von Handwerkern die Farbe der Wände und der Kacheln zu nennen, ihnen zu sagen, wo sie Steckdosen oder Lampen haben wollte – und es wurde gemacht, und zwar fachmännisch. Ansonsten hatte sie nicht viel mehr zu tun, als durch Möbelhäuser zu streifen.

»Mach dich erst mal frisch«, bestimmte sie. »Ich koche uns ein paar Nudeln.«

»Und einen Tee«, bat ich, während ich mir schon die Jeans aufknöpfte.

»Und einen Tee, zu Befehl«, sagte sie grinsend und zeigte auf einen flauschigen Bademantel an einem Haken an der Holztür. »Den kannst du nehmen. Handtücher hängen über der Heizung, Duschgel und Shampoo findest du in der Dusche. Wie man ein Klo benutzt, weißt du ja hoffentlich.«

»Hey, nicht so frech!«

Sie lachte. »Ich wollte nur sehen, ob du noch wach bist. Bis gleich.«

Sekunden später stand ich unter der Dusche und ließ mich vom warmen Wasser aus diesem unglaublichen Duschkopf berieseln. Es fühlte sich an wie ein Sommerregen. Das Duschgel, mit dem ich mich einseifte, duftete intensiv nach Zitronengras und weckte meine Lebensgeister. Ich shampoonierte meine dichten Locken und spülte den Schaum rasch wieder aus.

Nach dem Abtrocknen wickelte ich mir ein Handtuch um den Kopf und zog den Bademantel über. Ohne mich weiter im ersten Stock umzusehen, ging ich wieder hinunter; ich wollte Marie den Spaß an einer Führung durch ihr Häuschen nicht verderben.

Sie hörte mich kommen und rief aus einem Raum: »Ich bin hier!«

»Ich komme sofort, ich will mir kurz etwas anziehen«, rief ich zurück und ging in »mein« Zimmer. Aus dem Koffer holte ich mir einen Slip und einen BH (ab jetzt tat es Baumwolle meine Seidendessous befanden sich in einem gewissen Müllsack in Paris) und ein Paar dicke Socken mit Gumminoppen an den Sohlen.

In der Küche duftete es nach Basilikum und würziger Tomatensauce. Der Raum war durch einen Tresen, der mit zwei tiefen Tellern auf zwei leinenen Platzdeckchen schon darauf wartete, dass wir uns zum Essen setzten, vom Wohnzimmer getrennt. Marie bemerkte meinen neugierigen Blick, legte die Spaghetti, die sie gerade in kochendes Wasser hatte geben wollen, beiseite und drehte die Herdplatte herunter.

»Komm«, sagte sie, »ich zeige dir alles.«

Ich erkannte Tante Almas kleines Haus kaum wieder. Wände waren gefallen, andere entstanden, der Holzboden im gesamten Haus war abgeschliffen und neu lackiert, und Maries Mut zu Farben spiegelte sich in den modernen Elementen der Möblierung wider, die sie mit Erbstücken wie dem Vitrinenschrank aus reich geschnitztem, dunklem Holz kombiniert hatte – und natürlich den Farben der Zimmerwände. Die Küche war grasgrün gestrichen, das Wohnzimmer in einem pudrigen Himbeerton, mein zukünftiges Zimmer lavendel. Wie in der Villa Kunterbunt. Maries Schlafzimmer lag im ersten Stock und wurde von einem riesigen, alten Holzbett mit gedrechselten Säulen an allen vier Ecken beherrscht.

»Dieses Bett kann man nicht übersehen, oder?«, flachste ich angesichts des Monstrums, das jeden historischen Kostümfilm geschmückt hätte.

Sie seufzte in gespielter Verzweiflung. »Ich glaube, das Haus ist um dieses Bett herum gebaut worden. Ich hätte das gute Stück zersägen müssen, um es hier rauszuschaffen. Also habe ich es stattdessen von einem Schreiner aufarbeiten lassen, neue Lattenroste und Hightech-Matratze rein – und ich schlafe wie im Himmel. Fantastisch.«

Sie zeigte mir noch ein kleines Gästezimmer neben dem Bad.

»Warum wohne ich nicht hier?«, fragte ich sie.

Sie schüttelte den Kopf. »Das Zimmer unten ist viel schöner und größer. Und es hat eine eigene, kleine Terrasse. Außerdem hast du unten eine Gästetoilette, falls du nachts raus musst. Weißt du, ich hatte mir das mal schick vorgestellt, ein Esszimmer zu haben, aber ich habe es nie benutzt! Ich esse entweder am Tresen oder vor dem Fernseher. Apropos Essen – ich habe Hunger, wie sieht es mit dir aus?«

Mein Magen, angeregt durch die Düfte aus der Küche, knurrte die Antwort.

KAPITEL 7

Am nächsten Morgen weckte mich lautes Gezwitscher. Ein Vogel zeterte wütend vor meinem Fenster. Ich öffnete die Augen und war für einen kurzen Moment desorientiert. Sonnenlicht fiel durch dünne, dunkelrote Vorhänge, gemildert durch die Blätter eines Baumes.

Ich hatte tief geschlafen, aber mein Gehirn kämpfte noch mit den Nachwirkungen der zwei Flaschen Rotwein, die Marie und ich uns geteilt hatten. Wir hatten getrunken und Spaghetti mit Tomatensauce und Unmengen Parmesan geschlemmt, während ich erzählt hatte, was in Paris vorgefallen war. Marie hatte immer nur ungläubig den Kopf geschüttelt.

Bei der zweiten Flasche waren wir noch einmal zu der Szene im Krankenzimmer zurückgekehrt, was mit kreischendem Gelächter geendet hatte, denn je betrunkener wir waren, desto komischer fanden wir – ja, auch ich – diese absurde Situation mit den streitenden Mädchen und den drei gleichen Ringen.

Und mittendrin Leon, der sich für einen tollen Hecht hielt. In einem Boulevardtheater hätte diese Szene das Publikum todsicher von den Sitzen gerissen.

Klar, dass unsere entfesselte Heiterkeit einen eindeutig hysterischen Einschlag hatte – für mich trotzdem in diesem Moment die beste Medizin. Ich konnte Marie nur von Herzen danken, dass der gestrige Abend mit Gelächter und nicht mit Tränen geendet hatte.

Ich schlug die Bettdecke zurück und schwang meine Beine aus dem Bett. Die erste Nacht in meinem neuen Zuhause war vorbei. Ich stand auf und wäre fast über meinen Koffer gestolpert, der aufgeklappt mitten im Zimmer stand.

Im Haus war es still. Ob Marie noch schlief? Ich ging aufs

Klo und dann in die Küche, mir war nach einem Kaffee.

An der Kaffeemaschine klebte eine Nachricht: *Guten Morgen! Ich gehe doch recht in der Annahme, dass Dein erster Weg Dich hierhin geführt hat? Kaffee ist in der Warmhaltekanne. Ich bringe Brötchen mit. Und nach dem Frühstück gehen wir shoppen! Bis gleich ... M.*

Ich goss mir einen Kaffee ein und ging mit der Tasse zurück in mein karg ausgestattetes Zimmer, um mich anzuziehen. Es würde Spaß machen, Möbel zu kaufen. Bevor ich zu Leon gezogen war, hatte ich meine Wohnung in Jever komplett aufgelöst und mein Auto verkauft, um zusätzliches Kapital für meinen Laden in Paris zu haben. Mein gut gefülltes Konto befand sich nach wie vor hier bei meiner alten Sparkasse. So bedauerlich es war, dass ich mit diesem Geld nun doch nicht meinen Traum erfüllen würde, so froh war ich jetzt, mir von Marie kein Geld leihen zu müssen.

Ich zog die Vorhänge zur Seite und blickte in den Garten. Unter dem Fenster stand auf einer winzigen, mit verwitterten Ziegeln gepflasterten Fläche eine hölzerne Gartenbank. Ich nahm meine Tasse, öffnete die Terrassentür und trat hinaus in den sonnigen, aber kühlen Maimorgen. Der Garten war mir sofort wieder vertraut, Marie und ich hatten uns als Kinder oft hier aufgehalten. Die Obstbäume schienen noch ein wenig knorriger als früher, aber sie lieferten bestimmt noch immer die köstlichen Äpfel, aus denen Tante Alma früher Kompott und Kuchen gemacht hatte.

Ich folgte dem gepflasterten Weg um das Haus herum bis zur zweiten Terrasse, die ans Wohnzimmer grenzte. In einem hölzernen, himmelblauen Strandkorb mit blauweiß gestreifter Polsterung lag Kater Schorsch in der Sonne und schnarchte leise. Das muss man sich mal vorstellen – es war so still, dass ich den Kater schnarchen hörte! In Paris hatte ich mich an einen Vierundzwanzig-Stunden-Lärmbrei gewöhnen müssen, der zu siebzig Prozent aus Autohupen zu bestehen schien.

Ich trank kleine Schlucke von meinem Kaffee und wanderte weiter durch den Garten. Hinter der nächsten Hausecke fand ich Wäscheleinen und ein Kräuterbeet, außerdem die Hintertür mit der Katzenklappe für Schorsch. Ich durchquerte ein Carport – eigentlich nur ein Dach auf Stelzen – und stand auf der Einfahrt vor dem Haus. Rundgang beendet.

Ich wollte gerade zurück ins Haus gehen, als ein Transporter mit Marie am Steuer auf die Einfahrt bog. Sie bremste und sprang aus dem Auto.

»Na?«, rief sie strahlend. »Gut geschlafen?« Sie beugte sich ins Auto und angelte eine Einkaufstasche vom Beifahrersitz. »Unser Frühstück«, erklärte sie und warf die Autotür zu. »Wie geht es dir heute Morgen?«

Leicht überfordert von Maries sprudelnder Laune – ich war noch lange nicht so wach wie sie – hob ich meine Tasse und prostete ihr damit zu.

»Bestens geschlafen, danke. Wo hast du denn das Auto her?«

»Geliehen. Aus dem Fuhrpark der Gemeinde. Manchmal ist es wirklich von Vorteil, für den Bürgermeister zu arbeiten. Muss um fünf wieder hinter dem Gemeindehaus stehen«, sagte sie und schloss die Haustür auf.

Ich schlurfte hinter ihr her ins Haus.

»Setz dich, ich mache uns Frühstück«, kommandierte sie und begann, die Einkaufstasche auszupacken.

Ich gab mir und meiner Schlaftrunkenheit einen mentalen Tritt in den Hintern und nahm Marie die Milchflasche aus der Hand. »Hör mal, ich bin hier kein Gast, sondern ich wohne hier. Ich mache Frühstück, und du machst, wozu auch immer du Lust hast. Ich werde schon alles finden, was ich brauche.«

»Aber du brauchst Ruhe«, sagte sie zögernd.

»Stimmt nicht, ich brauche Alltag – ich hatte ja keinen

Schlaganfall oder so was. Und ich brauche einen Job. Je eher, desto besser. Und wenn ich mir dafür wieder ein Auto kaufen muss, dann soll es eben sein. Ich will mir hier nicht den Hintern platt sitzen und Trübsal blasen.«

Ich schob sie aus der Küche. Sie verschwand in dem kleinen Raum neben der Gästetoilette und kam mit einem Korb voll nasser Wäsche wieder heraus.

»Du kommst klar?«, fragte sie, als sie zur Hintertür zum Wäscheplatz hinausging. Ich war gerade dabei, nacheinander alle Schranktüren, Klappen und Schubladen zu öffnen, um mich in der noch fremden Küche zu orientieren.

Da Marie ein von Natur aus strukturierter Mensch war, fand ich mich rasch zurecht. Während ich den Tisch deckte, hörte ich sie draußen mit heller, singender Stimme mit dem Kater sprechen: »Na, mein Dicker, da hat wohl jemand Hunger?«

Schorsch antwortete mit einem lauten Miauen und kam eilig in die Küche getrabt. Als er mich sah, stoppte er und starrte mich an, aber ich wandte schnell meinen Blick ab, damit er sich nicht bedroht fühlte, und fuhr damit fort, Maries Einkäufe auszupacken. Die duftende Papiertüte mit den Brötchen hatte den Aufdruck »Bäckerei Konditorei Cäcilie Bernauer & Sohn« – klar, wo hätte sie auch sonst frische Brötchen kaufen sollen?

Schorsch war neben dem Tresen sitzen geblieben und beobachtete mich aufmerksam. Als ich mich ihm näherte, stellte er die Ohren auf, lief aber nicht weg. Marie kam herein, und der Kater entspannte sich sofort und fing an, laut schnurrend um Maries Beine zu streichen.

»Der scheint dich aber doch zu mögen«, sagte ich.

Marie lachte und winkte ab. »Das macht der auch beim Postboten, wenn der ihm die Katzenfutterdose öffnet. Das hat nix mit Sympathie zu tun, fürchte ich. Immerhin verjagt er mich nicht vom Grundstück.« Sie beugte sich herunter, kraulte Schorsch hinter den Ohren und gurrte: »Stimmt's, du lässt mich hier gnädigerweise wohnen.«

Schorsch antwortete mit einem lauten, geradezu herrischen Miauen.

»Oh, Ihro Gnaden verlieren die Geduld«, sagte Marie und machte sich daran, die Näpfe des Katers zu füllen. Schorsch schien sich durch meine Anwesenheit nicht gestört zu fühlen und hockte schmatzend über seinem Futter.

Die Brötchen meines Vaters schmeckten himmlisch, besonders in Kombination mit dem hausgemachten Fleischsalat aus der Dorfmetzgerei.

»Das habe ich vermisst«, stöhnte ich mit vollem Mund, »ordentliche Körnerbrötchen und den Fleischsalat von Oma Oltmanns.«

Was hatte ich da gesagt?

Ordentliche Körnerbrötchen? Aufpassen, Helene, du klingst wie deine Mutter!

»Das habe ich mir gedacht.« Marie grinste breit. »Damit konnte man früher schon deine Lebensgeister wecken. Und wir brauchen schließlich Kraft, wenn wir gleich durch den Möbelladen marodieren.«

Sie kaute konzentriert auf einem Stück Rosinenbrötchen, schluckte, schien etwas sagen zu wollen, überlegte es sich dann aber anders und biss wieder vom Brötchen ab, kaute, schluckte und sagte dann unvermittelt: »Vorhin hast du doch gesagt, du willst so schnell wie möglich arbeiten gehen.«

Befürchtete sie, ich könne meinen Anteil an den monatlichen Kosten nicht zahlen? Aber sie wusste doch, dass es ein Konto mit einer respektablen Rücklage gab.

»Hast du Sorge, dass du mich durchfüttern musst?«

Sie sah mich verdutzt an. »Quatsch. Also wirklich. Du könntest von mir aus bis an dein Lebensende umsonst hier wohnen. Nee, ich habe da nur eine gewisse Information, und wenn du wirklich schnell einen Job suchst ...«

Sie zögerte, aber ich war ja nicht doof und konnte eins und eins zusammenzählen: Sie hatte bei meinen Eltern Brötchen geholt, sie hatte plötzlich irgendeine ominöse »Information« ... Garantiert hatte sie mit meiner Mutter gesprochen, denn die ewig emsige Waltraud stand immer im Laden. Immer. Und ich wusste von Marie, dass meine Mutter sie manchmal nach mir fragte.

»Hast du meiner Mutter gesagt, dass ich hier bin?« Bitte nicht, dachte ich, ich bin noch nicht bereit ...

Marie riss die Augen auf und rief: »Natürlich nicht! Wofür hältst du mich? Aber eure Marianne ist schwanger, und deine Mutter braucht dringend jemanden, der im Laden hilft, weil Marianne eigentlich schon nicht mehr arbeiten sollte und nur noch stundenweise kommt. Risikoschwangerschaft, musst du wissen. Hat deine Mutter erzählt. Ausführlich.«

Marianne schwanger, unglaublich. Marianne, das späte Mädchen. Sie hatte als Vierzehnjährige eine Lehre bei uns angefangen, damals war ich neun Jahre alt. Sie war schmal, unscheinbar und bescheiden, und meines Wissens gab es keine überlieferten Männergeschichten. Marianne schwanger! Meine Eltern waren vermutlich deswegen wie vom Donner gerührt. Ich gackerte innerlich, als ich mir die Empörung meiner Mutter vorstellte, die es seit vierundzwanzig Jahren gewöhnt war, frei über Mariannes Zeit verfügen zu können.

Mir wurde schlagartig bewusst, dass ich alles und jeden hier kannte wie einen Film, den ich schon hundertmal gesehen hatte.

Du kannst noch so weit weg gewesen sein, dein Heimatdorf saugt dich, ohne dir eine Eingewöhnungsphase zu gönnen, ratzfatz wieder in seine Mitte. Du liebe Güte – meine alte Lehrerin und meine Mutter mit ihrem Putzeimer-Accessoire gestern, diese Marianne-Geschichte ... Ich war schon wieder mittendrin.

Im Umkehrschluss: Nicht nur ich kannte jeden und seine Geschichte, sondern auch jeder kannte mich und meine Geschichte. Nicht in jedem Detail, aber alle wussten natürlich, dass die Kleine von Bernauers hoch hinaus gewollt hatte und nach Paris gegangen war. Das muss man sich mal vorstellen: nicht nur eine richtig große Stadt, sondern *Paris, das war Ausland. Mit einem ausländischen Mann.*

Dass wir uns nicht missverstehen: Es handelt sich hier nicht um eine kleinbürgerliche Form von Rassismus, sondern mein Handeln hatte einfach den kollektiven Dorf-Horizont gesprengt, weil es schlicht zu exotisch war.

Da hätte es auch keinen Unterschied mehr gemacht, wenn ich verkündet hätte, als Affenfrau auf Borneo leben zu wollen. Während unserer Abschiedsphase war meine Mutter in der Öffentlichkeit zu einem wandelnden, atmenden Was-haben-wir-bloß-falsch-gemacht-Klischee mutiert und hatte sich mir gegenüber abwechselnd tödlich beleidigt, empört oder vorwurfsvoll verhalten.

»Ich weiß nicht, ob ich die Idee so super finde«, sagte ich, »an den Laden meiner Eltern hatte ich eigentlich nicht gedacht.«

»Dein Vater wird einen Luftsprung machen. Vielleicht heimlich im Keller, damit du es nicht siehst, aber er wird einen machen, das schwöre ich dir. Deine Mutter auch.«

»Aber garantiert noch heimlicher«, grummelte ich. »Und dann stehe ich im Laden, und alle quatschen mich an und fragen mich aus, was denn mit Paris ist und so. Finde ich nicht so prickelnd.«

»Na und? Das werden sie sowieso tun. Was glaubst du denn, wie lange du verheimlichen kannst, dass du wieder hier bist? Und dann werden sie dich nach und nach auf der Straße anquatschen oder hier auf der Matte stehen. Wenn du im

Laden arbeitest, hast du es nach einer Woche hinter dir.«

»Ich denke darüber nach. Aber ich muss erst mit beiden Beinen fest auf dem Boden stehen und mich richtig eingerichtet haben, bevor ich der heiligen Waltraud begegnen kann.«

»Gutes Stichwort: einrichten«, rief Marie und leerte ihre Kaffeetasse mit einem Schluck. »Lass uns einkaufen fahren!«

KAPITEL 8

Marie schaffte es tatsächlich, den Transporter rechtzeitig wieder abzuliefern. Und nicht nur das: Schlau, wie wir waren, hatten wir unsere Beute bereits ausgepackt und das Verpackungsmaterial – mehrere Quadratkilometer Pappe sowie Berge von Styropor und Plastikfolie – zur Deponie gefahren.

Während Marie den Wagen zurückbrachte, sortierte ich unseren Einkauf. Die Einzelteile der beiden schmalen Kleiderschränke lagen schon in meinem Zimmer; dort war für den Zusammenbau am meisten Platz, und wir mussten sie nur noch an die Wand schieben. Über den Flur und das Wohnzimmer verteilten sich weitere Bausätze: ein Regal, zwei zu den Schränken passende Kommoden, ein rollbarer Schreibtisch, ein poppiger Drehstuhl in Pink, ein Couchtisch, ein Nachttisch. In der Küche wartete eine große Korbtruhe, die bis zum Rand mit Kissen, Bettbezügen, Vorhängen und sonstigem Deko-Schnickschnack gefüllt war. Später würde die Truhe am Fußende des Bettes stehen und tagsüber das Bettzeug aufnehmen. Vor der Haustür lagen noch zwei zusammengerollte, zottelige Teppiche, einer in Maigrün für mein Zimmer, den anderen, goldfarbenen, hatte Marie fürs Wohnzimmer gekauft. Zwei große Plastikeinkaufstaschen enthielten Lampen-Puzzles.

Ich schnappte mir ein Paket, das die Einzelteile für eine Tischlampe enthielt, breitete seinen Inhalt auf dem Wohnzimmertisch aus und studierte die Bauanleitung, als Marie hereinkam. Sie trug zwei Kartons mit Pizza, aus denen betörender Duft aufstieg. Ich ließ sofort alles stehen und liegen und ergab mich willenlos dem lockenden Ruf von geschmolzenem Käse und knusprigem Pizzateig.

Wir setzten uns auf die Holzbank vor meinem Zimmer und mampften direkt aus dem Karton, während wir die verschiedenen Möglichkeiten, mein Zimmer einzurichten, akribisch und in jeder nur denkbaren Variation durchdeklinierten.

Während der nächsten fünf Stunden bauten wir die Möbel zusammen.

Marie wirbelte mit dem Akkuschrauber wie John Wayne mit seinem Colt, während ich meist blöde daneben stand, Seitenteile halten durfte und sie hurtig eine Schraube nach der anderen versenkte. Es war Mitternacht, als die letzte Glühbirne eingeschraubt war.

»Feierabend«, trompetete Marie und räumte das benutzte Werkzeug sorgfältig in diverse Koffer. Die zusammengebauten Möbel standen kreuz und quer in meinem Zimmer herum, nur die Kleiderschränke standen schon an ihrem Platz.

»Willst du noch weitermachen?«

Marie gähnte sekundenlang und ließ damit keinen Zweifel daran, dass sie sich gern ins Bett verabschieden würde.

»Wenn dich nicht stört, dass ich noch ein bisschen Krach mache? Ich möchte noch meine Koffer auspacken und so.«

»Ich werde jetzt duschen, im Bett noch ein paar Seiten lesen und dann vermutlich übergangslos ohnmächtig werden. Bei nichts davon wird mich ein bisschen Gerumpel stören. Wenn ich morgen früh bis zehn nicht aufgetaucht bin, darfst du mich sehr gern mit einem Kaffee wecken. Schlaf gut«, sagte Marie und trug die Werkzeugkoffer zurück an ihren angestammten Ort in ihrem »Wirtschaftsraum«, bevor ich sie in den ersten Stock steigen hörte.

Von Maries Ordnungssinn könnte ich mir mal gut eine Scheibe abschneiden, dachte ich. Sie wusste bestimmt immer auf Anhieb, wo sie einen Schraubenzieher, eine Glühbirne oder eine Batterie fand; bei mir war das immer ein stundenlanges Drama.

Ich beschloss, mich von ihr in diesem Zusammenhang positiv beeinflussen zu lassen, und wandte mich der Frage zu, wo meine neuen Möbel stehen sollten.

Zuerst stöpselte ich mein neu erworbenes Weckradio in eine Steckdose und ließ leise den erstbesten Sender dudeln, den ich gefunden hatte. Zwei Stunden später stand alles an seinem Platz, der zottelige Teppich lag ausgebreitet vor dem Bett, das sich mit Hilfe der großzügig eingekauften Zierkissen tagsüber in ein gemütliches Sofa verwandeln würde. An den Fenstern hingen neue Vorhänge, zwei Stehlampen mit farbigen Stoffschirmen verbreiteten anheimelndes Licht. Den Inhalt meiner beiden Koffer verteilte ich auf die beiden Kommoden und Kleiderschränke, deren Kapazitäten ich damit bei Weitem nicht ausgenutzt hatte.

Ich ließ mich in den ausladenden Korbsessel fallen, den wir in der Restposten-Abteilung des Möbelhändlers gefunden hatten, und blickte mich um.

Ein wunderschönes Zimmer, eingerichtet in wunderschönen Farben und mit wunderschönen Möbeln – und es sah aus wie ein Musterzimmer in einem Möbelkatalog.

Es gab nicht einen einzigen persönlichen Gegenstand. Kein Foto, kein Souvenir von Paris, nichts, was darauf hingedeutet hätte, dass ausgerechnet ich, Helene Bernauer, in diesem Raum wohne. Ich war damals mit zwei Koffern nach Paris gefahren, um bei Leon zu leben, um ganz neu anzufangen. Alles hatte ich hinter mir gelassen. Und mit genau den beiden Koffern – samt Inhalt – war ich wieder zurückgekehrt.

Alles stand wieder auf Anfang für mich.

Ich ahnte, dass genau diese unpersönliche Umgebung mir dabei helfen würde, über Leon hinwegzukommen – gerade weil mich nichts an ihn erinnerte: kein Bild, kein Kleidungsstück, kein Brief, kein Schmuckstück. Jedes einzelne Geschenk, das ich je von ihm bekommen hatte, lag in dem großen Müllbeutel in unserem Pariser Hinterhof.

KAPITEL 9

Ich schlief ein paar Stunden und wachte früh auf – in meinem schicken, neuen Zimmer, wie ich entzückt feststellte, nachdem ich mal wieder eine winzige Zehntelsekunde lang keine Orientierung gehabt hatte. Der Vorhang vor der Terrassentür war nicht ganz zugezogen, und durch den Spalt starrte Schorsch mich an. Ich sprang auf und öffnete ihm die Tür. Er spazierte an mir vorbei und begann einen Inspektionsrundgang durch mein Zimmer. Jedes Möbelstück wurde beschnüffelt, dann sprang er auf das Kissen im Korbstuhl und trampelte testhalber darauf herum. Offensichtlich fand der Sessel Gnade, denn Schorsch drehte sich dreimal um sich selbst und rollte sich dann auf dem Kissen zusammen Er schlief nicht, sondern beobachtete mich dabei, wie ich das Bettzeug vom Bett in die Truhe räumte und dann die Kissen darauf arrangierte (drei Versionen, bis ich zufrieden war) und die gestern gekauften Bettbezüge und Laken aus ihren Packungen holte, um sie zu waschen.

Ich stopfte sie in die Waschmaschine und startete das Kurzwaschprogramm. Als ich ins Zimmer zurückkam, war Schorsch eingeschlafen und schnarchte leise. Ob ich Marie wecken würde, wenn ich eine Dusche nahm? Ich beschloss, dass ich Marie damit keinesfalls wecken würde, weil sie viel zu tief schlief, und tapste auf Zehenspitzen die Treppe hoch und ins Bad.

Nach der Dusche fühlte ich mich frisch und voller Tatendrang. Ich befüllte und startete die Kaffeemaschine, bevor ich in *mein Zimmer* ging – mein Zimmer, das klang für mich zunehmend vertrauter – und das Radio anknipste. Es lief ein Song von den Beatles, und ich summte die Melodie mit, während ich Schubladen und Schranktüren öffnete, meine Kleidung zusammensuchte und mich anzog. Nicht besonders spektakulär, aber es erfüllte mich mit Freude.

Ich holte mir eine Tasse Kaffee, ging hinaus auf meine kleine Terrasse und setzte mich auf die Bank. Die Tasse stellte ich neben mich.

Hier fehlte ein Tisch, ganz klar.

Und noch ein oder zwei Klappstühle.

Und ein Sonnenschirm.

Und ein Grill. Hatte Marie einen Grill?

Ich genoss die Ruhe und die ersten Sonnenstrahlen. Die Luft war frisch und duftete süß, denn ich war von Blumen umgeben, die rund um die gepflasterte Fläche in einem schmalen Beet wuchsen. Mir gegenüber blühte violetter Flieder, davor dufteten Maiglöckchen und späte Tulpen mit Stiefmütterchen um die Wette. An einem Rankgitter, das die kleine Terrasse zur linken Seite begrenzte, kletterte ein Blauregen hoch, dessen Blütendolden sich in den nächsten Tagen öffnen würden.

Ich befand mich mitten in einem Paradies, so idyllisch und friedlich, dass ich fast vergessen hätte, warum ich hier war und dass ich eigentlich seit gestern eine verheiratete Frau hätte sein sollen. Ich wäre zu Helene Leblanc geworden, und dieser Name hätte schon bald in geschwungener Schrift auf den blitzblanken Schaufenstern meiner kleinen Patisserie in der Rue Chappe gestanden ...

Stattdessen war ich immer noch Helene Bernauer, unfreiwillig wieder Single, arbeitslos, auf der Flucht.

Na, na, mal nicht ganz so dramatisch, Helene, mahnte meine innere Stimme, auf der Flucht?

Ja, natürlich!

Auf der Flucht vor den Erinnerungen, auf der Flucht vor den noch immer starken Gefühlen für Leon ... Zeig mir einen einzigen Menschen auf der Welt, der das einfach ausknipsen kann – und wenn du hundertmal gerade erfahren hast, dass dein geliebter Partner ein fremdgehendes Arschloch ist!

Das hohe Sirren, das seit ein paar Minuten aus dem Haus drang, brach ab. Die Maschine hatte zu Ende geschleudert, und meine Wäsche war fertig.

Begleitet von Schorsch, holte ich alles aus der Waschmaschine und hängte es auf dem Wäscheplatz neben dem Haus auf. Die Bettbezüge würden herrlich frisch duften, wenn sie getrocknet waren.

»So ein fleißiges Lieschen – hängt so früh schon Wäsche auf. Guten Morgen!« Marie – äußerst verschlafen aussehend stand in der Tür zur Küche und blinzelte in die Sonne. »Dir auch einen guten Morgen«, sagte sie und bückte sich herunter zu Schorsch, der ihr miauend um die Beine strich. »Hast du ihm schon Futter gegeben?«

Ich schüttelte den Kopf. »Nee. Solange ich nicht weiß, wann er wie viel bekommt ...?«

»Stimmt«, erwiderte Marie und gähnte ausgiebig. »Der bringt es fertig und erschnorrt sich doppelte Rationen.«

»Dein Zimmer ist echt schön geworden, du musst ja noch die halbe Nacht geackert haben«, sagte Marie, als wir beim Frühstück auf ihrer Terrasse saßen. »Was liegt heute an? Antrittsbesuch bei der lieben Familie?«

Ich schauderte und verzog mein Gesicht. War eine Wolke vor die Sonne gezogen, oder verdunkelte sich gerade für mich alles beim Gedanken an meine Eltern und meine Schwester und ihren Mann und ...?

»Oha, da habe ich wohl jemandem die Laune verdorben.« Marie kicherte.

»Du hast gut lachen«, maulte ich, »du kommst ja auch nicht gerade nach der größten Niederlage und Blamage deines Lebens zurück nach Hause gekrochen.«

»Jetzt mach mal halblang. Niederlage? Blamage? Wenn hier einer der Verlierer ist, dann dieser Vollidiot in Paris!«

»Ach ja? Wer hat denn seine Koffer gepackt und ist abgehauen? Das war ja wohl ich.«

»Ja, weil er dich nicht verdient hat! Er hatte dich und hat es versaut, der Blödmann. Und weshalb? Weil er denkt, dass er ein zweiter Robbie Williams ist und dass ihm damit dienstgradmäßig mehr als eine Frau zusteht, deshalb!«

»Weil ich fett bin!«, schrie ich. »Du hättest mal die Mädchen sehen sollen, die waren alle dünn und hübsch! Und deshalb sollte er sich mit mir auch nicht in der Öffentlichkeit zeigen! Weil ich fett und hässlich bin! Und nicht, weil er als Single besser Karriere machen kann!«

Und schon flossen bei mir die Tränen.

»Du bist weder fett, noch bist du hässlich«, sagte Marie streng. »Das will ich nie wieder von dir hören.«

»Du-hu-huuu ha-hast gut re-heee-den, du-huu bist dü-hühünn!«, heulte ich so laut, dass Schorsch, der schnarchend neben mir im Strandkorb gelegen hatte, erschrocken aufsprang und mit angelegten Ohren ins Haus flitzte.

»Ach, und dünn zu sein ist die Garantie, dass ein Partner mich nicht betrügt?«, fragte sie spöttisch. »Das wäre mir aber ganz neu.«

Ich konnte nicht antworten, da ich mit Schluchzen beschäftigt war und damit, mich in Selbstmitleid zu wälzen.

»Und ebenfalls ganz neu für mich ist«, fuhr sie fort, »dass du in derartigen Kategorien denkst, Helene. Das habe ich noch nie von dir gehört, dass du dich auf deinen Hintern reduzierst – egal, wie groß oder wie klein er deiner Ansicht nach auch immer ist.«

»Und warum wa-haa-ren die a-han-deren Mädchen alle so dünn?«, schniefte ich wie ein kleines Kind. »Warum hat er (schluchz) sich nur dünne Mädchen genommen?«

»Weil er es konnte«, gab Marie böse zurück, »weil diese Weiber sich ihm hordenweise an den Hals werfen, was weiß ich denn, warum? Weil er meint, ein Popstar macht das so, sonst ist er kein echter Popstar. Denk einfach nicht darüber nach, hörst du? Das hat nichts mit dir zu tun!«

»Das hat alles mit mir zu tun!«, fuhr ich auf. »Es betrifft schließlich mein Leben, wie sollte es da nichts mit mir zu tun haben? Kannst du mir das bitte mal erklären?«

»Ja, das kann ich«, sagte Marie sanft. »Ich will damit sagen, dass es nicht deine Schuld ist. Leon hat es verbockt, ganz allein. Und er kann froh sein, dass er so weit weg ist, sonst würde ich jetzt auf der Stelle in mein Auto steigen, zu ihm fahren und ihn nach Strich und Faden verprügeln, um es mal auf den Punkt zu bringen. Wir könnten aber auch beide nach Paris fahren und ihn in der Seine ersäufen, wenn du Lust darauf hast. Ich bin dabei.«

Sie lächelte lieblich und sprach mit sanfter Stimme – aber in ihren Augen glitzerte die reine Mordlust, und damit brachte sie mich zum Lachen.

»Warum eigentlich nicht?«, prustete ich. »Danach flüchten wir als Gesetzlose durch Europa und leben davon, dass wir Banken überfallen. Und im nächsten Jahr dreht Quentin Tarantino einen Film über uns. Thelma und Louise – Reloaded.«

Wir lachten uns kaputt, und schließlich schnaufte Marie: »So gefällst du mir schon besser!«

Sie wurde ernst. »Hör mal, es ist wirklich okay, wenn du traurig bist. Aber ich werde es nicht dulden, dass du die Schuld bei dir suchst, verstanden? Du hast nichts falsch gemacht. Es ist nicht falsch, jemandem zu vertrauen – das wäre doch schrecklich, wenn wir jedem neuen Menschen in unserem Leben mit Misstrauen begegnen würden. Aber es gibt halt Menschen ...«, sie seufzte, »... die eine ganz andere Auffassung von Liebe haben als wir. Und manchmal merken wir das zu spät.«

Ich wusste, wovon sie sprach. Ihre letzte Beziehung war

noch nicht lange vorbei. Sie war die Geliebte eines verheirateten Mannes gewesen, Klaus. Er war in der Politik, und Marie und er hatten sich auf einem Empfang, auf den sie Majestix hatte begleiten müssen, kennengelernt. Es hatte sofort gefunkt, aber von Beginn an war diese Liebe zum Scheitern verurteilt gewesen. Er konnte sich nicht von seiner Familie trennen, und der logistische Aufwand, den jedes Treffen bedeutete, erstickte nach und nach die Romantik ihrer verbotenen, heimlichen Liebe.

Marie hatte sich nach zwei Jahren getrennt, zwar bedauernd, aber nicht am Boden zerstört.

Das kam erst, als sie vor drei Monaten, kurz nach der Trennung, erfuhr – Bürgermeistersekretärinnentratsch! –, dass »Klausi« immer zwei bis drei Verhältnisse laufen hatte. Dafür war er bekannt. Er war smart und gut aussehend, witzig noch dazu, und die Frauen liefen ihm scharenweise nach, wie Marie von einer Kollegin aus dem Nachbarort erzählt wurde, junge und ehrgeizige Journalistinnen, hübsche Wahlkampfhelferinnen, Praktikantinnen oder Angestellte aus seinem Büro – er hatte die freie Auswahl, und er nutzte sie, wie jeder wusste. Jeder außer seiner Frau.

Und Marie, natürlich.

Leider hatte Marie nicht so viel Glück wie ich und musste damit zurechtkommen, ihrem Ex durch ihren Job von Zeit zu Zeit zu begegnen. Das – so hoffte ich inständig – würde mir bis an mein Lebensende erspart bleiben.

»Zurück zum Anfang unseres Gesprächs«, sagte Marie plötzlich, nachdem wir beide eine kurze Zeit ganz in unsere Gedanken versunken dagesessen hatten. »Was liegt heute denn nun an?«

»Ein Besuch bei meinen Eltern jedenfalls nicht«, erwiderte ich bestimmt und fuhr schnell fort, bevor Marie dieses Thema wieder aufgreifen konnte: »Ich finde, die Terrasse vor meinem

Zimmer sieht ein bisschen kahl aus. Du weißt doch bestimmt, wo wir ein paar hübsche Sachen kaufen können, oder?«

»Hm.« Maries Stirn legte sich beim Nachdenken in dekorative Querfalten. »Stapelbare Fünf-Euro-Stühle aus Plastik, oder hast du noch ein paar Scheinchen locker?«

Ich zögerte kurz, aber mein neues Zuhause, mein Zufluchtsort sollte perfekt sein – bis zum perfekten Stuhl auf meiner Terrasse.

»Geld spielt keine Rolle«, verkündete ich lässig, und keine zehn Minuten später waren wir zu einem Ort unterwegs, an dem – laut Marie – jeder Wunsch jedes Gartenfreundes erfüllt würde.

KAPITEL 10

Marie hatte nicht zu viel versprochen. Erst Stunden später luden wir unsere Beute in ihren Kombi. Um den neuen Grill einzuweihen, hielten wir auf dem Rückweg an einer Metzgerei und kauften dort üppig ein.

Die Sonne war schon hinter dem Haus verschwunden, aber ich spannte meinen neuen Sonnenschirm trotzdem auf über dem neuen Tisch mit den beiden passenden Stühlen. Marie schraubte den Grill zusammen und machte sich daran, ihn zu entzünden, während ich in der Küche das Fleisch marinierte und Nudeln für einen Salat kochte.

»Ich gehe morgen zu meinen Eltern«, sagte ich, als wir später das Geschirr in die Küche trugen.

»Ehrlich? Denkst du, du bist schon so weit?«

»Morgen oder übermorgen ... das macht doch keinen Unterschied. Ich will es hinter mich bringen.«

Am nächsten Morgen war ich dann schon nicht mehr so überzeugt von meinem Plan. Ich hatte keine besonders gute Laune, als ich aufwachte, und ganz sicher war mir nicht danach, peinliche Fragen zu beantworten. Dass es regnete, passte perfekt zu meiner miesen Stimmung.

In der Küche fand ich eine Notiz von Marie: *Majestix braucht mich. Toi, toi, toi für den Besuch bei Deinen Eltern. Bis später ... M.*

Mist. Musste sie das Thema ansprechen?

Was war unangenehmer? Die Fragen meiner Mutter oder Maries Reaktion, wenn sie erfuhr, dass ich gekniffen hatte?

Andererseits: Sollte ich meine Handlungen davon bestimmen lassen, was andere von mir erwarteten?

Und: Wenn ich die Konfrontation mit meinen Eltern so sehr scheute, hätte ich mir dann nicht einen anderen Zufluchtsort aussuchen müssen?

Aber ich hatte die Vertrautheit der Umgebung, die ich nur hier fand und die mir Sicherheit gab, doch so dringend gebraucht.

Gut, aber diese vertraute Umgebung gab es halt nicht ohne meine Eltern und all die anderen Leute, die mich kannten ...

Es gab einfach keine Lösung dafür, was das Richtige war. Ich würde der Konfrontation nicht entgehen können, egal, was ich tat oder nicht tat. Ich würde meine Eltern besuchen, beschloss ich, und zwar sofort.

Aber zuerst brauchte ich eine Tasse Kaffee. Nur nichts überstürzen, schön ruhig angehen, die Sache.

Ich steckte den Haustürschlüssel, der für mich auf Maries Notiz lag, in die Hosentasche. Sie hatte Brötchen und eine Tageszeitung geholt; also würde ich mich erst einmal durch ein Frühstück stärken und ein wenig Zeitung lesen.

Ich machte es mir auf meiner Holzbank bequem und vertiefte mich ins örtliche Käseblättchen, während ich abwechselnd vom Kaffee nippte und mein Fleischsalat-Brötchen genoss. Dann blätterte ich um, und meine Tasse stoppte auf halbem Weg zum Mund, oder meine Hand hörte auf, sich zu bewegen, ganz wie man will.

Ein großes Farbfoto sprang mir geradezu entgegen: meine Eltern, meine Oma und mein Schwager Lutz, vor dem Laden meiner Eltern. Meine Mutter und meine Oma waren halb verdeckt durch den absurd großen Blumenstrauß, den jede von ihnen im Arm hielt.

Über dem Bild stand: *50 Jahre Konditorei Cäcilie Bernauer, und darunter: Im Mai 1959 eröffnete Cäcilie Bernauer (75, 2. v. l.) ihre Konditorei, die mittlerweile in zweiter Generation von ihrem Sohn Peter Bernauer (ganz links) und Gattin Waltraud (2. v. r.) geführt wird. Bürgermeister Lutz Schmidt (ganz rechts), Gatte der Bernauer-Tochter Susanne, gratuliert mit Blumen für die Damen.*

Da standen sie und sahen mich an.

Mein Vater, in weißer Arbeitskleidung und mit weißem Käppi auf den grauen Stoppelhaaren, starrte mit grimmigem Gesicht in die Kamera. Ich wusste, dieses Jubiläum bedeutete ihm nichts, solange er nicht endlich so etwas wie *Bäckerei Konditorei Peter Bernauer & Tochter* über den Eingang schreiben konnte.

Neben ihm stand meine Oma Cäcilie, Matriarchin der Familie und Geschäftsgründerin. Sie lächelte stolz. Aus ihrem Mozartzopf, den sie immer trug, hatten sich ein paar dünne Strähnen gelöst, die im Wind zu tanzen schienen.

Dann meine strahlende Mutter, an deren Frisur sich kein Haar regte. Offensichtlich hatte sie sich zur Feier des Tages einen Friseurbesuch genehmigt, und der Haarkünstler ihres Vertrauens hatte ihr einen helmartigen Kopfputz geklöppelt, der verblüffend an die Frisur von Königin Beatrix erinnerte, fehlte nur noch das Diadem. Wie viele unschuldige Flaschen Haarspray hatten sterben müssen, um dieses Prachtstück wind- und wetterfest zu machen, wollte ich mir lieber nicht vorstellen.

Rechts außen grinste Majestix, mein Schwager. Er hatte mittlerweile ein beeindruckendes Doppelkinn, wie ich feststellte, auch sein Bauch war nicht ohne. Er liebte Cremetorte, Marie musste ihm jeden Nachmittag zwei Stück Torte aus unserer Bäckerei holen.

Ich zuckte zusammen.

Ich hatte unsere Bäckerei gedacht, unsere.

Und ich wusste: Wäre ich ebenfalls auf diesem Bild gewesen, Helene Bernauer, Enkelin von Cäcilie und Tochter von Waltraud und Peter, die dritte Generation – dann hätte auch mein Vater gelacht und würde jetzt nicht aussehen wie ein flüchtiger Schwerverbrecher auf einem Fahndungsfoto.

Von meiner Tasse, die noch immer in der Luft hing, fiel ein Tropfen Kaffee auf das Zeitungsfoto. Ich stellte sie hastig ab und drückte meinen Ärmel auf das Papier, um die braune Flüssigkeit aufzusaugen, bevor sie das Foto verunstalten konnte. Ich wusste plötzlich, was das erste persönliche Stück in meinem Zimmer werden und den ersten meiner vielen, leeren Bilderrahmen füllen würde.

Ich schob mein Frühstücksbrettchen so auf das Foto, dass Majestix verdeckt wurde, und nickte zufrieden. Ich konnte ihn problemlos wegschneiden. Das Motiv hatte dann zwar nicht mehr die vom Fotografen beabsichtigte Symmetrie, aber das war mir egal.

Zehn Minuten später hing das Foto – ohne Lutz! – gerahmt an der Wand. Ich hatte verschiedene Möglichkeiten ausprobiert, und letztendlich hatte es seinen Platz rechts neben der Terrassentür gefunden.

Als ich das Bild betrachtete, packte mich unerwartet die Sehnsucht nach meiner Familie. Verdammt, ich war ein trauriges, kleines Mädchen und wollte, dass meine Familie mich tröstete!

Plötzlich konnte es mir gar nicht schnell genug gehen. Ich zog meinen bunten Anorak über, tastete nach dem Haustürschlüssel in meiner Hosentasche, schnappte mir aus dem Schirmständer einen Regenschirm und machte mich auf den Weg.

KAPITEL 11

Ich trat aus der Haustür, spannte den Schirm auf und atmete tief ein. Dann ging ich die Dorfstraße entlang.

Rechts von mir Häuschen wie das von Marie, umgeben von Obstbäumen und bunt blühenden Beeten. Links eine große, saftig grüne Weide, auf der eine Herde schwarz-weiß gefleckter Kühe stand. Der Blick ging weit über flaches, grünes Land, über angrenzende Wiesen mit weiteren Kühen und in der Ferne wie Spielzeughäuschen wirkende Bauernhöfe. Kein Autolärm, keine Abgase, kein permanentes Hupen – ich hörte nur den Regen, der leise auf meinen Schirm prasselte.

Von hinten wurde ich von einer Radfahrerin überholt. Obwohl sie schnell an mir vorbeisauste und Regenhaube und Cape aus Plastik trug, erkannte ich sie sofort: Fräulein Behrens, meine alte Lehrerin. Sie trat kräftig in die Pedale und bog dann nach rechts in die Hauptstraße ab.

Ich folgte ihrem Weg und näherte mich dem Zentrum des Dorfes, unserer Shopping-Mall. Jetzt, im Mai, fuhr nur ab und zu ein Auto durchs Dorf, aber es war nur eine Frage der Zeit, bis man kaum noch ohne Fußgängerampel auf die andere Straßenseite kam.

Denn unser Dörfchen lag auf halber Strecke zwischen den vielen Touristenorten und riesigen Campingplätzen an der Küste und dem nächstgrößeren Ort, der den Urlaubern an Regentagen etwas zu bieten hatte, und sei es nur ein Kino, Souvenirgeschäfte und eine Burger-King-Filiale.

Seit Jahren planten die Kommunalpolitiker an einer Umgehungsstraße herum, die unsere Durchgangsschneise während der Touristensaison entlasten sollte, aber der örtliche Handel – allen voran mein Vater – war ganz zufrieden mit der Situation, so wie sie war.

Spätestens seit Majestix in einem der wenigen lichten

Momente seines Lebens einen Geistesblitz gehabt hatte und auf einem leeren Grundstück an der Hauptstraße einen großen Parkplatz hatte bauen lassen, florierten die Geschäfte.

Sie alle profitierten vom Durchgangsverkehr im Sommer: die Metzgerei Oltmanns, die alte Dorfkneipe mit gutbürgerlicher Speisenkarte,. das Lotto- und Zigarettengeschäft von Fräulein Behrens' Schwägerin, die Pizzeria, die Filiale der Drogeriemarktkette, die Imbissbude – und natürlich die Bäckerei Konditorei *Cäcilie Bernauer & Sohn*, deren Theke morgens zwischen sieben und zehn Uhr permanent von Touristen vom nahe gelegenen Campingplatz umlagert war, die meinen Eltern die noch heißen Brötchenbleche und die Gebäckauslage leer kauften. Sonntags war während der Hauptsaison von acht bis zwölf Uhr geöffnet; dann standen die Kunden bis auf die Straße.

Majestix' Geistesblitz mit dem Parkplatz hatte sich nach kurzer Zeit noch ein zweiter dazugesellt: Alle zwei Wochen gab es einen Flohmarkt, und zwar auf dem großen Hofplatz eines Bauernhauses, das an den Parkplatz grenzte. Die Frauen des Dorfes betrieben Stände mit Würstchen vom Grill, und der clevere Teil der Dorfjugend hatte Scheunen und Dachböden von Verwandten und Bekannten durchkämmt und bot zu unverschämten Preisen verbeulte Milchkannen und windschiefe, seit Jahrzehnten ausgemusterte Kommoden an, die bei den Touristen reißenden Absatz fanden. Die waren nämlich froh über jedes Fitzelchen Freizeitangebot und kamen in Scharen zu unserem kleinen Flohmarkt, der von Mal zu Mal ein bisschen größer und professioneller wurde. Jede Menge Biergartenbänke und tische wurden aufgestellt, die Brauerei des Nachbarortes schickte einen Bierwagen, es gab Ponyreiten für die Kinder und einen Streichelzoo, mittags sang ein Gospel- oder Shantychor aus der Umgebung. Und wenn es mal regnete, zog die ganze Party in die riesige, wirtschaftlich nicht mehr genutzte Scheune um.

Mein Vater lieferte zu einem fairen Preis die Brötchen für die Bratwürstchen- und Spießbratenstände und gönnte es ansonsten den Hausfrauen des Dorfes, quadratmeterweise Blechkuchen mit Stachelbeeren oder Rhabarber aus dem eigenen Garten zu verkaufen.

All das ging mir durch den Kopf, während ich unter meinem schwarzen Regenschirm auf der gegenüberliegenden Straßenseite stand und auf das Geschäft meiner Familie starrte. Die gelb geklinkerte Fassade, die beiden Schaufenster rechts und links der Ladentür, die heute eingerollten, gelbweiß gestreiften Markisen. Vor dem Laden war ein Fahrrad abgestellt, über den Sattel war zum Schutz vor dem Regen eine Plastiktüte gezogen. Durch die Scheibe sah ich Fräulein Behrens und meine Mutter in ein angeregtes Gespräch vertieft.

Plötzlich, als hätte sie meinen Blick gespürt, sah meine Mutter hoch und mich direkt an. Sie runzelte die Stirn und legte die Hand so über die Augen, als wollte sie blendende Sonne abschirmen und dadurch ihren Blick schärfen. Langsam zeigte sich Begreifen auf ihrem Gesicht.

Freude sah anders aus, fand ich.

Ihr Mund formte ein »Oh«, und dann griff sie sich ans Herz. Fräulein Behrens fuhr herum, um zu sehen, was meine Mutter so erschreckt hatte. Ihr Blick fiel auf mich, und sie ging sogar ein paar Schritte näher an die Fensterscheibe und kniff die Augen zusammen, um deutlicher sehen zu können.

Eigentlich fand ich die Pantomime der beiden ganz lustig, aber man sollte es nicht auf die Spitze treiben, und so marschierte ich über die Straße. Beim Öffnen der Ladentür erklang das vertraute Bimmeln der kleinen Glocke.

Dann stand ich da, und meine Mutter und Fräulein Behrens starrten mich an, als sähen sie ein Gespenst.

Meine alte Lehrerin rührte sich als Erste. »An dir bin ich doch vorhin vorbeigefahren«, stellte sie fest, »auf der Straße, wo Marie wohnt.«

»Der Anorak ist auch wohl kaum zu übersehen.«

Das waren die ersten Worte meiner Mutter, als sie mich nach Monaten überraschend wiedersah. Alles wie immer.

Fräulein Behrens musterte mich in meinen alten, abgewetzten Jeans und meinem geliebten Anorak, der auf grünem Grund ein wildes, buntes Blumenmuster hatte, und schnarrte in gewohnter Liebenswürdigkeit: »Dass du so rumlaufen magst, Helene ...«

Dann wandte sie sich meiner Mutter zu und sagte: »Ich will dann mal wieder, Waltraud.« Sie nickte mir zu und verließ, begleitet von einem Bimmeln, den Laden.

Meine Mutter stand noch immer wie erstarrt hinter der Theke, fixierte aber mittlerweile eine kleine Wasserlache auf dem Linoleum, an der mein tropfender Schirm schuld war. Schnell stellte ich den Übeltäter in den Schirmständer neben der Tür; vielleicht würde das ja den Bann brechen, der über meiner Mutter zu liegen schien.

Ich wandte mich ihr wieder zu, zog den Reißverschluss des Anoraks herunter und sagte: »Hallo, Mama.«

Durch sie ging ein kleiner Ruck, als würde sie aus einer Trance erwachen. Sie zwinkerte ein paar Mal und wisperte: »Mein Gott, Helene, hast du mich erschreckt. Stehst da auf der anderen Straßenseite und starrst in den Laden – wie in einem Gruselfilm.«

»Ja, Mama, ich freue mich auch, dich zu sehen.«

Ehe sie mir antworten konnte – falls sie das überhaupt wollte –, bimmelte hinter mir die Glocke der Ladentür, und eine Urlauberfamilie mit vier Kindern kam herein.

Sofort flog ein professionelles Lächeln ins Gesicht meiner Mutter, und sie sagte: »Geh doch schon mal nach hinten, Oma ist in der Küche und macht Mittagessen. Aber pass auf, dass sie vor Schreck keinen Schlaganfall kriegt.«

Ich ging hinter die Theke und durch die Tür, die in einen Flur führte, während meine Mutter schon mit den durcheinandergekrähten Wünschen der Kinder beschäftigt war. Links lag die Backstube, geradeaus die Hintertür zum Garten, rechts die riesige Wohnküche, in der bei Bedarf auch gearbeitet wurde.

Durch die angelehnte Küchentür drangen nicht nur Radiogedudel und Topfklappern, sondern auch betörender Essensduft nach ... ich schnupperte genießerisch ... nach Bohneneintopf, lecker!

Oma war mittlerweile ein wenig schwerhörig, und meine Mutter hatte mit ihrer Warnung nicht ganz Unrecht. Wenn Oma so versunken in einem Topf rührte und gleichzeitig das Radio lief, erschrak sie furchtbar, wenn plötzlich jemand neben ihr stand, den sie nicht gehört hatte.

Ich klopfte mit dem Fingerknöchel gegen die Tür, schob sie auf und rief laut: »Oma! Nicht erschrecken!«

Sie fuhr herum, drückte sich in einer exakten Imitation der Geste meiner Mutter die Hand auf den Busen und keuchte: »Mich trifft der Schlag. Du ahnst es nicht – Helene!«

Ihr Gesicht legte sich in tausend feine Lachfältchen, als sie mir strahlend und mit ausgebreiteten Armen entgegenkam. Sie umarmte mich und fragte: »Hast du deinen Vater schon begrüßt?«

Ich schüttelte den Kopf. »Ist er drüben?«

»Du kannst ihm sagen, dass es in einer Viertelstunde Essen gibt«, sagte Oma und ging zurück an den Herd. Ich war für diesen Moment entlassen.

Ich wusste natürlich, dass es völlig unnötig war, meinen Vater vom Fortgang der Essensvorbereitungen in Kenntnis zu setzen, denn es gab jeden Wochentag um exakt fünf Minuten nach eins ein warmes Mittagessen. Um eins schloss der Laden für eine zweistündige Mittagspause – außer während der Saison. Vom ersten Sommerferientag des ersten Bundeslandes bis zum letzten Ferientag des letzten Bundeslandes war die Bäckerei durchgehend geöffnet, aber so weit war es noch nicht.

Mein Vater würde also, auch wenn ich ihm nicht Bescheid sagte, ohnehin um Punkt fünf nach eins wie aus dem Boden gewachsen am Küchentisch sitzen, aber meine Oma wollte natürlich, dass mein Vater und ich ein paar Minuten für uns allein hatten.

Ich gab mir einen Ruck und stieß die Schwingtür zur Backstube auf.

Er stand am großen Arbeitstisch aus Metall und setzte konzentriert rosafarbene Marzipanröschen auf eine schneeweiße, zweistöckige Hochzeitstorte. Der Anblick der Torte versetzte mir einen kurzen Stich, aber ehe ich sentimental werden konnte, bemerkte mein Vater, dass jemand hereingekommen war, und sah hoch.

Sein Gesicht hellte sich kurz auf, dann verschloss es sich wieder, und er brummte: »Wo kommst du denn her?«

Im Zweifel aus Paris, hätte ich am liebsten gesagt, aber ich wollte keinen Zank. »Ich wohne bei Marie«, antwortete ich und ließ damit offen, ob ich nur für ein paar Tage hier war.

»So, so, bei Marie. Hat Susanne gar nicht erzählt.«

Interessant, dass mein Vater selbstverständlich von einer reibungslos funktionierenden Informationskette ausging: Marie arbeitete bei Lutz, und deshalb musste dieser ja wohl automatisch Bescheid wissen. Dass Lutz allerdings Maries Privatleben einen feuchten Kehricht anging, wurde als Überlegung offenbar nicht mit einbezogen. Lutz gab es dann abends vor dem Fernseher an seine Gattin – meine Schwester – weiter, und spätestens am nächsten Morgen hätte die Neuigkeit bei meinen Eltern landen müssen.

Eigentlich noch am gleichen Abend, denn schließlich gab es Telefone.

Und mein Vater schloss – zu Recht! – aus meiner Bemerkung bei Marie zu wohnen, dass ich womöglich schon einige Tage im Dorf war.

»Susanne weiß es nicht. Marie hat gerade Urlaub und ... und es war alles ziemlich spontan, weißt du?«

Er hatte sich wieder über die Torte gebeugt und setzte jetzt gelbe Marzipanrosen in die Lücken, die er bei den rosafarbenen gelassen hatte. Mein Vater war ein begnadeter Konditor, aber seine Vorstellungen von Design waren mir zu konventionell. Hätte ich jemals gelbe und rosafarbene Rosen nebeneinander gesetzt, immer abwechselnd?

Höchstens, wenn die Torte knallorange wäre, und auch dann nur vielleicht. Und genau deshalb hatten wir uns in der Backstube immer gestritten wie die Besenbinder. Angesichts meiner Entwürfe zum Beispiel tannengrüner Hochzeitstorten mit einer Dekoration aus Eicheln und zartgrünen Farnblättern – alles essbar, natürlich – hatte er sich mit Grausen abgewandt und sich lautstark gefragt, was er als mein Lehrherr wohl falsch gemacht haben könnte und ob ich nicht vielleicht doch nach meiner Geburt im Krankenhaus mit einem anderen Kind vertauscht worden sei. Vielleicht mit einem Kind aus einer Zirkusfamilie, das würde auch zu meinen verrückten Vorstellungen in der Backstube passen, fand er.

»Ich erzähle gleich, warum ich hier bin, wenn wir alle zusammen am Tisch sitzen.«

Ein kurzes Zucken seiner Augenbrauen signalisierte mir, dass meine Ankündigung so etwas wie Neugier oder vielleicht sogar einen Anflug von Interesse bei ihm geweckt hatte, aber er sagte nichts, sondern fuhr mit seiner Arbeit fort.

Ich ging zurück in die Küche und half meiner Oma beim

Tischdecken. Sie stellte mir keine Fragen, was mir sehr angenehm war.

Ich wollte es allen gleichzeitig sagen und es in einem Rutsch hinter mich bringen. Wieder einmal dankte ich mir innerlich dafür, dass ich zu Hause nie von meinen Hochzeitsplänen erzählt hatte.

KAPITEL 12

Um Punkt fünf nach eins erschienen meine Eltern in der Küche und setzten sich an den Tisch. Ich füllte unsere Teller aus dem Suppentopf, und Oma stellte einen Brotkorb auf den Tisch, der mit frischen Brötchen gefüllt war.

Nach einem gemurmelten »Mahlzeit« aßen wir schweigend, bis meine Oma es nicht mehr aushielt und herausplatzte: »Jetzt erzähl doch mal!«

Mein Herzschlag beschleunigte sich, und meine Handflächen wurden feucht. Es war eben doch nicht so einfach, wie ich mir vorgestellt hatte.

Alle starrten mich an, niemand aß mehr.

Ich räusperte mich, aber meine Stimme klang trotzdem belegt, als ich sagte: »Ich bin zurück.«

»Zurück«, wiederholte meine Mutter, »was heißt das denn jetzt?«

Während meine Eltern mich verständnislos anstierten, signalisierte mir das Mitleid in den Augen meiner Oma, dass sie sofort kapiert hatte, was in Paris vorgefallen war. Oder besser: dass in Paris etwas vorgefallen sein musste, das zu Leons und meiner Trennung geführt hat.

»Das heißt«, antwortete ich auf die Frage meiner Mutter, »dass Leon und ich uns getrennt haben und dass ich Paris verlassen habe, um wieder hier zu leben. – Vorerst!«, schob ich eilig hinterher.

»Und wo willst du wohnen?«, fragte meine Mutter, und sie klang in meinen Ohren ziemlich aggressiv. Vermutlich fürchtete sie, ihr geliebtes Nähzimmer – mein ehemaliges Zimmer wieder an mich abtreten zu müssen.

»Ich bin bei Marie eingezogen, sie wohnt doch jetzt in Tante Almas Häuschen. Da ist Platz genug für uns beide.«

»Ich habe es von Anfang an gewusst«, sagte meine Mutter.

Im ersten Moment klickte es nicht bei mir. »Was hast du von Anfang an gewusst?«

»Dass dieser Mann nicht der Richtige für dich ist. Was willst du mit einem Künstler?«

»Dann musst du ja unglaublich froh sein, dass du recht hattest, ich gratuliere.«

Ich war kurz davor, aufzuspringen und beleidigt zur Tür hinauszurauschen, aber ich wollte vor der unfehlbaren Waltraud nicht in die Knie gehen.

Obwohl Oma meiner Mutter einen warnenden Blick zuwarf, stänkerte diese unverdrossen weiter: »Das weiß man doch, wie diese Künstler sind, benutzen Frauen und werfen sie weg und nehmen sich neue ... Hat er dich betrogen? Er hat dich betrogen, das sehe ich dir doch an. Wie *konntest* du nur so dumm sein und auf diesen windigen Schönling hereinfallen. Du bist doch nicht etwa schwanger?« Sie lehnte sich zurück, verschränkte die Arme vor der Brust und bekräftigte: »Er hat dich betrogen.«

Ich registrierte, dass mein Vater aufmerksam wurde, und beschloss, den Weg der Diplomatie zu beschreiten. Mein Vater brachte es fertig, in sein Auto zu springen, nach Paris zu rasen, Leon zu suchen und zu finden und ihn dann *spüren* zu lassen, was passierte, wenn man Vatis kleines Mädchen unglücklich machte.

»Er hat mich nicht betrogen«, log ich ungerührt und sah allen nacheinander in die Augen, um den Wahrheitsgehalt meiner Aussage zu unterstreichen.

»Hat er dich geschlagen?«, grollte mein Vater und ballte seine Pranken zu Fäusten.

Ich zwang mich zu einem heiteren Lachen.

»Großer Gott, nein, natürlich nicht! Wir haben einfach festgestellt, dass es nicht klappt. Ganz unsentimental. Wir sind als Freunde auseinandergegangen!«

Ich widmete mich wieder meiner Bohnensuppe, als hätten wir gerade übers Wetter geplaudert und nicht über den Zusammenbruch meines Lebens. Der wissende Blick meiner Oma streifte mich. Ihr würde ich irgendwann einmal die Wahrheit erzählen, aber nicht jetzt.

»Hast du überhaupt Möbel?«, fragte meine Mutter plötzlich.

Ich nickte. »Alles schon erledigt. Ich habe ein wunderschönes Zimmer in einem wunderschönen Haus mit einem wunderschönen Garten drumherum. Wir haben vorgestern ein paar Sachen eingekauft, um das Zimmer einzurichten. Ich fühle mich dort sehr wohl.«

»Das finde ich schön, Kind«, sagte meine Oma. »Wenn dir noch irgendetwas fehlt oder du dir etwas wünschst, das dein Budget übersteigt ...«

»Danke, Oma, aber ich habe alles. Marie ist komplett eingerichtet, und ich brauchte nur mit meinen beiden Koffern zu kommen und mir einen Kleiderschrank zu kaufen. Obwohl – habt ihr vielleicht ein Fahrrad für mich übrig?«

»Du kannst meins haben«, bot meine Großmutter an. »Ich benutze es kaum noch.«

Stimmt, denn sie flitzte viel lieber mit ihrem roten Beetle über die Landstraßen, den sie sich in einem Anfall von Exzentrik gegönnt hatte.

Omas altes Hollandrad war ein schwarzes Ungetüm, ziemlich schwer und niedrig gebaut, natürlich ohne Gangschaltung, dafür aber mit dem bequemsten Sattel der Welt, auf dem man saß wie in einem weichen Samtsessel.

»Danke, das Rad nehme ich gern«, nuschelte ich mit vollem Mund, was mir einen strafenden Blick meiner Mutter einbrachte.

»Und was willst du arbeiten?«, fragte mein Vater, ohne mich anzusehen.

Ich schluckte. Eigentlich hatte ich geplant, mich von ihnen fragen zu lassen, ob ich nicht wieder hier arbeiten wollte. Aber ich hatte nicht aufgepasst, und mein Vater hatte mir einen Aufschlag serviert, den ich jetzt so würdevoll wie möglich retournieren musste.

Natürlich würde ich hier einen Job bekommen, das war gar nicht die Frage – aber sie hatten nicht vor, es mir einfach zu machen.

»Ich habe gehört, Marianne ist schwanger«, gab ich zurück.

»Das hat sich bis nach Paris herumgesprochen?«, sagte meine Mutter schnippisch. »Von *mir* hast du es jedenfalls nicht.«

Ja, touché, hab verstanden, was du sagen willst, ich hätte öfter anrufen können, du hast ja recht. Aber ich werde nicht auf dein Spiel einsteigen, dachte ich und säuselte: »Hat Marie mir gestern erzählt. Oder war es vorgestern?«

Los, Helene, frag schon nach dem Job, sonst eiern wir noch Stunden um das eigentliche Thema herum.

Ich gab mir einen Ruck und fuhr munter fort: »Dann komme ich ja gerade zur rechten Zeit. Ihr sucht eine Aushilfe, ich suche Arbeit. Das passt doch.«

Wie man sieht, schaffte ich es tatsächlich, es nicht als Frage zu formulieren, sondern als *Feststellung.* Im Fach »Psychologische Kriegführung« hatte ich immer gut aufgepasst und im Laufe meines Lebens viel von meiner Mutter gelernt.

Mein Vater lächelte mich erfreut an, Oma strahlte über beide Backen, aber meine Mutter ... na ja ... war eben meine Mutter. Sie war noch nicht fertig mit mir.

»Und dann sollen wir darauf warten, wann es dem gnädigen Fräulein Tochter wieder zu langweilig wird? Werden dein Vater und ich dann wieder vor vollendete Tatsachen gestellt? Weißt du eigentlich, wie sehr du deinen Vater enttäuscht hast, Helene?«

Ihre Königin-Beatrix-Frisur, die ja jetzt auch schon zwei

oder drei Tage auf dem Buckel hatte und mittlerweile wie die Parodie einer Parodie aussah, geriet in Unordnung, so sehr echauffierte meine Mutter sich bei diesem Thema. Sie sprang auf und bewaffnete sich mit einem Putzlappen, mit dem sie an der Spüle heftig nicht vorhandenen Schmutz wegschrubbte – eine klassische waltraudsche Übersprungshandlung. Wahrscheinlich hätte sie mir den Lappen viel lieber um die Ohren gehauen.

Weil ich nicht – und auch sonst niemand – reagierte, wütete sie weiter und keifte mich über ihre Schulter an, während sie wie eine Irre das Spülbecken wienerte und ihr die Haare um den Kopf tanzten.

»Ja, da wird sie stumm, unsere weit gereiste Helene. Ein eigenes Geschäft in Paris – warum auch erst einmal klein anfangen wie die dummen Eltern in der Provinz?«, zeterte sie. »Na, jetzt hast du dich ja schön blamiert, nicht wahr? Ich habe es von Anfang an gewusst!«

»Das hatten wir doch vorhin schon mal. Du solltest als Wahrsagerin arbeiten«, fiel mir aus dem Mund, bevor ich mein Gehirn einschalten konnte.

Meine Mutter ging prompt hoch wie eine Rakete. »*Was*? Willst du jetzt auch noch pampig werden, junge Dame?«

»Schick mich doch ohne Abendbrot ins Bett«, schlug ich vor. Mein Gehirn stolperte mir atemlos hinterher und blökte, ich solle endlich meine blöde Klappe halten, aber das Kind war längst in den Brunnen gefallen.

Meine Mutter drehte sich zu mir um und zischte: »Treib mich nicht zum Äußersten, Helene. Bisher habe ich noch nie einem meiner Kinder die Tür gewiesen, aber ...«

Sie kam nicht weiter, denn meine Oma schlug mit der Faust auf den Tisch – buchstäblich. Dann sagte sie sehr streng: »Ihr seid jetzt beide still. Statt uns zu freuen, dass wir gemeinsam am Tisch sitzen, wird hier gestritten, das dulde ich nicht.

Helene, du bist uns immer herzlich willkommen, das weißt du hoffentlich. Hier wird niemandem die Tür gewiesen, also wirklich.«

Meine Mutter schnappte nach Luft, wagte aber keinen Widerspruch, und mein Vater, der Oma dankbar zunickte, brummte: »Du kannst morgen früh anfangen, Helene. Sechs Uhr. Im Laden. Dann sehen wir weiter.«

Hieß im Klartext: Ich war auf Bewährung. Bevor mein Vater mich wieder in die Backstube lassen würde, war mein Platz hinter der Verkaufstheke.

Mein Herz tat einen kleinen Hüpfer, aber er stand auf und verließ die Küche, bevor ich mich bedanken konnte.

»Bei mir wäre es nicht so leicht gegangen wie bei deinem Vater«, schnappte meine Mutter.

»Waltraud, lass das Mädchen in Ruhe.«

Meine Oma hatte nicht einmal die Stimme erhoben, aber meine Mutter sah aus, als würde sie jede Sekunde der Schlag treffen. Sie stürmte ohne ein weiteres Wort an uns vorbei aus der Küche.

»Die kriegt sich schon wieder ein.« Meine Oma grinste. »Ich freue mich, dass du wieder hier bist, Kind. Ich habe nur leider keine Zeit mehr, ich bin verabredet – aber vielleicht darf ich dich später besuchen kommen, was meinst du?«

»Aber gern! Hast du Lust, mit uns zu essen?«

Ich freute mich wirklich. Meine Oma war, seit sie nur noch ausnahmsweise im Laden stand, auf ihre alten Tage geradezu aufgeblüht, als sie nach und nach entdeckt hatte, was man alles unternehmen kann, wenn man viel Zeit und ein paar Euro in der Jackentasche hat.

Im Gang vor der Küche umarmten wir uns zum Abschied.

»Du hast Kummer, nicht wahr?«, fragte sie leise.

Ich nickte und sagte: »Später.«

»Du kannst das Rad gleich mitnehmen, wenn du willst. Wir

sehen uns dann um sieben.«

Sie ging zur Hintertür hinaus, und ich stand unschlüssig im halbdunklen Flur herum. Irgendwo im Haus hörte ich meine Mutter staubsaugen, aber ich wollte kein neues verbales Gemetzel heraufbeschwören. Hinter der Schwingtür gleich neben mir war mein Vater.

Kurz entschlossen stieß ich die Tür auf.

Mein Vater stand über die Hochzeitstorte gebeugt und klebte aus kleinen, goldenen Zuckerperlen ein kompliziert verschnörkeltes Muster auf.

»Ich wollte mich nur bei dir bedanken, Papa«, sagte ich.

Er sah hoch und lächelte mich an, dann wandte er sich wieder seiner Arbeit zu.

Ich holte Omas vorsintflutliches Fahrrad aus dem Gartenschuppen hinter dem Haus und schob es auf die Straße. Dass es regnete, machte mir nichts aus. Es war nicht kalt, mein Anorak hatte eine Kapuze, und es schüttete nicht gerade aus Eimern. Vom hellgrauen Himmel fiel sanfter Spätfrühlingsregen, bei dem die Regentropfen irgendwie weniger nass zu sein schienen.

Ich schwang mich in den Sattel und gondelte gemütlich durchs Dorf und dann ein wenig durch die Landschaft, bis die Beine meiner Jeans dunkelblau vor Nässe waren und ich langsam zu frieren begann.

Auf dem Rückweg nach Hause kam ich an einem Supermarkt vorbei und kaufte dort für das Abendessen ein. Ich war erstaunt, wie vielfältig und breit sortiert das Angebot war, aber Pfingsten stand vor der Tür, und der Handel stellte sich bereits auf den bevorstehenden Ansturm der Touristen ein.

Ich wusste, wie gern meine Großmutter Pralinen und Konfekt naschte und auch durchaus offen für ungewöhnliche

Ideen war. Ein kurzer Check ergab, dass ich hier alles finden würde, was ich dafür brauchte. Sie liebte Portwein, also könnte ich Würfel aus Portweingelee machen, dazu noch ein Konfekt vielleicht, irgendetwas mit Nusskrokant und Bitterschokolade.

Ich verstaute meine Einkäufe in zwei Plastiktüten. Gott sei Dank hatte Omas Fahrrad Drahtkörbe sowohl am Lenker als auch auf dem Gepäckträger, sonst hätte ich jetzt ein Transportproblem gehabt.

Beschwingt radelte ich nach Hause.

Ich konnte es kaum erwarten, die Konditorin in mir endlich mal wieder freizulassen und damit den Schmerz zu betäuben, der in meinem Innern tobte.

KAPITEL 13

Als Marie an diesem Tag nach Hause kam, fand sie mich in der Küche vor, in der ich jeden Zentimeter Arbeitsfläche für meine kleine Pralinenfabrik okkupiert hatte.

Wie ein Chirurg sein Operationsbesteck hatte ich mein Werkzeug ausgebreitet, nachdem ich mir mit beinahe schon religiösem Ernst eine meiner weißen Schürzen umgebunden hatte. Ich suchte aus Maries Musikangebot eine *Best of* von George Michael aus und drehte die Lautstärke hoch. Beschwingt löste ich Erdnüsse aus ihren Schalen und hackte sie klein, ließ in einem Topf Zucker karamellisieren, während in einem zweiten eine Mischung aus Portwein, Glukosesirup und Zucker köchelte und darauf wartete, mit eingeweichter Gelatine verrührt zu werden.

Ich steppte summend zwischen dampfenden Töpfen, Schneidebrett und Spüle hin und her. In der Küche duftete es nach einer Mischung aus Kindergeburtstag und Weihnachtsmarkt. Zum Erdnusskaramell gab ich eine Spur Thymian, das Portweingelee versetzte ich mit einem Hauch Lavendel.

Marie kam herein, als ich die beiden heißen Massen gerade zum Abkühlen in zwei flache, rechteckige Backrahmen gab.

»Ah – Pralinen!«, rief sie. »Endlich! Ich hatte schon befürchtet, du hättest vielleicht eine ... ich weiß nicht ... eine *Pralinenhemmung* oder so was.«

»Pralinenhemmung?«, prustete ich. »Was soll das denn sein?«

»Wie eine Schreibhemmung bei einem Schriftsteller halt.« Sie beugte sich über die kleinen Backrahmen und schnupperte. »Was wird denn das? Das duftet lecker.«

»Erdnusskrokant mit Thymian und Portweingelee mit Lavendel. Wenn alles ausgekühlt ist, schneide ich es in Stücke, und dann ...«

»Tunken wir es in Schokolade«, fiel sie mir ins Wort.

»Nur das Krokantkonfekt. Die Geleestücke wälzen wir in Kristallzucker. Ach, übrigens, meine Oma kommt zum Abendessen. Das ist dir doch recht?«

Marie lächelte. »Helene, du *wohnst* hier. Du kannst einladen, wen immer du willst. Und auf die Gesellschaft deiner Oma freue ich mich, die ist klasse. Ich gehe kurz duschen, dann helfe ich dir.«

Die Spülmaschine mit den benutzten Schüsseln, Töpfen und sonstigen Gerätschaften lief schon, als Marie zurück in die Küche kam und sagte: »Ich will alles wissen.«

Ich ließ den Kartoffelschäler sinken und fragte verdutzt: »Was willst du alles wissen?«

»Du warst doch bei deinen Eltern? Oder hast du deine Oma zufällig auf der Straße getroffen?«

Stimmt ja – der Antrittsbesuch bei meinen Eltern ... daran hatte ich gar nicht mehr gedacht, so viel Spaß hatte ich mit dem Konfekt gehabt.

Also erzählte ich ihr von meinem Mittagessen in der Bernauerschen Küche, während Marie sich um den Salat und die Fischfilets kümmerte und ich dem Konfekt das Finish verpasste.

Marie lachte, als ich von der Reaktion meiner Mutter und unserem Streit berichtete.

»Du hast gut lachen«, nörgelte ich, »aber ich habe mich gefühlt wie ein kleines Kind. Dass sie mich immer noch derart provozieren kann! Wenn Oma nicht eingegriffen hätte ...«

»Was dann?« fiel mir Marie kichernd ins Wort. »Hättet ihr euch gegenseitig mit Teigschabern angegriffen? Oder mit Brötchen beworfen?«

»Ha. Ha. Ha. Wirklich, wirklich witzig.«

»Mensch, Helene – ihr werdet immer Mutter und Tochter bleiben, egal, wie alt du bist. Selbst wenn du sechzig bist, wird sie an dir rummeckern wie damals, wenn du deine Schulaufgaben vertrödelt oder den Hamsterkäfig nicht sauber gemacht hast. Sei einfach cool und strecke sie mit Freundlichkeit und Gelassenheit zu Boden. Klappt bei Majestix auch. Der kann sich aufführen, wie er will – ich reagiere einfach nicht. Der könnte im Baströckchen und von Kopf bis Fuß lila bemalt im Büro aufkreuzen oder nur noch in Reimen sprechen, ich würde nicht mal mit der Wimper zucken, schwör ich dir.«

Die Haustürklingel ertönte.

»Da ist deine Oma«, sagte Marie. »Was hältst du davon, wenn du eine kleine Hausführung machst, während ich den Tisch decke?«

»Oh, hier sieht es ja ganz anders aus«, stellte meine Großmutter fest, als ich ihr die Tür öffnete. Natürlich kannte sie dieses Haus, aber seit Tante Almas Tod war sie nicht mehr hier gewesen.

Von meinem Zimmer war sie begeistert, und natürlich entdeckte sie sofort das gerahmte Foto aus der Zeitung. Sie umarmte mich gerührt. Ich führte sie überall herum, auch durch den Garten, bis wir in der Küche bei Marie landeten.

»Das hast du wunderbar gemacht, Marie«, sagte Oma. »Alma würde es auch gefallen, da bin ich sicher. Und dass du ein paar von ihren Möbeln behalten hast, finde ich besonders schön.«

Während des Essens redeten wir nicht viel, sondern genossen Maries Kochkünste.

Zum Dessert setzten wir uns ins Wohnzimmer, und Schorsch tauchte auf und rollte sich schnurrend neben meiner Großmutter auf dem Sofa zusammen. Ich servierte Espresso und stellte eine Platte mit dem Konfekt auf den flachen Couchtisch.

Oma war natürlich besonders entzückt vom Portweingelee, damit hatte ich ihren Geschmack genau getroffen. Wir fachsimpelten eine Zeit lang über die Rezeptur und deren Variationsmöglichkeiten. Schließlich lehnte sie sich zurück und fragte: »Was ist wirklich in Paris passiert, Helene?«

Ich wusste, sie fragte nicht aus Sensationsgier, sondern weil sie sich Sorgen machte. Niemand anderem aus meiner Familie würde ich diese Frage wahrheitsgemäß beantworten.

Sie unterbrach mich nicht, während ich ihr alles erzählte. Sie schwieg auch, als ich zwischendurch ein paar Tränen vergoss, und ließ mir die Zeit, mich wieder zu beruhigen. Währenddessen beschäftigte sie sich mit Schorsch, der sich auf den Rücken gerollt hatte und sich von ihr die dicke Wampe kraulen ließ. Auch als ich weiterreden konnte und die geplante Hochzeit erwähnte, gingen als einziger Kommentar nur kurz ihre Augenbrauen hoch.

»Bitte – das muss unser Geheimnis bleiben, Oma«, bat ich, »das darf niemand wissen. Wenn Mama oder Susanne davon erfahren ...«

Ich schauderte beim bloßen Gedanken daran.

Sie lächelte maliziös.

»Hab schon kapiert. Das wäre ein gefundenes Fressen für die beiden. Keine Sorge, ich schweige wie ein Grab. Hab ein bisschen Geduld mit deiner Mutter, Helene. Dein Weggang damals hat sie ungeheuer verletzt. Sei sicher, deine Eltern freuen sich sehr über deine Rückkehr, auch wenn sie es nicht zeigen können.«

Sie knabberte nachdenklich an einem Stück Krokantkonfekt.

»Ich bin jedenfalls glücklich, dass du ab morgen wieder bei uns arbeitest. Vielleicht sollten wir auch Pralinen anbieten, also die hier sind wirklich exzellent ...«

»Du kennst doch Papa.«

Sie ignorierte souverän meinen Einwand. »Schade, dass Muttertag gerade vorbei ist, da hätten wir gut Konfektboxen anbieten können, um es mal auszuprobieren ... hm ... in klein, mittel und groß ... ich muss mal recherchieren, was diese kleinen, hübschen Pappschachteln so kosten. Und kalkulieren, was wir dafür nehmen müssten ... hm ... vielleicht fünf Euro für die kleine Box – oder ist das zu billig?«

Ich musste lachen. »Hör bloß auf! Lass mich erst einmal meine Bewährung an der Ladentheke bestehen, sonst kriegt Papa Schnappatmung.«

Sie zwinkerte mir zu. »Aber planen können wir doch schon mal ganz heimlich ... muss ja keiner wissen!«

KAPITEL 14

Am nächsten Morgen quälte ich mich um fünf Uhr aus dem Bett. Fünf Uhr!

Früher war ich an Arbeitsbeginn zu nachtschlafender Zeit gewöhnt, aber mittlerweile ...?

Ich taumelte mit halb geschlossenen Augen durchs Haus, duschte, zog mich an, band meine Locken zu einem Zopf und saß schließlich am Küchentresen und schlürfte eine Tasse Tee. Ein Frühstück sparte ich mir; schließlich würde ich in einer Viertelstunde bis zum Kinn in Backwaren stehen.

Für den Weg zur Arbeit nahm ich das Fahrrad – aber ich fuhr nicht direkt dorthin, sondern sauste in der erfrischenden Kühle des frühen Morgens auf dem extra für Touristen angelegten Fahrradweg einmal um das Dorf herum, um richtig fit zu werden.

Ich stellte das Rad an der Hintertür ab und ging ins Haus.

Es duftete nach frischem Brot und frischen Brötchen, und ich wusste, mein Vater stand schon seit drei Uhr in der Backstube.

Meine Mutter behandelte mich freundlich, aber reserviert, als sie mich einwies, was ich zu tun hatte, bevor der Laden um sieben die Tür öffnen konnte. Ich füllte Weidenkörbe in der Auslage mit Brötchen aller Art, das Regal hinter dem Tresen mit frischen Broten und überprüfte, ob der Tütenvorrat aufgefüllt werden musste. Dann holte ich aus der Backstube die süßen Hefeteilchen und Bleche mit Obstplunder, Cremetörtchen und Nussecken und füllte damit die noch leeren Fächer der Auslage in der Theke.

Zu guter Letzt band ich mir die blauweiß gestreifte Latzschürze um, die jeder, der hinter der Verkaufstheke der *Bäckerei Konditorei Cäcilie Bernauer & Sohn* stand, zu tragen hatte. Ich hatte mir sogar extra ein feines, dunkelblaues T-Shirt mit langen Ärmeln angezogen, um möglichst adrett auszusehen und meinen ersten Arbeitstag nicht mit einem Vortrag beginnen zu müssen, den mir meine Mutter über adäquates Aussehen hielt.

Um Schlag sieben Uhr schloss ich die Ladentür auf und konnte direkt Fräulein Behrens begrüßen, die an mir vorbeimarschierte und zu meiner Mutter sagte: »Na, Waltraud, springt Helene für Marianne ein, was? Hast dir ganz umsonst Sorgen gemacht. Drei Brötchen, bitte. Und ein halbes Pfund Schwarzbrot. Dünn geschnitten.«

Während der nächsten zwei Stunden schien das halbe Dorf durch unseren Laden zu marschieren. Zu meiner Erleichterung zeigte sich niemand sonderlich erstaunt, dass ich wieder hinter der Theke stand und die warmen, knusprigen Brötchen in Papiertüten füllte. Alle gingen wie selbstverständlich davon aus, dass ich für die schwangere Marianne hier war.

Um kurz vor neun kam Marie in den Laden gestürmt, um die tägliche Kuchenration für ihren Chef zu kaufen. Meine Mutter war gerade von einer Kundin abgelenkt, die mehrere Kuchenplatten für eine Feier orderte.

Marie beugte sich über die Theke und raunte: »Und? Wie war es bis jetzt?«

»Völlig okay«, flüsterte ich zurück, »alle denken, ich bin wegen Marianne hier, keiner stellt blöde Fragen.«

»Super. Wir sehen uns später.« Marie reckte strahlend beide Daumen und zog mit dem kleinen Kuchentablett ab, auf dem zwei Stücke Frankfurter Kranz ihrem raschen Ende entgegensahen.

Gegen zehn Uhr war der Betrieb stark abgeflaut, nachdem dann auch alle Touristen, die es jetzt schon in unsere Gegend verschlagen hatte, versorgt waren.

»Wenn du willst, kannst du Frühstückspause machen«, sagte meine Mutter. »Hat ja ganz gut geklappt bis jetzt.«

Aufpassen, Waltraud. Das wäre ja aus Versehen beinahe ein Kompliment geworden!

Ich hängte meine Schürze an den dafür bestimmten Haken im Flur und schlenderte in die Küche. Auf dem Tisch stand ein Korb mit Brötchen, und ich goss mir aus der riesigen Warmhaltekanne einen großen Becher Kaffee ein. Frische Milch fand ich im Kühlschrank.

Ich setzte mich an den Küchentisch und schlug die Tageszeitung auf, die mein Vater vermutlich schon vor Stunden gelesen hatte. Ich kannte das Ritual seit Jahren: der jeweilige Zeitungsbote kam frühmorgens in die Backstube, und mein Vater tauschte ein frisches Rosinenbrötchen gegen die Zeitung.

Hmm .. beim Gedanken an Rosinenbrötchen bekam ich direkt Appetit und freute mich wie eine Schneekönigin, als ich im Brotkorb tatsächlich eines fand.

Die gute Laune sollte mir allerdings schnell vergehen. Als sich die Tür hinter meinem Rücken öffnete, rechnete ich mit meiner Mutter oder meinem Vater. Aber so viel Glück hatte ich nicht.

Meine Schwester ließ sich mir gegenüber auf einen Stuhl fallen. Sie glühte vor Aufregung. Ganz sicher hatte meine Mutter gestern mit ihr telefoniert, um sie über alles zu informieren.

Susanne verschränkte die Arme vor der Brust und sagte: »War wohl nicht so doll in deinem geliebten Paris.«

»Sieh an, die First Lady von Middelswarfen. Haben Ihro Gnaden heute Morgen keine repräsentativen Pflichten?«

Sie zog die Augenbrauen hoch. »Wieso? Ich begrüße dich doch gerade im Namen meines Gatten in unserem wunderschönen Ort.«

»*Wenn du War wohl nicht so doll in deinem geliebten Paris* für eine angemessene Begrüßung hältst, dürften deine Triumphe auf dem diplomatischen Parkett an einer Hand abzuzählen sein, meine Liebe.«

Ich biss in mein Rosinenbrötchen.

Eins zu null für mich.

Aber Susanne schüttelte nur den Kopf und sagte: »Du hast ja eine ziemlich große Klappe dafür, dass du so klein mit Hut wieder nach Hause gekrochen kommst.«

Mit Daumen und Zeigefinger demonstrierte sie mir, wie klein mit Hut ich ihrer Ansicht nach zu sein hätte.

»Danke für deine Anteilnahme«, schoss ich zurück, »ich wette, Lutz und du, ihr habt euch die halbe Nacht die Mäuler über mich zerrissen. Tja, Tratsch und Schadenfreude sind der Sex der Überheblichen, schätze ich mal.«

Zwei zu null.

»Du hast es gerade nötig, über Lutz und mich herzuziehen«, keifte sie los, »wir leben immerhin noch in einer intakten Beziehung, was man von dir ja wohl nicht behaupten kann. Wir haben es dir ja gleich gesagt, aber du wolltest ja nicht hören.«

»Großer Gott, redest du jetzt im Pluralis majestatis, oder meinst du mit wir Mr. President und dich?«

»Neidisch, weil es Mr. Popstar und dich nicht mehr gibt?«

Anschlusstreffer. Zwei zu eins.

Ich würdigte sie keiner Antwort, sondern mampfte stur mein Brötchen.

»Aber deinen Appetit hast du offenbar nicht verloren«, setzte sie noch eins drauf. »Vielleicht hat sich dein Singvögelchen ja eine Frau gewünscht, die nicht frisst wie ein Scheunendrescher.«

Das ging unter die Gürtellinie.

Ohne nachzudenken, warf ich ihr den Rest meines Brötchens an den Kopf. Es prallte von ihrer Stirn ab und fiel zwischen uns auf den Tisch.

Susanne sprang auf und zeterte: »Wie kannst du es wagen? Das wirst du büßen!«

»Was willst du machen – mich zum Duell im Morgengrauen fordern? Würde ja passen – du quatscht ja schon so geschwollen rum wie in einem alten Kostümfilm. *Wie kannst du es wagen* – lächerlich! Vielleicht solltest du deinen pathetischen, dürren Arsch mal pronto hier rausschaffen und mich in Ruhe lassen, sonst garantiere ich für nichts«, keifte ich zurück.

Sie schnappte nach Luft und rauschte aus der Küche – keine Sekunde zu früh, wenn man mich fragen würde.

Der Frieden währte nicht lange, denn kaum eine Minute später kam meine Mutter durch die Tür geschossen und baute sich vor mir auf.

»Susanne sagt, du hast ihr Schläge angedroht, stimmt das?«

Ich verdrehte die Augen. »Hat sie das gesagt?«

»Sie hat gesagt, du hättest sie angegriffen.«

Ich deutete auf den Rest Rosinenbrötchen, der noch immer auf der Tischplatte lag.

»Damit habe ich sie angegriffen. Vermutlich rennt sie jetzt zum Arzt und lässt sich eine Gehirnerschütterung attestieren. Die spinnt doch.«

»Ich will hier kein Theater, hörst du? Man hat euer Gezänk bis in den Laden gehört, so eine Blamage! Wenn ihr euch nicht vertragt ... Was habe ich bloß falsch gemacht?«

Großer Gott, nicht diese alte Leier.

»Du hast überhaupt nichts falsch gemacht«, lenkte ich ein. »Du weißt doch, dass wir uns immer streiten.«

»Ich begreife einfach nicht, dass ich zwei derart verschiedene Töchter ...«, murmelte sie kopfschüttelnd und fügte laut hinzu: »Wenn du mit Frühstücken fertig bist, kannst du deinen Vater fragen, ob du ihm helfen sollst. Falls nicht, kannst du für heute Feierabend machen.«

»Ist gut«, sagte ich, aber sie hatte die Küche schon wieder verlassen.

Zwei derart verschiedene Töchter ... ich wusste genau, was sie damit meinte. Einmal Susanne, pardon: Frau Bürgermeister, die in soliden Verhältnissen lebte, gut verheiratet war, einiges Ansehen in der Gegend genoss – und die eigentlich nur eine jüngere Version meiner Mutter war. Beide waren schlank, blond und spießig.

Einziger Wermutstropfen: Dass Susanne und Lutz noch keine Kinder hatten, machte meine Mutter langsam nervös, denn Enkelkinder waren ihr sehnlichster Wunsch.

Daneben stand ich: ohne Arbeit, ohne Mann, ohne Perspektive. Keine Schwierigkeit, sich auszurechnen, wer die Lieblingstochter meiner Mutter war.

KAPITEL 15

Mein Vater – so sagte er zumindest – brauchte meine Hilfe nicht. Vielleicht war es ihm auch einfach noch zu früh, und ich musste mir den Zutritt zum Allerheiligsten erst wieder verdienen.

Ich respektierte seine Zurückhaltung. Irgendwann würde ich wieder neben ihm an der Arbeitsplatte stehen, und bis dahin musste ich halt ein braves Mädchen sein und neben der gnadenlosen Waltraud im Geschäft arbeiten.

Ich zog eine Grimasse beim bloßen Gedanken daran, aber ich war hier weiß Gott nicht in der Position, Bedingungen zu stellen. Leider, möchte ich hinzufügen.

Ich ging zur Hintertür hinaus und folgte dem gepflasterten Weg durch den Hof zum Häuschen meiner Oma, das genau genommen ein bungalowähnlicher Anbau war, den meine Großeltern vor dreißig Jahren an ihr Haus gesetzt hatten, nachdem meine Eltern ihr zweites Kind bekommen hatten und der Platz für alle nicht mehr reichte. Nach Opas viel zu frühem Tod vor mittlerweile beinahe zwanzig Jahren hatten Oma und meine Eltern einfach die Wohnungen getauscht.

Durch das Küchenfenster sah ich sie am Tisch sitzen, vor sich eine Patience. Ich klopfte an die Scheibe, und sie blickte hoch, lächelte und winkte mich herein.

»Na?«, begrüßte sie mich, als ich hereinkam. »Wie läuft dein erster Arbeitstag?«

Ich ließ mich auf einen Stuhl fallen und grinste. »Ich war pünktlich, hatte saubere Fingernägel und war nicht frech zu Kunden. Ich denke, es gibt nichts zu meckern.«

»Aha. Sonst nichts? Keine besonderen Vorkommnisse?« Sie drehte eine Karte um, begutachtete sie ausgiebig und legte sie dann an, bevor sie mich anblickte. Um ihre Mundwinkel herum zuckte ein Lachen.

Sie wusste also bereits von Susannes und meinem kleinen Scharmützel.

»Wieso? Ich weiß nicht, was du meinst«, tat ich unschuldig.

»Ich habe euch gehört, mein Kind, ich war nämlich vorne im Laden«, verkündete sie.

»Du kennst doch Susanne.« Ich verdrehte die Augen und seufzte. »Wir können halt nicht in einem Raum sein, ohne uns zu streiten. Das wird sich wohl niemals ändern.«

»Lass dich einfach nicht ärgern«, sagte sie, »du wirst deinen Weg machen.«

»Sieht im Moment nicht danach aus«, erwiderte ich, »aber vielleicht steht mir ja eine Riesenkarriere in einer Gefängnisküche bevor, wenn sie mich mal derart provoziert, dass ich ihr leider mit Gewalt ihren großen Mund stopfen muss. Und ihrem dämlichen Bürgermeister gleich mit, wenn ich schon mal dabei bin. Was ich da immer von Marie höre, stimmt mich auch nicht gerade friedlich.«

Oma lachte und schob die Spielkarten zu einem Stapel zusammen. »Schade, dass wir das nicht vertiefen können, aber ich muss rüber. Kommst du mit?«

Ich schüttelte den Kopf und stand auf. »Die Chefin hat mich für heute entlassen. Ab morgen helfe ich dir beim Essenmachen, versprochen. Oder ich übernehme das ganz, wenn du möchtest.«

Ich hielt ihr die Tür auf, und während wir über den Weg zur elterlichen Hintertür gingen, sagte sie: »Nee, lass mal. Das macht mir Spaß. Aber vielleicht irgendwann einmal, wenn ich in den Urlaub fahre oder so.«

Wir umarmten uns, dann stieg ich aufs Fahrrad. Ich beschloss spontan, Marie bei der Arbeit zu besuchen, und fuhr zum Rathaus.

Damit wir uns nicht missverstehen: *Rathaus* bedeutet in diesem Fall ein kleines Einfamilien-Backsteinhäuschen, das kurioserweise von einem hübschen Zwiebelturm mit Uhr gekrönt wurde, die zu jeder vollen Stunde ein Bimmelkonzert veranstaltete. Als ich mein Rad abstellte, schlug es gerade zwölf.

Durch das Sprossenfenster links von der Eingangstür sah ich Marie, die Kopfhörer trug und konzentriert auf ihre Computertastatur einhackte. Ich ging hinein und klopfte an ihre geschlossene Bürotür. Ein griesgrämiges, wenig einladendes »Herein!« war die Antwort. Ich öffnete und streckte meinen Kopf durch den Türspalt.

»Darf ich dich stören?«

»Helene!« Maries Gesicht hellte sich auf, und sie zog den Kopfhörer herunter. »Nichts lieber als das. Ich versuche seit Stunden, aus Majestix' Gestammel eine einigermaßen verständliche Rede zu konstruieren. Ich kann eine Pause gut gebrauchen. Kaffee? Cappuccino? Mokka? Espresso? Milchkaffee?« Sie deutete auf ein verwirrend aussehendes Gerät mit diversen Hebeln und Knöpfen.

»Was ist denn aus der guten alten Kaffeemaschine geworden?«, fragte ich erstaunt, denn jahrelang hatte hier ein uraltes, röchelndes Ding mit einer schon blinden Glaskanne gestanden.

Sie grinste breit. »Dieses Wunderwerk moderner Technik hat dein Schwager hier angeschleppt, aber er könnte sie nicht mal dann bedienen, wenn sein Leben davon abhinge. Während meines Urlaubs musste er jeden Tag von zu Hause eine Thermoskanne mitbringen, damit er seine tägliche Dosis Koffein bekam.«

Ich schloss die Tür hinter mir und flüsterte: »Ist er da?«

»Klar. Und weißt du, wer bis vorhin auch noch da war?«

»Nee. Woher sollte ich?«

Sie kicherte leise und raunte: »Susanne.«

»Wann?«

»Nach deinem ruchlosen Angriff, falls es das ist, was du

wissen willst.«

»Angriff? Hat sie das gesagt?«

»Allerdings, das hat sie. Riesenauftritt, kann ich dir sagen. Majestix hat mich direkt zur Apotheke gejagt, um ihr etwas zur Beruhigung zu holen.«

»Erzähl keinen Quatsch!«, rief ich verblüfft aus. »Du willst mich doch bloß veralbern, gib es zu!«

Aber Marie schüttelte den Kopf. »Nee, kein Scherz, ich schwöre. Nur habe ich die Geschichte selbst leider nicht mitgekriegt, weil ich ja deinetwegen zur Apotheke rennen musste. Also, raus mit der Sprache: Was hast du getan? Hast du ihr mit der Teigrolle eins übergebraten? Oder sie in den großen Rührbottich gestopft?«

Ich erzählte Marie, was passiert war.

Als ich geendet hatte, sah sie mich fassungslos an. »Du hast ihr ein Rosinenbrötchen an den Kopf geworfen?«

Ich nickte.

»Aber das war uralt und knüppelhart, und du hast ordentlich feste draufgehalten, richtig?«

»Nein, es war frisch und fluffig und außerdem schon zur Hälfte aufgegessen. Nicht gefährlicher als ein Wattebausch, wenn du mich fragst.«

»Sensationell. An Susanne ist offensichtlich eine große Schauspielerin verloren gegangen!«

Wir lachten uns kaputt, als plötzlich die Tür aufging und Majestix hereingestampft kam.

Bei meinem Anblick verdüsterte sich sein Gesicht, und sein schlecht rasiertes Doppelkinn bebte entrüstet. Er pumpte sich gewaltig auf und blökte: »Du hast Susanne angegriffen! Du kannst wirklich von Glück sagen, dass ich nicht dabei war, sonst ...«

Vergeblich wartete ich darauf, dass er mir mitteilen würde, was sonst passiert wäre, aber er stand nur da, atmete schwer und starrte mich aufgebracht an.

»Sonst ...?«, half ich freundlich nach. Ich war wirklich neugierig.

»Sonst ... Sonst ...«

Plötzlich wandte er sich ab und stürmte zur Tür hinaus, kam aber Sekunden später wieder herein und zeterte: »Du traust dich was – tauchst einfach hier auf und meinst, alle müssten um dich herumtanzen und dankbar sein. Und du wagst es, deine Schwester anzugreifen, die einfach nur freundlich sein und dich willkommen heißen will!«

»Ach, hat sie das behauptet?«

Er verschränkte die Arme vor der Brust. »Allerdings, das hat sie.«

»Stimmt nicht, mein Lieber, deine geliebte Susanne hat den Kampf eröffnet, und zwar ohne lange Vorrede. Sie hat mich gesehen und in der gleichen Sekunde beleidigt. Von wegen willkommen heißen.«

»Selbst wenn – das ist noch lange kein Grund, Susanne tätlich anzugreifen. Oder ist das so üblich unter Künstlern in Paris?« Er grinste hämisch und fuhr fort: »Wieso bist du überhaupt hier? Hat dein geliebter Popstar dich rausgeschmissen?«

Meine Hände ballten sich ganz von selbst zu Fäusten, und ich versteckte sie sicherheitshalber hinter meinem Rücken, bevor sie sich selbstständig machen und in sein gehässiges Gesicht fliegen konnten. »Siehst du – genau auf diesem Niveau hat deine Frau auch mit mir gesprochen. Ihr habt euch wirklich gesucht und gefunden.«

Lutz' Gesicht verfärbte sich tiefrot. »Wage es nicht, so mit mir zu sprechen, sonst ...« Mit einem Blick auf Marie verstummte er abrupt.

»Ach Lutz, da waren wir doch vorhin schon mal. Am besten, du gehst jetzt in dein Oval Office und überlegst dir ganz genau, was sonst passiert. Das kannst du mir dann ja demnächst mal mitteilen, gern auch schriftlich.«

Ich wandte mich zu Marie um, umarmte sie und sagte: »Wir sehen uns später«, und, im Vorbeigehen, zu Lutz: »Wir hoffentlich nicht.«

»Keine Sorge«, hörte ich ihn hinter mir herquaken, aber ich war schon zur Tür hinaus und schwang mich in den Fahrradsattel.

Ich radelte beschwingt die Dorfstraße hinunter. Wieder einmal grübelte ich darüber nach, was Susanne an diesem Vollidioten bloß so attraktiv gefunden hatte, dass sie seine Frau geworden war. Er war aufgeblasen, dumm und unglaublich unsexy – und das hatte auf verhängnisvolle Weise auf Susanne abgefärbt. Sicher, wir hatten uns schon als Kinder ständig gestritten, und sie hatte immer einen Hang zur Übertreibung und zum Drama gehabt. Ich musste sie nur schubsen – und das meist auch nur, um mich zu wehren –, und sie rannte heulend los und schrie, ich hätte sie verprügelt. Da darf man drei Mal raten, wer den Ärger mit unserer Mutter bekommen hat. Gut, sie war eine Zicke, aber selbst sie hatte Majestix nicht verdient, keine Frau auf der Welt hatte das. Allerdings schien sie zufrieden zu sein und Lutz wirklich zu lieben. Oder war es nur die Tatsache, dass sie durch ihn zur »Frau Bürgermeister« geworden war und unsere Mutter vor Stolz beinahe platzte?

Ich bog gerade links in unsere Straße ab, als mein Handy in der Anoraktasche bimmelte. Da ich davon ausging, dass es Marie war, die mich anrief, um mit mir Majestix' Auftritt durchzuhecheln, sah ich nicht aufs Display, bevor ich den Anruf annahm.

Mächtig großer Fehler, wie mir sofort klar wurde, als ich Leons Stimme hörte.

»Helene? Bist du das? Nicht auflegen, bitte!«

Vor Schreck verriss ich den Lenker und wäre fast in den Graben neben der Straße gefahren. Mist. Ich stieg fluchend ab und stellte das Rad auf den Ständer, während weiter »Helene? Helene?« aus dem Hörer quäkte.

Na gut, ich bin gerade in der Stimmung, mit dir zu reden, dachte ich. Ich hatte mich schon mit Susanne und mit Lutz gefetzt, und einer mehr machte den Kohl jetzt auch nicht mehr fett.

»Was willst du?«, fauchte ich.

»Du musst zu mir zurückkommen«, flehte Leon weinerlich, »ich vermisse dich so.«

»Vergiss es.«

»Helene, bitte! Ich brauche dich! Wo bist du?«

»Weit weg.«

»Bitte, ich möchte dich sehen, Helene!«

Ja, das kann ich mir vorstellen, um mich wieder ins Bett und vor allem an den Herd zu quatschen, du Arsch.

»Vergiss es«, wiederholte ich. »Geh doch zu Madeleine. Oder zu sonst wem. Ist mir echt egal. Du hast mich belogen, und das werde ich dir nie verzeihen. Sei froh, dass ich gegangen bin, sonst hätte ich dich verprügelt oder Schlimmeres.«

»Aber Helene! Es gibt niemanden mehr für mich außer dir, ehrlich. Bitte komm zurück! Bitte!«

»Hör auf zu winseln«, sagte ich heftig, »damit machst du es nur noch schlimmer. Du bumst nicht nur andere Frauen, du schwängerst sie auch noch. Drei Tage vor unserer Hochzeit muss ich diese Dinge erfahren, drei Tage!«

»Madeleine gibt es nicht mehr und das Kind auch nicht. Nichts und niemand ist mir so wichtig wie du, glaub mir doch.«

»Das Kind gibt es nicht mehr? Lass mich raten – du hast sie zur Abtreibung genötigt.«

»Ich habe das nie gewollt, sie wollte mir das Kind unterjubeln, die Schlampe. Helene, bitte, du musst ...«

Ich legte auf, ich wollte nichts mehr hören.

Mir wurde regelrecht übel, als ich an das schwangere

Mädchen dachte, das er gnadenlos abgeschossen hatte. Ich war nicht wütend auf sie, sondern auf ihn – sie konnte nichts dafür, er hatte sie ebenso belogen wie mich und wer weiß wie viele andere außerdem noch.

Mein Handy hörte nicht auf zu klingeln. Ich stellte es ab und schob mein Rad bis zu unserem Haus, denn mir zitterten die Knie.

Das, was ich seit Tagen erfolgreich verdrängt hatte, holte mich gerade mit aller Wucht ein.

Ich hatte mich abgelenkt, indem ich Möbel gekauft und mein Zimmer eingerichtet hatte. Marie und ich hatten ja sogar über diese absurde, schreckliche Krankenhaus-Szene gelacht!

Aber Leons Stimme, die mir so oft Komplimente gemacht und zärtliche Dinge ins Ohr geflüstert hatte, ließ mich wieder auf den Boden der Tatsachen zurückprallen: Ich war eine betrogene, zutiefst gedemütigte Frau, die drei Tage vor ihrer Hochzeit erfahren hatte, dass ihr Geliebter fremdgegangen war. Nicht mehr und nicht weniger.

Ich rannte in mein Zimmer und warf mich heulend auf mein Bett.

Genau so fand mich Marie, als sie drei Stunden später nach Hause kam.

Ich lag mit meinem Gesicht im Kopfkissen vergraben, das nass war von Rotz und von Tränen, die nach wie vor reichlich flossen. Ich hörte sie zwar nach mir rufen, aber ich war zu kraftlos, um zu antworten, und schließlich kam sie auf der Suche nach mir in mein Zimmer.

»Hier bist du! Du, Majestix hat noch ...«

Sie stoppte, als sie merkte, was mit mir los war. Ich hatte den Kopf gehoben und sie angesehen.

»Großer Gott, wie siehst du denn aus?«, rief sie und kam zu mir gelaufen.

Ich konnte mir lebhaft vorstellen, wie ich aussah: wie eine

mutierte Kartoffel, vermutlich. Die Augen blutunterlaufen und bis auf schmale Schlitze zugequollen, die Nase dick und triefend, das Gesicht nass und rotfleckig, meine Haare klebten mir in verschwitzten Strähnen im Gesicht.

Sie setzte sich zu mir aufs Bett und strich mir sanft die Haare aus dem Gesicht. »Du hast doch nicht wegen Susanne und Majestix so geweint, oder?«

Ich schüttelte den Kopf.

»Willst du mir erzählen, was los ist?«

»Ich habe mit Leon gesprochen«, schniefte ich.

»Hast du ihn angerufen?«

Ich reagierte nicht auf diese Frage. War es nicht völlig egal, wer wen angerufen hatte? Entscheidend war das Ergebnis des Gesprächs, und das hatte sie direkt vor ihrer Nase.

»Pass auf«, fuhr sie fort, »du putzt dir die Nase und gehst dein Gesicht waschen. Und dann erzählst du mir, was passiert ist.«

Das entlockte mir ein schwaches Lächeln, und ich krächzte heiser: »Ja, Mama.«

Ich ging hoch ins Bad und starrte mich im Spiegel an. Mein Gesicht erinnerte in Farbe und Struktur an eine aufgeblähte Himbeere; ein anderer Vergleich fiel mir so schnell nicht ein. Meine Augenlider sahen aus wie Cocktailwürstchen, und meine Lippen wirkten wie aufgespritzt. Nicht sehr sexy.

Ich band meine wirren, aufgelösten Haare am Hinterkopf zu einem buschigen Zopf und verbrauchte ein gutes Dutzend Papiertaschentücher, bis meine Nase wieder einigermaßen frei war.

Als ich in die Küche kam, sah mich Marie mitleidig und zugleich erwartungsvoll an. »Erzähl. Was war los?«

»Mein Handy hat geklingelt, als ich auf dem Rückweg von dir war, und ich dachte, du wärst es. Und ich dachte ... ich dachte ...«

Ich brach ab, weil ich wieder den Drang verspürte zu weinen.

»Du dachtest, du könntest es aushalten«, vervollständigte sie meinen Satz. »Du Arme. Ich hoffe, du hast ihm ordentlich den Marsch geblasen. Das hast du doch getan?«

Ich zuckte mit den Achseln.

Hatte ich das? Keine Ahnung.

»Was wollte er denn von dir?«, fragte Marie.

»Jammern und betteln«, antwortete ich, »das erzähle ich dir gleich. Aber vorher: Hast du so etwas wie eine Kompresse im Eis? Ein Beutel Tiefkühlerbsen tut es auch.«

»Ich bin professionell ausgestattet«, sagte sie grinsend und holte eine blaue, brillenförmige Kompresse aus einer Schublade des Tiefkühlschranks. »Die habe ich mir damals angeschafft, als ich herausfand, dass Klaus ... na ja, du weißt schon. Ich habe jeden verdammten Morgen so ausgesehen wie du gerade.«

Sie legte mir die Kompresse auf – die Linderung durch die Eiseskälte fühlte sich himmlisch an – und schloss die Gummiriemen am Hinterkopf. Dann kam sie wieder um mich herum, sah mich an und lachte auf.

»Du siehst aus wie ein verrückter Waschbär.«

Der Strandkorb knarrte leise, als ich mich hineinsinken ließ. Marie setzte sich an den Tisch, goss Tee ein und lehnte sich zurück. »Erzähl schon.«

Ich berichtete brav vom Gespräch mit Leon und verschwieg auch nicht, dass er behauptet hatte, eine seiner Freundinnen zur Abtreibung genötigt zu haben.

»Dieses Schwein!«, rief Marie empört. »Der verdient doch Schläge, das ist ja wohl völlig abartig!«

»Finde ich auch. Aber offenbar hat er gedacht, genau das würde mich davon überzeugen, dass er es ehrlich mit mir meint. Das könnte mich höchstens dazu bringen, nach Paris zu fahren und ihn windelweich zu prügeln.«

»Weiß er, wo du bist?«

»Keine Ahnung«, sagte ich achselzuckend, »er hat mich danach gefragt. Kann sein, dass er mich nach wie vor in Paris vermutet.«

»Spätestens seine nächste Telefonrechnung dürfte ihm zeigen, dass du nicht mehr in Frankreich bist, oder? Hoffentlich taucht er nicht hier auf«

Mir wurde bei dieser Vorstellung heiß und kalt. Das fehlte noch, dass Leon auf der Suche nach mir in der Konditorei auf der Matte stand und Theater machte. Unser Gespräch hatte mir eines klargemacht: Ich hielt es nicht einmal aus, seine Stimme zu hören.

»Ich werde Marcel anrufen«, verkündete ich.

»Marcel? Wieso das denn? Ich denke, der kann dich nicht leiden.«

»Das dachte ich ja auch, aber er hat sich wirklich nett um mich gekümmert – nach dem Zwischenfall im Krankenhaus. Er hat mir versprochen, Leon im Zaum zu halten. Er kann natürlich nicht rund um die Uhr auf ihn aufpassen, aber ...«

Ich verstummte. Aber? Was – aber? Was konnte Marcel schon tun, um mich vor Leons Kontaktversuchen zu schützen? Trotzdem – vielleicht hatte Marcel ja eine zündende Idee, wie ich es erreichen konnte, dass Leon mich zufrieden ließ.

Kurz entschlossen sprang ich auf. »Ich rufe ihn jetzt sofort an.«

»Hm.«

Maries Gesichtsausdruck sprach Bände. Sie hielt das eindeutig für keine gute Idee. Aber das war mir egal. Leon musste aus meinem Leben verschwinden, und zwar endgültig. Und ich wollte schließlich nicht, dass die einzige Lösung sein würde, ihn mit Betonschuhen in die Seine zu werfen.

KAPITEL 16

Ich setzte mich in meinem Zimmer in den Sessel und aktivierte mein Handy. Siebenunddreißig unbeantwortete Anrufe und einundzwanzig neue Textnachrichten. Hartnäckig war Leon ja, das musste man ihm lassen.

Ich wählte Marcels Nummer, die ich noch gespeichert hatte – für Notfälle wie diesen.

»Helene!«, rief er aus, als ich mich meldete. »Ich habe schon endlos versucht, dich zu erreichen.«

Das hatte ich nicht erwartet. Davon ausgehend, dass die registrierten Anrufe alle von Leon waren, hatte ich mir die Liste der Telefonnummern gar nicht erst angesehen.

»Wieso das denn?«, fragte ich.

»Stimmt es, dass Leon heute mit dir gesprochen hat? Er ist total betrunken bei mir aufgekreuzt und hat wirres Zeug geredet, dass sein Leben ohne dich nicht lebenswert ist und so.«

Sofort wurde ich sauer.

Was sollte das denn? Wie konnte Leon es wagen, sich als bedauernswertes Opfer aufzuspielen? Das war ja wohl die Höhe!

»Na und?«, keifte ich los. »Soll ich jetzt Mitleid mit dem armen, verlassenen Leon haben, oder was? Ein bisschen viel verlangt, findest du nicht?«

»Nein, nein, so meinte ich es nicht«, versicherte Marcel eilig, »ich wollte nur wissen, ob er wirklich mit dir gesprochen hat.«

»Ja, hat er. Ich habe blöderweise nicht aufs Display geguckt, weil ich mit einem anderen Anruf gerechnet habe. Ich bin echt sauer.«

»Das ist nicht zu überhören«, sagte Marcel, »du redest ganz schön laut, wenn ich mir die Bemerkung erlauben darf.«

»Darfst du. Marcel, das muss aufhören. Der soll mich in

Ruhe lassen.«

Er seufzte. »Das sagst du so einfach. Leon redet von nichts anderem, als dass er dich unbedingt zurückhaben will. Um ehrlich zu sein, er trinkt jeden Tag bis zum Augenstillstand und ist nicht mehr in der Lage, im Tonstudio zu arbeiten. Eine Katastrophe.«

»Dann komme ich selbstverständlich sofort zurück.«

Offenbar hatte der Äther auf dem Weg zwischen Middelswarfen und Paris den Sarkasmus in meiner Stimme neutralisiert, denn Marcel rief: »Ehrlich?«

»Natürlich nicht, du Vollidiot! Glaubst du, ich kehre zu einem Mann zurück, der seine Geliebte zur Abtreibung zwingt?«

Stille am anderen Ende der Leitung.

»Was ist?«, setzte ich nach. »Hat es dir die Sprache verschlagen?«

»Das hat er dir erzählt?« Marcel schien es nicht glauben zu können.

»Na ja, mehr so zwischen den Zeilen, aber er nannte Madeleine eine Schlampe und behauptete, sie habe ihm das Baby unterjubeln wollen. Und aus irgendeinem bizarren Grund schien er zu erwarten, dass mir das schmeicheln würde oder so. Weil er das meinetwegen getan hat.« Ich atmete schwer. Diese Geschichte mit der Abtreibung regte mich furchtbar auf. »Habe ich also die Verantwortung dafür, oder was?«, rief ich aufgebracht. »Vielen Dank auch!«

»Helene, Helene, bitte«, sagte Marcel beschwörend. Wahrscheinlich fürchtete er um die Unversehrtheit seines Trommelfells.

»Ist doch wahr! Weißt du, was mich am meisten ärgert?«

Er antwortete nicht, also fuhr ich fort: »Dass er mich null zu kennen scheint, sonst würde er nicht denken, dass mich das zu ihm zurückbringt! Ich bin so wütend!«

»Kann ich verstehen«, versicherte Marcel eilig. »Wie geht es dir denn sonst so? Alles okay?«

Er versuchte also, das Gespräch auf neutralen Boden zu manövrieren. Gut, er sollte eine kleine Entspannungsphase haben. »Es geht mir gut. Ich wohne in einem Haus mit Garten, ich habe einen Job. Ich lebe.«

»Einen Job? Was arbeitest du?«, heuchelte er Interesse.

»Das wird dich jetzt umhauen: in einer Konditorei.«

Diesmal hatte er mitbekommen, dass meine Antwort ironisch gemeint war, denn er lachte unsicher und brummte: »Ja, hab schon verstanden, Helene.«

Genug geplänkelt, fand ich. Zeit, zum Kern der Sache zu kommen.

»Spaß beiseite, Marcel. Wir brauchen einen Plan, und du wirst mir dabei helfen. Wir denken uns jetzt eine Geschichte aus, die Leon ein für alle Mal von mir fernhalten wird.«

Schweigen, dann: »Keine Ahnung, Helene ... momentan ist Leon echt fanatisch, total darauf fixiert, dich wieder zurückzukriegen.«

»Na gut. Dass ich einen neuen Kerl habe, wird er nicht glauben. Aber ich denke, dass er es nicht ertragen wird, wenn er glaubt, dass ich ihn betrogen habe. In Paris.«

»Ach, und mit wem?«

Einer plötzlichen Eingebung folgend, verkündete ich triumphierend: »Mit dir!«

»Das ist nicht dein Ernst«, keuchte Marcel.

»Doch. Das musst du einfach für mich tun.«

Er zögerte, dann sagte er: »Das geht nicht, Helene. Wirklich nicht.«

»Du hast wohl Angst, dass er dich dann rauswirft.«

Wieder zögerte er lange, bevor er antwortete. »Das ist es nicht.«

Er verstummte, und ich hörte nur seinen Atem.

»Was ist es dann?«

Später, nach dem Gespräch, war mir klar, dass ich diese Frage nicht hätte stellen sollen, auf keinen Fall, denn manchmal ist Unwissenheit viel gnädiger, als die ganze Wahrheit zu kennen.

»Ich bin homosexuell, Helene. Ich hatte nie etwas mit einer Frau, und werde es vermutlich auch nie haben.«

Jetzt war ich es, die keinen Mucks von sich gab. Meine Gedanken rasten. Vieles ergab auf einmal einen Sinn. Wie Marcel Leon manchmal angesehen hatte, berührt hatte ...

»Helene? Bist du noch dran? Du bist doch nicht schockiert?«

»Ja ... nein, natürlich nicht«, sagte ich hastig. »Aber ... Marcel, darf ich dich etwas fragen?«

»Ja, natürlich.«

Ich holte tief Luft. »Du liebst Leon, nicht wahr?«

Als er antwortete, war seine Stimme belegt. »Ja, ich liebe ihn.«

»Aber wie hältst du das aus? Zu wissen, dass es keine Hoffnung gibt, das ist doch schrecklich.«

Wieder hörte ich nur seinen Atem, der irgendwie ... zittrig klang. Weinte Marcel?

»Macht er dir etwa Hoffnung? Ist Leon so ein Schwein?«

»Er ist bisexuell, Helene.«

Wumm! In meinem Kopf musste eine Bombe explodiert sein, warum würde mein Gehirn sonst in kleinen Fetzen durch den Raum fliegen? So fühlte es sich jedenfalls an. Weit davon entfernt, einen klaren Gedanken fassen zu können, japste ich fassungslos: »Was? Was willst du damit sagen? Du lügst!«

»Nein, ich lüge nicht.«

Er versuchte, ruhig zu sprechen, aber ich konnte hören, dass er sehr aufgeregt war. Seltsamerweise war genau das der Grund, weshalb ich ihm sofort glaubte. Und nicht nur das. Mir wurde noch ganz etwas anderes klar, und das fühlte sich an wie ein Tritt in den Magen.

Einen Moment lang dachte ich, ich würde ohnmächtig werden, als sich eine Erkenntnis in meinem Hirn manifestierte, die derart ungeheuerlich war, dass ich kaum Luft bekam.

»Du hast ein Verhältnis mit ihm«, stieß ich hervor.

Marcel begann zu weinen, und das war mir Bestätigung genug. Wider Willen hatte ich Mitleid mit ihm, aber hier ging es um mich und mein Seelenheil – auch wenn davon gerade nicht viel übrig war. Ich musste hart bleiben.

»Okay, Marcel. Dann wirst du Leon sagen, dass ich von eurem Verhältnis weiß und dass er sich damit endgültig ins Off geschossen hat.«

»Aber dann wird er denken, dass ich es dir gesagt habe, um eine Versöhnung zwischen euch zu verhindern«, begehrte er verzweifelt auf.

Darauf konnte ich keine Rücksicht nehmen.

»Das ist mir egal, Marcel, tut mir leid. Von mir aus sag ihm, dass ich Schwule hasse oder dass ich Angst vor Aids habe. Denk dir was aus. Erzähl ihm, dass ich von selbst darauf gekommen bin.«

Ich wollte dieses Gespräch beenden. Meine Hände waren schweißnass, und mir war übel.

Marcel rang hörbar um Fassung und holte tief Luft. »Ich verspreche dir, ich werde mich darum kümmern. Er wird dich nicht mehr anrufen.«

Ich ahnte, wie viel Überwindung ihn das kosten musste, aber ich glaubte ihm. Er tat mir leid, trotzdem sagte ich kühl: »Danke. Ich verlasse mich auf dich. Alles Gute, Marcel.«

Ich wartete seine Antwort nicht ab, sondern beendete das Gespräch.

Das Handy fiel mir aus der Hand und knallte auf den Fußboden. Egal. In meinen Ohren rauschte es. Leon bisexuell, und er hatte direkt vor meiner Nase nicht nur mit anderen Frauen geschlafen, sondern auch mit Marcel. Und Gott weiß, mit wem noch.

Keine Ahnung, wie lange ich bewegungslos in meinem Zimmer hockte und versuchte, das Chaos in meinem Kopf zu ordnen, aber irgendwann streckte Marie den Kopf zur Tür herein.

Ich musste schrecklich aussehen, denn ihr Gesicht veränderte sich, als sie meinen Blick auffing. Fast war es eine Neuauflage der Szene einige Stunden zuvor, als sie mich heulend im Bett gefunden hatte.

Sie schnappte nach Luft und fragte: »Was ist passiert, Helene? Du siehst aus, als ob ... keine Ahnung ... ist jemand gestorben oder so?«

Ich schüttelte langsam den Kopf. Rechts, links, rechts, links ... ich konnte einfach nicht damit aufhören. Sie kam zu mir und berührte mich vorsichtig an der Schulter.

»Helene? Hörst du mich?«

»Leon ... er ist ...«, wisperte ich und verstummte wieder.

»Was? Was ist mit Leon? Helene, sprich zu mir! Du machst mir Angst!«

Ich stand auf und stakste wie ein Roboter an Marie vorbei aus dem Raum und hielt erst an, als ich an einem Spiegel vorbeikam und sah, dass ich die blöde Waschbärenbrille noch immer trug. Ich riss mir das Ding vom Gesicht und warf es mit einem Schrei gegen den Spiegel. Mein Gesicht war grau, meine grünen Augen riesig und schwarz.

Marie erschien neben mir und legte behutsam den Arm um mich. Mit sanftem Druck dirigierte sie mich durchs Wohnzimmer bis zum Sofa. Kraftlos sank ich auf den Sitz.

Schorsch, plötzlich ganz sensible Katze, kam zu mir getapst und stieß mich mit dem Kopf an. Als ich nicht reagierte, hob er die Pfote und legte sie ganz zart auf meine Hand.

Marie goss mir frischen Tee ein und schob die Tasse zu mir.

»Trink. Und dann möchte ich wissen, was passiert ist, hörst du?«

Meine Hände bebten, als ich nach der Tasse griff, aber das heiße, starke Getränk tat mir wirklich gut.

»Hast du Marcel erreicht?«, fragte Marie.

»Ja.« Ich umklammerte die Tasse so krampfhaft, dass meine Fingerknöchel weiß wurden.

»Hey, hey, nicht die Tasse zerquetschen«, sagte Marie, beugte sich über den Tisch, entwand mir behutsam den Porzellanbecher und stellte ihn in sicherer Entfernung von mir auf den Tisch.

Ich krallte meine Hände in Schorschs Fell, der mir mittlerweile auf den Schoß geklettert war, holte tief Luft und erzählte Marie, was ich gerade von Marcel erfahren hatte.

Nachdem ich – schluchzend – geendet hatte, sah Marie mich ernst an. Dann sagte sie: »Du machst einen Aidstest.«

Mir wurde übel.

KAPITEL 17

Am nächsten Tag nahm ich mir frei und fuhr mit Maries Auto nach Wilhelmshaven. Ich ging ins Gesundheitsamt und fragte dort nach einem Aidstest. Man erkundigte sich nach den Gründen, und ich erzählte wahrheitsgemäß, dass ich gerade von der ohne mein Wissen ausgelebten Bisexualität meines Expartners erfahren hatte. Ob er geschützten Verkehr ...? Keine Ahnung. Ich hätte es nicht erzählen müssen, es stand mir frei, diese Frage zu beantworten oder nicht. Seltsamerweise aber beruhigte es mich, mit dieser freundlichen, routinierten Frau darüber zu sprechen. Alles Weitere geschah rasch, anonym und unbürokratisch: Sie nahm mir Blut ab und bat mich, in zwei Wochen wieder vorbeizukommen.

An die folgenden Wochen habe ich kaum eine konkrete Erinnerung.

Marcels Enthüllung hatte mich in tiefste Depressionen gestürzt, und meinen Dienst in der Konditorei erledigte ich nur unter größten Mühen. Ich gab vor, zu kränkeln und mich körperlich schlecht zu fühlen, um mein blasses Gesicht zu erklären, ging aber trotzdem jeden Tag zur Arbeit.

Mein Glück war, dass meine Eltern mich noch immer nicht ganztägig brauchten, und so stürmte ich aus dem Laden, sobald meine Mutter mich entließ.

Immer wieder fing ich den fragenden Blick meiner Großmutter auf, aber sie schrieb mein trauriges Aussehen der Trennung zu, die ich gerade hinter mir hatte.

Vor den Kunden riss ich mich zusammen und zwang mir ein fröhliches Lächeln ins Gesicht, was mir nicht gerade leicht fiel. Sobald der Laden leer war, fiel ich in mich zusammen und betete stumm um Fassung.

Marie kümmerte sich liebevoll um mich.

Immer wieder zerrte sie mich aus dem Bett, in das ich mich

verkroch, sobald ich frei hatte, und zwang mich zu Radtouren und langen Spaziergängen, auf denen ich ihr mein Herz ausschütten durfte. Sie ertrug mit engelsgleicher Geduld, dass meine verheulten Monologe sich höchstens in Details unterschieden, oder dadurch, dass ich mal verzweifelt, mal rasend vor Wut war.

Sie bekochte mich mit meinen Lieblingsspeisen, schleppte stapelweise DVDs mit Komödien an und versuchte unermüdlich, mich aufzumuntern. Sie schenkte mir eine schön gebundene Kladde, die ich dazu benutzen sollte, meine Gedanken aufzuschreiben.

Anfangs zerrissen die Seiten beinahe unter meinem Stift, mit dem ich wütende Verwünschungen und Flüche aufs Papier fetzte. Ich wollte, dass Leon litt, dass irgendetwas passierte, dass es ihn so zu Boden schmetterte, wie ich zu Boden geschmettert war.

»Ich wünsche mir, dass er seine Stimme verliert«, schrieb ich einmal in die Kladde, weil es das Schlimmste war, das ich mir für ihn vorstellen konnte. Ich verbrachte viel Zeit damit, mir derlei Dinge auszudenken, meine Fantasie lief Amok. Eine Krankheit, die ihn, den Adonis, verunstaltete. Ein Hautausschlag im Gesicht, vielleicht. Oder galoppierender Haarausfall. Oder er vergriff sich einmal an einer Frau, die einen gewalttätigen, eifersüchtigen Partner hatte, der dann Leon auflauern und krankenhausreif prügeln würde ...

Natürlich war das albern und kindisch, aber es half mir. Allmählich wurden meine Eintragungen differenzierter, und ich fing an, mich mit mir und meinen Gefühlen zu beschäftigen, statt meine Energie damit zu vergeuden, Leon die Pest an den Hals zu wünschen. Langsam erkannte ich, wie segensreich das Führen eines Tagebuchs sein konnte, indem ich in mich hineinhorchte und nach Möglichkeiten forschte, wie es mir besser gehen könnte.

Ich gewöhnte mir an, täglich spazieren zu gehen.

Jeden Tag dachte ich an den Aidstest und die möglichen Folgen für mein Leben, sollte er positiv sein. Wann immer meine Gedanken in diese Richtung gingen, wurde ich wütend, wer wollte mir das verdenken? Wie hatte Leon mich derart in Gefahr bringen können?

Eines Tages – ich wollte gerade wieder fluchtartig aus meinem Elternhaus stürzen – hielt mein Vater mich auf und zog mich in die Backstube.

Ich verschränkte die Arme vor der Brust wie ein bockiges Kind und zappelte ungeduldig herum, denn ich wollte nicht reden.

Mein Vater räusperte sich und sagte: »Hast du Lust, mal wieder zu backen?«

»Brauchst du meine Hilfe?«

Er schüttelte den Kopf. »Nicht unbedingt. Ich dachte, du hättest vielleicht Spaß daran, unser Angebot zu erweitern. Jetzt kommen doch bald die Urlauber, und das ist die beste Zeit für Experimente.«

Ich glaubte, meinen Ohren nicht trauen zu können. Was war denn mit meinem Vater los?

Fast war ich versucht, nach der großen, hölzernen Teigrolle zu greifen, in Kampfposition zu gehen und zu rufen: »Wer sind Sie und was haben Sie mit meinem Vater gemacht?«

Ich konnte nichts sagen.

Nichts wünschte ich mir mehr, als endlich wieder in der Backstube zu stehen, kreativ zu sein und meine Fantasie in sinnvolle Bahnen zu lenken – und als es mir angeboten wurde, war ich sprachlos.

Unter meinem starren, fassungslosen Blick wurde mein Vater verlegen. Er errötete, wandte sich ab und brummte: »Na ja, ich dachte ja nur ...«

Mein Herz floss über. Mein Vater, dieser grimmige Mann, hatte nett zu mir sein wollen, und ich glotzte ihn nur stumm an. Natürlich dachte er, ich wolle seinen Vorschlag nicht annehmen, und schämte sich jetzt dafür.

»Paps?« Meine Stimme klang heiser, so gerührt war ich von seiner Geste.

Er sah mich an. »Ja, mein Mädchen?«

Mein Mädchen! Man stelle sich das vor! So hatte er mich noch nie genannt.

Meine Augen wurden feucht, und ich schniefte: »Ich würde furchtbar gern hier mit dir zusammen arbeiten, Paps.«

Sein Gesicht leuchtete auf. Spontan ging ich zu ihm und umarmte ihn. »Danke, Paps.«

Er strich mir unbeholfen über die Haare und sagte: »Du siehst so traurig aus, Helene. Das kann ich gar nicht gut haben.«

Du liebes bisschen! War ich in einem Paralleluniversum gelandet? Niemals hätte ich gedacht, dass mein Vater so etwas überhaupt auch nur registrierte, geschweige denn, sich überlegte, was er tun könnte, damit es mir besser ginge. Innerlich leistete ich Abbitte.

»Ich bin auch ziemlich traurig, Paps«, gab ich zu.

»Es muss schlimm für dich gewesen sein, deinen Plan in Paris aufzugeben«, murmelte er.

Ich nickte, und wir lösten uns voneinander.

»Das kann ich gar nicht gut haben«, wiederholte er düster.

»Ist schon gut, wirklich. Nur manchmal tut es mir weh, wenn ich daran denke«, untertrieb ich maßlos.

»Das dachte ich mir. Du kannst hier arbeiten, wann immer du willst, ob alleine oder mit mir zusammen Du hast doch immer so außergewöhnliche Ideen gehabt, und es wäre schade, wenn du das nicht weiter entwickeln würdest.«

Wow! Das wurde ja immer unheimlicher. »Hat Oma mit dir gesprochen?«, forschte ich nach.

Er sah ehrlich erstaunt aus. »Oma? Wie kommst du darauf?«

Weil es das Einzige ist, was mir als Erklärung für dein Verhalten einfällt, dachte ich und schämte mich ein bisschen.

»Ist Mama einverstanden?«

Er runzelte die Stirn. »Es ist meine Entscheidung, wenn ich dich in meiner Backstube haben möchte, Helene.«

Auweia. Entweder hatte er es mit der strengen Waltraud bereits ausgefochten, oder sie wusste noch nichts davon. Ich sah das Verhältnis zwischen meinen Eltern plötzlich in einem neuen Licht. Mein Vater bestimmte, was geschah? Ich hatte immer gedacht ... aber egal.

Ich lächelte und sagte: »Morgen besprechen wir alles, ja? Ich habe Kladden voller Ideen zu Hause, wenn du Lust hast, bringe ich sie morgen mit.«

Er nickte, und damit war ich entlassen.

Wie im Traum radelte ich nach Hause. Ich konnte immer noch kaum glauben, was da gerade zwischen meinem Vater und mir passiert war.

Ich spürte mein Blut durch meine Adern fließen, ich merkte, wie meine Laune sich hob und dass ich mich, zum ersten Mal seit Wochen, auf den nächsten Tag freute.

Unnötig zu erwähnen, dass Marie auf meinen Stimmungsumschwung mit großer Erleichterung reagierte. Die Ärmste! Was hatte sie während der letzten Wochen aushalten müssen und wie sehr hatte sie sich um mich bemüht.

Als sie an jenem Abend von der Arbeit kam, fand sie mich nicht, wie sonst, in meinem Bett vor, sondern in der Küche, wo ich dabei war, unser Abendessen zuzubereiten.

Kaum war sie zur Tür hinein, als ich auch schon auf sie einschnatterte und ihr haarklein von der Szene mit meinem Vater erzählte.

Meine Rezeptkladden wollte sie natürlich sofort sehen.

Wir hockten uns auf die Terrasse, und ich zeigte ihr meine Lieblingskreationen.

»Du bist ja eine Künstlerin«, sagte sie ehrfürchtig.

Ich winkte lachend ab.

»Blödsinn. Ich habe einfach Spaß daran, schöne Dinge zu kreieren. So eine blöde Sahnetorte, wie sie in Tausenden Bäckereien in der Auslage steht, überall exakt gleich aussehend ... wer will denn das? Und alles schmeckt gleich! Manchmal wüsstest du doch nicht einmal, ob du gerade Rhabarber- oder Stachelbeerkuchen isst, wenn du die Augen verbunden hättest. Alles ist überzuckert und beliebig. Torten müssen aufregend sein, dramatisch, der schönste Schmuck einer gedeckten Tafel. Ich möchte Torten und Gebäck inszenieren wie Gemälde, verstehst du? Mit turmhoch gehäuften Früchten und delikatesten Cremes, mit überraschenden Geschmackserlebnissen durch Gewürze, die niemand erwartet, strotzend von Farbe und Leben. Ach, ich freue mich so!« Ich holte tief Luft, denn ich war von meiner dramatischen Rede ganz atemlos.

Marie lachte. »Du hast ja richtig rote Wangen! Das nenne ich echte Leidenschaft. Warte mal ab, du wirst mit deinen Torten noch Karriere machen. Irgendjemand wird dich entdecken, und du wirst Deutschlands berühmteste Tortenkönigin.«

»Ja, genau. Und dann beherrsche ich irgendwann die Welt. Sag mal, leihst du mir noch mal dein Auto? Morgen früh?«

»Gesundheitsamt?«

Ich nickte. Mir war nicht wohl bei dem Gedanken.

»Soll ich mitkommen?«

Sollte sie? Oder wollte ich mich lieber allein durch den Termin zittern, der mein restliches Leben verändern könnte? Ich spürte, wie mir der Schweiß auf die Stirn trat.

»Ich komme mit«, sagte Marie resolut, »keine Widerrede.«

KAPITEL 18

Der Termin beim Gesundheitsamt am nächsten Morgen dauerte genau drei Minuten.

Ich war heilfroh, mich dem nicht allein stellen zu müssen, denn ich schlotterte vor Angst, als ich endlich das Ergebnis des Tests erfahren sollte. Marie hielt meine Hand. Als mir mitgeteilt wurde, dass ich nicht infiziert sei, fing ich an zu weinen, so erleichtert war ich.

»Oh Gott, ich weiß nicht, was ich gemacht hätte, wenn das Ergebnis positiv ...«, schluchzte ich auf der Heimfahrt.

»Schnee von gestern«, sagte Marie fröhlich, »darüber musst du dir jetzt keine Gedanken mehr machen. Freu dich lieber, dass du gesund bist. Wenn wir jetzt nicht zur Arbeit müssten, würde ich glatt eine Flasche Schampus springen lassen. Und hör bitte endlich auf zu heulen, das hält ja kein Mensch aus.«

Sie drehte die Musik lauter.

Meine Marie, dachte ich und grinste. Meine Tränen waren versiegt Ihr letzter Satz klang zwar nicht gerade liebevoll, aber sie hatte natürlich recht. Ich wusste ja, wie sehr sie während der letzten Wochen mit mir gelitten und gebangt hatte. Oder besser: *unter* mir gelitten hatte. Unter meinem Liebeskummer, meinem Gejammer und Geheule. Und ich liebte sie dafür, dass sie es genau so lange aushielt, wie es nötig war, und mir dann die rote Karte zeigte.

Während der Mittagspause saß ich mit Paps und Oma am Küchentisch und zeigte ihnen meine Kladden.

Paps schüttelte manchmal amüsiert den Kopf, wenn er auf eine besonders exzentrische Kreation stieß, aber Oma flippte schier aus.

Genau wie Marie am Abend zuvor sagte sie: »Du bist ja eine Künstlerin, Helene. So viel Talent, so viel Fantasie ... wunderbar.«

Meine Mutter kam herein, warf einen flüchtigen Blick auf meine Fotos und runzelte die Stirn.

»Das mag in Paris möglich sein, aber hier ... das sehe ich nicht, Helene. Ich bin sicher, dein Vater denkt genauso. Und im Übrigen: Was soll denn schlecht daran sein, wie dein Vater die Torten macht? Es hat sich bis jetzt noch niemand darüber beschwert. So ein durchgedrehtes Tralala will doch kein Mensch! Unsere Kunden werden denken, wir haben den Verstand verloren!«

Sie verschränkte die Arme vor der Brust und sah mich herausfordernd an. Eines wurde mir klar: Selbst wenn meine Entwürfe ihr gefielen, sie würde es nicht zugeben. Zumindest jetzt nicht.

Aber ich war viel zu euphorisch, als dass sie mich damit hätte treffen können. Oma gefiel es, selbst Paps sprang über seinen Schatten und erkannte immerhin meine handwerklichen Fähigkeiten an, was mir schon viel bedeutete. Außerdem hatte ich absolut keine Lust auf Streit und versuchte sie zu beschwichtigen.

»Darum geht es doch auch nicht, Mama. Ich sage doch nicht, dass meine Ideen besser sind. Nur anders. Aber Paps hat mir vorgeschlagen, unser Angebot im Sommer zu erweitern, zur Probe.«

Ihr Blick flog zu meinem Vater. Aus ihren Augen schossen Blitze. »Und wieso weiß ich nichts davon? Wie kommst du dazu, über meinen Kopf hinweg Entscheidungen zu treffen, ohne mich...«

»Hm, was haltet ihr von einer oder zwei besonderen Torten für sonntags?«, schlug ich vor. »Schön hoch und üppig. Mit besonders viel Obst und einer ungewöhnlichen Creme in der Mitte. Vielleicht mal ganz dezent gewürzt, nichts Übertriebenes. Und für wochentags Petit Fours. Das gibt uns die Möglichkeit, alternative Geschmacksrichtungen auszuprobieren und zu sehen, was besonders gut läuft.« Jetzt kam ich richtig in Fahrt und dozierte: »Die klassischen französischen Petits Fours haben zwei Schichten Creme und einen Marzipandeckel. Dann werden sie noch mit Fondant überzogen. Bei den Cremes – aber das muss ich euch nicht erklären – gibt es Hunderte Möglichkeiten, mit Alkohol oder ohne ... Aber ein Petit Four ist nichts weiter als ein kleiner Kuchen, und heutzutage ist alles möglich. Es können auch einfach sehr kleine Obsttörtchen sein, oder sie sind mit Schokolade überzogen. Das bietet unseren Kunden die Möglichkeit, sich nicht für ein großes Stück Torte entscheiden zu müssen, sondern stattdessen zwei oder drei verschiedene Petits Fours zu nehmen.«

Ich verstummte abrupt, weil mir meine kleine Zuckerbäckerei in Paris in den Sinn kam. Genau diese Dinge hatte ich dort anbieten wollen.

Oma schien meine Gedanken lesen zu können, denn sie sagte: »Aber das Gute ist doch, dass du schon so viele Ideen im Kopf hast, oder? Vielleicht können wir deinen Traum ja hier gemeinsam verwirklichen, was meinst du?«

Ich nickte nur, weil es mir vor Rührung schlicht die Sprache verschlagen hatte.

Eine Zeit lang schwiegen wir, dann räusperte mein Vater sich und sagte: »Schreib mir auf, was du an Werkzeug benötigst. Und dann kann es losgehen.«

»Nicht nötig«, verkündete ich triumphierend, »ich habe alles, was ich brauche. Wenn du mir in der Backstube ein Eckchen zuteilst, kann ich sofort anfangen.«

Wir beschlossen, dass ich meinen Utensilienkoffer sofort holen sollte. Meine Oma gab mir ihr Auto, und ich sauste zu meinem neuen Zuhause und warf den großen Koffer mit meinem Equipment auf den Rücksitz. Ich hätte singen können vor Freude. Endlich wieder arbeiten – endlich wieder

Ablenkung! Ich wollte raus aus dem tiefen, schwarzen Loch, in dem ich hockte, seit ich von Marcel die ganze, brutale Wahrheit erfahren hatte.

Kein Mann sollte mich je wieder so weit bringen, dass ich an mir und an meinem Leben zweifeln würde, nahm ich mir vor, als ich zurück zu unserer Konditorei fuhr.

Paps arbeitete an einer Torte, als ich die Schwingtüren zur Backstube aufstieß.

Er deutete auf einen Arbeitstisch aus Metall. »Das ist deiner. Die Schubladen habe ich geräumt.«

Das war perfekt. Ich wäre schon zufrieden gewesen, hätte ich meinen Koffer in eine Ecke stellen können. Aber so ... das gab mir die Möglichkeit, mich zu jeder Tages- und Nachtzeit hier auszubreiten.

»Wie wollen wir das denn zeitlich regeln, Paps? Ich habe ja noch vorn im Laden meinen Dienst, und wenn die Urlauber ab nächste Woche hier einfallen, wird das nicht weniger werden. Vielleicht kann ich nur nachts etwas machen.«

»Wir werden für die Saison eine Aushilfe einstellen«, sagte mein Vater. »Du kannst dir aussuchen, ob du vormittags oder nachmittags in den Laden möchtest.«

»Ich weiß nicht ... was denkst du denn?«

»Du kannst es auch flexibel halten, wenn dir das lieber ist. Zumindest, solange hier Schulferien sind, denn die Aushilfe wird mit Sicherheit eine Schülerin sein, wie in den letzten Jahren auch. Wenn die Schule hier wieder anfängt, wird deine Mutter dich natürlich vormittags brauchen.«

»Was sagt Mama dazu?«, entfuhr es mir. Eigentlich ging es mich ja nichts an, wie meine Eltern das untereinander regelten, aber ich wollte vorbereitet sein, wenn Gottes Zorn in Gestalt meiner Mutter über mich hereinzubrechen drohte.

Mein Vater lächelte. »Dazu habe ich mich doch vorhin

schon geäußert, oder?«

Ich nickte. »Du bist hier der Chef, ich weiß. Und Oma ist ja auch einverstanden. Aber ich möchte nicht, dass du deswegen Stress mit Mama hast.«

»Ich doch nicht. Und wenn deine Mutter sich Stress machen will ...« Er zuckte mit den Achseln, und es war klar, was das bedeutete: »... dann ist das ihr Problem.«

Ich sah ihn zweifelnd an. Ob er sich das nicht ein bisschen zu einfach vorstellte?

Was, wenn die gnadenlose Waltraud ihm fortan das Leben zur Hölle machte? Daran wollte ich nicht schuld sein, auf keinen Fall.

»Lass deiner Mutter einfach Zeit, Helene. Du weißt doch, wie sie ist, sie kann einfach nicht anders. Sie macht es nicht nur anderen schwer, sondern in erster Linie sich selbst. Du kennst sie doch lange genug, oder?«

Klar, deshalb mache ich mir ja Sorgen, dachte ich düster. Gleichzeitig war ich verblüfft über seine treffsichere Diagnose, die mir eines klarmachte: Mein Vater hatte sich damit versöhnt, wie meine Mutter war, und versuchte auch nicht, sie zu verändern.

Das musste echte Liebe sein.

KAPITEL 19

»Helene, kannst du mal bitte in den Laden kommen?«

Ich sah von meinen Erdbeertörtchen hoch, die ich gerade üppig mit kleinen, froschgrünen Zitronenmelisseblättern dekorierte. Es war keine zwei Minuten her, da hatte Meike, die Aushilfe, meinen Vater nach vorne gerufen. Jetzt stand er in der Tür und sagte: »Ich glaube, das ist eher was für dich.«

Mir standen vermutlich gleich mehrere Fragezeichen ins Gesicht geschrieben, als ich in den Verkaufsraum kam. Meine Mutter bediente Kunden, Meike ebenfalls. An einem der beiden kleinen Stehtischchen, die rechts und links der Tür dazu dienten, besondere Angebote zu präsentieren, stand ein junger Mann und blätterte im Hochzeitsalbum. Er schlug eine Seite um und murmelte kopfschüttelnd: »Das gibt‘s doch nicht!«

Ich wartete, bis meine Mutter kurz Zeit hatte, und fragte: »Was ist denn los?«

Sie deutete auf den jungen Mann am Stehtisch. »Ein Kunde für dich.«

Für mich? Für eine meiner Torten?

Mein Herz klopfte, als ich auf ihn zuging. Die Petit Fours, die wir seit ein paar Tagen anboten, gingen gut weg, aber eine richtige große Torte zu machen, würde mich wahnsinnig freuen.

Er bemerkte mich nicht, als ich mich zu ihm stellte, denn er war gerade in den Anblick meiner schinkenförmigen Torte vertieft.

»Hallo, ich bin Helene Bernauer. Was kann ich für Sie tun?«

Er sah hoch, als wäre er gerade aus einem Traum erwacht, und sagte: »Hm?«

»Ich bin Helene Bernauer«, wiederholte ich. »Sie möchten mich sprechen?«

Er staunte mich weiter an und fragte schließlich: »Sie haben diese unglaublichen Torten gemacht?«

Also, allmählich ...

»Ja. Was kann ich denn für Sie tun, Herr ...?«

»Oh. Oh, natürlich.« Er streckte mir seine Rechte entgegen und sagte: »Foerster, Patrick Foerster. Ich ... Ich suche Torten.«

»Na, die haben Sie ja jetzt gefunden, Glückwunsch«, gab ich zurück, und er errötete prompt und verstummte wieder.

Ich wollte ihm auf die Sprünge helfen und fragte: »Suchen Sie etwas zu einer besonderen Gelegenheit? Für eine Hochzeit oder einen Geburtstag? Oder wollen Sie etwas anderes feiern?«

Er schüttelte den Kopf und starrte mich an. Hatte ich etwa Mehl im Gesicht? Oder eine halbe Erdbeere an der Stirn kleben? Unwillkürlich fuhr ich mir mit der Hand übers Gesicht.

»Ich kann Ihnen aber auch eine individuelle Torte entwerfen, zu jedem Thema, wenn Sie möchten.«

»Das trifft es schon eher«, sagte er langsam, »ich brauche mehrere Torten.«

Mehrere? Hatte ich mich verhört? Das versprach, interessant zu werden.

Ich bat ihn, mir in unsere Küche zu folgen und am großen Holztisch Platz zu nehmen. Dann entschuldigte ich mich kurz und ging mit einem Kuchenteller in den Laden zurück. Ich wählte ein paar von den knallbunten Petits Fours aus und stellte sie auf den Küchentisch.

»Darf ich Ihnen einen Kaffee anbieten?«

Er nahm dankend an, und dann saßen wir uns gegenüber, zwei dampfende Becher Kaffee zwischen uns.

Patrick Foerster hatte das Album wieder aufgeschlagen und deutete auf das Foto einer hohen, mehrstöckigen Torte in Pink und Türkis, die aussah, als wären mehrere Hutschachteln schief übereinandergestapelt. »Sie sind eine Künstlerin, wissen Sie das?«

Alles klar, allmählich fing ich an, es zu glauben. Ich lächelte erfreut.

»Vielen Dank, Herr Foerster. Ich bin mit Leib und Seele Konditorin, und es ist ein großes Glück für mich, wenn ich die traditionellen Pfade einmal verlassen kann.«

»Sie sind genau richtig für das, was ich brauche«, sagte er bewundernd, beinahe ehrfürchtig, »genau richtig.«

»Für was denn, Herr Foerster? Sie haben mir noch immer nicht gesagt ...«

Ich ließ den Satz unvollendet.

Er wusste schließlich am besten, was er mir noch nicht gesagt hatte.

Er erzählte mir, er sei Modeschöpfer, »kein großer Name, ich fange gerade erst an«, und im Schloss von Jever und im umliegenden Park werde in zwei Wochen eine Fotoproduktion mit seinen Kleidern stattfinden. Er habe sich überlegt, große und farbenprächtige Torten auf einer opulenten, barocken Tafel zu arrangieren, an der das jeweilige Model in einer seiner Roben posieren solle. Üppige, farbenprächtige Torten zu üppigen, farbenprächtigen Kleidern. Gern farblich passend, so hatte er es sich vorgestellt.

»Ein weinrotes Kleid zu Weinlaub, Rotweinkaraffen, Torten mit Beerenobst, rosafarbenem Baiser, Etageren mit Obst oder bunten Petits Fours, Kaskaden von Traubendolden, verschnörkelten Kerzenleuchtern mit dunkelroten Kerzen – und mittendrin ein Farbklecks, vielleicht eine Kiwitorte, verstehen Sie?«

Er holte tief Luft, und seine Augen glänzten.

Braune Augen, wie ich registrierte.

Ich war sofort Feuer und Flamme. So eine wunderbare Idee, wie für mich gemacht!

»Hätten Sie Spaß daran?«, fragte er atemlos. »Wir würden natürlich darauf hinweisen, dass Sie die Torten gemacht haben.«

»Und wie! Das wäre traumhaft!«

Mal davon abgesehen, dass mir die Arbeit daran riesigen Spaß machen würde, wäre die Werbung natürlich sensationell.

Patrick Foerster sah erleichtert aus. »Wissen Sie, ich bin seit zwei Tagen in der Gegend unterwegs und sehe mir alles an. Das Schloss, die Räume, den Park ... Und ich war auf der Suche nach einer Konditorei, die meine Visionen verwirklichen kann. Und jetzt habe ich sie gefunden.«

Er schüttelte den Kopf, als könne er sein Glück nicht fassen, und strahlte mich an.

Und ich?

Ich hätte am liebsten auf einem Bein getanzt und meine Freude laut herausgeschrien, aber ich riss mich zusammen und gab mich seriös. Er durfte auf keinen Fall erfahren, dass dies mein erster großer Auftrag sein würde, sonst bekam er womöglich Angst und suchte sich doch noch jemand anderen.

»Darf ich fragen, wie Sie auf uns gekommen sind? Eine Empfehlung?«

»Eine? Acht von zehn Leuten, die ich gefragt habe, haben mich nach Middelswarfen in die Konditorei Bernauer geschickt. Nicht zu Unrecht, wie ich jetzt weiß.«

Ach, das wird Paps wirklich freuen, wenn ich ihm das erzähle. dachte ich. Und Oma. Ja, und meine Mutter auch. Ich freute mich schon darauf, die Familie zu informieren. Und Marie, natürlich!

»Vielen Dank für das Kompliment, Herr Foerster«, sagte ich, »und wie gehen wir vor?«

Er runzelte die Stirn. »Am besten wäre es, ich zeige Ihnen meine Entwürfe, und dann erarbeiten wir gemeinsam ein Farbkonzept. Ich habe etliche Fotos von den Räumlichkeiten des Schlosses und vom Park geknipst, die werden wir als Hintergründe benutzen. Ich möchte, bevor die Fotos geschossen werden, eine Skizze des Motivs haben, auf der bereits alles genau festgelegt ist. Ich bin neugierig auf Ihre ...«

Er brach ab, als ein schrilles Piepsen aus der Brusttasche seiner Jeansjacke drang. Er angelte sein Handy heraus, sah aufs Display, verdrehte die Augen und seufzte. Dann nahm er das Gespräch an und sagte: »Hallo?«

Eine Frauenstimme quäkte leise aus dem Telefon.

Wieder verdrehte er die Augen. »Chantal, ich bin in einer Besprechung. Können wir bitte später ...?«

Er lauschte einen Moment, dann: »Mit jemandem, der mir bei der Gestaltung des Sets helfen wird ... Wirst du dann ja sehen, es steht noch nichts konkret fest ... Ja, ich melde mich. Bis dann.«

Er drückte die Taste, die die Verbindung unterbrach.

»Das war ... äh ... eins der Models, Chantal«, erklärte er, wich aber meinem Blick aus.

Lüge, dachte ich, Chantal ist nicht nur eins der Models für dich, sonst hättest du mich bei der Antwort ansehen können. Aber es war mir sowieso egal, ich interessierte mich nur für den Auftrag und die künstlerischen Möglichkeiten. Und die Werbung! Wahnsinn! Sollte Patrick Foerster doch mit sämtlichen Models der Welt ins Bett steigen, das war mir so egal wie nur was.

»Wollen wir uns morgen zusammensetzen? Haben Sie Zeit?«, fragte er. »Dann bringe ich meine Sachen mit, und wir können erste Ideen austauschen. Wieder hier in der Konditorei?«

Na, der preschte aber los, der junge Herr Designer!

Aber er hatte ja recht, es gab keine Zeit zu verschwenden, wenn in zwei Wochen alles stehen sollte.

Ich dachte kurz nach und sagte: »Ich kann leider erst nach Feierabend. Was halten Sie davon, wenn ich Sie in meinen Garten einlade und wir etwas Leckeres auf den Grill werfen?

Meine Mitbewohnerin wird auch da sein, sie hat ein untrügliches Gespür für Farben.«

Patrick Foerster fand die Idee großartig. Er notierte sich meine Adresse und meine Telefonnummer und versprach, am nächsten Abend um Punkt 19 Uhr auf der Matte zu stehen.

Ich begleitete ihn zur Hintertür, und er schüttelte mir enthusiastisch die Hand.

»Helene ... darf ich Helene sagen?« Er wartete mein Nicken ab und fuhr fort: »Ich bin sehr, sehr glücklich, dass ich Sie gefunden habe, Helene. Sehr glücklich.«

Bleibt abzuwarten, ob Chantal genauso glücklich darüber sein wird, dachte ich, als ich ihm nachsah, wie er in sein Auto, eine fast antike »Ente«, stieg und knatternd davonschaukelte.

Dann raste ich zurück in die Backstube und fiel meinem Vater um den Hals.

Als ich abends Marie davon erzählte, stieß sie ein lang gezogenes »Uuuuuuh ...!« aus, als ich Patrick Foerster beschrieb, gefolgt von: »Schwarze Haare, braune Augen, schlank, gut gekleidet, Modedesigner? Helene, schlag zu!«

Ich winkte lachend ab.

»Er hat einen Anruf bekommen, als wir geredet haben. Von einer Frau. Er hat gesagt, sie sei eins der Models, aber ich fresse einen Besen, wenn das nicht seine Freundin war. Damit ist das Thema hoffentlich beendet – bei gleichzeitiger Klärung, auf welchen Frauentyp er steht: die Gemeine Stabheuschrecke!«

Wir kreischten vor Lachen, stießen mit unseren Weingläsern an und feierten den spannenden Auftrag, den ich heute ergattert hatte.

KAPITEL 20

Ich konnte den Abend kaum erwarten. Ich platzte schier vor Neugier, die Kleider zu sehen. Das Schloss kannte ich natürlich gut, und ich hatte sofort gewusst, nein, *gesehen*, was er sich vorstellte.

Während der Arbeit konnte ich mich kaum konzentrieren. Bei einem schnellen Mittagessen in der Küche schnatterte ich glücklich auf Oma ein, die sich über den Auftrag mindestens so freute wie ich, genau wie Paps.

Meine Mutter – muss ich es eigentlich extra erwähnen? war skeptisch und hatte Angst um ihren guten Ruf.

»Wenn du uns mal nicht blamierst, Helene, nicht, dass es mir peinlich sein muss, meinen Namen unter den Bildern zu lesen«, orakelte sie düster, was aber an mir abglitt wie ein Wassertropfen an einem Lotusblatt: spurlos. Nichts und niemand konnte meine Freude dämpfen, und ihr allgegenwärtiger Pessimismus und ihr unterentwickelter Glaube in meine Fähigkeiten waren mir schließlich seit frühester Kindheit vertraut.

Außerdem: *ihr* Name?

Glaubte sie tatsächlich, unter den Fotos würde stehen: »Torten: Waltraud Bernauer«?

Wohl kaum!

Mein Name würde dort zu lesen sein, Helene Bernauer. Und ich konnte es jetzt schon kaum erwarten, das frisch gedruckte Magazin in den Händen zu halten.

Bevor ich endlich nach Hause abdüsen konnte, stellte ich noch ein Kuchentablett mit der heutigen Auswahl an kleinen Törtchen zusammen. Weiße Mousse au Chocolat in filigranen Schokoladenboxen, die ich hergestellt hatte, indem ich große Eiswürfel in flüssige Kuvertüre tauchte, mit einem Deckel aus Himbeeren; sieben Zentimeter hohe, kreisrunde Erdbeertörtchen, die Früchte ruhend auf einer Vanillecreme, die ich mit einem Hauch Pfeffer gepimpt hatte, und schließlich klassische Petits Fours in einer Hülle aus pinkfarbenem Fondant, gefüllt mit zwei Schichten Cassiscreme und gekrönt von einer Lilienblüte in feurigem Orange, bei deren Fertigung Paps mir staunend zugesehen hatte.

Ich bettete das Tablett vorsichtig in den Korb auf dem Gepäckträger meines Fahrrads und verstaute meine Kladden in dem am Lenker.

Paps und Oma hatten mir viel Glück für den Termin mit Patrick Foerster gewünscht, aber meine Mutter brachte es tatsächlich fertig, noch einmal aus der Hintertür zu stürmen, um mir ein paar gut gemeinte Ratschläge mit auf den Weg zu geben, die da lauteten: »Zieh dir etwas Ordentliches an, hörst du, und gib nicht zu viel an. Versprich nichts, was du nicht halten kannst, Helene. Bescheidenheit ist eine Zier!«

... doch weiter kommst du ohne ihr, dachte ich. Fehlte nur noch, dass sie die Sauberkeit meiner Fingernägel kontrollierte und auf ein Taschentuch spuckte, um mir damit im Gesicht herumzuwischen.

Ich machte, dass ich wegkam.

Marie erwartete mich bereits, als ich kurz nach 18 Uhr angehechelt kam und verschwitzt vom Rad stieg.

Sie riss mir das Kuchentablett aus der Hand und rief: »Unter die Dusche, aber schnell! Lass die Haare offen, das sieht super aus, und schmink dich mal ein bisschen! Und zieh dir was ...«

»Stopp!«, fuhr ich ihr gnadenlos in die Parade. »Ich ziehe an, was mir passt! Was ist denn heute los? Meine Mutter hatte mich deswegen auch gerade in der Mangel. Mache ich den Eindruck, als könne ich mich nicht alleine anziehen? Ist ja wohl der Hammer!«

»Na«, kicherte Marie, »was hat die unfehlbare Waltraud dir denn vorgeschlagen? Rüschenbluse und Faltenrock?«

»Na, viel besser bist du auch nicht«, grollte ich, »was soll ich denn deiner Meinung nach anziehen? Ausschnitt bis zum Knie und Minirock? Ich will mir den Mann doch nicht für mein Bett angeln, sondern als Kunden.«

Ich stürzte nach oben unter die Dusche, frottierte mich schnell ab und schlüpfte in frische Jeans und geringeltes T-Shirt. Dann beugte ich mich vor, zog das Haargummi heraus und schüttelte den Kopf, um meine Locken, die ich in einem Zopf getragen hatte, wieder aufzulockern. Ich sah in den Spiegel und staunte: Ich hatte eine Mähne wie Diana Ross in ihren besten Zeiten. Ich trug mein Haar so selten offen, dass ich schon fast vergessen hatte, wie spektakulär das aussehen konnte. Und heute Abend musste ich ja schließlich nicht darauf achten, dass kein Haar in die Schokoladenmousse geriet ...

Als ich hinaus auf die große Terrasse am Wohnzimmer kam, war Marie bereits dabei, den Grill anzuheizen. Sie hatte den Tisch wunderschön farbenfroh mit Blumen aus dem Garten dekoriert und bunte Papierlampions in die Bäume in der Nähe gehängt.

Schorsch lag im Strandkorb, zeigte mir beim Gähnen seine beeindruckenden Reißzähne und blinzelte mich an.

»Marie, du bist ein wahrer Schatz. Kann ich noch irgendetwas tun?«

»Du kannst dich in den Strandkorb setzen und dich entspannen. Das Fleisch ist mariniert und steht im Kühlschrank, der Kartoffelsalat zieht durch, ich muss nur noch Tomaten und Mozzarella aufschneiden und auf einen Teller legen. Der Espresso zum Dessert ist bereits gemahlen, deine Törtchen stehen kühl.«

»Ich habe jetzt keine Ruhe, mich hinzusetzen. Lass mich die Tomaten machen, und du kümmerst dich um den Grill.«

»Alles klar. Hol schon mal das Fleisch aus dem Kühlschrank, ja?«

Bildete ich es mir nur ein, oder spitzte Schorsch beim Klang des Wortes *Fleisch* die Ohren? Tatsache war, dass er mir unauffällig hinterherschlich, als ich ins Haus ging. In der Küche warf er einen desinteressierten Blick in seine Fressnäpfe und drehte dann ab, um neben dem Tresen Posten zu beziehen.

Seine Ohren drehten sich wie Satellitenschüsseln, als ich die beiden Plastikbeutel aus dem Kühlschrank holte, in denen das Fleisch in der Marinade lag. Ich öffnete den ersten Beutel und kippte den Inhalt auf einen großen Teller. Aha, Nackenkoteletts in einer Honig-Senf-Marinade – ein Klassiker. Im zweiten Beutel waren Putensteaks, in Zitronenöl, Chili und scharfem Rosenpaprika. Schlagartig lief mir das Wasser im Mund zusammen. Hoffentlich war Patrick kein Vegetarier, fiel mir siedendheiß ein, denn auch der Kartoffelsalat, den Marie mit Essig und Öl angemacht hatte, enthielt kleine Schinkenspeckwürfel.

Ich beschloss, dass Patrick aussah wie jemand, der gern Fleisch aß, und versuchte, mich zu beruhigen. Schorsch saß mit hin und her peitschendem Schwanz an seinem Stammplatz und fixierte mich unverwandt – bereit, sich sofort auf die Beute zu stürzen, sollte ich das Fleisch aus den Augen lassen.

Ich schnitt die würzig duftenden Tomaten und den Büffelmozzarella in Scheiben, zupfte Basilikumblätter ab und schichtete alles abwechselnd auf eine Porzellanplatte. Tomate, Basilikum, Mozzarella ... rot, grün, weiß ... rot, grün, weiß ... rot, grün, weiß ... das hatte fraglos etwas Meditatives. Da ich kein Freund von Olivenöl war, beträufelte ich die Pracht mit Rapsöl, nachdem ich Salz- und Pfefferstreuer eingesetzt hatte. Den Essigspender wollte ich auf den Tisch stellen, dann konnte sich jeder nach Belieben bedienen.

Marie kam herein, um das Fleisch zu holen. »Viertel vor sieben, ich lege das jetzt mal langsam auf den Grill, oder?«

»Warte noch«, sagte ich, »vielleicht ist er nicht pünktlich, und dann gucken wir blöd aus der Wäsche und haben komplett durchgegartes, zähes Fleisch, das von einer Schuhsohle mit Chili- oder Honig-Senf-Geschmack nicht mehr zu unterscheiden ist. Auch nicht so prickelnd. Lass uns warten, bis er hier ist, dann führe ich ihn einmal durchs Haus oder so, und du packst das Fleisch auf den Grill. Macht ja nichts, wenn wir ein paar Minuten am Tisch sitzen, während das Fleisch gart.«

»Stimmt«, sagte Marie und nahm die Teller mit dem Grillgut mit nach draußen, unauffällig verfolgt von diesem gelb gestreiften Raubtier, das sich als normale Hauskatze getarnt hatte.

Ich arrangierte gerade ein paar kleine Basilikumblättchen auf der Tomatenplatte, als ich draußen Patricks Auto vor unser Haus knattern hörte.

Ich versteckte mich hinter der Küchengardine und beobachtete Patrick, wie er eine große Mappe und eine Kuriertasche aus dem Auto holte. Die Tasche hängte er sich über die Schulter, und die Mappe wurde unter den Arm geklemmt, damit er die Hände frei hatte für zwei spektakuläre Blumensträuße, die er zu guter Letzt vom Beifahrersitz nahm.

Gute Manieren hatte er also, er hatte daran gedacht, Marie und mir ein Gastgeschenk mitzubringen.

Und er war attraktiv: dunkle, kurze, zerstrubbelte Haare, randlose, rechteckige Brille, dezente Bartstoppeln. Eine lokkere, abgewetzte Jeans hing tief auf seinen schmalen Hüften, außerdem trug er ein weißes T-Shirt mit langem Arm und dunkelblaue Stoffturnschuhe. Seine Haut war gebräunt, was einen reizvollen Kontrast ... He, Moment mal, Helene, was wird das denn?, rief ich mich selbst zur Ordnung, hier geht es um einen geschäftlichen Termin!

Ich atmete tief durch, straffte meine Schultern und ging zur Haustür, um ihm zu öffnen.

KAPITEL 21

Ich riss die Haustür auf, ehe er klingeln konnte – wozu er im Übrigen keine Hand frei hatte, wie ich ja wusste.

Er strahlte mich an. »Helene, guten Abend. Bitte, für Sie!«

Er reckte mir einen der Blumensträuße entgegen: Feuerlilien, violette Zierlauch-Kugeln und Farn. Na, der würde staunen, wenn er später die Lilien als süße, essbare Variante auf den Petits Fours entdeckte!

»Vielen Dank«, sagte ich und nahm ihm den Strauß ab, dessen Gewicht mich beinahe in die Knie gehen ließ. »Mir nach, bitte.«

Er folgte mir durchs Wohnzimmer nach draußen. Marie schimpfte gerade mit Schorsch, der ihr allzu penetrant auf die Pelle gerückt war.

»Marie Bergmann – Patrick Foerster«, stellte ich die beiden einander vor.

»Freut mich«, sagten Marie und Patrick synchron.

Patrick lachte und überreichte Marie den zweiten Blumenstrauß: Löwenmäulchen in verschiedenen Rottönen, Klatschmohn und Dillblüten. Ohne es zu ahnen, hatte er die perfekten Farben für unsere jeweiligen Schlafzimmer ausgesucht.

»Du liebe Güte, hoffentlich haben wir Vasen, die groß genug sind«, sagte Marie beeindruckt angesichts der Blumen. »Helene, könntest du dich darum kümmern? Ich darf das Fleisch nicht aus den Augen lassen, sonst wird unser kleiner Säbelzahntiger hier sofort Beute reißen.«

Sie nickte Richtung Schorsch, der unter dem Tisch auf der Seite lag und mit der Schwanzspitze auf den Boden klopfte.

Ich nahm ihr den Strauß wieder ab und nickte.

»Darf ich helfen?«, fragte Patrick und folgte mir ins Wohnzimmer, wo er sich aufmerksam umsah. »Super, die

Farben. Könnte mir auch gefallen.«

»Sag ich doch, das hat Marie so gestaltet, ich wohne erst seit Kurzem hier.«

Ich deutete auf zwei große, transparent-grüne Glasvasen auf der Fensterbank. »Wenn Sie die beiden ...?«

Als ich in der Küche die Vasen mit Wasser gefüllt und die Blumen darin untergebracht hatte, sagte Patrick: »Ich komme mir ein bisschen blöd vor wegen der Sträuße, Ihr ganzer Garten ist ja voller Blumen, wenn ich das gewusst hätte ...«

»Unsinn, ich freue mich immer über einen Strauß. Kommen Sie, nehmen Sie die andere Vase, wir bringen sie dorthin, wo sie hingehören, Sie werden sehen.«

Ich nahm meine Blumen und ging vor in mein Zimmer. Ich stellte die Vase auf das Tischchen neben meinem bequemen Sessel. »Sehen Sie? Passt farblich perfekt in mein Zimmer. Und mit dem Strauß für Marie ist es genauso.«

Gut erzogen, wie er war, blieb er an der Schwelle von Maries Schlafzimmer stehen, während ich die Vase platzierte. Jetzt könnte ich mich fragen, warum er das bei meinem Zimmer nicht auch getan hatte, aber vermutlich hatte er den Raum – da mein Bett zur Couch umgebaut war – nicht als Schlafzimmer erkannt.

Als wir wieder auf die Terrasse kamen, brutzelte das Fleisch bereits auf dem Grill.

»Patrick, setzen Sie sich bitte. Der Gast bekommt den Strandkorb. Was möchten Sie trinken?«

»Ich nehme gern ein Bier«, sagte er, und mein entsetzter Blick ging zu Marie, die mir beruhigend zunickte und »Steht im Kühlschrank!« sagte.

Puh, das war gerade noch mal gut gegangen, obwohl Patrick nicht gerade den Eindruck machte, als hätte er die Veranstaltung unter lautem Protest verlassen, wenn es kein Bier gegeben hätte.

Ich flitzte in die Küche und holte die Getränke. Dann stellte ich den Kartoffelsalat auf den Tisch, und zu guter Letzt folgte die Platte mit den Mozzarella-Tomaten.

Die Unterhaltung war lebhaft und fröhlich, während wir schlemmten.

Schorsch war zu Patrick in den Strandkorb gesprungen, der sich überhaupt nicht daran störte, dass der gierige, beinahe schon sabbernde Kater ihm jeden einzelnen Bissen von der Gabel stierte.

Patrick erzählte von seinem Beruf und der Hoffnung, sich als Designer einen Namen zu machen. Die geplante Fotoproduktion war ein großer Glücksfall für seine Karriere. Nachdem er einige Jahre erfolgreich für andere Designer gearbeitet, Kontakte aufgebaut und Erfahrungen gesammelt hatte, war dies seine erste eigene Kollektion.

»Und dann hat die Chefredakteurin zufällig meine Entwürfe gesehen und mir diese Fotostrecke angeboten. Sehr groß ist mein Budget nicht, aber ich werde selbst fotografieren – das habe ich mal studiert«, erklärte er. »So spare ich einen teuren Fotografen. Die Models kenne ich schon lange, und sie verzichten mir zuliebe auf einen Teil der Gage.«

Er legte sein Besteck ab und tupfte sich den Mund mit der Stoffserviette, die Marie zur Feier des Tages aus dem Schrank geholt hatte.

»Das war köstlich«, stöhnte er und grinste jungenhaft. »Ich esse für mein Leben gern und bin damit in meiner Branche leider ziemlich allein auf weiter Flur. Wenn ich die Models schon an ihren Salatblättern knabbern sehe ... furchtbar. Und meine Freundin, Chantal, die übrigens zum Shooting anreisen wird, ist völlig fanatisch, was das angeht. In ihrer Anwesenheit darf ich nicht ...« Er stockte und sah aus, als hätte er eine ungeheure Indiskretion begangen.

»Dann sollten Sie die Zeit nutzen, solange Chantal nicht in

der Nähe ist, Patrick.« Marie grinste breit. »Ich glaube, Sie sind bei uns genau richtig, was leibliche Genüsse angeht. Warten Sie ab, wenn Sie erst einmal Helenes Kuchen probiert haben ... Sie wollen nie wieder etwas anderes essen!«

Mein Gesicht wurde heiß, bestimmt war ich knallrot geworden! Verlegen sprang ich auf. »Ich räume dann mal den Tisch ab. Möchten Sie auch einen Espresso und etwas Süßes, Patrick?«

Ich begann, das benutzte Geschirr zusammenzustellen.

»Du bleibst sitzen und kümmerst dich um deinen Gast«, sagte Marie streng und zog mich wieder auf den Stuhl zurück. »Wir machen jetzt den Tisch frei, damit ihr euch ausbreiten könnt.«

Gesagt, getan. Während Marie hin und her huschte und mit Geschirr klapperte, legte Patrick seine Mappe auf den Tisch und schlug sie auf.

»Das sind die Kleider, um die es geht«, sagte er und reichte mir einen Stapel großformatiger Hochglanzfotos, auf denen ein dürres Mädchen in wunderschönen Roben posierte. Sie stand mit gelangweiltem Gesichtsausdruck vor einer weißen Wand, ihre ganze Körperhaltung demonstrierte unendliches Desinteresse.

»Die Dame sieht aber wenig begeistert aus«, entfuhr es mir spontan.

Auweia, hatte er mich um meine Meinung zum Gesichtsausdruck der Dame gebeten? Nein, hatte er nicht.

Und warum hatte ich mich dann bemüßigt gefühlt, dazu ein Statement abzugeben? Keine Ahnung.

Jetzt war es sowieso zu spät.

Erst denken, dann reden, Helene, ermahnte ich mich selbst und hoffte, nicht allzu unangenehm aufgefallen zu sein bei meinem zukünftigen *Kunden*.

Aber Patrick war amüsiert, und ich atmete auf.

»Nein, das war die gute Chantal an diesem Tag wirklich nicht«, sagte er grinsend, »sie hatte gerade ein Casting versemmelt. Wie finden Sie die Farben?«

»Wunderschön«, antwortete ich, und das war keineswegs gelogen.

Die Entwürfe an sich waren nicht einmal besonders spektakulär, aber diese tiefen, satten Farben, die an getrocknete Rosen oder Gemälde alter Meister erinnerten ... tiefes Dunkelrot und violett, Tannengrün, Gold, Kupfer, Mitternachtsblau, Schwarz ...

»Wunderschön«, wiederholte ich, und er lächelte erfreut. »Und die wollen Sie im Schloss von Jever fotografieren?«

Er nickte. »Genau, das ist der perfekte Ort dafür. Kennen Sie das Schloss?«

Natürlich kannte ich es. Jeder, der in dieser Gegend zur Schule gegangen war, hatte in seiner Kindheit mindestens einen Klassenausflug ins Schlossmuseum gemacht. Das malerische, rosafarbene Schlösschen lag idyllisch in einem englischen Park, der mit Pfauen und legendär aggressiven Schwänen bevölkert war.

»Es ist Jahre her, dass ich dort war. Dürfen Sie überall fotografieren?«

»Gott bewahre. Zwei Räume können wir benutzen: den Audienzsaal und den Gobelinsaal. Unter strenger Aufsicht, natürlich.«

»Haben Sie sofort an unser Schloss gedacht, als Sie wussten, dass Sie diese Fotos machen würden?«

Er schüttelte den Kopf. »Eins meiner ersten Konzepte war, dass ich berühmte Gemälde als Hintergrund nehme. Gemälde, auf denen Menschen essen, an einem Tisch sitzen. Oder ein Picknick machen. Uzanne, Monet, Velázquez, Renoir ... es gibt viele Beispiele. Ich hatte die Idee, das Set so aufzubauen, dass das jeweilige Model praktisch Teil des Bildes wird, dass sich der gemalte Tisch oder die Picknickdecke ...« Er rang um Worte, aber ich verstand ihn auch so.

»Warum haben Sie diese Idee verworfen?«, wollte ich wissen.

Er zuckte mit den Achseln. »Zu aufwendig, zu kompliziert: Es wäre irrsinnig teuer geworden, das alles so zu bauen, dass die optische Täuschung perfekt geworden wäre.«

Ehe ich antworten konnte, erschien Marie mit einem großen Tablett, das sie auf einem kleinen Beistelltisch abstellte.

»Haben wir Platz für den Espresso? Und ein paar Törtchen von der Meisterin?«

Patricks Gesicht leuchtete auf, und er schob die Fotos zusammen, um sie wieder in die Mappe zu legen.

»Halt, halt, nicht so schnell«, mahnte Marie, »oder darf ich die Kleider nicht sehen?«

Sie verteilte kleine Tässchen und goss Espresso ein. Die Platte mit meinen Küchlein platzierte sie in die Mitte des Tisches und stellte kleine Teller daneben. Patricks Augen begannen zu glänzen, als er die Törtchen sah.

»Nein, nein, natürlich können Sie sich die Bilder ansehen«, murmelte er abwesend, ohne den Blick von den Petits Fours zu wenden, und schob Marie die Mappe zu. Fast erwartete ich, dass er zu sabbern anfangen würde.

»Was möchten Sie probieren?«, fragte ich und griff nach der bereitliegenden Gebäckzange. Ich deutete nacheinander auf die Küchlein und erklärte, was ihn erwartete.

»Eins von jedem, wenn ich darf«, bat er.

Natürlich durfte er!

Er begutachtete seinen gefüllten Teller genauestens und sah sich die Törtchen aus jeder Perspektive an.

»Sind das echte Lilien? Die sind doch nicht von meinem Strauß ...?«

»Nein, die habe ich gemacht«, erklärte ich. »Man kann beinahe jede Blüte aus Fondant formen, Blätter, Früchte, was Sie wollen. Fondant ist sehr gut formbar, wie Knete. Und nicht so brüchig wie Marzipan. Und ich kann es in jeder Farbe einfärben.«

»So wie Sie es hier orange gefärbt haben«, sagte er und deutete auf die Blüte.

»Ja, dafür gibt es verschiedene Methoden. Entweder, ich färbe die gesamte Masse mit Lebensmittelfarbe, wie ich es beim pinkfarbenen Überzug gemacht habe. Die Blüte allerdings ist aus der weißen Rohmasse geformt und dann besprüht und bemalt. Airbrush-Technik, wenn Sie so wollen, so sieht es echter aus.«

»Helene hat schon ordentlich was auf dem Kasten«, prahlte Marie ungefragt und blätterte durch die Fotos. »Sagen Sie mal, Patrick: Wer ist denn dieser Ausbund an Fröhlichkeit? Mit der möchte ich aber auch keinen Ärger kriegen.«

Sie grinste ihn breit an und ich dachte, bravo und willkommen in meinem Fettnapf, Marie, ich kann Gesellschaft gut gebrauchen, dann komme ich mir wenigstens nicht mehr allein blöd vor.

»Nein, das möchte ich wirklich nicht empfehlen, mit Chantal Ärger anzufangen«, antwortete Patrick.

»Vielleicht sollte sie mal einen Happen essen«, schlug Marie vor, »dieses Schoko-Dings zum Beispiel.«

Mit der Kuchengabel pickte sie die Himbeeren ab, bevor sie sich die Schokohülle samt weißer Mousse in den Mund schob.

»Das würde sie niemals anrühren«, sagte Patrick lachend, »und, um ehrlich zu sein, ich dürfte es auch nicht.«

Marie winkte ab und griff nach dem nächsten Törtchen. »Das hatten wir ja vorhin schon einmal. Was sie nicht weiß, macht sie nicht heiß. Von mir erfährt sie nix«, feixte sie und stieß mich an. »Los, jetzt du, Helene. Zeig deine Kladden, und dann bin ich mal gespannt, was Patrick sagt.«

Nun, außer »Ah!« und »Oh!« und »Das ist ja fantastisch!« sagte Patrick nicht mehr viel.

Immer wieder streifte mich sein bewundernder und erstaunter Blick, wenn er beim Umblättern wieder einmal auf eine neue, spektakuläre Kreation stieß. Die Torte, die wie eine aufgeklappte Schatzkiste aussah, aus der Juwelen quollen. Eine Handtasche. Gestapelte Bücher. Eine Blumenwiese. Ein Paar Turnschuhe. Eine dreistöckige, türkisblaue Torte, die mit Fischen, Krebsen und Korallen in leuchtenden Farben geschmückt war. Ein Obstkorb. Als er den »Schinken« sah, lachte er laut.

Es war spät geworden, und wir verabredeten uns für den übernächsten Tag, Sonntag, an dem ich keinen Dienst hatte, und er versprach, bis dahin erste Entwürfe zu zeichnen.

Als wir uns an seinem Auto verabschiedeten, hielt er meine Hand eine Spur zu lange fest, wie ich fand.

»Helene ... ich kann mein Glück nicht fassen, wirklich. Ich weiß, wie pompös sich das anhört, aber ich habe das Gefühl, dass Sie ... dass wir ...«

»Gut zusammenarbeiten werden«, vervollständigte ich seinen Satz schnell, ehe die Situation seltsam werden konnte.

Marie zappelte wie ein kleines Kind, als ich wieder auftauchte.

»Und? Und? Was ist noch passiert?«, nuschelte sie atemlos, während sie an einer Lilie kaute und mich erwartungsvoll ansah.

Ich ließ mich müde in den Strandkorb fallen und kraulte Schorsch, der darauf mit tiefem Schnurren reagierte. »Was meinst du?«

»Was ich meine? Der Mann ist ein Sahneschnittchen – und chronisch unterzuckert, wenn du mich fragst.«

Sie gackerte fröhlich über ihren – zugegebenermaßen – gelungenen Wortwitz und nahm sich ein Erdbeertörtchen. Ihr drittes allein von dieser Sorte, wenn ich richtig gezählt hatte.

Überhaupt hatten Patrick und Marie die Kuchenschlacht praktisch unter sich ausgemacht, da ich viel zu aufgeregt gewesen war, um die süßen Köstlichkeiten zu genießen. Auch vorher hatte ich mehr aus Höflichkeit mitgegessen.

Ich sah Marie streng an und sagte: »Der Mann interessiert mich privat überhaupt nicht, hörst du? Und außerdem wissen wir ja, dass er eine Freundin hat.«

»Dieses gelangweilte Skelett? Diese Heuschrecke, die ihm jeden Bissen neidet, weil sie ihn sich selbst nicht erlauben kann?«

»Das geht uns nichts an.«

»Mir wurscht«, verkündete Marie, »das kann doch kein Mann auf Dauer aushalten! Eine Frau, die ständig Diät hält, das muss doch der Horror sein! Aber die essen ja wenigstens noch ein bisschen was, auch wenn sie jede Nudel und jede Scheibe Käse wiegen. Dreißig Gramm hiervon, zwölf Gramm davon ... brrr. Das ist schon schlimm genug. Aber diese Chantal sieht aus, als würde sie nur noch von in Saft getränkten Wattebäuschen leben.«

Als sie meinen ungläubigen Blick auffing, schob sie hinterher: »Habe ich mal gehört, dass Models das machen. Models und Magersüchtige. Wattebausch in Orangensaft. Füllt den Magen und enthält Vitamine, wenn ich das richtig verstanden habe.«

»Ist ja gruselig.«

»Patrick macht mir jedenfalls nicht den Eindruck, als würde er sich in unserer Gegenwart nicht wohl fühlen«, ritt Marie weiter auf dem Thema herum, »er scheint es zu genießen, dass er sich mal wieder richtig satt essen kann, der arme Junge. Glaub mir, Helene: Noch eine Woche, und der will hier nie wieder weg.«

»Blödsinn. Ich glaube nicht, dass er Hunger leiden muss.«

»Na ja, Hunger leiden vielleicht nicht gerade. Apropos: Welches der Törtchen möchtest du, Erdbeere oder weiße Mousse?«

Auf der Platte waren nur noch diese beiden Küchlein übrig.

»Erdbeere.«

»Gut.« Sie griff nach dem anderen. »Aber guck dich doch mal um in der Modebranche, wie die alle aussehen. Und nicht nur die Models. Karl Lagerfeld, zum Beispiel, der war mal richtig moppelig, und mittlerweile sieht er aus, als würde er seinen Konfirmationsanzug auftragen. Fotografen, Designer, Models, alle klapperdürr. Ätzend. Und mittendrin unser Patrick, der so gern schlemmt. Und das immer heimlich macht, wenn seine Chantal nicht da ist oder so. Dann flippt er bestimmt total aus und stopft sich alles rein, was er kriegen kann: Hamburger, Pommes, fettige Pizza, Mayonnaise ... und gnade ihm Gott, wenn die Stabheuschrecke einen Pizzakarton oder ein Hamburgerpapier entdeckt. Dann bestraft sie ihn mit Sexentzug, jede Wette. Und setzt den zweiten Gesichtsausdruck auf, den sie kann: eisige Verachtung.«

»Marie!« Wider Willen musste ich lachen.

»Wenn die beiden überhaupt Sex haben«, plapperte sie weiter, »ich hätte an seiner Stelle ja Angst, dass die Dame unter mir zerbröselt wie Reisig!«

Wir lachten, bis uns buchstäblich die Tränen kamen.

»Sie hat vielleicht andere Vorzüge«, sagte ich, als wir uns wieder beruhigt hatten.

»Ach ja, und welche? Dass man ihr kein Glöckchen umhängen muss, weil man ihre Knochen schon von weitem klappern hört, wenn sie sich nähert? Oder dass sie zu dürr ist, um einen Schatten zu werfen, und sie deshalb ruhig zwischen dir und der Sonne stehen kann? Oder dass man die Zeitung durch sie hindurch lesen kann?«

»Vielleicht ist sie besonders nett«, versuchte ich einen Einwand.

»Sicher«, höhnte Marie, »so nett, wie sie auf den Fotos aussieht? Hey, wenn mein Freund mich darum bitten würde, für seine erste Kollektion zu posieren, dann würde ich nicht aus der Wäsche gucken, als würde ich vor Langeweile gerade sterben. Was hätte sie denn lieber gemacht? Vor dem Spiegel ihre Rippen durchgezählt?«

»Aber die Kleider sehen klasse an ihr aus.«

»Klar, wenn man auf Frauen steht, die wie Grashalme aussehen, wenn sie Grün tragen.« Sie brach wieder in Gelächter aus und kreischte: »Oder wie Pfeifenreiniger!«

Ich ließ mich von ihrer Heiterkeit anstecken. »Oder wie eine Salzstange!«

»Genau! Oder ... oder ... wie ein Strohhalm!«

Ich lachte mit ihr und fragte mich gleichzeitig, ob ich nicht nur neidisch war. Wenn ich mir vorstellte, dass ich eine der Roben trug ... in meiner Größe natürlich ... also zwanzig Zentimeter kleiner und gleichzeitig zwanzig Zentimeter breiter als Chantal ... oje. Kein roter Strohhalm, sondern ein kandierter Apfel. Kein schmaler, grüner Grashalm, sondern eine runde, geschälte Kiwi. Keine Salzstange, sondern ein dickes, aufgeplustertes Roggenbrötchen.

Hm, interessant: Zu mir und meinen Proportionen fielen mir nur Dinge ein, die man essen konnte. Darüber sollte ich gelegentlich mal nachdenken.

»Woran denkst du?«, fragte Marie plötzlich. »Du bist so still geworden.«

»Vielleicht sollte ich mal ein paar Kilo abnehmen.«

»Wie bitte? Doch wohl nicht wegen dieser blutleeren, saftlosen, langweiligen Trine! Die kann doch höchstens ein abschreckendes Beispiel sein. Dieses hohlwangige Gesicht! Die sieht doch nur nach was aus, wenn sie Tonnen von Schminke im Gesicht hat. Hast du ihre Haare gesehen? Wie Sauerkraut!«

»Ja, aber ...«

»Aufhören, kein Wort mehr. Das ist ja wohl der Hammer. Du bist wunderschön, Helene.«

Klar, ich war so wunderschön, dass Leon mich mit anderen Frauen und Männern betrügen musste. Noch immer fühlte ich beim Gedanken an ihn diesen Schmerz tief in mir, fühlte die Scham, dass ich so dumm und naiv gewesen war. Und nicht einmal die Vorfreude auf die Arbeit mit Patrick konnte mich trösten.

KAPITEL 22

Ich fühlte mich wie gerädert, als ich am nächsten Morgen aufwachte. Wirre Träume hatten mich geplagt, ohne dass ich mich an konkrete Bilder erinnern konnte. Ich musste raus, an den Strand, mich körperlich verausgaben und den Kopf freiblasen lassen.

Als ich in die Küche kam, hockte Schorsch mitten auf dem Küchentresen und starrte mich erschrocken an. Die Arbeitsplatte war übersät mit Pfotenabdrücken aus feuchter Erde, denn es hatte über Nacht geregnet. Offenbar hatte er mich nicht kommen hören, da ich auf Socken geschlichen war, um Marie nicht zu wecken.

Wir stierten uns ein paar Sekunden schweigend an, aber Schorsch rührte sich nicht vom Fleck, bis ich die Hände in die Hüften stemmte und laut »Wird's bald?« rief. Sofort sprang der Kater vom Tresen und flitzte zur Katzentür hinaus.

Also wirklich. Er wusste genau, dass er weder auf Tische noch auf die Arbeitsplatte oder den Tresen durfte. In unserer Anwesenheit hatte er es auch noch nie gewagt. Was er wohl noch alles anstellte, während wir schliefen? Musik hören? Reste aus dem Mülleimer angeln und fressen?

Ich öffnete die Tür in den Garten und rief nach ihm, aber er hatte sich unter einem Busch verschanzt und tat so, als sei er unsichtbar.

»Gut, dann gibt es eben kein Frühstück, oller Doofkopp«, sagte ich und ging wieder ins Haus.

Marie hatte angekündigt, ausschlafen und keinesfalls vor dem Mittagessen aufstehen zu wollen, also zog ich mich rasch an und nahm ihren Autoschlüssel vom Haken neben der Tür, nachdem ich zur Sicherheit einen Zettel mit der Info, wo ihr Auto und ich waren, auf den Küchentresen gelegt hatte. In die Konditorei musste ich erst gegen Mittag, damit mein Vater und ich Gebäck, Brötchen und Torten für Sonntag vorbereiten konnten.

Ich verließ das Dorf, folgte dann der kurvenreichen Landstraße, bis ich in die Straße, die zum Hooksieler Außenstrand führte, einbiegen konnte. Links flog der grüne Deich vorbei, rechts dicht bewachsenes, flaches Land und mehrere große, zu dieser frühen Stunde noch leere Parkplätze, die auf die Autos von Touristen und Tagesgästen warteten. Der Himmel war blau, keine Wolke zeigte sich – der kilometerlange Strand würde spätestens mittags überfüllt sein.

Die Straße stieg ein wenig an, und jetzt konnte ich über den Deich auf das offene Meer blicken. Wieso war ich eigentlich nicht jeden Tag hier, fragte ich mich, wenigstens für eine Stunde? Dieser Blick bis zum Horizont, wo Wasser und Himmel zu einer diffusen Linie verschwammen, war das Schönste, das ich überhaupt kannte.

Weil die Strecke mit dem Fahrrad doof zu fahren ist, antwortete ich mir selbst. Es gab auf dem Großteil der Strecke keinen Radweg, und die Dorfjugend und die Touristen pflegten mit einer derartigen Geschwindigkeit über die Landstraße zu rasen, dass ich Angst um Leib und Leben hatte, so einfach war das.

Ich stellte das Auto auf dem Parkplatz oben am Weg zum Außenhafen ab und ging auf dem Deich zurück zur Treppe, die an den Strand führte. Die beiden Kassenhäuschen waren noch geschlossen, aber ich wusste, in nicht einmal zwei Stunden würden hier lange Menschenschlangen stehen. Männer, Frauen und Kinder, bepackt mit Radios, Lesestoff, Kühltaschen, Badelaken, Surfbrettern, Sonnenschirmen, Fußbällen, Schlauchbooten, Luftmatratzen und allem anderen, was zu einem Tag am Strand gehörte.

Vor zig Jahren hatte ich während der Sommerferien mal nicht in der Konditorei, sondern in dem großen Kiosk am

FKK-Strand gejobbt, Softeis, Sonnenmilch und Brühwürstchen verkauft und mir von meinem Vater abends immer wieder die Frage stellen lassen, wo die FKKler denn ihr Wechselgeld wohl verstauten, was meine Oma jedes Mal zum Augenrollen und meine Mutter zum empörten Luftschnappen gebracht hatte.

Die Treppe zum Strand hinunter hatte breite, flache Stufen. Ich stapfte durch den tiefen, feinen Sand bis zum Wasser, das sich gerade zurückzuziehen begann, nachdem vor einer Stunde Hochwasser gewesen war, wie ich dem Anschlag am Kassenhäuschen entnommen hatte. Es war noch recht kühl, also entschied ich mich dagegen, Schuhe und Socken auszuziehen, zumal ein frischer Wind ging. Später, wenn die Sonne hoch am Himmel stand, würde es deutlich wärmer sein, und der Wind würde willkommene Kühlung bedeuten.

Die Nordsee brandete an den Strand und hinterließ beim Zurückfließen eine breite Spur aus Gischt. Es roch nach ... nach ... nun ja, nach Nordsee eben. Etwas salzig, ein wenig fischig, aber nicht unangenehm.

Das Wasser hatte sich schon um einen halben Meter zurückgezogen, sodass ich auf festem, nassem Untergrund lief. Die Hochwasserlinie wurde markiert durch das, was das Meer immer zurückließ, wenn die Ebbe einsetzte: kleine Haufen von Tang unterschiedlichster Art, hellgrün mit wassergefüllten Blasen oder dunkelgrün und glatt wie Grashalme, durchmischt mit Vogelfedern, Muscheln, Zweigen und kleinen toten Krebsen.

Ich stapfte vorwärts, den Blick auf den Boden gerichtet. Ab und zu blieb ich ein paar Minuten lang stehen und sah einfach nur aufs Meer hinaus, auf die Wellen, die unermüdlich heranbrandeten und sich wieder zurückzogen, endlos, ohne Unterbrechung, seit wahrscheinlich Millionen von Jahren. Das Wasser wirkte heute durch den klaren Himmel und die helle Sonne dunkelblau und nicht grau wie sonst oft. Grau und unergründlich, nicht so transparent und Vertrauen erweckend wie eine tropische Lagune, in der man bis zum Meeresboden sehen konnte.

Ich bückte mich und buddelte einen halb vergrabenen, bernsteingelben Stein aus dem Sand, der die Form von Helgoland hatte, wie ich feststellte, als ich ihn in der Hand hielt. Ich wischte den Sand ab, steckte ihn in meine Anoraktasche und setzte meinen Spaziergang fort.

Hatte ich mir tatsächlich eingebildet, die Trennung von Leon überwunden zu haben? Durch die räumliche Trennung fiel es mir leichter, klar, und durch die Tatsache, dass ich in Marie verständnisvolle Gesellschaft fand, ebenfalls. Aber heute Morgen hatte ich wieder gemerkt, wie wenig nachhaltig diese vermeintliche Verarbeitung gediehen war. Ich war mit Tränen in den Augen aufgewacht, hatte mich verwundbar und schwach gefühlt. Da konnte ich mir tausendmal am Tag das Mantra »Nach vorn sehen, nach vorn sehen« einhämmern und so wunderbare Dinge wie Patricks Auftrag erleben, und dann wachte ich morgens auf und fühlte mich klein.

Aber mit jedem Meter, jedem Schritt spürte ich meinen Kopf klarer werden, meine Traurigkeit und meinen Zorn weichen, und als ich wieder in Maries Auto stieg, hatte ich tatsächlich gute Laune.

Marie saß am Küchentresen, trank Kaffee und las die Tageszeitung. »Moin. Ich hoffe, du hast Brötchen mitgebracht«, sagte sie mit vom Schlaf noch belegter Stimme, ohne Zeit mit sinnlosen Höflichkeiten zu verschwenden. Sie konnte noch nicht lange wach sein.

Als Antwort hielt ich erst die Brötchentüte hoch, die ich mir bei einem Zwischenstopp an der Konditorei hatte packen lassen, dann die Tüte vom Metzger.

»Ah — Fleischsalat«, gurrte sie zufrieden. Dann runzelte

sie die Stirn. »Da ist doch Fleischsalat drin?«

Ich nickte, und ihr Gesicht entspannte sich wieder. »Gott sei Dank. Ich dachte schon ... weil du gestern gesagt hast, du willst ein paar Kilo abnehmen.«

»Vergiss es einfach«, sagte ich. »Und wenn, dann mache ich eine Fleischsalat-Diät.«

Sie lachte. »So gefällst du mir. Lass uns frühstücken. Komm, wir setzen uns nach draußen.«

Als wir gerade dabei waren, den Tisch zu decken, wobei Schorsch uns aufmerksam beobachtete, klingelte mein Handy. Ich rannte in die Küche, denn ich hatte mein Telefon nach meiner Rückkehr vom morgendlichen Spaziergang auf den Tresen gelegt. Marie war nirgends zu sehen. Die Nummer auf dem Display sagte mir nichts.

»Helene Bernauer, hallo?«

Eine Männerstimme kam undeutlich durch das Rauschen im Hörer. »Hallo, Helene? Guten Morgen, hier ist Patrick! Ich melde mich nur, um zu sagen, wie froh ich bin, dass ich Sie gefunden habe. Und weil ich mich für das nette Abendessen bedanken will.«

»Dafür nicht«, antwortete ich automatisch mit der hierzulande üblichen Floskel. »Ich kann Sie kaum verstehen, Patrick!« Aus dem Hörer vernahm ich Möwengeschrei.

Er lachte fröhlich. »Ich bin am Strand. Wie wunderschön es hier ist! Ich wollte nicht aufdringlich sein, sonst hätte ich Sie vorhin zu einem Strandspaziergang abgeholt. Wissen Sie, ich komme gerade ins Grübeln, ob der Strand nicht eine Alternative zum Schloss sein könnte, was meinen Sie?«

»Das wäre mit Sicherheit schwieriger zu organisieren«, gab ich zu bedenken, »der Tidenhub, zum Beispiel ...«

»Der was, bitte?«

»Der Tidenhub. Ebbe und Flut«, sagte ich. »Das kann man natürlich im Tidenkalender nachsehen, wann das in zwei oder drei Wochen sein wird.«

Weil er verdutzt schwieg, fügte ich hinzu: »Das ändert sich jeden Tag. Das Hochwasser verschiebt sich täglich um eine halbe Stunde nach vorn. Und dann das Wetter. Wenn wir ein paar Windstärken haben, fliegen uns die Torten vom Tisch, und die Mädchen haben den Kleidersaum um den Hals flattern. Dann hätten wir zwar astreinen Slapstick, aber das ist wohl nicht das, was Sie wollen.«

Er lachte. »Verstehe. Aber ich muss hier Fotos machen, irgendwann. Gut – wir sehen uns morgen?«

»Wir sehen uns morgen«, bestätigte ich und legte auf.

Marie kam herein, sie hatte ein Frotteetuch um den Kopf gewunden und sah aus wie ein Maharadscha mit einem absurd großen, pinkfarbenen Turban.

Genau wie Schorsch und ich ein paar Stunden zuvor starrten wir uns einen Moment lang verblüfft an, dann fragte Marie: »Und wer passt gerade auf den Frühstückstisch auf?«

Wir rasten hinaus und sahen gerade noch Schorsch vom Tisch springen und Beute wegschleppen.

»Die Leberwurst«, keuchte ich außer Atem, »er hat uns die Leberwurst gestohlen! Wo ist der dreiste Kerl?«

Aber Schorsch war nirgends zu sehen, dafür gab es einen astreinen Pfotenabdruck mitten in der Butter, an der er offenbar auch geleckt hatte, denn seine raue, kleine Zunge hatte ebenfalls Spuren hinterlassen.

Marie und ich fingen an zu kichern.

»Dieses Mistvieh«, gackerte Marie, »gut, dass er den Fleischsalat nicht geklaut hat, dafür hätte ich ihn töten müssen, das ist ja wohl klar.«

Schorsch hatte sich unerreichbar unter die Brombeerhecke verkrümelt und schlug sich schmatzend mit unserer Leberwurst die Wampe voll.

KAPITEL 23

Paps hörte sich geduldig mein Geplapper an, während wir Kuchen und Gebäck für den morgigen Sonntag vorbereiteten. Über Patricks Auftrag freute er sich mindestens so wie ich, auch wenn das bei meinem wortkargen Vater etwas anders aussah als bei mir. Aber immerhin: Seine Augen blitzten, und er lächelte.

Zwischendurch sauste ich rüber zu meiner Oma. Beim traditionellen Blick durch ihr Fenster schnappte ich nach Luft: Sie saß gekrümmt am Küchentisch und träufelte zitternd mit einer Pipette eine Flüssigkeit in ein Glas Wasser. Sie sah schlecht aus. Als sie das Glas an die Lippen setzte, bebten ihre Hände derart, dass etwas von der Flüssigkeit über ihr Kinn rann.

Ich trat einen Schritt vom Fenster zurück und wartete ein paar Sekunden, bevor ich klopfte. Es dauerte länger als gewöhnlich, bis ihr vertrautes »Herein, es ist offen!« erklang.

Als ich die Küche betrat, schloss sie gerade die Schublade am Küchentisch. Sie drehte sich zu mir um, und zum ersten Mal sah ich ihr an, dass sie bereits weit über achtzig war. Was wusste ich eigentlich über ihren Gesundheitszustand?

Nichts.

Meine Oma war niemand, der wegen irgendwelcher Zipperlein klagte. Ich hatte sie noch nie jammern hören. Ich konnte mich nicht erinnern, dass sie jemals wegen Krankheit im Laden gefehlt oder unser Mittagessen nicht gekocht hatte. Natürlich war nicht nur ich, sondern auch sie im Laufe der Jahre immer älter geworden, logisch, ich war ja nicht blöd.

Aber sie schien immer so lebhaft und gesund, war viel unterwegs, hatte sich erst im letzten Jahr ein neues Auto gekauft …

Ich zwang mir ein fröhliches Lächeln ins Gesicht.

»Hallo, Omi! Gute Neuigkeiten!«

Ich berichtete von Patrick und seinen Ideen für die Modeaufnahmen, von unserem Treffen am vorangegangenen Abend und davon, wie gut wir uns auf Anhieb verstanden hatten.

Ihr Gesicht leuchtete auf, und sie umarmte mich herzlich.

»Helene, wie schön! Siehst du, so hat es doch ein Gutes, dass du nach Hause gekommen bist.«

»Stimmt Paps freut sich auch, der alte Brummelkopp. Ich werde während der nächsten Zeit viel Arbeit haben!«

»Schöne Arbeit«, wandte sie ein.

»Wunderschöne Arbeit! Mit diesem Auftrag geht ein Traum in Erfüllung, weißt du?«

Sie lächelte. »Natürlich weiß ich das. Du bist kreativ, du hast Fantasie, du wirst Meisterstücke abliefern. Du kannst übrigens jederzeit meinen Wagen benutzen, ich brauche ihn im Moment nicht. Das heißt, eine Bedingung gibt es: wenn ich einen Arzttermin habe.« Sie sah mich liebevoll an und sagte leise: »Ich bin glücklich, dass ich das noch erleben darf, Helenchen.«

Den Schreck, der mir bei ihren Worten in die Glieder fuhr, spürte ich wie einen Stromstoß. »Was ... was meinst du damit?«, stammelte ich entsetzt.

Sie biss sich auf die Unterlippe, als würde sie sich ärgern, diese Bemerkung gemacht zu haben. Dann winkte sie lässig mit der Hand ab und sagte: »Ach, du weißt doch, wie wir alten Leute reden. Wir denken immer, wir stehen mit einem Bein im Grab. Mach dir keine Gedanken.«

»Geht es dir wirklich gut?«, fragte ich dennoch.

»Aber ja.«

»Und dein Auto? Das brauchst du doch selbst. Ich kann mir auch das von Marie leihen, das ist kein Problem.«

Sie schüttelte den Kopf. »Kommt nicht infrage. Du

brauchst einen fahrbaren Untersatz, mit dem du unabhängig bist. Der Schlüssel hängt am Schlüsselbrett, die Papiere habe ich hier.«

Sie zog die Schublade vor ihrem Bauch auf, und ein Fläschchen kollerte in mein Blickfeld. Obwohl sie sofort die Hand darüber deckte, hatte ich die Aufschrift lesen können: Morphium. Sie kramte ein wenig herum und hielt mir schließlich den Fahrzeugschein und den Fahrzeugbrief hin.

»Am besten, wir melden ihn sofort auf deinen Namen an«, murmelte sie, »dann gehört er dir, und niemand kann ihn dir wegnehmen, wenn ...« Sie verstummte.

»Wenn? Wenn was passiert?«

Sie reagierte nicht und sah an mir vorbei aus dem Fenster. Jetzt fing ich an, mir ernsthaft Sorgen zu machen.

»Oma? Was ist los?«

Sie schreckte hoch, als hätte sie geschlafen. »Hm?«

Ich wusste nicht, was ich tun sollte. Schließlich sagte ich: »Ich bezahle dir den Wagen. Ich will ihn nicht als Geschenk.«

Sie lachte. »Blödsinn. Was soll ich in meinem Alter noch mit dem Geld? Ich habe mehr, als ich noch ausgeben kann, bevor ich sterbe. Ich würde dir den Wagen sowieso vermachen. Und ehe deine Schwester oder deine Mutter deswegen Theater machen, schenke ich ihn dir eben jetzt schon. Basta.«

Ich holte Luft und wollte protestieren, aber sie hob die Hand, um mich zu stoppen.

»Helene, ich dulde keine Widerrede. Ich habe große Freude daran, dass du wieder hier bist und dich mit deinem Vater versöhnt hast. Ich hatte schon nicht mehr daran geglaubt, nachdem du damals gegangen bist.«

Sie erhob sich mühsam vom Stuhl, indem sie sich schwer auf dem Tisch abstützte. Es drängte mich, ihr zu helfen, aber irgendetwas hielt mich zurück. Ich ahnte, sie würde es nicht wollen.

»Ich lege mich für ein Stündchen hin«, sagte sie leise und verließ mit müden Schritten die Küche.

Nachdenklich ging ich zurück in die Backstube. Mein Vater war damit beschäftigt, Tortenböden aus dem Ofen zu holen.

»Paps?«

Er hielt inne und sah mich an. »Ja?«

»Was ist mit Oma los?«

Er wandte sich rasch ab und machte mit seiner Arbeit weiter. »Wieso fragst du?«, murmelte er zur offenen Ofentür hinein.

»Ich weiß nicht ... sie sieht nicht gesund aus ...«

Ich wusste nicht weiter.

Eine Pause entstand. Je länger sie dauerte, desto mehr Angst hatte ich vor dem, was er als Nächstes sagen würde.

»Sie ist alt«, sagte er schließlich.

Damit hatte er natürlich recht.

Aber trotzdem ... seit wann sah sie so krank und gebrechlich aus? Ich war sicher, dass mein Vater mir etwas verschwieg, aber wie sollte ich ...

Ich hatte keine Gelegenheit, meinen Gedanken zu Ende zu denken, denn meine Mutter kam in die Backstube gefegt und verkündete: »Wir sind heute Abend bei deiner Schwester zum Essen eingeladen, Helene. Um sieben bei Susanne und Lutz. Komm bitte nicht zu spät.«

Ich glaubte, mich verhört zu haben. Ihr bestimmender Tonfall machte mich sofort aggressiv.

»Und wenn ich bereits Pläne für heute Abend habe?«

Mist! Mist! Falsche Formulierung!

Sicher und selbstbewusst hatte ich klingen wollen. *Ich habe für heute Abend bereits andere Pläne* – das hatte ich mit ruhiger, souveräner Stimme sagen wollen, stattdessen klang ich wie eine schnippische Sechzehnjährige.

»Ach?« Sie musterte mich spöttisch. »Was sollten das wohl für Pläne sein?«

»Na, zum Beispiel mit Marie ...«

»Marie siehst du jeden Tag. Deine Schwester ist eine überaus beschäftigte Frau, und sie ist deine *Familie*. Also.«

Verdammt. Ich verlor immer mehr Boden. Würden meine Mutter und ich ein Tauziehen veranstalten, dann schleifte sie mich gerade über die Linie.

»Ich habe keine Lust, den Abend bei Susanne und Lutz zu verbringen.«

»Ob du Lust hast oder nicht, steht hier nicht zur Debatte. Du wirst die Einladung deiner Schwester annehmen. Und zieh dir etwas Ordentliches an. Die Janssens werden auch dort sein.«

Ich schnappte nach Luft. Die Janssens waren so ziemlich die ödesten Menschen, die ich mir vorstellen konnte. Der schmächtige Onno Janssen war der größte und reichste Landmaschinenhändler im weiten Umkreis, seine Gattin Wilhelmine, eine pompöse Matrone, überragte ihn um Haupteslänge und sah aus wie Oliver Hardy ohne Schnauzer. Genau! Jetzt fiel es mir wieder ein! Marie und ich hatten sie immer Dick und Doof genannt, weil sie genauso aussahen wie die berühmten Stummfilmkomiker.

»Das wird todlangweilig!«, begehrte ich auf. »Dann bringe ich Marie mit!«

Der ausgestreckte Zeigefinger meiner Mutter schoss auf mich zu wie ein Pfeil aus einer Armbrust. »Das wirst du schön bleiben lassen«, zischte sie mit funkelnden Augen, »das ist nicht irgendeine Party, bei der egal ist, wer wen mitbringt. Du bist nicht mehr in Paris bei deinen zweifelhaften Künstlerfreunden, hörst du? Du bist wieder in Middelswarfen. Und du wirst dich entsprechend benehmen. Ich habe hier einen Ruf zu verlieren.«

Sie drehte sich um, ohne meine Antwort abzuwarten, und rauschte aus der Backstube.

Ich sah mich Hilfe suchend nach meinem Vater um, aber der zuckte nur mit den Schultern.

Sah so aus, als hätte ich keine Wahl.

KAPITEL 24

Ich war spät dran. Nach meiner Schicht in der Konditorei blieb mir gerade noch die Zeit für eine rasche Dusche.

Marie lachte sich halbtot, als ich ihr von meinem bevorstehenden, mehr als zweifelhaften Abendvergnügen erzählte.

»Ein Dinner mit Dick und Doof? Und Majestix?«, japste sie und warf sich auf mein Bett. »Ich weiß nicht, ob ich dich beneiden oder bedauern soll!«

»Sehr witzig«, grollte ich, während ich, noch im Bademantel, meine Locken striegelte.

»Geh doch einfach nicht hin!«

Das klang in der Tat verlockend, aber da kannte sie Waltraud die Umbarmherzige schlecht. Meine Mutter brachte es fertig, hier aufzutauchen und mich an den Haaren zu Susanne zu schleifen. Das wollte ich mir und allen weiteren Beteiligten ersparen.

»Ich werde mich verabschieden, sobald es die Höflichkeit zulässt«, sagte ich.

Marie rollte sich auf den Bauch und grinste. »Falsch. Sobald Waltraud es zulässt.«

Sie warf sich zur Seite, als meine Bürste knapp an ihrem Kopf vorbeiflog.

Zieh dir was Ordentliches an, hatte meine Mutter gesagt. Ha! Ich schlüpfte in eine Jeans und zerrte mir ein T-Shirt über den Kopf, das vorn mit dem Totenkopflogo und hinten mit den Tourneedaten einer Rockband bedruckt war. Dann zwirbelte ich ein Halstuch zusammen und schlang es mir um den Kopf. Hochhackige grüne Stiefeletten, die einzigen extravaganten Schuhe, die ich mir jemals gegönnt hatte, vervollständigten mein Outfit.

Marie stützte sich auf ihre Ellbogen und musterte mich von Kopf bis Fuß. Dann sagte sie: »Unreif, aber lustig. Die

Königin der Hausfrauen wird ausflippen. Und Susanne auch. Wenn du das bezweckst: perfekt.«

Ja, das bezweckte ich.

Ja, ich führte mich auf wie ein pubertierender Teenager, der provozieren wollte.

Ich griff meine dunkelrote Cordjacke, winkte lässig und verließ mein Zimmer.

»Ich warte mit einer Flasche Wein auf dich!«, rief Marie mir hinterher, dann hörte ich wieder ihr Gelächter.

Ich fuhr mit dem Rad und war entsprechend außer Atem und zerzaust, als ich bei Susanne und Lutz ankam. Auf mein Klingeln hin öffnete mir die First Lady die Tür. Ihr Haar war auf altmodische Art hochgesteckt, und sie trug ein geblümtes Cocktailkleid. Sie stierte mich fassungslos an und fauchte: »Wie siehst du denn aus? Bist du verrückt? Hat Mama dir nicht gesagt ...?«

»Ist das Helene?«, erklang die Stimme meiner Mutter aus der Küche.

»Ja!«, rief Susanne zurück und flüsterte dann: »Jetzt komm schon rein. Du bist sowieso zu spät. Alles wartet auf dich.« Als ich mich an ihr vorbeischlängeln wollte, fügte sie hinzu: »Das wirst du büßen, Helene. Uns so zu blamieren!«

Ich lachte mir ins Fäustchen. Das klappte ja bestens.

Meine Mutter kam aus der Küche und ließ bei meinem Anblick beinahe die Suppenschüssel fallen.

»Guten Abend«, begrüßte ich sie munter und ging ins Wohnzimmer der Regenten von Middelswarfen. Die Augen sämtlicher Anwesenden wandten sich mir zu: Die meines Vaters blitzten belustigt, Dick und Doof – in vollem Ausgeh-Ornat – glotzten irritiert, Majestix runzelte drohend die Stirn.

Und wer war dieser große, dickliche Typ, der sich in einer Ecke des Zimmers an einer Flasche Bier festhielt? In dem

Moment, als mir dämmerte, dass es sich bei ihm um Sven Janssen, den Sohn von Dick und Doof, handelte, wurde mir klar, was diese Veranstaltung zu bedeuten hatte. Meine Mutter hatte von ihm erzählt – mehrfach. Sven Janssen dies, Sven Janssen das. Ich hatte immer nur mit halbem Ohr zugehört, denn Sven »Doppel-Dick und Doppel-Doof« Janssen war Marie und mir schon zu Schulzeiten auf den Keks gegangen.

Aufgewachsen in dem Bewusstsein, der Thronfolger in der Familie zu sein, hatte er sich niemals anstrengen müssen, um in seinem Leben etwas zu erreichen. Das hatte ihn träge und faul gemacht. Der Hellste war er sowieso nicht.

Langsam fiel mir wieder ein, was meine Mutter erzählt hatte. Sven war seit einigen Jahren geschieden, leider kinderlos, und die Familie Janssen dringend auf der Suche nach einer Kronprinzessin mit Kinderwunsch.

Darum ging es hier, um nichts anderes. Die Fusion der Familien Bernauer und Janssen. Und so, wie ich aussah, war ich ganz sicher nicht die Wunsch-Schwiegertochter von Laurel und Hardy.

Meine Mutter durchbrach die allgemeine Erstarrung im Raum, indem sie mit betoniertem Grinsen tapfer »Zu Tisch, bitte!« flötete und zur opulent gedeckten und dekorierten Tafel im Esszimmer vorausging.

Heiliger Strohsack, dachte ich, als ich den Tisch sah. Bestes Geschirr, Tafelsilber, Blumenschmuck, kompliziert gefaltete Stoffservietten, Namenskarten. Natürlich, ich saß gegenüber von Sven. Wie unauffällig.

Majestix goss den Wein ein, meine Mutter tat allen Suppe auf und stellte die altmodische Suppenterrine dann auf einen Beistelltisch.

Alle waren aufgebrezelt, die Damen trugen schicke Kleider, Schmuck und jede Menge Haarspray, die Herren Anzug und Krawatte. Und ich mittendrin, mit einem Totenkopf auf dem

Busen. Marie würde brüllen vor Lachen, wenn ich ihr das erzählte.

Links neben mir saß mein Vater, rechts Onno Janssen, die Gemahlinnen jeweils gegenüber. Susanne und Majestix thronten an den Kopfenden der Tafel und lächelten gequält. Meine Mutter, die der Runde aus einem Korb kleine Baguettescheiben angeboten hatte, starrte mich wütend an.

Schließlich sagte Susanne: »Ich wünsche einen guten Appetit.«

Alle murmelten erleichtert »Danke, ebenfalls« und griffen nach ihren Löffeln. Eine Zeit lang war nichts weiter zu hören als das Klirren der Suppenlöffel in den Tellern und leises Schlürfen.

Dann sagte Wilhelmine Janssen plötzlich: »So, Helene, du bist also wieder da und arbeitest im Geschäft deiner Eltern.«

Nun, das dürfte sich wohl mittlerweile herumgesprochen haben, dachte ich, aber ich wollte höflich bleiben und antwortete brav: »Ja, Frau Janssen, das stimmt«

Ich blickte sie an und schnell wieder weg, denn sie sah wirklich mehr denn je aus wie Oliver Hardy, der sich in ein Kleid gezwängt und eine Damenperücke übergestülpt hatte. Ich hatte Angst, ich würde zu lachen anfangen.

»Und diesmal bleibst du für immer hier?«, wollte Sven wissen, dessen Augen an meinem Gesicht klebten.

Ehe ich antworten konnte, sagte Susanne: »Das hat Helene zumindest gesagt. Die Eltern sind sehr glücklich darüber. Und sie arbeitet wirklich viel. So viel, dass sie nicht einmal Zeit hatte, sich umzuziehen, weil sie direkt aus der Backstube hierhergekommen ist.«

Meine Mutter nickte eifrig, das Lächeln noch immer wie mit einem Meißel in ihr Gesicht geschlagen. Eine waltraudsche Regel: Nie die Contenance verlieren, egal, wie sehr es in dir brodelt. Darauf konnte ich mich hundertprozentig verlassen.

Paps knuffte mich unauffällig unter dem Tisch, und als ich ihn ansah, bemerkte ich, dass seine Mundwinkel amüsiert zuckten.

»Helene hat gerade einen großen Auftrag ergattert«, posaunte meine Mutter stolz über den Tisch, »von einem Modedesigner. Die Torten werden groß in einem Modemagazin erscheinen.«

»Ach wirklich? Erz... äh ... erzähl doch mal«, stammelte Sven aufgeregt, während aus dem geschminkten Mündchen seiner Mutter neben ihm ein interessiertes Geräusch drang. Selbst Majestix, der bisher ungewohnt schweigsam gewesen war, beugte sich neugierig vor. Nanu, hatte Susanne etwa noch nichts weitergetratscht?

Ich zuckte mit den Schultern. »Da gibt es nichts zu erzählen, eigentlich hat Mutter schon alles gesagt, was es momentan dazu zu sagen gibt.«

Ich widmete mich wieder meiner Suppe – einer exzellenten Rinderbrühe, aber das nur nebenbei – und tat so, als würde ich nicht bemerken, dass alle am Tisch auf eine Geschichte warteten.

Schließlich verlor Majestix die Beherrschung. »Herrgott, Helene, jetzt lass dich doch nicht bitten!«, rief er heftig, und die Tischgesellschaft zuckte geschlossen zusammen und sah ihn an. Sofort riss er sich zusammen und schmalzte ölig: »Wirklich, Helene, Sven hat recht, erzähl uns bitte alles darüber.«

Die Blicke wandten sich wieder mir zu – allmählich kam ich mir vor wie in einer inszenierten Komödie –, und ich streckte die Waffen.

»Alles nicht so spektakulär, wie es sich anhört«, sagte ich, »der Designer heißt Patrick Foerster, und er plant Modeaufnahmen seiner Kleider im Schloss in Jever. Große Inszenierung in prachtvollem Ambiente. Er hätte gern einige schöne Torten als zusätzlichen Blickfang, ihr wisst schon: barocke Opulenz.«

Sven glotzte mich mit hängender Unterlippe an. Ganz offensichtlich verstand er kein Wort.

»In Jever? Wieso denn in Jever? Wieso denn nicht hier?«, blubberte Majestix.

»Wo denn wohl, Lutz?«, fragte ich zurück. »In Janssens Ausstellungshalle für Gülletransporter vielleicht? Wirklich barock und opulent. Oder in der Tanzscheune? Nichts für ungut, aber es geht nicht um Gummistiefel, sondern um Designerroben.«

»Helene! Du entschuldigst dich sofort bei den Janssens!«, rief meine Mutter erbost.

Ich sah, dass Frau Janssen pikiert die Lippen zusammengepresst hatte, aber ihr Gatte sagte aufgeräumt: »Unsinn, sie hat ja recht, Waltraud. Middelswarfen ist weiß Gott nicht der Nabel der Welt.« Er wandte sich an meinen Vater. »Werdet ihr den Auftrag zusammen machen, Peter?«

Der lachte und schüttelte den Kopf. »Es geht hier nicht um ordinäre Schwarzwälder Kirschtorte oder Frankfurter Kranz, sondern Gebilde, wie ihr sie noch nie zuvor gesehen habt. Verrückte, hohe Konstruktionen, dekoriert mit Früchten und Blumen ... Helene ist eine Künstlerin, da kann ich nicht mithalten.«

Ich sah ihn gerührt von der Seite an. Sein Gesicht glühte, seine Stimme war voller Stolz. Mein Paps.

»Na, ich kann nur hoffen, dass Helene sich da nicht zu viel vorgenommen hat«, quäkte meine liebe Schwester, die offenbar nicht länger ertragen konnte, nicht im Mittelpunkt des Interesses zu stehen, und sich in die Geschichte von irgendeinem Presseball stürzte, bei dem sie einigen halbprominenten Fernsehdarstellern »persönlich begegnet« war, wie sie es hochtrabend formulierte.

Ich schaltete sofort ab und widmete mich intensiv dem Hauptgang, der zwischenzeitlich aufgetragen worden war: Schweinebraten mit Klößen und Rosenkohl. Ging es noch einfallsloser? Die Unterhaltung rauschte an mir vorbei, und jedes Mal, wenn ich den Blick hob, schaute Sven schnell weg.

Lieber Gott, lass diesen Kelch an mir vorübergehen, flehte ich innerlich. Dieser tumbe Pummel als Verehrer fehlte mir gerade noch.

Zum Dessert gab es – und ich hätte alles, was ich besaß, darauf gewettet, dass es so sein würde – Eis mit heißen Himbeeren. Himbeeren »mit Schuss«, versteht sich.

Die Konversation bei Tisch fand weiterhin ohne mich statt. Nach dem Dessert gab es für die Herren einen Cognac, für die Damen Likör.

Da ich dem Tischwein schon reichlich zugesprochen hatte, war ich allmählich leicht angeheitert und gab mir keine Mühe mehr, besonders höflich zu Sven zu sein, der noch ein paar Vorstöße unternahm, ein Gespräch mit mir anzufangen. Was sollte ich auch machen? Ich interessierte mich leider weder für Fußball oder Eishockey noch für die neueste Mähdrescher-Generation. Da ich umgekehrt zu seinem offenkundigen Bedauern bisher keins der Models für die Modeaufnahmen persönlich kannte, hatten wir uns bald nichts mehr zu sagen.

Ich atmete erleichtert durch, als die Tafel endlich aufgehoben wurde. Auffällig unauffällig gähnte ich und wies auf meinen langen, anstrengenden Tag hin und meinen morgigen, überaus wichtigen geschäftlichen Termin, für den ich unbedingt ausgeschlafen sein musste. Das nahmen die Janssens zum Anlass, sich ebenfalls zu verabschieden.

»Ihr wollt schon gehen?«, klagte meine Mutter rituell, ohne es wirklich zu meinen. Ich sah ihr an, dass sie erleichtert war und dass der Abend keineswegs nach ihren Vorstellungen verlaufen war.

Lutz lud Paps noch auf einen Absacker in die Dorfkneipe ein, und die beiden gingen, nach lautstarken gegenseitigen Versicherungen, diesen wunderbaren Abend recht bald bei den Janssens wiederholen zu wollen, gemeinsam mit den Gästen hinaus.

Meine Mutter verkündete, Susanne beim Spülen und Aufräumen zu helfen. Keine der beiden reagierte, als ich den Kopf noch einmal zur Küchentür hineinsteckte und mich verabschiedete, was mir nur recht war.

Nach Vorwürfen, mein unpassendes, beschämendes Outfit betreffend, stand mir wahrlich nicht der Sinn, nachdem ich in dieses durchsichtige Verkupplungsmanöver gelockt worden war.

Der todsicher anstehende Streit deswegen konnte ruhig noch zwei Tage warten.

Als ich beschwingt nach Hause radelte, waren meine Gedanken beim morgigen Treffen mit Patrick Foerster – und bei der Flasche Wein, die gemeinsam mit Marie zu Hause auf mich wartete.

KAPITEL 25

Als ich am nächsten Vormittag mühsam meine Augenlider öffnete, erwartete ich beinahe, dabei ein Quietschen wie von verrosteten Türangeln zu hören.

Am vorangegangenen Abend hatten Marie und ich uns bei meiner Schilderung des Essens bei Susanne in absolute Hysterie gesteigert; vor allem als ich von Sven »Doppel-Dick und Doppel-Doof« erzählt hatte. Natürlich war es nicht bei einer Flasche Wein geblieben, und prompt hatte ich jetzt einen dröhnenden Kopf.

Es war schon nach elf Uhr, und Patrick würde in knapp zwei Stunden vor der Tür stehen.

Aus dem Badezimmerspiegel sah mich ein Gesicht an, das ich auf den ersten Blick nicht mit meiner Person in Zusammenhang bringen konnte ... äh ... wollte. Wer will das schon? Geschwollene Lider, alles war aufgedunsen, knallrote Augen. Ich schleppte mich unter die Dusche und ließ mir zuerst heißes, dann tatsächlich kaltes Wasser auf den Kopf prasseln. Ich biss die Zähne zusammen, um nicht laut zu schreien, aber der Schock der Kälte sorgte dafür, dass ich schlagartig hellwach war.

Als ich danach trotzdem orientierungslos in der Küche herumschlurfte, wurde mir klar, dass mein Gehirn meinem Körper noch ziemlich hinterherhinkte. Ich verschüttete Kaffeepulver, stieß mir den Kopf an einer Schranktür, die ich wieder zu schließen vergessen hatte.

»Aua!«, quengelte ich lautstark und rieb mir die schmerzende Stelle an meiner Stirn.

»Soll ich einen Notarzt rufen?« Marie, eine Sonnenbrille auf der Nase, war in der Küche aufgetaucht und musterte mich und meine »Ich-bin-schwer-verletzt«-Pantomime mit vor der Brust verschränkten Armen.

»Nichts passiert, aber ich brauche einen Kaffee.«

»Ich auch.« Marie schob die Sonnenbrille ins Haar. Ihre Augen waren mindestens so rot wie meine. Sie blinzelte gegen das Sonnenlicht, stöhnte und zog die Brille wieder herunter. »Nie wieder trinke ich Alkohol. Du kannst mich beim Wort nehmen. Was haben wir uns gestern eigentlich dabei gedacht?«

Sie tastete sich zur Kaffeemaschine vor und goss sich eine Tasse halb voll. Dann kramte sie sich durch den Kühlschrank, tauchte mit einer Packung Vollmilch wieder auf und verlängerte damit ihren Kaffee. Sie nahm einen großen Schluck.

»Dop-pel-Dick-und-Dop-pel-Do-hooof«, sang ich mit süßer Stimme und sah sie lauernd an.

Sie begann zu lachen, spuckte ihren Mundinhalt durch die Küche und verschluckte sich prompt. Abwechselnd lachend und hustend krümmte sie sich über dem Küchentresen zusammen

»Du Ziege«, keuchte sie schließlich, »das wirst du mir büßen!«

»Das hat die First Lady gestern auch gesagt«, antwortete ich trocken, »vielleicht solltet ihr einen Club gründen. Meine Mutter macht bestimmt auch mit.«

Marie rang noch immer nach Luft.

»Ich mach schon, geh du unter die Dusche. Wir treffen uns auf der Terrasse.«

»Ich glaube, da ist es mir zu hell«, maulte Marie. »Wann kommt denn übrigens der Nachwuchs-Lagerfeld?«

»Wir haben noch eine gute Stunde.«

Marie hatte recht, draußen war es verdammt hell, aber mit Sonnenbrille war es auszuhalten. Wir brauchten all unsere Energie, um nicht wieder einzuschlafen. Als Patrick klingelte, stemmte ich mich aus dem Strandkorb hoch, sah um die Hausecke nach vorn und rief: »Wir sind im Garten! Durch den Carport!« Ich taumelte zurück und begab mich wieder in meine halb liegende Position zurück.

Patrick kam nach hinten, stutzte bei unserem Anblick und rief: »Wow, die Blues Brothers! Damit hätte ich nun wirklich nicht gerechnet.«

»Wow, ein Komiker«, parierte Marie, »sind Sie sicher, dass Sie den richtigen Beruf ergriffen haben?«

Patrick lachte laut und ließ sich auf einen Stuhl fallen. »Touché, Gnädigste. Kann ich hier einen Kaffee schnorren?«

Ich war schon auf dem Weg in die Küche, um eine Tasse zu holen.

Patrick nickte zum Dank, als ich ihm die gefüllte Tasse reichte, und sagte: »Und, die Damen? Gestern ein bisschen gefeiert – wenn diese Frage nicht zu indiskret ist?«

»Ein Abend ganz *en famille*«, erklärte ich, »und danach viel Wein, um alles wieder zu vergessen.«

»Helene, du hast den ganz speziellen Gast bei deinem Familienessen nicht erwähnt«, tadelte Marie und summte die Melodie, die ich vorhin für Sven Janssens Spitznamen benutzt hatte.

»Hör auf!«, fauchte ich, und Patrick sah uns neugierig an, aber über den bräsigen Sven wollte ich nun wirklich nicht sprechen.

Wir schlürften unseren Kaffee und schwiegen. Schließlich ergriff Patrick wieder das Wort.

»Darf ich die Blues Brothers zu einem Snack einladen? Fettiges Fastfood ist das beste Katerfrühstück.«

Prompt knurrte mein Magen, und zwar laut und vernehmlich.

»Ah, Helene hat zugesagt.« Patrick grinste und sah Marie an. »Und Sie?«

Marie nickte.

»Dann los«, kommandierte Patrick, und wir gehorchten widerspruchslos.

Er schaukelte uns in seiner Ente über die Landstraße und

bog, wie ich am Morgen zuvor, in die Straße zum Hooksieler Strand ein. Er fuhr allerdings nicht auf einen der Parkplätze längs der Straße, sondern bis zum Außenhafen und parkte dort. Marie und ich standen neben dem Auto wie eine Miniherde Kühe und warteten auf die nächste Ansage von Patrick. Einstweilen sahen wir zu, wie er eine Kameratasche aus dem Kofferraum holte und sich umhängte.

Er führte uns in den großen Fischimbiss und bedeutete uns, schon einmal Platz zu nehmen, während er das Essen und die Getränke holen wollte.

»Der will doch wohl keine Fotos machen?«, flüsterte Marie mir zu, während sie trotz des Windes versuchte, ihre Kurzhaarfrisur einigermaßen in Form zu bringen.

»Von uns? Träum weiter«, murmelte ich zurück und beobachtete die riesigen Möwen, die lauernd um die Tische der Imbissbude staksten und auf Beute warteten. Sie kamen mir absurd groß vor, mit langen, gefährlich gebogenen Schnäbeln. Seit wann sind Möwen so groß wie Hühner?, fragte ich mich und stellte fest, dass mein Gehirn wohl noch immer damit beschäftigt war aufzuwachen.

Patrick kam zurück und servierte uns Fisch im Backteig und Berge von Pommes frites mit Mayonnaise.

»Ein Bier dazu?«

Nahezu synchron rissen Marie und ich die Hände hoch und winkten ab.

Er lachte. »Damit solltet ihr auftreten. Ich empfehle eine Mischung aus Blues und Synchronschwimmen Könnte der Knaller werden. Cola?«

Diesmal nickten wir gleichzeitig, und er verschwand lachend wieder im Imbiss, um die Getränke zu holen. Endlich saß er bei uns am Tisch und sah mit glänzenden Augen auf seinen wohlgefüllten Pappteller. »Hm, Backfisch«, gurrte er, »dafür könnte ich sterben.«

»Wirst du vermutlich auch, wenn dat dürre Schantall dich erwischt«, unkte Marie dreist und stopfte sich mit den Fingern Pommes in den Mund.

»Und wenn du weiter so frech bist, werfe ich dich den Raubvögeln zum Fraß vor«, flachste er zurück und deutete auf die Möwen, die uns gierig anstarrten und immer näher zu kommen schienen.

Offensichtlich waren wir plötzlich per Du. Sollte mir recht sein. Ich mampfte meinen knusprigen Fisch und versuchte, keine meiner Haarsträhnen mitzuessen, die sich bei dem Wind eine nach der anderen aus dem Zopfgummi gelöst hatten. Vermutlich sah ich aus wie Medusa mit ihrem Haar aus echten Schlangen. Mir gefiel der Gedanke, dass jeder, der mich ansah, zu Stein erstarren würde.

Patrick und Marie alberten herum und klauten sich gegenseitig die Pommes vom Teller.

»Also ehrlich, wie bei Hitchcock«, sagte Patrick plötzlich und zog seine Kamera aus der Tasche, um die Monstermöwen zu knipsen. Ich sah ihm zu und achtete nicht darauf, dass mein Pappteller nicht nur immer leerer, sondern auch gleichzeitig immer leichter wurde. Eine Windböe fegte über die Tische, mein Pommesteller hob ab, segelte ein Stück durch die Luft und klatschte drei Meter weiter auf den Asphalt. Patrick riss die Kamera herum und knipste mein verblüfftes Gesicht, bevor er das Objektiv wieder auf die Möwen richtete, die jetzt kreischend und flügelschlagend um die Beute zankten.

Marie lachte sich halbtot und hielt mit beiden Händen ihren Teller fest. »Meins kriegt ihr nicht, ihr verdammten Geier«, rief sie, »nur über meine Leiche!«

Patrick schien nicht zu wissen, wen oder was er zuerst fotografieren sollte. Sein Objektiv wanderte hin und her, von Maries Gesicht zu meinem, zurück zu den Möwen, auf unsere Teller, wieder zu meinem Gesicht, blieb auf meinem Gesicht

…

»Lass das«, wehrte ich schließlich verlegen ab.

Er ließ die Kamera sinken. »Warum?«

In einem letzten Versuch, meine Haare zu bändigen, strich ich die flatternden Strähnen hinter die Ohren. »Ich bin nicht fotogen.«

»So ’n Quatsch. Wer sagt das denn?«

»Ich sage das. Ich sehe immer scheiße auf Fotos aus.«

Er sah Marie an, und sie verdrehte die Augen und wischte sich in einer – wie ich fand – reichlich respektlosen »Die-spinnt«-Geste mit der Hand vor dem Gesicht hin und her.

Patrick lächelte. »Ich wette mit dir, dass hier mindestens drei fantastische Porträts von dir drauf sind.«

»Drei von zwanzig, die du geknipst hast. Tolle Ausbeute. Da bist du bestimmt von deinen Models einen anderen Schnitt gewöhnt.«

Er kicherte und wurde wieder ernst. »Entschuldige bitte, aber so kann nur ein Laie denken. Weißt du, wie viele Menschen daran beteiligt sind, dass Models zu diesen Traumgeschöpfen werden, die du später auf dem Zeitungsfoto siehst? Und wie viele Bilder ich machen muss, um hinterher vielleicht acht bis zehn gute Aufnahmen zu haben?«

»Keine Ahnung.«

Was sollte das jetzt? Ich kam mir vor wie in der Schule, vorne an der Tafel, und verschränkte trotzig die Arme vor der Brust.

»Hunderte von Aufnahmen, Helene, Hunderte. Für ein perfektes Bild. Vorher hat ein ganzer Stab von Leuten ein mageres, blasses Mädchen in ein sogenanntes Topmodel verwandelt. Und nicht nur das: Seit es Computer, Digitalfotografie und Bildbearbeitungsprogramme gibt, kann ich Beine verlängern, Busen vergrößern und Fältchen verschwinden lassen. Du glaubst doch nicht wirklich, dass diese Frauen immer so aussehen.«

Er lehnte sich zurück und musterte mich aufmerksam. »Aber es gibt auch Frauen wie dich. Frauen, die keine Schminke brauchen, die Ausstrahlung haben, Charisma. Du wirst es sehen, Helene.«

»Ähem.« Marie räusperte sich vernehmlich und sah Patrick auffordernd an.

Der zuckte schuldbewusst zusammen und sagte grinsend: »Und Frauen wie Marie nicht zu vergessen, die natürlich ebenfalls ganz viel Charisma haben.«

»Brav.« Marie nickte zufrieden. »Gerade noch die Kurve gekriegt, Schneiderlein.«

Patrick gab vor, sich Angstschweiß von der Stirn zu wischen. »Schwein gehabt.« Er stand auf. »Ihr habt doch einen Computer?«

Marie nickte. »Sogar mit Photoshop.«

Patrick hob anerkennend die Augenbrauen. »Perfekt, dann kann ich die Bilder ja direkt bearbeiten.«

Zu Hause fuhr Marie den Computer im Wohnzimmer hoch, und Patrick spielte die Bilder von seiner Kamera auf den Rechner. Ich war verblüfft. Er hatte in der kurzen Zeit mindestens hundert Fotos geschossen. Wir sahen dabei zu, wie er rasch einige Aufnahmen löschte, während er Dinge wie »zu unscharf« oder »falscher Bildausschnitt« murmelte. Dann sortierte er die Fotos: erst die Möwen, dann Marie und dann ich. Alles ging so rasend schnell, dass wir nichts Genaues erkennen konnten. Schließlich war er mit seiner Auswahl zufrieden und verkündete: »So. Dia-Show.«

Wir setzten uns links und rechts von ihm vor den Bildschirm und staunten nicht schlecht. Wunderbare Aufnahmen von den Möwen, die mit denen professioneller Tierfotografen mühelos mithalten konnten, voller Leben und Dynamik. Bilder von Marie, lachend oder über ihren Teller gekrümmt, um diesen vor dem Wind zu schützen, mit zerzausten Haaren und blitzenden Augen oder cool mit Sonnenbrille. Und dann ich, fröhlich, rotwangig, verlegen und mit niedergeschlagenen Lidern, mit Haaren vor dem Gesicht, durch die man meine Augen gerade erahnen konnte.

»Na, was sagt ihr?« Er lehnte sich auf seinem Stuhl zurück und lächelte.

»Kann man die sofort ausdrucken?«, fragte Marie fast ehrfürchtig.

»Habt ihr zufällig Fotopapier?«

»Ich habe letztens im Büromarkt einen Zehnerpack als Werbegeschenk bekommen!« Marie sprang auf und rannte hinauf in ihr Zimmer.

Ich starrte schweigend auf ein Bild von mir auf dem Monitor. Ich sah ernst in die Kamera, mit ganz klarem Blick, ein paar Locken kringelten sich an meinen Wangen entlang, im Hintergrund der blaue Himmel

»Eine wunderschöne Windsbraut«, sagte Patrick leise neben mir.

»Ein Glückstreffer«, antwortete ich schnell.

Ehe Patrick etwas erwidern konnte, kam Marie wieder hereingefegt. Die beiden waren erst einmal beschäftigt, und ich ging hinaus und setzte mich in den Strandkorb.

Ich musste ein wenig allein sein und nachdenken. Dieser Moment gerade zwischen Patrick und mir ... wenn ich es nicht besser wüsste, dann könnte man glatt glauben, dass er mit mir flirtete ...

Aber das war natürlich Unsinn.

Schließlich gab es *»dat dürre Schantal«*, wie Marie es so schön formuliert hatte.

Und überhaupt: Stand mir etwa der Sinn nach einem neuen Mann in meinem Leben? Ganz sicher nicht.

KAPITEL 26

Patrick ließ seine Ideenskizzen für die Modeaufnahmen bei mir, als er sich am Sonntagnachmittag wieder von uns verabschiedete. Er musste zurück nach Berlin, wo jede Menge Arbeit auf ihn wartete. Anproben, Vorbereitungen für das geplante Shooting, Terminsachen. Ich hatte eine Woche Zeit, Ideen zu entwickeln und meiner Kreativität freien Lauf zu lassen. Der genaue Termin der Fotoaufnahmen stand fest: in drei Wochen, an einem Montag, denn montags hatte das Schlossmuseum seinen wöchentlichen Ruhetag.

Meine Mutter hatte mich am Montagmorgen weder eines Blickes noch eines Wortes gewürdigt, aber ich machte mir nichts vor: Die Inquisition war keineswegs abgesagt. Ich war gespannt, aus wem das Tribunal bestehen würde. Nur meine Mutter? Oder sie und Susanne, die düpierte Gastgeberin? Ich war gespannt und wollte den Frieden bis zur Mittagspause noch genießen, so gut es ging.

»Du weißt, dass dieser Termin ziemlich ungünstig ist, oder?«, fragte Paps, als ich ihm von Patricks Planung erzählte.

»Wieso?«

Er schnaufte genervt. »Hat deine Mutter dir nicht Bescheid gesagt? Na, irgendwie wird es schon gehen.«

»Paps, bitte. Sprich in klaren Sätzen. Was wird schon irgendwie gehen?«

Er schüttelte den Kopf und sagte dann: »Also, wenn es bei der Planung deines Auftraggebers bleibt, dann findet in der großen Partyscheune am Samstag davor der erste große Touristenrummel statt.«

Ich zuckte mit den Achseln. »Na und? Wir haben doch nie einen Stand.«

»Deine Mutter hat für dieses Jahr anders entschieden. Lutz

will es diesmal ganz groß aufziehen, der Shantychor ist ihm nicht mehr gut genug. Angeblich hat er eine Band engagiert, und er will die Gastronomie professionell ausbauen, sagt Susanne. Das heißt, wir werden ein kleines Café betreiben, und dafür benötige ich deine Hilfe, Helene.«

Uff. Das roch nach jeder Menge Schufterei und sehr enger Terminplanung. Ich fragte mich, warum meine Mutter mir nichts davon erzählt hatte. Aber wahrscheinlich ging sie auch hier nicht davon aus, dass ich andere Pläne haben könnte. Aber was konnte mein Paps dazu? Nichts.

»Du kannst dich auf mich verlassen«, sagte ich schnell. »Dann lege ich für die Torten halt ein paar Nachtschichten ein, die müssen für die Fotos ja nicht frisch aus der Backstube kommen.«

Ich grinste und demonstrierte heitere Zuversicht, aber in meinem Magen kribbelte es unangenehm. Zarter Vorbote einer Panikattacke? Ich verdrängte diese Anwandlung, denn was würde es mir bringen, jetzt schon in Panik zu verfallen? Nichts. Überhaupt nichts. Ich würde ein paar Torten entwerfen, und dann würde es schon irgendwie klappen.

Der Vormittag verging wie im Flug, und plötzlich war Mittag. Als Oma zum Essen rief, war es bereits zu spät. Mein Plan, mich rechtzeitig vorher unauffällig abzuseilen, war gescheitert, da Paps zu einem dringenden Termin musste und ich die Backstube übernommen hatte. Natürlich fehlte mir jegliche Lust, mir die Mittagspause versauen zu lassen, aber ich hatte keine andere Wahl.

Ergeben trottete ich in die Küche. Oma zwinkerte mir zu. Sicherlich hatte sie schon von meinem Auftritt bei Susanne gehört, wobei – was hatte ich denn schon großartig angestellt, außer dass ich mich nicht wie zu einem Tanzschulen-Mittelball in den späten Siebzigern ausstaffiert hatte? Inklusive trutschiger Hochsteckfrisur.

»Wieso warst du eigentlich nicht bei dem Essen am Samstag?«, fragte ich sie.

»Mir war nicht danach«, sagte sie knapp und wandte sich der Pfanne zu, in der eine Ladung beeindruckender Koteletts brutzelte.

Ihr war nicht danach? Das hatte ich von meiner Oma ja noch nie gehört. Ehe ich nachfragen konnte, segelte meine Mutter majestätisch in die Küche – mit meiner Schwester im schäumenden Kielwasser. Beide maßen mich mit strengem Blick und verströmten ranzige Missbilligung. Ich war geliefert.

»Helene«, sagte meine Mutter knapp und setzte sich. Susanne blieb stehen.

»Susanne, setz dich doch. Isst du mit uns?« Oma stellte eine Schüssel Salat auf den Tisch und nickte meiner Schwester aufmunternd zu.

»Nein, danke«, zischte Susanne, ohne den Blick von mir zu wenden, »ich bin nur hier, um ...« Sie brach ab und schnaufte aufgeregt.

»Bestimmt, um eines meiner leckeren Koteletts zu essen, nicht wahr?«

Oma packte Susanne sanft, aber unnachgiebig an den Schultern und dirigierte sie zu einem Stuhl. Meine Schwester verdrehte die Augen und zog eine Grimasse, setzte sich aber schließlich hin.

Oma wusste natürlich, dass sich hier gerade ein Orkan zusammenbraute, und sie versuchte, eine Eskalation zu verhindern. Vergeblich, wie sich rasch herausstellte.

Eisiges Schweigen breitete sich aus. Zu meinem Entsetzen spürte ich, wie in mir der Drang zu lachen immer stärker wurde. Krampfhaft starrte ich beim Essen auf meinen Teller, während Susannes Blicke – sie saß mir gegenüber – Löcher in meine Stirn brannten. Von links hörte ich das verärgerte

Kauen meiner Mutter. Sie kann absolut alles verärgert klingen und aussehen lassen, wenn sie will, die gute Waltraud.

»Helene.«

Ich blickte hoch und sah Susanne an, die mich angesprochen hatte. Ihr schmales Gesicht war eine steinerne Maske, die Augen verengt. Fehlten noch ein Zigarillo und ein hässlicher Poncho, und die Clint-Eastwood-Imitation wäre perfekt gewesen. Obwohl – Susanne würde niemals staubige Schuhe tragen. Die Vorstellung, wie Clint Eastwood in blitzsauberen Wildlederpumps zum Duell auf der Dorfstraße stöckelte, streckte mich fast zu Boden.

Mühsam zwang ich meine Amok laufenden Gedanken zurück an den heimischen Küchentisch. Das fehlte gerade noch, dass ich in brüllendes Gelächter ausbrach, während die Inquisition in Gestalt zweier weiblicher, naher Blutsverwandter schon darauf wartete, mich in der Luft zu zerreißen. Ich ermahnte mich selber, nicht die Fassung zu verlieren, aber meine Mundwinkel hatten wohl gezuckt, denn Susanne sagte: »Und was genau findest du gerade derart komisch? Musst du dich denn immer wie ein unreifes Kind benehmen?«

Sie wechselte einen beredten Blick mit meiner Mutter, und all meine guten Vorsätze flogen umgehend über Bord.

»Dich finde ich komisch«, gab ich zurück. »Du solltest dir selbst mal zuhören. *Musst du dich denn immer wie ein unreifes Kind benehmen*? Du redest wie eine alte, vertrocknete Gouvernante.« Damit hatte ich zwar nicht ihre Frage wahrheitsgemäß beantwortet, aber ich hatte ihr etwas hingeworfen, worauf sie reagieren konnte. Ich wandte mich wieder meinem Kotelett zu.

Susanne schnappte nach Luft und trompetete: »Das habe ich ja wohl nicht nötig, mich von meiner kleinen Schwester ... also wirklich ... nachdem du ...« Ihr versagte vor Wut die Stimme. Sie deutete mit zitterndem Zeigefinger auf mich, sah Oma an und fuhr fort: »Die da hat ...«

Ihr Finger stocherte sinnlos in der Luft herum, während sie um Worte rang. Es hörte auf, komisch zu sein, und begann, mich richtig zu nerven. Sie sollte gefälligst Oma da rauslassen.

»*Die da* gibt es hier nicht, Susanne«, tadelte meine Großmutter leise.

»Doch – die gibt es hier«, widersprach Susanne und deutete wieder auf mich, »und zwar da! Jemand, der sich derart danebenbenimmt, verdient es nicht, dass man höflich mit ihm umgeht! Das tut sie ja auch nicht!« Sie schnaufte.

Meine Oma öffnete den Mund zu einer Antwort, aber ich hatte genug. Als hätte ich einen internationalen Staatsempfang ruiniert!

»Du spinnst doch«, sagte ich, »was ist denn schon groß passiert? Ich gebe dir einen guten Rat: Nerv mich nicht mit diesem kindischen Mist.«

Susannes Blick flog zu meiner Mutter, und damit war Waltraud, die stets Untadelige, offiziell in den Ring eingeladen. Sie verlor keine Zeit und schnarrte: »Du hast Susanne blamiert, Helene. Ich kann verstehen, dass sie sich vor den Janssens für dich in Grund und Boden geschämt hat. Ich habe es auch getan. Du fandest es vermutlich lustig, was allerdings deiner reichlich unterentwickelten Reife entsprechen würde.«

Das ging zu weit. Vor allem deshalb, weil sie damit der Wahrheit zu nah gekommen war. Ich *hatte* es ziemlich lustig gefunden, und ja: das war unreif gewesen.

Umso wütender machte mich die Tatsache, dass sie es beide wussten.

Oma hob beschwichtigend die Hand, aber mein innerer Gaul galoppierte bereits unkontrolliert los. Sie drückten einfach auf die richtigen Knöpfe, verdammt. Eine leise Stimme – vermutlich die der Vernunft – versuchte, sich in meinem Kopf Gehör zu verschaffen. Leider wieherte der Gaul zu laut, und das piepsige, kleine Stimmchen in mir verhallte ungehört.

»Ich möchte jetzt genau von euch wissen, was ihr hier zu meckern habt. Ich habe am Samstag weder auf den Teppich gepinkelt noch die Janssens mit Essen beworfen. Bei allem Respekt, aber ihr spinnt. Beide.«

»Du weißt haargenau, was du gemacht hast!«, keifte Susanne schrill und sprang von ihrem Stuhl auf. Wie eine Rachegöttin beugte sie sich mit buchstäblich gesträubten Haaren über den Tisch. »Du hast wie eine *Schlampe* ausgesehen!« Ihre Augen glitzerten, als sie das böse S-Wort in meine Richtung spuckte, die übelste Beschimpfung, die meine brave Schwester kannte.

Während ich aus den Augenwinkeln wahrnahm, dass Oma versuchte, sich Gehör zu verschaffen, feuerte ich zurück: »Besser, als sich mit Mitte dreißig auszustaffieren wie eine langweilige, jungfräuliche Handarbeitslehrerin kurz vor der Rente!«

Der Gaul in mir wollte sich gerade zu dieser überaus stilvollen und eloquenten Retourkutsche gratulieren, als der Stereo-Beschuss losging. Meine Mutter und meine Schwester hackten gleichzeitig auf mir herum, wie unmöglich ich ausgesehen hätte, wie *irritiert* die Janssens gewesen seien, wie unsagbar beschämend und peinlich mein Verhalten für die bedauernswerte Gastgeberin gewesen sei, was die Janssens denn jetzt wohl von unserer Familie denken sollten nach diesem *Skandal* ...

»Allzu doll kann die Meinung der Janssens über unsere Familie ja nicht sein, wenn es reicht, eine Jeans mit Loch anzuziehen, um unseren Ruf bei langjährigen Bekannten zu ruinieren«, murmelte ich.

»Du wirst es nicht schaffen, dass ich nicht mehr hocherhobenen Hauptes die Straße entlanggehen kann, du nicht!«, tobte meine Mutter. »Wie kannst du es wagen, derart respektlos zu sein? Ich würde dich am liebsten ...«

»Was würdest du am liebsten?«, schoss ich zurück. »Mich rauswerfen?«

In diesem Moment schlug Oma mit der Hand auf den Tisch, und wir Streithennen zuckten zusammen und sahen sie an. Oma war bleich, und ihre Augen sahen traurig aus.

»Ihr solltet euch schämen«, ächzte sie. Sie schwankte, dann wurde sie grau im Gesicht und sackte zusammen

Mein Stuhl fiel mit einem lauten Knall um, als ich aufsprang und panisch zu meiner Großmutter rannte. Sie saß noch immer auf dem Stuhl, aber ihr Kopf hing vornüber, und sie gab kein Lebenszeichen von sich. Ich tastete mit fliegenden Fingern nach ihrem Puls und spürte nichts. Ich redete mir ein, zu aufgeregt zu sein, um einschätzen zu können, ob da ein Puls war oder nicht.

»Was ist los mit ihr?«, kreischte meine Mutter und starrte Oma mit schreckgeweiteten Augen an.

»Weiß ich nicht! Ruft endlich den Notarzt an!«

Meine Mutter stolperte aus dem Zimmer, aber Susanne blieb wie angewurzelt stehen und zischte: »Bist du jetzt zufrieden?«

Am liebsten hätte ich auf sie eingeprügelt, für diese Bemerkung hätte sie es verdient. Aber wir standen alle unter Schock, und es gab Wichtigeres zu tun, als meiner beknackten Schwester den Hintern zu versohlen.

»Wir müssen sie hinlegen«, sagte ich stattdessen, »los, hilf mir mal. Wir bringen sie in den Ruheraum.«

Der Körper meiner Oma war federleicht. Wann hatte sie derart abgenommen? Gut, sie war immer schmal gewesen, aber jetzt hatte ich das Gefühl, ich könnte sie mühelos allein tragen.

Wir legten sie vorsichtig auf das breite Sofa, das eigentlich ein schmales Bett mit vielen Kissen war. Schon zu Omas Zeiten als Chefin hatte es diesen Raum gegeben, für die Mitarbeiter.

Meine Mutter kam herein und sagte atemlos: »Sie sind unterwegs. Wie geht es ihr?«

Zum ersten Mal verfluchte ich die Tatsache, in einem Dorf zu leben. Hoffentlich würde der Notarztwagen nicht zu lange brauchen.

Ich sah mich um. Meine Mutter stand am Fußende des Sofas, völlig versteinert, nachdem sie mit letzter Kraft telefoniert hatte. Susanne stand neben ihr und hatte den Arm um ihre Schulter geschlungen. Sie sah verängstigt aus. Meine Oma lag bewegungslos auf dem Sofa, und ich hielt ihre kleine, runzlige, schlaffe Hand. Ihr Gesicht war friedlich, und mir wurde schlagartig klar, dass sie nicht mehr lebte.

Als der Notarzt eintraf, konnte er nur noch ihren Tod feststellen. Meine Mutter und meine Schwester klammerten sich schluchzend aneinander, während sie es mir überließen, mit dem Arzt die Formalitäten zu erledigen.

»Ich muss eine Leichenschau machen«, sagte er leise, »wir nehmen Ihre Großmutter mit ins Krankenhaus, und dort kann der Bestatter sie dann abholen. Wissen Sie, welcher Bestatter das sein wird?«

Ich schüttelte den Kopf. Woher sollte ich das wissen? Von Mutter und Schwester war keine Unterstützung zu erwarten, sie waren von den Sanitätern mittlerweile großzügig mit Beruhigungsmitteln versorgt worden. Jetzt hockten sie teilnahmslos auf zwei Stühlen und hielten sich an den Händen, krampfhaft bemüht, nicht in Richtung des Bettes zu sehen, auf dem Oma – mittlerweile zugedeckt – noch immer lag.

Trotzdem sah ich mich unwillkürlich Hilfe suchend um und begegnete unerwartet dem Blick meines Vaters, der unbemerkt eingetroffen war und jetzt in der Tür stand.

Er sah unendlich müde aus, als er tonlos zum Arzt sagte: »Ich weiß über alles Bescheid, wenn Sie Fragen haben.«

Den Rest des Tages erlebte ich wie in Trance. Lutz holte seine völlig bedröhnte Gattin ab und nahm seine Schwiegermutter gleich mit. Ich hängte ein Schild in die Ladentür: *Wegen Trauerfall geschlossen.*

»Morgen früh machen wir wieder auf«, brummte mein Vater, »bis dahin ist deine Mutter wieder fit.«

Meine Einwände wischte er mit einer müden Handbewegung beiseite. Wir gingen in Omas Wohnung, um ihre Papiere und Verfügungen zu holen.

Als wir beim Bestatter eintrafen, erfuhren wir, dass Oma alles bis ins kleinste Detail geplant und bereits bezahlt hatte: Sarg, Blumenschmuck, welche Musik gespielt werden sollte, die Todesanzeige – sogar eine Liste mit Adressen von Freunden, Bekannten und anderen Menschen, die zur Trauerfeier und Beisetzung eingeladen werden sollten, lag bereits vor.

Der Bestatter erzählte uns, Oma habe erst vor drei Wochen mit ihm alle verbindlichen Vereinbarungen getroffen. Er ließ uns die Adressenliste noch einmal durchgehen, um nachzusehen, ob wir irgendwelche Namen hinzufügen wollten. Die Beisetzung sollte am Freitag, also in vier Tagen stattfinden. Ob wir dem Sarg persönliche Gegenstände beilegen oder die Verstorbene private Kleidung tragen ...?

Mein Vater und ich sahen uns ratlos an.

»Das müssen Sie nicht sofort entscheiden«, sagte der Bestatter salbungsvoll, während leise Orgelmusik den Raum durchflutete. »Morgen Abend reicht völlig aus.«

Ich starrte ihn an. Ich hatte ihn zwar sprechen hören, aber nicht verstanden, was er uns mitteilte. Alles war so unwirklich, ich hatte das Gefühl, in einer großen Blase durch das Geschehen zu schweben. Ich bekam alles mit, fühlte mich aber total handlungsunfähig. Der Bestatter, ein schlanker Mann Mitte fünfzig mit stark ergrauter Halbglatze in einem anthrazitfarbenen Anzug, saß mir gegenüber in einem Schreibtischsessel und guckte pietätvoll aus der Wäsche, während er routiniert sein Programm abspulte. Formulierungen, schon hundert- und tausendfach benutzt. Sonore, Vertrauen und Sicherheit einflößende Stimme. Ob man in der Bestatter-Ausbildung lernte, genau diese Pose einzunehmen und mit genau dieser Stimme zu sprechen?

Er und mein Vater machten abwechselnd den Mund auf und zu – also wurden offenbar Informationen ausgetauscht.

Ich kapierte kein Wort, während ich plötzlich verstand, wirklich verstand, was mittags passiert war. Meine geliebte Oma war gestorben – und das Letzte, was sie gesehen hatte, waren die Frauen ihrer Familie, die sich wie Marktweiber ankeiften.

Ich fing an zu weinen.

KAPITEL 27

Ich war außerstande, mich zu beruhigen. Ich weinte beim Bestatter, ich weinte während der gesamten Rückfahrt, und ich weinte immer noch, als Paps mich bei Marie ablieferte. Trotzdem registrierte ich auf einer Nebendatei, dass er zum ersten Mal seit meiner Rückkehr nach Middelswarfen in meinem Heim war.

»Kommst du morgen früh?«, fragte er mich.

Ich nickte schluchzend, und er umarmte mich.

»Danke, ich bin froh, dass du da bist«, murmelte er in mein Haar, nickte Marie zu und ging.

»Darf ich ihn allein lassen?«, schniefte ich und griff zum wiederholten Mal in die Box mit Papiertaschentüchern, die Marie bereithielt.

»Natürlich«, sagte sie, »dein Paps ist ein großer Junge. Er hätte es dir gesagt, wenn er wollte, dass du ...«

»Nein!«, begehrte ich auf. »Mein Paps würde sich eher die Zunge abbeißen, bevor er zugibt, dass er Hilfe braucht!«

»Dann ist auch das seine Entscheidung, hörst du? Du ruhst dich jetzt aus, damit du morgen wieder auf den Beinen stehen kannst. Die nächsten Tage werden anstrengend.«

Sie steckte mich ins Bett und kochte mir eine Kanne Tee. Dann zog sie meine Gardinen zu und verließ mein Zimmer, ließ die Tür aber einen Spalt offen. Nach ein paar Minuten tapste Schorsch herein, miaute leise und sprang zu mir aufs Bett. Ich lag auf dem Rücken, und er kletterte auf meinen Bauch. Wieder miaute er, stupste mit der Pfote meine Hand an und rollte sich dann zu einem schnurrenden Ball zusammen.

Als ich am nächsten Morgen vom Klingeln meines Weckers erwachte, waren Kater und Tee verschwunden und die Tür geschlossen. Ich hatte ganze zehn Stunden geschlafen, und es war Zeit, zur Arbeit zu gehen.

Mein Vater werkelte bereits in der Backstube, aber er wirkte wie ein Zombie, der von einer fremden Macht gesteuert wird. Die tiefen, fast schwarzen Ringe unter seinen Augen ließen vermuten, dass er keine einzige Minute geschlafen hatte. Robotergleich nahm er von einem riesigen Metalltablett kleine, vorgeschnittene Teigstückchen und formte sie routiniert zu Brötchen. Eines nach dem anderen, ohne dem Vorgang auch nur die geringste Aufmerksamkeit zu schenken, denn seine Augen sahen blicklos ins Leere. Auf meinen Gruß reagierte er kaum, und als ich nach Aufgaben fragte, zeigte er nur stumm auf eine Arbeitsplatte, auf der Blätterteig darauf wartete, zu Croissants verarbeitet zu werden.

Die Tür ging auf, und meine Mutter kam herein. Sie sah aus wie immer. Perfekt frisiert und gekleidet, geschäftig und kompetent. Nichts erinnerte mehr an die verwirrte, völlig überforderte Frau von gestern.

»Helene, kannst du dich darum kümmern, dass wir heute Mittag ein paar Brötchenplatten haben? Wir haben mit Kondolenzbesuchen zu rechnen, und ich lege keinen Wert darauf, für eine schlechte Gastgeberin gehalten zu werden.«

Ich glaubte, mich verhört zu haben. Brötchenplatten? Wer hatte denn dafür Zeit? Ich jedenfalls nicht.

»Kannst du nicht Susanne darum bitten? Wir haben hier so viel zu tun. Oder wir machen ein paar schöne Kuchenplatten fertig, das reicht doch.«

Meine Mutter maß mich mit einem Blick, der jeden wilden Tiger verscheucht hätte. »Susanne ist damit beschäftigt, die Trauerfeier zu organisieren.«

Sehr witzig. Soweit ich wusste, war doch bereits alles längst organisiert ...? Aber sollte Susanne halt herumorganisieren, wenn sie meinte.

»Dann lass uns bei Oltmanns anrufen und ein paar Schnittchenplatten bestellen.«

»Du scheinst ja jede Menge Geld zu haben. Wann wirst du endlich erwachsen werden? Wir machen die Brötchen selbst und basta. Hätte ich mein Geld so verplempert, wie es deine Art zu sein scheint, wären wir heute nicht da, wo wir sind«, schloss sie triumphierend.

In der Spießerhölle, na vielen Dank, dachte ich bockig. Bei dem Stichwort Spießerhölle fiel Susanne mir wieder ein. Und das, was sie gerade zu organisieren glaubte.

»Was soll denn das überhaupt für eine Trauerfeier sein, mit der Susanne gerade beschäftigt ist?«, fragte ich.

»Ein großer Empfang im Gemeindehaus.«

»Aber Oma hatte etwas anderes verfügt«, wandte ich ein.

»In der Kirche ist nicht genug Platz. Deine Großmutter war schließlich wer in dieser Gegend. Da kann man nicht einfach eine kleine Feier machen. Die Leute erwarten schließlich ...«

»Na und?«, fiel ich ihr ins Wort. »Ist es nicht wichtiger, was Oma wollte?«

Sie stemmte die Hände in die Hüften und presste die Lippen zusammen. Sie schien mit sich zu ringen und platzte dann heraus: »Ach, so besorgt auf einmal? Gestern Mittag war Oma dir doch auch egal, als du ...« Sie hielt kurz inne und sagte kalt: »Wer weiß, vielleicht würde Oma noch leben, wenn sie sich gestern nicht so über dich aufgeregt hätte.«

Diesen Tiefschlag spürte ich körperlich wie einen Fußtritt in den Magen. »Wie kannst du so etwas sagen?«, fragte ich fassungslos.

»Ist doch wahr! Wenn du am Samstag bei Susanne nicht so unmöglich und peinlich gewesen wärst, hätte es das ganze Theater nicht gegeben, oder? Du kannst wirklich stolz auf dich sein, Hel...«

»Halt dein verdammtes Schludermaul, Waltraud! Du redest nicht so mit Helene, nicht in meiner Backstube, nicht in meinem Haus, nirgends!«, donnerte mein Vater plötzlich. Er stand an seiner Arbeitsplatte und sah meine Mutter mit wildem Blick an. Sein Gesicht war hochrot.

Ich war bei seinem überraschenden Ausbruch vor Schreck zusammengezuckt, und mein Herz klopfte so stark, dass es im ganzen Raum zu hören sein musste. Puh, so hatte ich meinen Paps noch nie erlebt. Der Körper meiner Mutter versteifte sich noch mehr, dann drehte sie sich um und stakste aus dem Raum.

Mein Vater atmete schwer. Seine Fäuste waren so fest geballt, dass seine Fingerknöchel weiß zu leuchten schienen. War er kurz davor gewesen, meine Mutter zu schlagen? Mein Vater?

»Ich möchte mich für deine Mutter entschuldigen«, sagte er plötzlich.

»Das musst du nicht, Paps«, murmelte ich beschämt.

Was mir peinlich war? Dass mein Vater sich für seine Frau schämte und entschuldigte.

»Doch, das muss ich. Du bist meine Tochter, und ich werde dich immer beschützen. Und wenn ich dich vor deiner eigenen Mutter beschützen muss, dann ist das eben so.«

Ich ging zu ihm und umarmte ihn. Er seufzte und lehnte sich für einen winzigen Moment schwer an mich.

»Bist du in Ordnung, Paps?«

Er löste sich von mir und rieb sich die müden Augen. »Geht schon. Ich wusste, dass wir mit Omas Tod rechnen mussten, und sie wusste das auch.«

»Was fehlte ihr denn? Hatte sie Krebs?«

Er schüttelte den Kopf. »Sie hatte seit einem Sturz vor ein paar Wochen ein Aneurysma im Gehirn. Eine Operation wäre zu riskant gewesen. Sie durfte sich halt nicht aufregen.«

Ich erschrak. Wir hatten sie wirklich buchstäblich umgebracht mit unserem Streit am Küchentisch, den sie zu schlichten versucht hatte. Meine Mutter hatte recht!

Meine Knie wurden weich, und ich taumelte gegen den Arbeitstisch. Mein Kopf fühlte sich an wie ein Ballon, und mir war derart übel, dass ich mich auf der Stelle hätte übergeben können.

»Helene? Du bist ganz blass«, drang die Stimme meines Vaters mühsam durch das Rauschen in meinen Ohren. Ich versuchte, tief durchzuatmen, damit ich nicht umfiel.

»Sie hatte recht – ich habe sie umgebracht«, ächzte ich, und mein Vater runzelte unwillig die Stirn.

»Das will ich nicht noch einmal hören, Helene. Das ist schrecklich. Ihr wusstet nicht, was mit Oma los war, sie wollte das nicht, weil sie keine Lust hatte, wie ein rohes Ei behandelt zu werden.«

»Darum geht es nicht. Unser Verhalten war so oder so unentschuldbar, egal wo oder wem gegenüber.«

»Deine Großmutter hat dich sehr geliebt. Es wäre furchtbar für sie, wenn sie wüsste, dass du dir Vorwürfe machst. Sie hat dir das Auto geschenkt, weil sie nicht mehr fahren wollte, das war ihr zu riskant. Schließlich hätte sie andere Menschen mit in den Tod reißen könnte, wenn ihr Aneurysma während der Fahrt geplatzt wäre. Und trotzdem hat sie immer gesagt, dass ihr ein plötzlicher Tod auf jeden Fall lieber ist als monate- oder jahrelanges Siechen. Sie hatte mit ihrem Leben abgeschlossen, Helene, und du hast ihr mit deiner Rückkehr eine letzte große Freude gemacht. Das weiß ich genau, weil sie es mir erzählt hat.«

Er zog ein Stofftaschentuch aus der hinteren Tasche seiner karierten Bäckerhose und wischte sich den Schweiß von der Stirn.

»Und jetzt bitte ich dich darum, dass du dich um ein paar Brötchenplatten kümmerst, okay? Mir zuliebe.«

Ich nickte, denn um nichts in der Welt wollte ich, dass meine Mutter ihm meinetwegen wieder einmal die Hölle heiß machte.

Meine Mutter hatte recht gehabt: Während unserer Mittagspause füllte sich unser Haus mit Kondolenzbesuch. Wie aus dem Nichts war auch Susanne aufgetaucht und hielt gemeinsam mit meiner Mutter Hof in der guten Stube, wo ich ein kleines Büffet aufgebaut hatte, als dessen Hauptattraktion sich zu meiner Überraschung die guten alten Mettbrötchen herausstellten.

Meinen Vorschlag, die Gäste in der großen, gemütlichen Küche zu empfangen, hatte zweifaches Kopfschütteln ausgelöst. Schade, fand ich, denn meine Oma hatte sich am liebsten hier aufgehalten.

Man bewunderte allgemein die überaus gefasste Haltung meiner Mutter – die derlei Bemerkungen mit einem tapferen Lächeln quittierte – und schüttelte dann meinem Vater stumm die Hand. Susanne schnatterte alle mit der Trauerfeier im Gemeindehaus voll, und sollte jemand ihrer Agitation entgangen sein, war Majestix zur Stelle, um die Wissenslücke zu stopfen. Mir gefiel das nicht, denn Oma hatte sich ausdrücklich eine kleine, familiäre Feier gewünscht, und geplant wurde jetzt ein pompöser Massenauflauf, dirigiert ausgerechnet von Majestix, der offenbar die ultimative Gelegenheit witterte, sich als Staatsmann zu profilieren. Mann, die Janssens würden mächtig beeindruckt sein.

Ich drängte meine galligen Gedanken beiseite und flüchtete zurück in die Sicherheit der gemütlichen Küche. Plötzlich war ich froh, dass die Besucher nicht in diesem Raum waren, denn hier lebte die Erinnerung an meine Oma besonders stark.

Als die Mittagspause vorbei war, verschwanden auch die letzten Besucher. Man wusste schließlich, was sich gehört. Man hatte es mit einem Geschäftshaushalt zu tun, und die

Ladentür musste pünktlich wieder geöffnet werden.

»Waltraud, du bist so tapfer«, hörte ich es mehrfach murmeln, woraufhin meine Mutter jedes Mal die Augen schloss und den Kopf ergeben zur Seite neigte. Mater dolorosa in Person. Niemand tröstete Paps, niemand bewunderte seine Haltung. Alle schienen davon auszugehen, dass er, der schweigsame, stets starke Mann, keinen Trost brauchte. Auch Susanne sahnte jede Menge aufmunternde Worte ab und wurde nicht einmal rot, als jemand der Runde verkündete, wie glücklich Cäcilie Bernauer wäre, wüsste sie, wie wunderbar sich ihre Enkelin Susanne um eine würdige und angemessene Trauerfeier kümmerte.

Ganz ehrlich: Mir war entschieden danach, mich zu betrinken, und zwar nicht mit einer läppischen Flasche Wein. Ich dachte da eher an Wodka on the rocks. Ich wollte diesen Irrsinn um mich herum vergessen, vor allem die Pose meiner Mutter, die ich unerträglich fand. Sie hatte Oma nicht besonders gemocht. Sicher, sie hatten sich respektiert, aber echte Freundschaft hatte es nie gegeben, dazu waren sie zu verschieden gewesen. Und jetzt führte meine Mutter sich auf zumindest in der Öffentlichkeit –, als hätte man ihr das Herz aus der Brust gerissen. Ich fand das scheinheilig und verlogen.

Aber vielleicht spielte sie auch wieder einmal nur die Rolle, von der sie glaubte, dass die Öffentlichkeit sie von ihr erwartete: die tapfere Geschäftsfrau, die selbst in einer emotionalen Ausnahmesituation auf dem Posten bleibt. Wie ein Soldat seine Stellung hält, selbst wenn man ihm schon beide Arme abgeschossen hat. Dies war übrigens einer der Hauptgründe, warum Oma und sie sich niemals wirklich nahegekommen waren. Meine Großmutter hatte sich über meine Mutter und ihre Rollenspiele immer nur amüsieren können.

Als die Tür sich hinter dem letzten Besucher geschlossen

hatte, fiel die Schmerzensmutter schlagartig von ihr ab. Aus der Mater dolorosa wurde wieder Waltraud die Geschäftstüchtige. Sie erschien drei Minuten vor Ladenöffnung in der Backstube und verkündete: »Ihr müsst den Kuchen für den Leichenschmaus planen, vergesst das nicht.«

»Der Kuchen kommt von einem Kollegen«, antwortete mein Vater ruhig und bevor ich wieder durch die Decke gehen konnte.

»Wie sieht denn das aus? Ein Konditor von bestem Ruf bestellt Kuchen bei jemand anderem, um seine Gäste damit zu bewirten? Kommt nicht infrage.«

Ich hielt die Luft an, denn mir fielen wieder die geballten Fäuste meines Vaters ein, am Morgen, als sie gesagt hatte, dass ich ...

»Ich diskutiere nicht, Waltraud. Der Kuchen ist bereits geordert.«

»Aber was das wieder kostet! Könnt ihr nicht nebenb...«

»Schließ jetzt den Laden auf, die Kunden warten bestimmt schon«, unterbrach mein Vater sie brüsk.

Zu meinem größten Erstaunen wagte sie keine Widerrede, sondern drehte sich um und stolzierte hinaus.

An dem Abend betrank ich mich übrigens tatsächlich. Nicht bis zur Besinnungslosigkeit, aber ich – genauer gesagt Marie und ich – hatten ganz schön einen sitzen, als wir endlich schlafen gingen.

KAPITEL 28

Die nächsten Tage schwemmten eine nicht enden wollende Flut an Beileidspost ins Haus. Irgendwer würde sie beantworten müssen, und ich fand, das könnte eine prima Aufgabe für die First Lady sein – die sich im Übrigen auch unaufgefordert dazu bereiterklärte. Später stellte es sich heraus, dass letztendlich die bedauernswerte Marie die Danksagungen adressieren, kuvertieren und frankieren durfte, denn Susanne pflegte das Gemeindebüro zuweilen als ihr persönliches Sekretariat zu betrachten.

Am Tag der Beisetzung blieb das Geschäft geschlossen. Meine Mutter hatte eine Zeit lang an einer Option herumgedoktert, den Laden mit Aushilfen geöffnet zu halten, aber Paps hatte irgendwann ein lautstarkes Machtwort gesprochen und es ihr verboten.

Mein Vater hatte sich verändert, und ich wusste nicht, ob mir der neue Peter Bernauer uneingeschränkt gefiel. Er setzte sich zwar rigoros gegen seine dominante Gattin durch, aber die Art und Weise, wie er das tat, war mir unheimlich. Er verlor von einer Sekunde zur anderen die Beherrschung und war nach jedem dieser Ausbrüche ungewöhnlich erschöpft.

Ich fuhr gemeinsam mit meinen Eltern zum Gemeindesaal. Wir hätten die Strecke problemlos zu Fuß bewältigen können, aber Waltraud wollte unbedingt mit großer Karosse vorfahren, und mein Vater stimmte zu. Susanne und Lutz würden wir dort treffen.

Alle Plätze bis auf die erste Reihe waren besetzt, als wir ankamen. Der Sarg stand etwas erhöht und war von einem Meer an Gestecken und Kränzen umgeben. Den Blumenschmuck auf dem Sarg – dicke, rosafarbene Rosen – hatte sie selbst bestimmt Ein Organist spielte getragene Melodien. Ich bedauerte, dass Marie nicht hier sein konnte, aber das Büro im kleinen Rathaus durfte nicht unbesetzt sein.

Wir nahmen in der ersten Reihe bei Susanne und Lutz Platz. Nachdem der Pfarrer eine Rede gehalten hatte, die von Plattitüden nur so strotzte, ging zu meinem Entsetzen ausgerechnet Majestix nach vorn an das kleine Rednerpult und ließ einen seiner gefürchteten Monologe vom Stapel. Susanne starrte ihn verzückt an, als wäre sie eine amerikanische Politikergattin, und vergaß für einen Moment das leise Schluchzen. Lutz ließ sich weitschweifig über meine Oma aus und erging sich in Allgemeinplätzen à la emsig *bis ins hohe Alter und Ehrfurcht vor schlohweißen Haaren.* Was gab ihm eigentlich das Recht dazu? Ich erwartete beinahe, dass der Sargdeckel auffliegen und Oma ihm das Mikrofon aus der Hand schlagen würde, das hätte zu ihr gepasst.

Noch eine Menge Leute fühlten sich berufen, eine kleine Rede zu halten. Der Präsident der Handwerkskammer, diverse Kommunalpolitiker, Abgeordnete von gemeinnützigen Organisationen, die Cäcilie Bernauer unterstützt hatte. Es wurde gebetet, gesungen, wieder gepredigt, noch einmal gesungen. Schließlich erschienen die Sargträger, und der Trauerzug bewegte sich langsam zum kleinen, uralten Friedhof des Dorfes.

Mir wurde mit jedem Meter mulmiger. Ich hasste dieses Ritual, dass der Sarg in die Erde gelassen und dann zugeschaufelt wurde – und alle sehen dabei zu. Mir behagte das nicht. Ich wollte das nicht sehen.

Die Sonne schien, und ich hatte eine dunkle Sonnenbrille aufgesetzt, was bei meiner Mutter ein kurzes Stirnrunzeln ausgelöst hatte. Allerdings war ich nicht die Einzige, die eine Sonnenbrille trug, und so musste Waltraud die Unfehlbare nicht befürchten, dass ich sie mal wieder blamierte.

Als wir am Grab standen, schloss ich die Augen hinter den schwarzen Brillengläsern. Ich wollte diese Holzkiste mit den Rosen darauf nicht mehr sehen, ich wollte die gähnende Grube darunter nicht mehr sehen. Wie ein Hörspiel im Radio lief die Beisetzung um mich herum ab, aber als es dazu kam, dass jeder ein Schäufelchen mit Erde auf den bereits herabgelassenen Sarg warf, blinzelte ich kurz, damit ich das Gefäß mit Erde und Schaufel nicht verfehlte. Ich brachte das Ritual so schnell wie möglich hinter mich.

Auch das Nächste schaffte ich, ohne durchzudrehen: Hunderte – so schien es mir – Menschen defilierten an uns vorbei, um uns die Hand zu schütteln und ihr Beileid auszudrücken.

Ich war völlig erschöpft, als wir schließlich im Dorfgasthof eintrafen, wo der Leichenschmaus stattfand. Es war heiß, die Räume waren völlig überfüllt. Auf den zum Kaffeetrinken eingedeckten Tischen standen große Kuchenplatten und Thermoskannen mit Tee und Kaffee. Der Gesichtsausdruck, mit dem meine Mutter die Kuchenplatten von der Konkurrenz begutachtete, sprach Bände. »Das hätten wir besser gemacht«, sagte dieser Blick.

Sie, Majestix und Susanne gingen von Tisch zu Tisch, um mit den Gästen zu sprechen, mein Vater hatte sich mit einigen Kollegen an einen Tisch im Hintergrund zurückgezogen. Dort wurde eifrig diskutiert, und von Zeit zu Zeit sahen die Herren neugierig zu mir herüber – bestimmt erzählte Paps von Patricks Auftrag ...

Mir wurde schlagartig heiß.

Patricks Auftrag! Ich hatte seit Tagen nicht daran gedacht, und Patrick würde in einem oder zwei Tagen bei mir auf der Matte stehen und einen Stapel Entwürfe erwarten, das war die Abmachung. Unruhig rutschte ich auf meinem Stuhl herum, denn alles drängte mich, diesen Ort sofort zu verlassen und keine weitere Zeit mehr zu verlieren. Aber dann würde meine Mutter komplett ausflippen, obwohl jetzt schon feststand, was weiter passieren würde: In spätestens einer Stunde würden die meisten betrunken sein, denn mittlerweile waren die ersten Runden Schnaps verteilt, und die Stimmung wurde zusehends gelöster.

Ich saß allein an meinem Tisch, und ich fand es gut so, denn so konnte ich über meine Torten nachdenken. Ich winkte eine der Servicekräfte heran – ich wagte es nicht aufzustehen, denn ich hatte Angst, an einen der anderen Tische gebeten zu werden – und bat um einen der kleinen Blocks, auf denen sie die Bestellungen notierten, und einen Stift.

Aber mir wollte einfach nichts einfallen. Ratlos starrte ich auf das leere Blatt, zog ein paar Striche, hielt wieder inne. Natürlich konnte ich hier und jetzt nicht arbeiten. Ich zuckte zusammen, als ich plötzlich angesprochen wurde, und sah hoch. Sven Janssen stand vor mir, in einen dunklen Anzug gezwängt. Sein Doppelkinn quoll aus dem viel zu eng wirkenden Hemdkragen, zusätzlich eingeschnürt durch die Krawatte. Sein Kopf sah aus, als würde er jeden Moment platzen, und wieder einmal fragte ich mich, wie Männer diese Enge am Hals aushielten.

»Darf ich mich setzen?«, fragte Sven.

Ich hätte natürlich die Wahrheit und so etwas wie »Lieber peitsche ich meinen nackten Körper mit Brennnesseln« sagen können, aber das hatte der arme Sven nicht verdient.

Also nickte ich, flötete: »Aber gern, natürlich!«, und er ließ sich mir gegenüber auf den Stuhl plumpsen, der darauf mit deutlich vernehmbarem Ächzen reagierte.

Svens Blick irrlichterte fragend zwischen meinem Gesicht und dem kleinen Block hin und her. Ich beschloss, ihn zu erlösen, und erklärte: »Ich wollte mir ein paar Notizen machen, für diesen großen Auftrag ...« Ich verstummte, als mir klar wurde, wie sich das anhörte.

Und richtig: Sein Gesichtsausdruck wechselte von fragend zu verdutzt. Dann platzte er heraus: »Du *arbeitest*? Heute? Hier?«

Natürlich hatte er recht. Ich fühlte das Bedürfnis, mich zu rechtfertigen, denn er würde es seiner Mutter erzählen, sie würde es meiner Mutter erzählen – und die würde Amok laufen, wenn sie erfuhr, dass ich bei der Beisetzung meiner Großmutter vor aller Augen *gearbeitet* hatte ... Ich schauderte innerlich. Das Donnerwetter würde alle bisherigen locker in den Schatten stellen.

»Das ist für diesen Auftrag, wir haben doch bei dem Essen letzte Woche darüber gesprochen ...?« Das hatten wir doch? Verzweifelt kramte ich in meinem Gedächtnis nach einer entsprechenden Erinnerung.

Svens Gesicht leuchtete kurz auf. »Die Sache mit den Models? Davon hast du erzählt.«

»Ja genau, die Sache mit den Models.«

Also wirklich – *die Sache mit den Models*. Tss. Typisch Mann. Unfassbar.

»Das findet doch demnächst statt, oder?«

Ich nickte. »In gut zwei Wochen, und das ist auch das Problem. Dieser Termin lässt sich leider nicht verschieben, nur weil ...«

Ich biss mir auf die Zunge. Beinahe hätte ich gesagt: »Nur weil meine Oma gestorben ist.«

»Nur weil deine Zeit und Energie anderweitig gebraucht werden«, sagte er verständnisvoll, »und weil du während der letzten Tage nicht dazu gekommen bist.«

Ich war erstaunt, ausnahmsweise jemandem zu begegnen, der Verständnis für meine Situation hatte. Ausgerechnet der tumbe Sohn von Dick und Doof entpuppte sich als Insel der Vernunft im tobenden Chaos. Ich konnte es selbst kaum glauben, aber Sven sammelte Sympathiepunkte.

»Stimmt In zwei Tagen will mein Auftraggeber die Entwürfe sehen, und ich habe nichts vorzuweisen.«

»Was entwirfst du denn?«

Das mit der Vernunft musste ich wohl noch einmal überdenken. Mit dieser Frage schmolz sein Punktekonto wieder. Aber dann rief ich mich zur Ordnung. Woher sollte der arme Sven auch wissen, woraus meine Arbeit bestand und dass es bei dem Auftrag mit einem Frankfurter Kranz nicht getan war?

»Der Auftraggeber möchte besondere Torten, verstehst du? So richtig barock und opulent. Riesig müssen sie sein, bunt und auffallend. Da steht das Dekorative im Vordergrund und nicht der Geschmack.«

»Du willst mir doch nicht erzählen, dass du etwas bakken könntest, das nicht schmeckt wie direkt aus dem Schlaraffenland?« Er lächelte.

Ach du liebe Güte – versuchte Sven etwa, mit mir zu flirten? *Hier? Heute?*

»Das würde mir in der Tat schwer fallen. Dann könnten wir die Torten ja auch aus Styropor sägen und bunt anmalen. Soweit ich weiß, haben sich die Models schon beschwert, dass sie mit Zucker, Creme und Marzipan zusammen auf ein Foto sollen.«

Ich sah an Svens Gesicht, dass mein zaghafter Versuch eines Scherzes wirkungslos verpuffte. Er plinkerte dreimal mit den Augenlidern und sagte: »Das ist bestimmt ein ganz interessanter Auftrag, oder? Mit echten Models ...« Seine Stimme klang träumerisch.

»Sind auch nur Menschen«, gab ich zurück, vielleicht eine Spur zu zickig, denn Sven zuckte sichtbar zusammen.

»Ja ... nein ... natürlich ...«, stammelte er, »ich wollte auch eigentlich nur ... also ich wollte dich eigentlich fragen, ob du

... also, ob wir beide mal ... ich weiß nicht ... mal zusammen ausgehen oder ...«

Das stellst du aber mächtig clever an, dachte ich, willst mit mir ausgehen und fängst beim Gedanken an die Models buchstäblich an zu sabbern.

Ehe ich antworten konnte, flötete die Stimme meiner Mutter in meinem Rücken: »Aber natürlich geht Helene gern mit dir aus, Sven, nicht wahr, Helene?«

Ich fuhr herum. Hinter meinem Stuhl standen meine Eltern, meine Mutter strahlte Sven an, aber mein Vater sah wenig begeistert aus.

Ich wandte mich wieder Sven zu. »Im Prinzip gern, aber während der nächsten drei Wochen geht es auf keinen Fall. Das Dorffest, der Auftrag, die Fotoproduktion, da muss ich auch dabei sein ...«

»Dazu könntest du Sven doch einladen!«, fiel meiner Mutter aus dem Mund, und prompt sah Sven mich hoffnungsvoll an.

»Nein, das kann ich nicht, denn das ist nicht meine Fotoproduktion, wie ihr vielleicht wisst«, sagte ich mühsam beherrscht. »Wenn, dann entscheidet Patrick, wer aufs Set darf.«

»Dann frag ihn doch«, zwitscherte meine Mutter weiter, was meinen Vater zu einem halblauten »Waltraud!« veranlasste.

Ich atmete tief durch. »Sven, es tut mir wirklich leid, aber das geht nicht. Ich bin nur die Tortenlieferantin.«

Natürlich tat mir rein gar nichts leid.

So weit kam das noch, dass Sven Janssen dort herumlungerte und den Models hinterhergeiferte. Und meine Mutter würde ich mir später vorknöpfen, das stand mal fest. Marie würde Atemnot kriegen, wenn ich ihr das erzählte.

»Dass du immer so ungefällig sein musst, Helene«, singsangte meine Mutter mit lieblicher Stimme. »Nicht böse sein, Sven.«

Das schlug dem Fass den Boden aus. Ich wollte gerade

explodieren, als mein Vater mich am Arm griff und sagte: »Helene, kannst du bitte mal mitkommen?«

Ich sprang sofort auf und folgte ihm durch die Gaststätte nach draußen, wo er tief Luft holte und sich an die Hauswand lehnte. Er sah blass und krank aus. Auf seinem Gesicht bildete sich ein dünner Schweißfilm.

»Paps? Alles in Ordnung?«

Er schüttelte langsam den Kopf und ächzte: »Mir geht es nicht gut. Mir ist schwindlig und übel. Kannst du mich nach Hause bringen?«

»Ich sag eben Bescheid, dann komme ich.«

Meine Mutter war nicht begeistert, wie man sich vorstellen kann, begehrte aber nicht auf, weil sie mit den Janssens und den Oltmanns zusammenstand, die mit bekümmertem Verständnisgemurmel reagiert hatten. Ich winkte Sven quer durch den Raum zu, veranstaltete eine kleine Pantomime aus bedauerndem Achselzucken und flitzte raus zu Paps, der schon am Auto wartete.

»Was hältst du davon, wenn wir zu mir fahren? Ich koche uns einen schönen Tee.«

Er stimmte zu.

Während der kurzen Fahrt sprach er nicht, aber als wir zu Hause angekommen und ausgestiegen waren, sagte er: »Ich kriege keine Luft.« Er rang nach Atem, und sein Gesicht verfärbte sich grau, selbst seine Lippen.

Ich bekam Angst. Vorsichtig und sehr langsam führte ich ihn in mein Zimmer und half ihm in den Sessel. Er war schweißüberströmt und klagte über Schmerzen in der Brust.

Ich fackelte nicht lange und rief die Feuerwehr an, denn ich erinnerte mich, dass auf dem Notarztwagen vor ein paar Tagen ein Aufkleber für den Herznotruf gepappt hatte: 112, die Nummer der Feuerwehr.

Der Mann am anderen Ende der Leitung fragte ruhig zuerst die Adresse, dann alle notwendigen Eckdaten ab. Ob der Betroffene bewusstlos sei (nein), ob er ansprechbar sei (ja), ob er unter Atemnot leide (ja), Schmerzen in der Brust (ja) und noch einiges mehr. Auf meine ungeduldige Nachfrage hin, ob wir denn jetzt die Zeit hätten, uns so gemütlich zu unterhalten, sagte er: »Die Kollegen sind schon unterwegs, ich gebe Ihre Angaben gleich per Funk durch, Frau Bernauer.«

Als ich aufgelegt hatte und wieder zu meinem Vater sah, hatte er die Augen geschlossen. »Paps!?«, kreischte ich entsetzt, denn ich dachte, er sei tot. Seine Augenlider hoben sich zitternd, dann erschien ein winziges Lächeln auf seinem Gesicht.

»Meine Ohren sind in Ordnung, Schatz.«

Mir fiel ein Stein vom Herzen, so erleichtert war ich schon lange nicht mehr gewesen.

»Sie sind unterwegs, der Arzt ist gleich hier«, sagte ich, und er nickte.

»Es geht mir schon besser. Könntest du mir ein Glas Wasser holen?«

Ich flog in die Küche, wo ich auf Schorsch stieß, der mitten auf der Arbeitsplatte hockte und offensichtlich nicht mit meinem plötzlichen Auftauchen gerechnet hatte. Zeitgleich hielten zwei Wagen mit Blaulicht und heulender Sirene vor dem Haus, und das Letzte, was ich von dem Kater sah, war sein dick gesträubter Schwanz, der durch die Katzenklappe verschwand.

Ich brachte meinem Vater das Wasser und raste zur Haustür. Eine Horde von Menschen – so schien es mir – trampelte ins Haus. Ein Arzt mit Einsatzkoffer, drei oder vier Sanitäter (ich weiß es wirklich nicht mehr!), bewaffnet mit zusammengeklappter Trage, mobilem Defibrillator sowie weiteren Koffern. Sie stürmten zu meinem Vater, halfen ihm aus dem Sessel und auf mein Bett. Der Arzt öffnete seinen Koffer und begann zu wirbeln, während er meinem Vater Fragen stellte. Ich stand furchtsam dabei und wusste nicht, was ich machen sollte. Ständig wurden neue Dinge aus den Koffern geholt, dann Elektroden mit langen Drähten an der mittlerweile nackten Brust meines Vaters angebracht, die an ein Gerät angeschlossen wurden, das den Herzschlag aufzeichnete. Verpackungen wurden aufgerissen, Infusionsnadeln in die Adern auf seinem Handrücken gestoßen.

Sie berieten sich murmelnd, dann kam einer der Sanitäter zu mir und sagte: »Wir werden Ihren Vater mitnehmen. Wollen Sie mit uns fahren?«

Ich schüttelte den Kopf. »Ich fahre selbst.«

»Können Sie die Tabletten Ihres Vaters zusammenpacken?«

Ich sah ihn bestürzt an. »Nein, denn wir sind hier bei mir zu Hause. Ich wüsste noch nicht einmal, wo ich bei ihm suchen sollte. Ist das schlimm?«

»Dann versorgen wir ihn erst einmal im Krankenhaus.«

»Wenn er etwas braucht, müsste ich zuerst zu meinen Eltern fahren ...«

»Nicht nötig, heute nicht.«

Ich bemerkte, dass seine Kollegen meinem Vater vom Bett halfen, ihn rechts und links stützten und mit ihm das Zimmer verließen. Die Schritte meines Vaters waren winzig und mühsam.

Ich sah den Arzt entsetzt an. »Sind Sie sicher, dass er das schafft? Warum nehmen Sie nicht die Trage?«

Er lächelte auf eine Art, die er bestimmt verdammt lange geübt hatte und die mich vermutlich beruhigen sollte. »Machen Sie sich keine Sorgen, Frau Bernauer. Ihr Vater hatte keinen schweren Infarkt – falls es überhaupt einer war. Das werden die Kollegen im Krankenhaus gründlich untersuchen. Wir haben ihn stabilisiert, und sein Kreislauf kann es durchaus vertragen, wenn er ein paar Schritte läuft.«

Er nickte mir aufmunternd zu und ging ebenfalls hinaus.

Ich griff nach meinem Autoschlüssel, und der verbliebene Sanitäter, dessen Aufgabe es offenbar war, sich um mich zu kümmern, sagte: »Ist hier alles in Ordnung? Irgendwelche Herdplatten an? Kerzen? Offene Fenster oder Türen?«

»Nein ... wir sind gerade von der Beisetzung meiner Großmutter zurück, ich war noch gar nicht dazu gekommen, Teewasser aufzusetzen.«

»Dann mal los«, sagte er und hielt mir die Tür auf.

Eingeklemmt zwischen Krankentransporter und Notarztwagen, raste ich über die Landstraßen Richtung Krankenhaus. Ich konnte nicht glauben, was da gerade passierte. Ich musste in einem Albtraum gelandet sein, der einfach nicht enden wollte.

Ich durfte nicht mit in die überfüllte Notfall-Ambulanz und setzte mich auf eine der Bänke im Wartebereich. Die gesundheitliche Situation meines Vaters war nicht lebensbedrohend, wie man mir versichert hatte, also konnte ich mich ein wenig entspannen. Trotzdem war ich natürlich sehr aufgeregt, und erst nach längerer Zeit fiel mir ein, dass ich vielleicht meine Familie informieren sollte. Zu nichts hatte ich weniger Lust. Ich wollte in diesem Moment weder meine hysterische Mutter noch meine hysterische Schwester sprechen.

Majestix fiel mir ein, er wäre der ideale Bote und Überbringer der schlechten Nachricht, wie ich fand. Leider hatte ich seine Handynummer nicht, aber dafür gab es eine Lösung, und die war geradezu ideal.

Maries Stimme war wie Balsam für meine Seele. Ich erzählte im Stakkato, was passiert war, wo mein Vater und ich uns gerade befanden und dass ich Majestix‘ Handynummer brauchte, um meiner Familie Bescheid zu sagen.

Sie kapierte sofort und reagierte völlig unaufgeregt und

praktisch. »Unsinn, ich rufe ihn an. Sag mir noch mal das Wichtigste.«

Ich hörte sie mitschreiben, dann bat ich: »Sag ihm, sie sollen mich erst anrufen, bevor sie überstürzt losfahren.«

Die Tür zur Notfall-Ambulanz öffnete sich, und eine Mitarbeiterin streckte ihren Kopf heraus. »Frau Bernauer? Sie können Ihren Vater kurz sprechen, wenn Sie wollen.«

Paps lag in einem Krankenhausbett und schien an sämtlichen verfügbaren Monitoren zu hängen. Eine schmale Frau entpuppte sich als diensthabende Ärztin.

»Frau Bernauer, wir bringen Ihren Vater direkt auf die Station und werden noch heute Abend operieren. Wir setzen einen Stent, und zwar durch ein Venenkatheder, nichts Kompliziertes.«

»Was ... was hat er denn?«, stotterte ich.

»Ihr Vater hatte einen Herzinfarkt«, erklärte sie, »einen leichten Infarkt. Wir werden oben noch einige Untersuchungen vornehmen. Sie werden sehen: Morgen früh ist er wieder ganz der Alte. Machen Sie sich keine Sorgen, Frau Bernauer.«

Herzinfarkt? Operation? »Wie lange wird er ... ich meine, ist das langwierig?« Ich wusste nicht, wie ich mich ausdrücken sollte.

»Wenn es keine Komplikationen gibt, bleibt er eine Woche im Krankenhaus, danach muss er sofort für mindestens drei Wochen zur Kur, das ist Vorschrift. Nach der Kur weitere Rehamaßnahmen, damit er langsam wieder zu Kräften kommt. Was macht Ihr Vater denn beruflich?«

»Er ist Konditormeister. Selbstständig.«

Ihr Nicken sah wissend aus. Sie hatte bestimmt jeden Tag ausgepowerte Leute auf ihrem Behandlungstisch liegen, Leute wie meinen Vater, die immer stark gewesen waren und dann plötzlich zusammenbrachen.

»Dann suchen Sie am besten schnell nach einer Vertretung, Frau Bernauer. Ihr Vater muss sich erholen.«

Sie nickte mir noch einmal zu und ging mit quietschenden Sohlen aus dem Raum.

Mein Vater lächelte matt. »Na, ich bin wohl das, was man einen kaputten Typen nennt, oder?«

Mein Paps versuchte, ganz tapfer zu sein ... eine Woge der zärtlichen Gefühle für ihn überschwemmte mich, und prompt flossen bei mir die Tränen.

»Nicht weinen, Schatz«, murmelte er, und dann kamen auch schon ein paar Pfleger angerast, lösten die Bremsen an seinem Bett und flitzten mitsamt Paps und Monitoren zu einem Aufzug. Ich rannte hinterher, aber ich durfte nicht mit. Die Türen schlossen sich, und weg war er.

In der Ambulanz erklärte man mir, wo man ihn hingebracht hatte, gab mir die Nummer der Station und die Information, dass wir morgen früh anrufen dürften, um uns nach seinem Befinden zu erkundigen.

»Aber wenn die Operation ... Sie wissen schon ... nicht klappt?«

Die Schwester lächelte. »Machen Sie sich bitte keine Sorgen. Das ist ein Routineeingriff.«

Die Glastüren hatten sich kaum hinter mir geschlossen, als mein Handy klingelte. Die Nummer auf dem Display sagte mir nichts.

»Helene Bernauer, guten Tag«

»Hier ist Lutz. Was ist mit Peter? Wie geht es ihm?«

Im Hintergrund hörte ich außer Stille nur leises Schluchzen, also waren sie wohl nicht mehr in der Gaststätte.

»Alles soweit in Ordnung, wirklich. Er wird heute Abend noch operiert, aber es handelt sich nur um einen kleinen Eingriff.«

»Wir fahren sofort los«, sagte er.

»Nein, nein, es darf vor dem Eingriff niemand mehr zu ihm, haben sie gesagt. Wir können morgen früh alles erfahren.«

Lutz gab diese Information weiter, und sofort schwoll das Schluchzen zu lautem Wehklagen an.

»Ich will zu Peter!«, hörte ich meine Mutter verzweifelt aufheulen, und in mir regte sich Mitleid.

»Gib sie mir mal bitte«, sagte ich zu Lutz, und er reichte den Hörer weiter.

»Mutti? Paps geht es gut, ehrlich. Er war zu keiner Zeit bewusstlos, ihm war nur schlecht, und er hatte Atembeschwerden. Trotzdem war es wohl ein kleiner Infarkt, wie die Ärztin gesagt hat.«

»Ist die Frau überhaupt kompetent?«, fragte meine Mutter schrill.

Du liebe Güte. »Zumindest war sie dort die Chefin im Ring, das macht sie für mich kompetent genug.«

»Und seine Sachen? Er braucht doch einen Schlafanzug und eine Zahnbürste!«

»Mutti, wirklich, er ist mit allem versorgt. Morgen früh können wir ...«

»Ich will den zuständigen Arzt sprechen«, sagte sie in einem Ton, der keine Gegenwehr zuließ, »hast du die Telefonnummer der Station?«

Ich zierte mich nicht lange und gab ihr die Durchwahl. Man würde ihr im Krankenhaus zwar auch nichts anderes sagen, aber ich war raus aus der Nummer. Und vermutlich kannten sich die Mitarbeiter auf der Koronarstation mit besorgten und ängstlichen Angehörigen bestens aus.

»Ich fahre dann jetzt nach Hause«, sagte ich.

»Ja, ja«, antwortete meine Mutter abwesend. Sie fügte hinzu: »Du entschuldigst mich«, und legte auf.

Es war bereits Abend, als ich zu Hause ankam. Mittags war die Beerdigung gewesen, mit den stundenlangen Reden, dann das Defilee am Grab, gefolgt vom Leichenschmaus. Stunde um Stunde war vergangen, eine anstrengender als die andere. Kein Wunder, dass Paps kollabiert war. Ich war sicher, der Tod seiner Mutter hatte ihn viel tiefer getroffen, als er vor anderen und vor allem vor sich selbst zugeben wollte.

Meine Zimmertür war geschlossen. Richtig, das hatte ich noch gemacht, bevor wir zum Krankenhaus aufgebrochen waren, damit Schorsch nicht womöglich mit den immer noch überall herumliegenden Verpackungen und Einmal-Handschuhen spielte und sie im Haus verschleppte. Ich ging hinein und erschrak. Der Boden war buchstäblich übersät mit Plastikteilen. Ich fand eine Injektionsnadel, drei Paar Handschuhe und scharfkantige, hastig abgeknipste Verschlüsse kleiner Glasampullen.

Neben mir tauchte Marie auf und sah sich fassungslos im Zimmer um. »Mein Gott, was ist denn hier passiert?«

»Ich hatte *Emergency Room* live, kein Witz«, sagte ich, »ich räume den Mist am besten gleich weg, ehe sich noch jemand verletzt.«

»Soll ich dir Badewasser einlassen?«

»Sehr, sehr gern. Das ist jetzt genau das, was ich brauche.«

»Wird gemacht. Und dann komme ich und helfe dir beim Klar-Schiff-Machen. Wenn du gebadet hast, essen wir einen Eimer Nudeln, und du erzählst mir alles, was heute passiert ist.«

Eine halbe Stunde später sah das Zimmer aus wie immer, alle Spuren der nachmittäglichen Aktion waren beseitigt. Ich ging die Treppe hinauf ins Bad, immer dem Lavendelduft nach, der aus der gefüllten Wanne stieg.

Erst als ich im heißen Wasser lag, merkte ich, wie erschöpft ich war. Ich hatte den ganzen Tag lang wie ein Roboter funktioniert und – für meine Verhältnisse – in erstaunlichem Maße die Nerven behalten.

Ich lag in meinem betörend duftenden Lavendel-Ölbad und atmete zum ersten Mal tief durch. Irgendwo im Haus klingelte das Telefon, und ich hörte Maries Stimme mit dem Anrufer sprechen – viel zu leise, als dass ich etwas hätte verstehen können.

Ich stellte fest, dass ich keine Angst um meinen Vater hatte, denn ich wusste ihn in guten Händen. Ich wäre vermutlich wesentlich nervöser gewesen, wäre er in diesem Zustand bei sich zu Hause. Mit Sicherheit hätte er den Notarzt nicht gerufen. Ein bisschen aufs Ohr legen, eine Aspirin nehmen, und dann wird das schon wieder – so hatte er es immer gehalten.

Außerdem schienen Schocks, je häufiger sie auftraten, immer weniger an Durchschlagskraft zu haben. Natürlich war ich aufgeregt wegen meines Vaters und doch dabei erstaunlich gelassen. Aber mein Leben schien ja auch seit einiger Zeit eine einzige Folge von Schockerlebnissen zu sein: die geplatzte Hochzeit, Leons Betrug, das schwangere Mädchen, Leons Verhältnis mit Marcel, der Tod meiner Großmutter, der Zusammenbruch meines Vaters ... eine geradezu absurde Anhäufung krisenhafter Einschnitte.

Ich war dankbar, wirklich dankbar für Patricks Auftrag, denn der half mir, nicht zu verzweifeln. Ich konnte kreativ sein, meiner Fantasie freien Lauf lassen, mich richtig austoben. Vielleicht würde ich niemals wieder im Leben eine derartige Chance bekommen. Umso unangenehmer war mir, dass ich bisher noch keinen einzigen vernünftigen Entwurf vorzuweisen hatte.

Marie kam herein. »Das war Patrick. Er ruft in einer halben Stunde noch einmal an.«

»Hm.«

»Keine Lust, mit ihm zu sprechen? Ich kann ihn noch mal anrufen und ihm sagen, dass du zu kaputt bist. Oder dass ich dich schlafend vorgefunden habe.«

»Nee, lass mal. Je früher er erfährt, dass ich noch nichts gearbeitet habe, desto besser.«

Marie ging wieder hinaus. Meine Haut war jetzt genug geschrumpelt, und ich stieg aus der Wanne.

Als ich in die Küche kam, goss Marie mir sofort einen Tee ein. »Hast du Hunger?«

»Hunger vielleicht, aber ganz sicher keinen Appetit.« Ich schlürfte vorsichtig, aber lautstark das heiße Getränk.

»Du musst etwas essen. Hast du heute überhaupt schon ...?«

Ich dachte angestrengt nach, schüttelte dann langsam den Kopf. »Keinen Bissen. Tut mir mal ganz gut.«

»Quatsch. Ich mache dir jetzt ein Käsebrot.«

Marie, die Gute! Ein schönes Käsebrot war mein absolutes Lieblingsessen, für mich kam nichts an Käsebrot heran. Egal, welche Sorte Brot und egal, welche Sorte Käse. Eine Vorgabe existierte allerdings: dem Käse durfte nichts beigemengt sein, kein Kümmel, kein Bärlauch, kein Pfeffer, kein Sonstwas.

Marie werkelte an der Arbeitsplatte herum und servierte mir dann Schwarzbrot mit Tilsiter. Ging es perfekter?

Das Telefon klingelte, als ich grade den letzten Bissen geschluckt hatte. Patrick.

»Helene, wie geht es dir?«, rief er sofort, als ich mich meldete.

Ich versuchte, munter zu klingen. »Den Umständen entsprechend. Sagt man das nicht so? Was mich nicht umbringt, macht mich härter.«

Seine Stimme war sanft. »Und in Wahrheit?«

»Was ist schon die Wahrheit?«, wich ich geschickt – wie ich fand – aus. »Liegt die Wahrheit nicht immer im Auge des Betrachters?«

Er lachte. »Nee, das ist eigentlich die Schönheit, die da liegt. Die Plattitüden-Meisterschaft wirst du also auf jeden Fall schon mal nicht gewinnen, wenn dir derartige Schnitzer passieren.« Er wurde wieder ernst. »Spaß beiseite, Windsbraut. Was kann ich tun?«

Ich holte tief Luft. »Mir nicht den Kopf abreißen, wenn ich dir jetzt sage, dass ich während der letzten Tage nicht an den Entwürfen gearbeitet habe.«

»Falsch. Du *konntest* nicht an den Entwürfen arbeiten, das ist etwas völlig anderes.«

»Das Ergebnis ist dasselbe, Patrick: es gibt keine. Das ist nicht professionell von mir.«

»Du hast dicke Kladden voller Ideen für Torten. Wir werden ganz sicher genug Material finden, meinst du nicht? Bestandteil des Auftrags ist nicht vordergründig, dass du jede Torte neu erfinden musst. Wenn du willst, machen wir das gemeinsam, wenn ich wieder da bin.«

»Ich werde aber nur zu äußerst ungewöhnlichen Tageszeiten Gelegenheit dazu haben. Vielleicht nur nachts. Jetzt, wo Paps lange ausfallen wird ...«

»Helene, es wird eine Lösung dafür geben. Ihr müsstet sowieso eine Aushilfe einstellen. Mach dich nicht verrückt. Niemand erwartet, dass du alles ganz allein stemmst, ganz sicher nicht. Und wenn du nur nachts Zeit hast, dann machen wir das eben nachts. Ich werde dir ...«

»Was wollt ihr nachts machen?«, schrillte plötzlich eine Stimme durch den Hörer.

»Herrgott, Chantal, erschreck mich doch nicht so. Musst du dich so anschleichen?«, sagte Patrick.

»Offensichtlich muss ich das, sonst hätte ich dieses aufschlussreiche Telefonat nicht gehört. Wer ist Helene? Ich kann mir schon vorstellen, was ihr nachts vorhabt, du willst sie ...«

»Chantal!«, rief Patrick scharf. »Ich spreche mit der Konditorin, die die Torten für das Shooting im Schloss machen wird. Reiß dich zusammen, okay?«

»Ach, die Dicke von den Fotos«, kam es durch den Hörer, herablassend, verächtlich – aber auch beruhigt. Ich hörte das Geräusch von Schritten, die bei Patrick das Zimmer verließen.

Mir brannten die Wangen. Dat dürre Schantall betrachtete den ungeschminkten Pummel von der Nordsee schlicht und ergreifend nicht als Konkurrenz.

Patrick schwieg für ein paar Sekunden, dann sagte er: »Tut mir leid, ich kann mich nur für Chantal ...«

»Lass gut sein, Patrick«, unterbrach ich ihn. »Du kannst nichts dafür, aber ich habe gerade mal genug davon, dass nette Menschen sich bei mir für nicht so nette Menschen, die mich beleidigt haben, entschuldigen.«

Er seufzte. »Du hast so viel Kummer im Moment, da muss doch Chantal nicht auch noch ...«

»Bei allem Respekt: Chantal interessiert mich nicht«, unterbrach ich ihn ein zweites Mal, »ich kenne sie nicht, und sie kann mich nicht beleidigen. Bin ich halt die Dicke vom Foto. Sie weiß jetzt, dass sie von mir nichts zu befürchten hat, weil du nicht auf Dicke stehst. Ist doch super, dann lässt sie dich wenigstens damit in Ruhe. Und außerdem: Wenn sie jetzt wieder zuhört und mitbekommt, dass du dich für sie entschuldigst o Mann, dann möchte ich nicht in deiner Haut stecken.«

Das brachte ihn zum Lachen. »Gut, haken wir das ab. Ich komme übermorgen, wahrscheinlich am Nachmittag. Bist du zu Hause?«

»Siehst du, da fängt es schon an. Vielleicht bin ich in der Backstube, damit wir Montag ein paar Brote in den Regalen haben.«

»Ich werde dich schon finden, keine Sorge. Bis Sonntag, Helene.«

»Bis Sonntag.«

Ich legte auf, holte tief Luft und wählte die Nummer meiner Mutter.

»Helene, gut, dass du anrufst«, sagte sie.

»Gibt es etwas Neues von Paps? Durftest du mit ihm sprechen?«

»Nein. Die impertinente Person auf der Station im Krankenhaus hat sich geweigert. Die wird mich kennenlernen, wenn ich morgen früh ...«

»Mutti, bitte.« Ich sprach mit meiner sanftesten Stimme, obwohl ich schon wieder hätte schreien können. »Mutti, sie hat doch ihre Vorschriften. Und die Ärztin hatte mir doch auch gesagt, dass sie noch diverse Untersuchungen machen müssen. Nicht darüber aufregen, ja? Diese Frau ist nicht wichtig. Wichtig ist, dass es Paps bald wieder gut geht.«

»Ah, darüber wollte ich mit dir sprechen. Kannst du morgen bitte zwei Leute in die Backstube einweisen?«

Damit hatte ich nicht gerechnet. So durcheinander konnte meine Mutter offensichtlich nicht sein, dass sie nicht noch ein paar Dinge hätte organisieren können. Waltraud die Unfehlbare.

»Wo hast du die denn so schnell aufgetrieben?«

»Ich habe unseren guten Freund, den Chef der Handwerkskammer, angerufen. Offenbar gibt es ein Netzwerk von Fachkräften, die einspringen können, wenn ein selbstständiger Handwerksmeister krankheitsbedingt ausfällt. Er hat ein paar Mal telefoniert, und dann haben sich zwei Leute gemeldet, die ab Montag zur Verfügung stehen.«

Wow, ich war beeindruckt. Und erleichtert. *Sehr* erleichtert.

»Danke«, sagte ich.

Meine Mutter verstand nicht. »Wofür bedankst du dich?«

»Mein Auftrag ist dir so wichtig, dass du sogar zwei Aushilfen einstellst. Das freut mich.«

»Ach, an den Auftrag habe ich gar nicht gedacht«, kam es zurück, »ich glaube einfach nicht, dass du reif für diese Verantwortung bist. Ich fühle mich besser, wenn du zwei Leute an der Seite hast, die etwas vom Handwerk verstehen. Du kennst dich dafür in der Backstube aus und weißt über die Mengen Bescheid, die wir täglich benötigen.«

Oh, vielen Dank. Ich verstehe also nichts vom Handwerk und bin sowieso zu unreif für diese Aufgabe. Nun gut, wenn sie es so sehen wollte, bitte.

Ich schluckte und säuselte: »Wunderbar. So machen wir es. Ich bin um vier Uhr morgen früh da. Mach dir keine Sorgen. Wann willst du Paps besuchen?«

»Morgen in aller Frühe, natürlich. Lutz fährt uns hin.«

»Uns? Ich weiß nicht, ob ich mich freimachen kann.«

»Mit *uns* meine ich Susanne und mich«, klärte sie mich rasch und erbarmungslos auf. »Du kannst ja mit ihm telefonieren, ich gebe dir seine Durchwahl, Moment.«

Sie legte den Hörer ab, um die Nummer zu holen, und ich blieb grollend zurück. Aber ich schwor mir, ruhig und souverän zu bleiben. Nichts und niemand würde mich jetzt und in Zukunft provozieren können, denn ich war selbstbewusst und schön und stark. Jawoll.

Als meine Mutter mir die Nummer diktiert hatte, bedankte ich mich lächelnd und legte auf.

Ging doch! So wollte ich es von jetzt an immer halten, immer lächeln, immer entspannt und souverän sein.

KAPITEL 29

Bereits um sieben am nächsten Morgen rief ich im Krankenhaus an. Ich hatte Glück: Paps war wach, und ich durfte mit ihm sprechen.

Seine Stimme klang matt, als er sagte: »Ich bin wieder wie neu, Helene, die haben mir ein Ersatzteil eingesetzt. Jetzt komme ich wieder problemlos über den TÜV.«

Gott, war ich erleichtert, dass er Scherze machte!

»Paps, geht es dir gut?«

»Ich bin müde«, antwortete er, »aber es geht mir gut. Und du, Schatz?«

Ich wusste, was er damit dezent erfragte. »Alles im Griff. Der Laden ist geöffnet, die Regale sind bestückt wie immer, der erste Ansturm läuft.«

»Du glaubst nicht, wie froh ich bin, dass du ...« Mit einem Laut, der wie ein Schluchzen klang, brach er ab. Ich ließ ihm Zeit, sich wieder zu sammeln. »Schaffst du denn alles alleine? Du brauchst Hilfe, damit du dich um deine Torten kümmern kannst.«

»Alles schon passiert. Mutti hat gestern zwei Leute organisiert, die ich später noch einweise. Wird sie dir bestimmt erzählen, wenn sie nachher ins Krankenhaus kommt. Ich schaffe es erst heute Nachmittag, vielleicht sogar noch später.«

»Helene, du musst nicht kommen, wenn du keine Zeit hast.«

»Natürlich komme ich, wenigstens kurz. Ich will mit eigenen Augen sehen, dass es dir gut geht.«

Beruhigt ging ich zurück in die Backstube, wo die beiden Konditoren, die Paps vertreten sollten, bereits auf mich warteten. Sie fanden sich rasch zurecht – wahrscheinlich glichen sich alle Backstuben in gewisser Weise –, und ich hatte schnell das Gefühl, dass die nächsten Wochen und Monate gut abgesichert waren.

Wir arbeiteten uns gemeinsam einmal durch unser Standardprogramm, und dank ihrer Hilfe war ich mit den Vorbereitungen für Sonntag wesentlich schneller fertig als gedacht. Ein Dienstplan war bald erstellt, und selbst das bevorstehende Dorffest hing jetzt nicht mehr wie ein Damoklesschwert über meinem Haupt.

Irgendwann zwischendurch kam meine Mutter herein und berichtete kurz von ihrem Besuch im Krankenhaus, bevor sie den Kittel überzog und hinter die Ladentheke eilte.

Alles beinahe wie immer also. Bis auf die Tatsache, dass es in der Küche still und leer war und mich niemand um eins zum Essen rief.

Marie begleitete mich ins Krankenhaus. Paps‘ Gesicht leuchtete auf, als wir hereinkamen. Sein Bett war umgeben von Blumensträußen und pompösen Gestecken mit kitschigen Genesungswünschen in Form von Plüschtieren, die herzförmige Schilder mit aufmunternden Worten darauf trugen. Er saß an ein Kissengebirge gelehnt und blätterte in einer Tageszeitung.

»Na, ihr beiden? Tag, Marie, schön dich zu sehen.«

Ich deutete auf die Blumenpracht. »Hier muss heute ja schon mächtig was los gewesen sein. Wurden die alle persönlich überbracht?«

Er verdrehte übertrieben die Augen und schüttelte den Kopf. »Dann hätte ich meinen zweiten Infarkt wahrscheinlich schon hinter mir. Einen Teil hatte deine Mutter dabei, der wurde wohl schon heute Morgen im Laden abgegeben ...«

Tatsächlich? Das hatte ich gar nicht mitbekommen!

»... und der Rest kam per Boten. So ein Quatsch. Ich habe schon alles an die Kinderstation gespendet. Die können mehr mit Plüschteddys und dem ganzen Firlefanz anfangen. Oder möchtet ihr etwas davon ...?«

Er zwinkerte, und wir lehnten lachend ab.

»Und? Bist du mit der Ersatzmannschaft zufrieden, Helene?«

Ob ich zufrieden bin? Bisher hatte ich gedacht, dass meine Meinung zu diesem Arrangement nicht gefragt war, schließlich hatte meine Mutter es getroffen, ohne mich zu informieren, oder?

»Ich ... äh, natürlich. Gute Männer, souverän und kompetent. Und flexibel.«

Paps nickte zufrieden. »Ich kenne die beiden noch aus ihrer Lehrzeit. Schön, dann kann ich beruhigt zur Kur fahren. Ich finde nur schade, dass ich deine Torten für die Fotos nicht sehen kann.«

»Es wird Dutzende Fotos davon geben, Herr Bernauer«, sagte Marie.

Er lächelte nur und sagte nichts. Natürlich waren die Fotos für ihn kein adäquater Ersatz. Er wäre mir mit Sicherheit keinen Millimeter von der Seite gewichen, während ich die Torten herstellte. Allein schon seine berufliche Neugier hätte dafür ausgereicht.

»Es wird noch viele Gelegenheiten geben, dass wir gemeinsam an meinen Torten arbeiten, Paps. Ganz sicher.«

Er nickte. »Und jetzt raus mit euch, ich bin müde.«

Als ich mich in der Tür noch einmal zu ihm umdrehte, waren seine Augen bereits geschlossen.

Ich wollte gerade ins Auto steigen, als mein Handy klingelte. Patricks Nummer blinkte auf dem Display.

»Ich suche dich«, sagte er nach einer kurzen Begrüßung, »wo bist du gerade?«

»Marie und ich haben meinen Vater im Krankenhaus besucht. Wir wollen gerade wieder losfahren. Wo bist du denn?«

»Ich stehe vor eurer Haustür.«

»Gib uns eine halbe Stunde.«

Wir hielten kurz an unserem Laden, wo ich rasch ein Kuchentablett zusammenstellte. Ich hatte mir eine Zucker-Orgie redlich verdient.

Patrick saß gegenüber von unserem Haus auf dem Weidezaun und ließ die Beine baumeln. Als er uns sah, sprang er herunter und folgte unserem Auto in die Einfahrt.

»Wieso bist du denn heute schon hier?«, fragte ich ihn, nachdem wir uns mit einer Umarmung begrüßt hatten.

»In Berlin ist alles so weit vorbereitet. Ich habe alles mitgebracht, um hier vor Ort arbeiten zu können.« Er streckte die Arme aus, reckte sich ausgiebig und atmete tief durch. »Ich mag es hier, wisst ihr? Die Landschaft, die Luft ... es ist so schön ruhig hier. Ich will mal ein bisschen übers Land fahren und mich umsehen. Schade, dass ihr keine Zeit habt.«

Ja, wirklich ausgesprochen schade, dass Marie und ich keine Zeit hatten, weil wir so etwas Profanes tun mussten wie arbeiten. Und weil meine Oma gestorben war. Und weil mein Vater mit einem Herzinfarkt im Krankenhaus lag.

Ich fing prompt an zu weinen.

»Helene!«, rief Patrick bestürzt und machte wieder Anstalten, mich zu umarmen, aber ich trat einen Schritt zurück. Dann stürmte ich ins Haus.

Ein paar Minuten später kam Marie in mein Zimmer und setzte sich zu mir auf die Bettkante.

»Soll ich ihn wegschicken?«

Ich seufzte. »Nein. Gib mir ein paar Minuten, dann komme ich raus. Wo ist er?«

»Auf der Terrasse. Ganz bedröppelt, weil er glaubt, an deinen Tränen schuld zu sein.«

»Ist das nicht wieder typisch Mann? Denkt, die Welt dreht

sich nur um ihn.«

Marie kicherte. »Sei nicht ungerecht. Er schwärmt uns vor, wie dufte das alles hier ist und dass er ein bisschen entspannt durch die Gegend gondeln will – und weiß genau, dass du vor Stress nicht aus den Augen gucken kannst. Das war schon ein bisschen unsensibel, und das weiß er auch Immerhin, er weiß es. Und ist somit für einen Mann durchaus untypisch.«

»Das nenne ich mal eine schlüssige Indizienkette, Euer Ehren«, sagte ich und setzte mich auf.

»Na also.« Marie tätschelte meine Hand. »Und jetzt putzt du dir die Nase und kommst raus zu uns, ja?«

Patrick sah mich verlegen an, als ich mich zu ihnen setzte.

»Helene, ich ...«

Ich hob die Hand, um ihn zu unterbrechen. »Nicht entschuldigen. Bitte. Ich bin einfach ziemlich dünnhäutig im Moment.«

Er war verunsichert, das war ihm anzumerken. »Ich kann mir vorstellen, dass die letzten Tage für dich der reine Horror waren, seit ...« Er brach ab und guckte erschrocken aus der Wäsche.

»Seit Oma gestorben ist«, vervollständigte ich ruhig seinen Satz. »Ja. Der Horror. Vor allem, weil du nur reagieren kannst. Dies muss sofort passieren, jenes muss sofort passieren. Der Laden muss geöffnet bleiben. Und du willst eigentlich nur deine Ruhe und um den Menschen trauern, der nicht mehr da ist, ganz plötzlich.«

»Du warst dabei, nicht wahr?«

Ich nickte und verzog mein Gesicht zu einem schiefen Grinsen. »Und nicht nur das: Ich war aktiver Teil der letzten Show, die sie zu Lebzeiten gesehen hat: eines lautstarken Streits zwischen drei hysterischen Weibern, den sie zu schlichten versuchte. Aber uns hat das nicht gekümmert, weißt du?

Wir haben gekeift und gezetert wie Fischweiber. Und dann war sie plötzlich tot. Zack, von einer Sekunde zu anderen.«

Marie kam mit einem Tablett und stellte es auf dem Tisch ab.

»Bitte sehr, Kaffee und Kuchen.«

»Warum denn nur für zwei? Was hast du denn vor?«

»Ich gehe an den Computer«, sagte Marie, »ich mache doch seit ein paar Tagen so einen Online-Nähkurs.«

Stimmt, sie hatte erwähnt, die alte Nähmaschine ihrer Tante ausprobieren zu wollen.

»Interessierst du dich für Modedesign?«, fragte Patrick.

Marie winkte lachend ab. »Nie im Leben. Aber ich möchte lernen, wie man ein Schnittmuster in ein Kleid verwandelt.«

»Ich könnte dir sogar zeigen, wie man ein gekauftes Lieblingskleid in ein Schnittmuster verwandelt, damit du es immer wieder nachnähen kannst.«

»Darauf werde ich ganz sicher zurückkommen«, versprach sie ihm, »aber jetzt lerne ich erst einmal alles über die geheimnisvolle Wissenschaft des Maßnehmens. Helene, stell dich darauf ein, dass ich das später an dir ausprobieren werde.«

Sie verschwand im Haus, und ich goss uns Kaffee ein, während Patrick sich ein Stück Kuchen auftat. Ich nahm mir ein Petit Four und knabberte daran herum.

»Deine Oma«, sagte Patrick plötzlich, »war sie die Mutter deines Vaters oder deiner Mutter?«

»Von Paps. Sie hat die Konditorei aufgebaut. Vor ein paar Wochen erst hatten wir fünfzigjähriges Jubiläum.« Ich seufzte. »Sie hat sich so für mich gefreut, als dein Auftrag kam, Patrick. Sie hat meine Entwürfe wirklich verstanden.«

»Sie hatte bestimmt genug Fantasie, sich vorzustellen, wie wunderbar deine Arbeit sein wird.«

»Aber es wäre so schön gewesen, wenn sie es selbst hätte miterleben können! Früher fand ich es immer blöde, wenn jemand das gesagt hat, ach, wenn diejenige oder derjenige das doch bloß selbst erlebt hätte, aber jetzt ...«

»Dann würdest du dich auch nicht besser fühlen. Es wird in der Zukunft noch Dutzende Gelegenheiten geben, bei denen du dir wünschen wirst, deine Oma hätte sie miterlebt. Ganz sicher. Deshalb solltest du damit gar nicht erst anfangen, Helene. Zu deinem eigenen Schutz.«

»Sie hatte wirklich Verständnis für mich. Wir hätten zusammen verrückte Dinge ausprobieren können.«

»Und dein Vater versteht dich nicht?«

»Er ist nicht das Problem. Meine Mutter kann mit meinen Fantasien überhaupt nichts anfangen.«

»Wer entscheidet denn, was bei euch angeboten wird?«

Zack! Patrick legte mal eben den Finger genau auf den Punkt und stellte die zentrale Frage. Ich hatte diesem Thema bisher noch keinen Gedanken gewidmet. Aber darum ging es eigentlich, oder?

»Bisher hatte Oma noch immer ein Mitspracherecht, und sie wollte mit mir zusammen neue Ideen entwickeln«, sagte ich langsam und nachdenklich. »Paps war gerade dabei, aufzutauen, aber jetzt ...«

»Entscheidet nicht derjenige, der in der Backstube steht? Mach doch einfach, was du willst, und stell es nach vorn in den Laden. Was soll sie tun? Deinen Kuchen wegwerfen?«

Ach, Patrick, du armer, unwissender, naiver Mann, du kennst Waltraud die Unfehlbare nicht. Oder Waltraud die Rachsüchtige. Du kennst nur Waltraud die perfekte Geschäftsfrau, von den paar Minuten, als du zum ersten Mal in unserer Konditorei warst.

»Das bringt sie glatt fertig«, orakelte ich düster, »oder sie wirft mich raus. Vermutlich beides.«

»Das wird sie doch wohl nicht tun. Wer soll dann in der Backstube arbeiten?«

»Patrick, ich rede von meiner Mutter. Sie hatte die beiden Aushilfen für die Backstube schon organisiert, als ich noch bei meinem Vater in der Notaufnahme saß. Glaub mir, sie ist nicht besonders gut auf mich zu sprechen, ich bin bei ihr immer noch auf Bewährung. Mein Glück ist, dass sie scharf auf die Werbung ist, die sie sich von den Fotos erhofft.«

Er zog erstaunt die Augenbrauen hoch. »So gallig kenne ich dich ja gar nicht.«

»Es gibt Gründe, weshalb sie sich mir gegenüber so verhält. Das ist eine lange Geschichte, und ich mag nicht darüber reden. Tatsache ist, dass die beiden Menschen, die mir ihr gegenüber immer den Rücken gestärkt und mir Mut gemacht haben, nicht mehr da sind. Oder zurzeit nicht da sind. Und, Patrick: Susanne und Majestix kennst du ebenfalls noch nicht. Ich hoffe für dich, dass du ihnen niemals begegnest.«

Patrick wehrte sich dagegen, aber sein Drang zu lachen war stärker. Wollte er mich etwa ärgern? Ich runzelte die Stirn, und Patrick wurde wieder erst.

»Entschuldige bitte meine Heiterkeit, aber wer sind Susanne und Majestix?«

»Meine dämliche Schwester und ihr aufgeblasener Gatte. Herr und Frau Bürgermeister.«

Wieder prustete er los. »Jetzt verstehe ich! Majestix! Lässt er sich auch auf einem Schild durch sein Dorf tragen?«

Wider Willen musste ich grinsen. »Er hat andere Methoden, sich zu inszenieren. Marie arbeitet übrigens für ihn. Er, meine Schwester und meine Mutter bilden ein Trio der Unfehlbarkeit, den dreiköpfigen Zerberus der Moral, und ihr gemeinsamer Leitspruch lautet: Was sollen die anderen Leute denken?«

»Na, die denken: Wow, Helene macht grandiose Torten!«, rief Patrick aufgeräumt.

»Könnte sein. Aber könnte auch sein, dass die Leute sagen: Was ist denn bei den Bernauers los? Warum gibt es statt des guten alten Butterkuchens plötzlich so komische kleine Törtchen? Sind die verrückt geworden? Halten die sich für etwas Besseres?«

Plötzlich war er ganz ernst. »Das ist wirklich der Punkt, oder? Die denken, du hältst dich für etwas Besseres. Sie fühlen sich dir und deiner Kreativität unterlegen. Vielleicht befürchten sie, dass du fahnenflüchtig wirst und von hier weggehst, könnte doch sein. Weil dir das Dorf zu klein wird. In ihrer Angst, von dir verlassen zu werden, verhalten sie sich dir gegenüber so ablehnend, dass du irgendwann keine andere Möglichkeit mehr hast, als zu gehen. Obwohl niemand von euch das will.«

Ich starrte ihn bestürzt an. Hatte Marie ihm etwas erzählt? Aber nein, das konnte ich mir nicht vorstellen.

»Du musst wissen ...« Ich verstummte Nein, das war jetzt nicht der richtige Zeitpunkt, Schwänke aus meinem Leben zu erzählen, dazu kannte ich ihn nicht gut genug. Damit würde ich ihn viel zu nah herankommen lassen. In zwei Wochen würde Patrick sowieso nur noch eine Erinnerung sein.

»Was muss ich wissen?«

Ich schüttelte den Kopf. »Ist nicht so wichtig. Lass uns über die Fotos sprechen.«

Er sah mich neugierig an, ließ das Thema aber kommentarlos ruhen und begann, das Geschirr zusammenzustellen. Ich trug das Tablett ins Haus. Marie saß nicht am Computer, aber ich hörte oben Badewasser einlaufen.

Patrick hatte seine Mappe auf den Tisch gelegt und klappte sie auf. Aus den Rohskizzen, die er mir vor einer knappen Woche überlassen hatte, waren ausgearbeitete, farbige Gemälde geworden. Als ich genauer hinsah, wurde mir klar, dass er diese Entwürfe am Rechner erstellt hatte. Perfekte, kleine Bühnenbilder für eine durchdachte Inszenierung. Selbst die Models hatten bereits ihre Positionen in den Bildern, und in jedem Motiv gab es eine Lücke für die Torte. Auf einem Bild gab es nur einen leeren Tisch, umgeben von üppigen Draperien aus schwerem Stoff.

Ich nahm das Blatt und hielt es hoch. »Und was ist das hier? Das Model liegt auf dem Tisch, und ich dekoriere sie mit Zuckerguss?«

Patrick kicherte. »Gar nicht so schlecht! Aber der Plan sieht anders aus: Ich möchte ein Foto machen, auf dem alle Torten zu sehen sind. Selbst, wenn es nicht im Magazin erscheint, haben wir eine schöne Erinnerung. Du bekommst einen großen Abzug von mir, versprochen. Gerahmt.«

»Und signiert.«

»Von mir? Wohl kaum. Wenn überhaupt, dann signierst du. Du bist die Künstlerin.«

Er wühlte durch die Blätter in seiner Mappe und zog einen mit einer Tabelle und einem menschlichen Körper bedruckten Bogen heraus. »Für Marie, ehe ich es vergesse. Das benutzen die Schneider in einer Theaterschneiderei. Wenn sie Maßnehmen üben will. Exakter geht es kaum. Ist sie im Wohnzimmer? Ich bringe ihn ihr rasch.«

Er ging hinein, und ich hörte ihn leise mit Marie reden, die ihr Bad offenbar beendet hatte. Als er wieder auf die Terrasse kam, setzte er sich nicht mehr.

»Ich verabschiede mich jetzt, schließlich sind wir erst für morgen verabredet. Du bist bestimmt müde. Die Mappe lasse ich dir hier, dann kannst du dich ein bisschen inspirieren lassen. Bis morgen, Helene. Träum was Schönes.«

Ehe ich antworten konnte, war er um die Hausecke verschwunden, und ich hörte sein Auto anspringen und wegfahren.

Ich klappte den Strandkorb nach hinten und setzte mich hinein. Ich hatte gerade die Augen geschlossen, als Maries

Stimme ertönte: »Nicht einschlafen, Schneewittchen. Du hast noch nicht Feierabend!«

Sie wedelte mit dem Blatt, das Patrick ihr gegeben hatte. Mit der anderen Hand schwenkte sie ein Maßband.

Seufzend ergab ich mich meinem Schicksal. Das Projekt »Die Vermessung der Helene Bernauer« konnte beginnen.

KAPITEL 30

Am nächsten Tag brachte Patrick sein Arbeitsgerät mit: Er konnte ein Pad an sein Laptop anschließen, auf das er direkt zeichnen konnte. Seine Skizze erschien dann als Grafik auf dem Bildschirm und konnte digital bearbeitet werden. Ich war schwer beeindruckt.

Wir saßen nebeneinander am großen Esstisch im Wohnzimmer, und er öffnete den ersten Entwurf, bei dem ein weißer Fleck den Ort markierte, der für meine Torte vorgesehen war. Das gezeichnete Model trug ein Gewand aus einem Stoff in mattem Türkis, und sie stand unter einer Weide an einem Gewässer mit Schwänen. Neben ihr war ein schmiedeeisernes, zierliches Tischchen mit passendem Stuhl aufgestellt.

»Torte in Grün- und Blautönen«, murmelte ich, »mit einem Akzent in einer anderen Farbe. In Pink, vielleicht. Warte mal, ich hab da was.«

Ich sprang auf und rannte in mein Zimmer, um meine Kladden zu holen. Als ich zurückkam, saß Marie auf meinem Stuhl und tuschelte mit Patrick. Sie lächelte mich entwaffnend an und sagte: »Mit diesem Pad würde ich gern mal ein bisschen spielen. Du nicht?«

»Das klingt irgendwie zweideutig, findest du nicht?«, gab ich zurück und verscheuchte sie mit einer Handbewegung von meinem Stuhl. »Hol dir selbst einen und setz dich zu uns.«

Ich öffnete meine Kladde und blätterte rasch und zielbewusst bis zu einer bestimmten Seite. Ich schob die Kladde zu Patrick rüber, zeigte auf die abgebildete Torte und sagte: »Die.«

»Perfekt«, sagte Patrick ehrfürchtig, »sieht aus, als hätte Claude Monet sie gemacht.«

»Das ist dir aufgefallen?« Ich war entzückt. In der Tat hatten mich die Seerosenbilder von Monet zum Design der fünfstökkigen Torte inspiriert. Der Überzug war schimmernd blaugrün, besetzt mit dunkelgrünen Seerosenblättern. Zartrosa Chrysanthemenblüten symbolisierten die Seerosen.

»Die Blüten würde ich farblich kräftiger gestalten und auch keine echten Blumen nehmen. Was denkst du?«

Patrick kramte bereits einen Scanner aus der Tasche und schloss ihn am Laptop an. »Ich bin so froh, dass es dieses Equipment mittlerweile auch in der Reiseversion gibt«, sagte er, »sonst müsste ich immer mit tonnenschwerem Gepäck reisen.«

Er legte das Foto von der Torte auf den Scanner, es brummte kurz, und dann erschien die Torte auf dem Monitor.

»Zu welcher Gelegenheit hast du sie gemacht?«, fragte er, während er das Abbild der Torte bearbeitete.

»Mein Gesellenstück«, erwiderte ich.

»Der Skandal des Jahrgangs!«, krähte Marie, die hinter meinem Stuhl stand.

»Wieso Skandal?« Patrick unterbrach seine Arbeit und sah uns auffordernd an. »Ich bitte um Erhellung.«

Ich verdrehte die Augen in Erinnerung an diesen Vorfall, der mir beinahe die Freude daran genommen hätte, neue Wege zu beschreiten. »Die Aufgabe war, eine mehrstöckige Hochzeitstorte zu machen. Warum immer weiß oder pastellfarben, dachte ich, warum immer Rosen und Schleifen und Herzen? Ich tat mich schwer mit dem Entwurf, fand alles langweilig und beliebig. Marie hatte mir ein Poster von einem der Seerosenbilder Monets geschenkt, das mich unglaublich fasziniert hatte. Diese wunderbaren Farben. Es hing über meinem Schreibtisch, und während ich dort saß und einen Entwurf nach dem anderen zusammenknüllte, wurde mir plötzlich klar, wie die Torte aussehen musste. Ein Pfingsterlebnis, sozusagen, der große, wahre Moment der Inspiration.«

»Kenne ich«, sagte Patrick aufgeregt mit glänzenden Augen,

»erzähl weiter.«

Ich zuckte mit den Achseln. »Allzu viel gibt es da nicht zu erzählen. Wir werden auch bei der Herstellung beobachtet und bewertet, und es wurde zum ersten Mal unruhig, als ich die Farben ins Spiel brachte. Meine Kollegen konnten sich kaum noch auf ihre Torten konzentrieren und starrten mich an. Die Jury – wenn ich es mal so nennen darf – fing schon zu diesem Zeitpunkt an zu diskutieren. Als es um die Bewertung ging, kam es zum offenen Streit. Hatte es wohl noch nie zuvor gegeben. Die eine Hälfte hielt meine Torte für die Unverschämtheit eines durchgeknallten Punks, die andere Hälfte sah sie als außergewöhnliche Kreation einer Künstlerin. Die zweite Hälfte setzte sich durch, aber das Geschrei war groß. Es stand sogar in der Zeitung. Meine Mutter war außer sich, mein Vater versuchte, die Haltung zu bewahren.« Ich lehnte mich zurück. »Das war die Geschichte dieser skandalumwitterten Torte.«

»Lustig«, sagte Patrick, ohne den Blick vom Monitor zu wenden. Gerade setzte er die Torte per Mausklick in den Entwurf mit dem Model am See. Er wandte sich zu Marie und mir um, deutete auf den Monitor und rief: »Na, was sagt ihr?«

Es war perfekt.

Mit den restlichen Motiven lief es nicht viel anders. Wir drei bildeten ein gutes Team. Zu jeder Grafik blätterte ich durch meine Kladden, und Patrick skizzierte die Torten direkt über das Pad in das Bild hinein. Per Mausklick konnten wir mit den Farben experimentieren, und neben sehr viel Blödsinn entwickelten wir jede Menge guter Ideen.

»Bist du zufrieden?«, fragte Marie mich, als wir später beim Abendessen saßen. Patrick hatte sich bereits verabschiedet, da er mit dem Leiter des Museums einen Termin hatte.

»Wir haben einige sehr schöne Entwürfe«, sagte ich mit

vollem Mund, »ja, ich bin zufrieden. Kann man so sagen.«

»Wie geht es jetzt weiter?«

Ich zuckte mit den Achseln. »Keine Ahnung. Probebacken, wahrscheinlich, ein paar Sachen ausprobieren. Ob unsere Ideen überhaupt realisierbar sind und so. Und dann so schnell wie möglich mit der Produktion beginnen.«

»Jetzt schon? Hält das denn so lange?«

»Klar. Ich werde keine aufwendigen Cremefüllungen machen, das wäre reine Verschwendung. Ich backe trockenen Kuchen, und dann geht es ans Dekorieren.« Ich lachte. »Siehst du, ausnahmsweise kommt es hier mal nur auf das Äußere an.«

»Na, dann sind die Torten bei den Models ja in optimaler Gesellschaft«, bemerkte Marie nüchtern. »Schöne Hülle, kein Inhalt.«

Ich hörte kaum, was sie sagte. Erstens war ich todmüde, und zweitens grübelte ich darüber nach, wann um Himmels willen ich meine Kunstwerke herstellen sollten, ohne den normalen Arbeitsablauf in der Backstube zu stören – von den Vorbereitungen für das Dorffest gar nicht zu reden. Ich hatte keinerlei Hoffnung, dass meine Mutter auch nur in Erwägung ziehen könnte, unseren Stand abzusagen. Jeder hätte das verstanden, ganz sicher. Und wenn ich es schaffen sollte, meine Torten zu bauen, was vermutlich nur abends stattfinden konnte –, wo sollte ich sie bis zum Shooting lagern? Wer hatte eine große Kühlkammer?

Es gab noch einiges zu organisieren.

Auch am nächsten Morgen musste ich bereits in tiefster Nacht in der Backstube erscheinen, denn die beiden Aushilfen – Horst und Dieter, beide Mitte vierzig – sollten bei ihrer ersten Schicht jemanden neben sich haben, der ihnen alle eventuell auftretenden Fragen beantworten konnte. Es gab keine einzige Frage. Die beiden agierten ruhig und professionell, als hätten sie ihr Leben lang bei uns gearbeitet. Um ehrlich zu sein, kam ich mir ein bisschen überflüssig vor. Ich zog mich in meine Ecke zurück und fing an, Petits Fours zu machen.

»Helene, kommst du mal bitte?« Meine Mutter stand in der Tür und tippte ungeduldig mit dem Fuß.

»Was gibt es denn?«

Keine Antwort, sie war längst wieder weg. Seufzend trottete ich ihr hinterher in den Laden. Vor der Theke stand Sven Janssen und knetete seine Hände.

»Helene, sieh mal, wer da ist«, zwitscherte meine Mutter lieblich, und ich hörte: »Helene, sieh mal, wer sich für dich interessiert, obwohl du so *unmöglich* bist, also sei dankbar und tu alles, was er von dir verlangt.«

Ehrlich, ich hörte es laut und deutlich in meinem Kopf, und rief empört: »Was?«

Sven und meine Mutter blickten sich erstaunt an, dann sagte meine Mutter langsam und überdeutlich, als sei ich schwerhörig oder zurückgeblieben: »Ich sagte: Helene, sieh mal, wer da ist.«

»Oh. Hallo, Sven. Was führt dich zu uns?«

Auf seiner Stirn bildete sich Schweiß. Er druckste herum wie ein Fünfjähriger und blökte dann: »Jederzeit, wenn ihr Hilfe braucht! Jederzeit!« Er sackte zusammen, offensichtlich erschrocken über seine eigene Lautstärke, und schob deutlich leiser hinterher: »Das wollte ich nur sagen.«

Der Ärmste hatte offenbar derart unter Druck gestanden, dass er nicht mehr in normaler Lautstärke reden konnte. Er hätte sich sicherlich lieber als Ritter in glänzender Rüstung präsentiert, stark und souverän, aber das war weiß Gott nicht sein Ding. Sven war kein strahlender Ritter, da konnte er sich noch so sehr anstrengen. Sven war der Sohn von Dick und Doof, und, bei allem Respekt, das war ihm anzumerken.

Er tat mir leid, wie er dastand, Standbild der Scham über sein eigenes Versagen, und so sagte ich freundlich: »Das ist sehr nett von dir, Sven, wirklich. Gut zu wissen, dass wir dich jederzeit um Hilfe bitten können. Ich danke dir, auch im Namen meiner Mutter. Nicht wahr, Mutti?«

Ich sah sie an, und sie streifte mein Gesicht mit einem verwunderten Blick, bevor sie zu Sven sagte: »Ich hätte es nicht besser sagen können.«

Er strahlte über beide Backen, und sein Doppelkinn bebte vor Aufregung und Erleichterung. Er zog ein weißes Stofftuch aus der Hosentasche und wischte sich den Schweiß von der Stirn. »Ich will dann mal wieder ...«

»Möchtest du ein Stück Kuchen?«, fragte meine Mutter, und Sven kämpfte einen Moment mit sich. Dann strich er sich mit verlegenem Lächeln über den voluminösen Bauch.

»Vielen Dank, Frau Bernauer, aber ich muss ein bisschen aufpassen. Ich darf mich verabschieden.«

Wie ein Pfeil schoss er zur Tür hinaus.

»Obelix«, murmelte ich kichernd.

»Wage es nicht, dich über Sven lustig zu machen«, sagte meine Mutter sofort. »Das ist ein sehr netter Junge, und du solltest froh sein, dass er sich für dich interessiert.«

Hatte ich vorhin also doch richtig gehört, auch wenn sie es vielleicht nicht laut ausgesprochen hatte. Aber ich kannte meine Mutter so gut, dass ich ihre Gedanken hören konnte.

»Und warum sollte ich darüber froh sein?«

»Ich könnte mir vorstellen, dass er ernste Absichten hat. Ich verstehe es zwar nicht, aber es scheint so zu sein.«

»Ach. Das beantwortet meine Frage allerdings nicht. Warum sollte ich darüber froh sein?«

»Das fragst du mich? Wenn der Erbe der reichsten Familie weit und breit in Erwägung zieht, dich zur Frau zu nehmen, fragst du ernsthaft, warum du darüber froh sein sollst? Ich verstehe dich immer weniger.«

Sie verschränkte die Arme vor der Brust und schüttelte den Kopf.

Ping! Ping! Ping! Meine Nerven, längst zum Zerreißen gespannt, rissen einer nach dem anderen.

»Ich soll froh sein, dass dieser tumbe Klotz mich zur Frau nehmen will? Was für eine Formulierung ist das überhaupt? Und du fändest das gut, wenn ich mein restliches Leben an der Seite dieses Vollidioten fristen müsste, degradiert zur verdammten Gebärmaschine für die Janssens? Häng mir doch gleich ein Preisschild um den Hals!«

Ihr Kopf bewegte sich noch immer von einer Seite zur anderen. Sie musterte mich wie ein ungezogenes Kind.

»Ich wünschte, du würdest endlich verstehen, dass ich nur das Beste für dich will, Helene.«

»Falsch! Du willst das Beste für dich, und dazu gehört, dass ich geknebelt und gefesselt in irgendeinem Verlies liege, und nichts anderes wäre eine Ehe mit Sven Janssen!«

Die Glocke an der Ladentür bimmelte, und meine Mutter fuhr herum. Ein strahlendes Lächeln wurde angeknipst, und als sie die Kunden nach ihren Wünschen fragte, war alle Schroffheit aus ihrer Stimme verschwunden.

KAPITEL 31

Die Auseinandersetzungen mit meiner Mutter zerrten an meinen Nerven. Immer wieder musste ich mich beherrschen und meinen Groll herunterschlucken. Natürlich – auch sie hatte einen Menschen verloren, und sicher machte sie sich große Sorgen um meinen Vater. Aber anstatt dass diese Situation meine Mutter und mich zusammengeschweißt hätte, schien sie uns weiter voneinander entfernt zu haben denn je.

In ihrer Panik, geschäftlich Federn zu lassen, donnerte sie wie ein Bulldozer über mich hinweg. Ihre Bemühungen, mich mit Sven – beziehungsweise die Bernauers mit den Janssens zu verkuppeln, machten mich rasend. Wie konnte sie ernsthaft glauben, ich sei damit einverstanden? Gleichzeitig ermunterte sie den armen Sven durch ihr Verhalten und gab ihm das Gefühl, echte Chancen zu haben.

Eines Abends – es war kurz vor Ladenschluss, und ich stand mit Patrick in der Backstube – hörte ich die Stimme meiner Mutter sagen: »Geh ruhig durch, Sven. Helene ist in der Backstube.«

»Verflucht«, murmelte ich, und Patrick sah mich erstaunt an. Ahnte er, dass ich gegen den Drang kämpfte, aus dem Fenster zu klettern und abzuhauen?

Die Tür ging auf, und Sven kam hereingetapst. Vor der Brust hielt er einen Blumenstrauß, die Faust um die Stiele gekrampft. Sein Begrüßungslächeln war unsicher und verschwand komplett, als er Patrick sah. Er blieb wie angewurzelt stehen und wusste nicht mehr weiter.

»Sven, so eine schöne Überraschung«, heuchelte ich schamlos und sah mich zu Patrick um, der damit beschäftigt war, rote Lebensmittelfarbe in einen Klumpen Fondant zu kneten. Er sah Sven neugierig an und wischte sich mit der Hand über die Stirn, was einen breiten Streifen hinterließ, der irritierenderweise aussah, als wäre er einer versuchten Skalpierung entgangen. Ich unterdrückte ein hysterisches Kichern. Sven kam ein paar schnelle Schritte heran.

»Helene ... äh ... ich wollte ...« Abrupt streckte er mir den Blumenstrauß hin.

»Für mich?«, fragte ich neckisch, woraufhin Patricks Augenbrauen nach oben schossen. Seine Mundwinkel zuckten.

»Ja ... ich wollte dich fragen, ob ... du weißt schon ... wann du Feierabend hast«, stotterte Sven. Sein Blick wanderte zwischen Patrick und mir hin und her. »Oder haben du und dein Kollege noch viel zu tun?«

»Mein Kollege? Ach, du meinst Patrick, nein, das ist kein Kollege. Darf ich vorstellen? Patrick Foerster – Sven Janssen. Patrick ist der Fotograf, für den ich die Torten mache. Du weißt schon: die Sache mit den Models.«

Patrick nickte Sven zu. »Freut mich, Herr Janssen.«

»Sven, tut mir leid, aber an Feierabend ist noch lange nicht zu denken. Wir haben eine Nachtschicht vor uns, glaube ich.« Ich wünschte, Sven würde endlich gehen.

Er ging in kleinen Schritten rückwärts Richtung Tür. »Ich melde mich dann wieder, ja? Und vielleicht, wenn du Zeit hast ...«

»Gern, Sven, nur im Moment ... die nächsten beiden Wochen, da ist alles sehr, sehr eng. Aber wir sehen uns doch bestimmt auf dem Dorffest, oder?« Ich lächelte strahlend. »Ich reserviere dir einen Tanz, versprochen.«

Sven wurde rot und stolperte zur Tür hinaus.

Ich drehte mich zu Patrick um, der breit grinste und sagte: »Ich will alles wissen.«

»Du weißt alles, was es zu wissen gibt. Das war Sven Janssen. Punkt. Ende der Geschichte.«

Er deutete auf den Blumenstrauß in meiner Hand. »Und

das da? Der ist scharf auf dich.«

»Keine Ahnung, was du meinst. Du hast mir doch auch Blumen mitgebracht. Und Marie. Scharf auf uns?«

Patrick lachte laut. »Eins zu null für dich, Windsbraut. Aber Spaß beiseite. Der junge Mann konnte vor Aufregung kaum sprechen. Er mag dich sehr.«

Ich zuckte mit den Schultern und stellte den Strauß in ein Litermaß. »Möglich. Aber ich ermuntere ihn nicht, das kannst du mir glauben.«

Die Tür flog auf, und meine Mutter kam herein. Ähnlich wie Sven stutzte sie bei Patricks Anblick, ließ sich davon aber keineswegs die Sprache verschlagen. »Wer ist das denn?«, fragte sie und warf alle Höflichkeit über Bord.

»Falls du mit *das* den Herrn neben mir meinst ...«

»Allerdings, den meine ich. Sven ist völlig durcheinander. Ich hatte ihm gesagt, du seist allein. Was tut der Mann in meiner Backstube?«

»Ich stelle euch gern vor«, bot ich an und machte erst einmal eine kleine Kunstpause. »Patrick, das ist meine Mutter, Waltraud Bernauer.« Ich wandte mich meiner Mutter zu. »Darf ich vorstellen: Patrick Foerster. Du weißt: die Fotoproduktion. Der Großauftrag.«

Wieder einmal wurde ich Zeugin der verblüffenden Verwandlungsfähigkeit meiner Mutter. Ihre Unmutsfalten verschwanden spurlos aus ihrem Gesicht, die Stimme wurde freundlich und melodisch, die gesamte Körperhaltung veränderte sich in Sekundenbruchteilen.

»Herr Foerster, wie schön, Sie kennenzulernen. Leider hat sich das bisher ja noch nicht ergeben.« Sie streckte ihm die Hand hin.

Patrick hob entschuldigend seine mit Farbe und Fondant besudelten Hände und deutete eine Verbeugung an. »Wir sind uns schon einmal kurz begegnet, als ich zum ersten Mal bei

Ihnen im Geschäft war, Frau Bernauer. Aber Sie waren mit Kunden beschäftigt, wie ich mich erinnere, da haben Sie mich sicher nicht bemerkt.«

Meine Mutter errötete. Oh, oh, Patrick hatte Waltraud die Unfehlbare bei einer Nachlässigkeit ertappt. Sie sollte sich nicht an jemanden erinnern können, der bei ihr im Laden gewesen war? Sie lächelte unsicher.

»Und Sie verstehen auch etwas vom Bäckerhandwerk, Herr Foerster?«

»Nicht wirklich«, antwortete Patrick fröhlich, »aber ich helfe Helene gern, denn manchmal entwickelt man gemeinsam noch neue Ideen. Frau Bernauer, Ihre Tochter ist ein Genie. Ich bin so froh, dass ich sie gefunden habe, das können Sie sich gar nicht vorstellen.«

Jetzt wurde ich rot Zumindest wurde mein Gesicht schlagartig heiß, und wenn ich nicht plötzlich hohes Fieber bekommen hatte, war ich jetzt wohl knallrot. Na, spitze.

»Wir sind auch froh, dass wir unsere Helene haben«, gab meine Mutter sich leutselig, »besonders gerade jetzt in dieser schweren Zeit. Sie wissen sicherlich ...?«

Patrick nickte. »Ich hätte es verstanden, wenn Helene unter diesen Umständen abgesagt hätte.«

Meine Mutter schien um einen halben Meter zu wachsen, als sie sagte: »Kein Auftrag wurde von der Konditorei Bernauer jemals abgesagt, Herr Foerster.«

Sie nickte ihm zu, packte mich am Arm, sagte: »Sie entschuldigen uns für eine Minute?«, und zog mich aus der Backstube.

Ich wehrte mich, aber sie ließ nicht los, bis wir im Laden standen.

»Was soll das?«, fauchte ich. Ich war unglaublich wütend.

»Wie konntest du Sven so brüskieren? Er hat dir *Blumen* mitgebracht!«

»Was hätte ich denn deiner Ansicht nach tun sollen?«,

schoss ich zurück. »Mich mit Sahne besprühen und es mit ihm auf dem nächstbesten Tisch treiben?«

Klatsch! Die Hand meiner Mutter war derart schnell gekommen, dass ich nicht hatte ausweichen oder die Ohrfeige anders hätte verhindern können. Meine linke Wange brannte, und wir standen uns schwer atmend gegenüber, wie Kämpfer im Ring, die auf den Gong zur nächsten Runde warten.

Ich rieb mir die Wange und sagte: »Ich will jetzt wissen, warum du mich so behandelst. Sofort.« Innerlich rang ich um Fassung, aber ich wollte mich nicht mehr provozieren lassen. Ich hatte die Nase voll von den ewigen Auseinandersetzungen.

»Ich behandle dich so, wie du es verdienst«, gab sie kühl zurück, aber damit wollte ich sie nicht davonkommen lassen, diesmal nicht.

Ruhig bleiben, Helene. »Und warum habe ich es verdient?«

Für einen Moment sah es so aus, als würde sie zu weinen anfangen, aber ihr Gesicht war hart, als sie mir antwortete: »Du hast uns verlassen, Helene. Das kann ich dir nicht verzeihen. Du hast unsere Arbeit mit Füßen getreten, dir war völlig egal, was aus uns und unserem Geschäft wird. Und weshalb? Um einem Gaukler in eine ungewisse Zukunft zu folgen! So habe ich dich nicht erzogen. Wenn ich Susanne nicht gehabt hätte ...«

Ich hob die Hand, um sie zu unterbrechen. »Es geht hier nicht um Susanne oder darum, wer die bessere Tochter ist. Es geht um dich und mich. Und darum, wie wir in Zukunft miteinander umgehen.«

»Welche Zukunft? Haben wir denn eine? Wie soll ich mich auf dich verlassen, wenn ich ständig befürchten muss, dass du ohne Vorwarnung wieder verschwindest? Also.«

Ich drehte mich wortlos um und ging, so ruhig ich konnte, zurück in die Backstube.

»Wir gehen«, sagte ich knapp, »ich muss hier raus, sofort,

sonst passiert ein Unglück.«

»Was ist hiermit?« Patrick deutete auf den Arbeitstisch.

Ich feuchtete zwei Geschirrtücher an und breitete sie über die Masse, mit der wir gearbeitet hatten. »Das genügt. Vielleicht komme ich später noch einmal zurück und räume alles weg. Lass uns abhauen.«

Er stellte keine Fragen, sondern wischte sich die Hände ab, schnappte seine Tasche und folgte mir hinaus.

Hinter uns öffnete sich die Tür, und meine Mutter rief: »Helene, komm zurück!«, aber ich drehte mich nicht mehr um.

Patrick schloss mir die Beifahrertür auf, setzte sich ebenfalls in den Wagen und fragte: »Wohin?«

»Weg«, war alles, was ich sagen konnte. Ich starrte angestrengt zum Seitenfenster hinaus, denn er sollte meine Tränen nicht sehen.

Er startete den Wagen und fuhr los, aus dem Dorf hinaus. Er verhielt sich vorbildlich: Er sagte nichts, er fragte nichts, er fuhr einfach und gab mir Gelegenheit, mich zu beruhigen.

Als der Wagen hielt, sah ich hoch. Er war zum Strand gefahren.

»Einverstanden, Helene? Wir können ein Stück spazieren gehen, und dann lade ich dich auf eine Bratwurst und ein Bier ein.«

Wir stapften schweigend durch den Sand. Der Strand war fast leer – um diese Zeit saßen die Urlauber in ihren Ferienwohnungen, Pensionen oder Wohnwagen beim Abendessen. Die ersten Strandkörbe waren – obwohl das streng verboten war – von kunstvoll mit Muscheln verzierten Sandwällen umgeben. Der deutsche Urlauber neigte dazu, sein Territorium abzustecken. An manchen Burgen stand der Name der Erbauer, an anderen ein Städtename. So versuchte man zu verhindern, sich jeden Tag einen neuen Platz suchen zu müssen.

Ab und zu bückte ich mich und hob eine Muschel auf. Es war Ebbe, und das Wasser hatte sich bis an den Horizont zurückgezogen. Die körperliche Anstrengung tat mir gut. Nach einer halben Stunde drehten wir um und gingen zurück. Wir verließen den Strand und gingen über den gepflasterten Weg auf dem Deich bis zum Außenhafen. An den Tischen der Imbissbude saßen noch ein paar Gäste, aber das Personal hatte schon begonnen, sauberzumachen.

»Wir sind zu spät«, sagte ich, aber Patrick winkte ab.

»Wetten, ich bekomme noch was?«

Ich setzte mich an einen Tisch in der milden Abendsonne und beobachtete, wie Patrick mit der jungen Frau hinter der Theke schäkerte und sie zum Lachen brachte. Dann begann die Frau, seine Bestellung zuzubereiten, und nach ein paar Minuten kam er mit zwei großen Papptellern an den Tisch.

»Fisch im Backteig, Remoulade und Pommes frites, bitte sehr. Brauchst du Ketchup?«

Ich hatte nicht gewusst, dass ich derartigen Hunger hatte, bis dieses Bild von einem kalorienreichen, fettigen Essen vor mir stand. Genau das, was ich jetzt brauchte.

Mein Magen knurrte sofort los, als hätte er nur darauf gewartet, sich endlich melden zu dürfen.

»Ja, bitte, ein Tütchen.«

»Wird erledigt.« Er eilte zurück in den Imbiss, bezahlte, scherzte noch eine Runde mit der kichernden Frau und kam mit zwei Flaschen Bier und meinem Ketchup wieder heraus.

Er ließ sich auf seinen Stuhl plumpsen und begutachtete begeistert den Inhalt seines Tellers. »Ich liebe Backfisch, musst du wissen.«

Ich lachte. »Hab ich nicht vergessen. Du erinnerst dich? Marie, du und ich – und die Raubmöwen? Genau hier?«

»Natürlich erinnere ich mich. Seit jenem Tag warte ich

darauf, endlich wieder diesen fabulösen Backfisch essen zu können.«

»Aber den gibt es hier doch an jeder Ecke!«

Er sah mich gespielt strafend an. »Aber nicht mit Möwen. Und jetzt hau rein. Du hast bestimmt auch Hunger. Nach all dem Zucker brauche ich jetzt eine doppelte Ladung herzhaft. Guten Appetit.«

Er hatte recht. Auch ich brauchte jetzt eine »doppelte Ladung herzhaft«, aber ganz dringend. Wir schlemmten schweigend, und irgendwann stand die junge Frau aus dem Imbiss neben unserem Tisch und sagte entschuldigend: »Wir schließen jetzt, ich muss abräumen.«

Wir wünschten ihr einen schönen Feierabend und schlenderten wieder Richtung Deich. Als wir an eine Holzbank mit Blick aufs Wasser kamen, fragte Patrick: »Wollen wir uns setzen?«

Wollte ich.

Er saß links von mir, und ich spürte, dass er mich von der Seite ansah. Sein rechter Arm lag hinter mir auf der Rückenlehne der Bank. Schließlich sagte er: »Sie hat dich geschlagen. nicht wahr?«

Ich fuhr herum. »Woher ...?«

Er deutete auf meine Wange. »Ihre Hand war so deutlich zu sehen, ich hätte dir ihre Handschuhgröße sagen können.«

Meine Hand ging unwillkürlich hoch und bedeckte die Wange.

»Ist mittlerweile längst verblasst, hat niemand außer mir gesehen. Erzählst du mir, was los war?«

Nun, es gab ja nicht viel zu erzählen. Die Szene war denkbar kurz gewesen. Als ich geendet hatte, grinste er. »Das hast du wirklich gesagt?«, fragte er beinahe ehrfürchtig.

»Ja, und das ist nichts, worauf ich stolz bin. Aber ich habe dieses Affentheater einfach satt.«

»Deine Mutter will also, dass du mit diesem Sven ... na ja, dass du sein dezentes Werben erhörst, sagen wir mal so.« Er gluckste vergnügt.

»Ach, das findest du also komisch?«, rief ich aufgebracht, und seine rechte Hand schloss sich um meine Schulter und zog mich an sich. Ich ließ es kurz geschehen, befreite mich aber nach einiger Zeit wieder aus seinem Griff und stützte die Ellenbogen auf meine Knie. So vornüber gebeugt saß ich da und starrte grimmig auf das dunkel glänzende Watt.

»Nein ... doch, irgendwie schon. Dieser große, runde Junge, wie er dastand mit seinem Blumenstrauß und die Zähne nicht auseinanderkriegte. Er tat mir leid. Ich an seiner Stelle hätte dich hinausgebeten, um mit dir unter vier Augen zu sprechen.«

»Ja, du vielleicht«, sagte ich düster, »aber nicht Sven Janssen. Und das Schlimmste ist, dass meine Mutter ihn dabei unterstützt.«

»Warum tut sie das?«

Ich erklärte kurz, um wen es sich bei Sven handelte und dass meine Mutter offenbar plante, über ihre Töchter die Dorfherrschaft zu erlangen. »Sie scheint mich für schwer vermittelbar zu halten und sieht in Sven wohl meine letzte Chance, überhaupt einen Kerl abzukriegen. Oder zumindest einen besseren als ...« Ups, da wäre mir beinahe Leons Name aus dem Mund gefallen. »Auf jeden Fall«, fuhr ich hastig fort, »ermuntert sie ihn ständig, mir auf die Pelle zu rücken, und bringt mich in peinliche Situationen, indem sie mich vor seinen Augen herunterputzt, wenn ich seine Anfragen ablehne.«

»Das ist nicht nett von ihr«, sagte Patrick mitfühlend.

Ich lehnte mich wieder zurück und spürte seinen Arm in meinem Rücken. Er zog ihn nicht weg.

»Und ich habe momentan nun wirklich keine Zeit dafür, mit ihm auszugehen. Aber auch dafür wusste meine Mutter eine Lösung: Sie hat mir in seinem Beisein vorgeschlagen, er könne mich doch zur Fotoproduktion begleiten! Ist das zu fassen?«

Patrick riss die Augen auf. »Ist nicht dein Ernst.«

»Doch! Und das ist das Allerschärfste: Sven fängt buchstäblich an zu speicheln, wenn er nur daran denkt, und zwar keineswegs meinetwegen, o nein. Wegen der Models.«

»Ach komm! Ernsthaft?«

Ich nickte. »Ich bin heilfroh, dass er vorhin in der Backstube nicht begriffen hat, dass du der Herr über die Models bist. Als ich ihm sagte, ich hätte nicht die Befugnis, irgendwelche Leute zu den Fotoaufnahmen mitzubringen, schlug meine Mutter vor, ich könne dich doch darum bitten. Also, Patrick: Darf ich Sven zu den Aufnahmen mitbringen?«

Er sah mich eine knappe Zehntelsekunde lang zweifelnd an, als wäre er nicht sicher, ob meine Frage nicht vielleicht doch ernst gemeint war. »Natürlich nicht!«, sagte er dann und tippte sich an die Stirn. »Das wäre ja noch schöner, wenn ich den Mädels einen kleinen Voyeur anschleppen würde. Deine Mutter ist aber auch wirklich ... mir fällt kein passender Begriff ein.«

»Beelzebub«, schlug ich vor, und wir kicherten wie alberne Kinder.

Als wir uns wieder beruhigt hatten, sagte Patrick: »Übrigens, da sind wir vorhin ganz von abgekommen: ... besser als wer?«

Ich hatte keine Ahnung, wovon der Mann redete, und musste entsprechend dumm aus der Wäsche geguckt haben.

»Du hast gesagt, deine Mutter halte Sven für deine letzte Möglichkeit oder zumindest besser als ...? Besser als wer oder was? Du hast mitten im Satz aufgehört.«

Und das hat einen guten Grund, dachte ich. Patrick sah mich an, freundlich und interessiert, und ich hatte plötzlich das Gefühl, ihm vertrauen zu können.

»Es gab da bis vor Kurzem jemanden«, begann ich, aber

dann klingelte Patricks Handy.

Er zog es aus der Jackentasche und runzelte unwillig die Stirn, als er die Nummer auf dem leuchtenden Display las.

»Chantal«, murmelte er in meine Richtung, nahm dann das Gespräch mit einem knappen »Ja« an.

Chantal hatte wirklich eine laute, sehr helle Stimme, und wieder konnte ich hören, was sie sagte: »Wo bist du?«

»Am Strand.«

»Alleine?«

»Nein.«

»Mit der fetten Bäckerin.«

»Chantal, auf dieser Ebene rede ich nicht mit dir.«

»Warum? Sitzt die Dicke neben dir?«

Patrick seufzte genervt. »Chantal, warum rufst du an?«

»Weil ich wissen wollte, wo du bist«, quengelte es aus dem Hörer.

Wieder seufzte Patrick. »Das weißt du ja jetzt. War‘s das?«

Er lauschte einen Moment, fragte: »Chantal?«, lauschte wieder, sagte: »Dann eben nicht«, und beendete das Gespräch.

Eins hatte Chantal jedenfalls geschafft – und es hätte sie bestimmt gefreut, wenn sie es gewusst hätte: Sie hatte Patrick und mir gleichermaßen die Laune verdorben. Ich wollte nur noch nach Hause.

KAPITEL 32

»Und dann?« Marie räkelte sich auf dem Sofa und stopfte Paprikachips in sich hinein. Schorsch saß neben ihr und stierte auf ihre Hand, die zwischen Mund und Chipstüte hin und her ging. Schorsch liebte Chips, genauso wie ungekochte Nudeln. Weil ihn das Knacken beim Fressen an Mäuseknochen erinnerte?

»Nix. Er hat mich nach Hause gebracht, und da bin ich.«

Marie schüttelte den Kopf. »Unglaublich.«

»Was findest du unglaublich?« Ich griff in die Tüte. Schorsch sah mich hoffnungsvoll an, wandte seine Aufmerksamkeit aber wieder Maries Hand zu, als bei mir nichts für ihn abfiel.

»Na, der Auftritt von Sven, deine Mutter – ich kann nicht glauben, dass sie dir eine geknallt hat! Und diese unverschämte Chantal ... Was sagt Patrick denn zu Chantals Beleidigungen?«

Ich zuckte mit den Schultern. »Nichts. Ich weiß nicht, ob ihm bewusst ist, dass ich nicht nur ihre Stimme hören kann, wenn sie ihn anruft, sondern auch verstehe, was sie sagt. Solange sie es mir also nicht in seinem Beisein ins Gesicht sagt, gibt es für ihn keinen Grund, Stellung zu beziehen.«

»Er weiß also nicht, dass du es weißt?«

»Ich-weiß-es-doch-nicht!«

Marie riss erstaunt die Augen auf, denn meine Stimme hatte laut und böse geklungen. »Du klingst ganz schön genervt.«

»Ich bin genervt! Was denkst du denn? Ich muss ja befürchten, dass meine Mutter mir K.O.-Tropfen in den Kaffee tut, damit sie mich an ein Bett fesseln kann.«

»Wozu sollte das gut sein?«

»Na, irgendwie muss ich doch von Sven schwanger werden, oder?«

»Iiiiiiih!«, quiekte Marie so laut, dass Schorsch fauchend vom Sofa schoss. »Nimm das Bild wieder aus meinem Kopf, du Wahnsinnige! Ich will mir nicht vorstellen, wie Sven Sex hat! Und mit dir schon überhaupt nicht! Los, geh dir den Mund mit Schmierseife auswaschen, aber sofort!«

Eines musste man ihr lassen: Sie brachte mich zum Lachen. Wir kreischten um die Wette, und als wir damit fertig waren, sagte Marie: »Jetzt mal ehrlich: Ärgerst du dich über die Bemerkungen von der Stabheuschrecke?«

Ärgern war nicht das richtige Wort. Ich war tief getroffen von der Häme, von der Verachtung, die ich selbst von Ferne und durch den Telefonhörer deutlich gespürt hatte. Trotzdem tat ich souverän. »Unsinn. Die kann mich doch nicht beleidigen.«

Marie musterte mich prüfend, und ziemlich schnell hielt ich ihrem Blick nicht mehr stand und sah zur Seite.

»Gelogen«, stellte Marie treffend fest, »du ärgerst dich, und zwar gewaltig. Und das zu Recht. Was bildet sich dieses Bündel Reisig ein, so über dich zu sprechen?«

»Sie weiß ja nicht, dass ich es höre.«

»Na und, das spielt doch keine Rolle. Es sagt etwas Grundsätzliches über einen Menschen aus, sich so zu verhalten. Das gehört sich einfach nicht. Sie ist eine Ziege mit Minderwertigkeitskomplexen.«

»Als Model? Komplexe? Wohl kaum.«

»Aber gerade die! Indem sie so über dich spricht, verrät sie, dass sie eifersüchtig ist.«

»Auf mich? Auf die Dicke? Das glaubst du doch wohl selbst nicht.«

Marie verdrehte seufzend die Augen. »Helene, Helene ... du verstehst doch rein gar nichts von Frauen. Und von Männern noch weniger. Durch dich droht höchste Gefahr! Du bist lebenslustig, fröhlich, hübsch – und du isst, was du willst! Nicht nur das: du backst süße, leckere Kuchen! Glaubst du, dat dürre Schantall würde sich nicht gern in Buttercreme wälzen oder mit Pralinen vollstopfen? Und wenn wir Patrick richtig verstanden haben, bestimmt sie, was es zu Hause zu essen gibt. Abgezählte Salatblätter und gedünstete Möhren, das ist alles. Die hat Angst, du backst ihn in dein Bett!«

Später, vor dem Einschlafen, dachte ich über ihre Worte nach.

Du hast mich in dein Bett gekocht – das hatte Leon immer gesagt. Hatte Marie womöglich recht mit ihrer Theorie und Chantal befürchtete, ich würde Patrick von meinen Petits Fours abhängig und mir hörig machen? Das war doch lächerlich. Aber was mir komplett lächerlich erschien, mochte für Chantal völlig plausibel sein. Und in dem Fall sollte ich vielleicht die letzten ruhigen Tage genießen, bevor die Stabheuschrecke anreiste.

Am nächsten Mittag beehrte Susanne uns zum Mittagessen. Da die Backstube mit den beiden Aushilfen mehr als ausreichend besetzt war, hatte ich das tägliche Kochen übernommen. Wir hatten mittlerweile durchgehend geöffnet, also setzte meine Mutter sich nie lange an den Tisch, weil sie die Saison-Aushilfen im Laden nicht allein lassen wollte. Aber heute sollte das Dorffest besprochen werden, und ich hatte keine Möglichkeit, mich dem zu entziehen.

Ich deckte gerade den Tisch für uns drei, als Susanne hereinkam und sich sofort hinsetzte. Sie hätte eigentlich mal fragen können, ob sie mir helfen kann, dachte ich, aber von meiner Schwester war das nicht zu erwarten. Stattdessen sagte sie: »Ich habe gehört, du hast Sven mal wieder brüskiert?«

Das fing ja gut an. Lächeln, ruhig bleiben, nicht laut werden, hämmerte ich mir ein und antwortete: »Ich lasse mich ungern in etwas hineindrängen. Ich fühle mich damit nicht wohl.«

»Natürlich, verstehe. Du stolperst lieber blöde in die nächste Misere und triffst die nächste Fehlentscheidung für dein

Leben, anstatt mal etwas Schlaues zu tun.« Sie sah mich herausfordernd an.

Ruhig bleiben, ruhig bleiben, ruhig bleiben ... Ich zählte langsam bis zehn. »Ich weiß nicht, ob es schlau wäre, mich auf einen Mann einzulassen, den ich nicht oder kaum kenne, nur weil seine oder meine Familie oder beide es so wollen.«

»Stimmt, es gibt ja schon den nächsten Künstler, dem du schöne Augen machst, da kann der arme, solide Sven natürlich nicht mithalten.«

»Der arme, solide Sven hätte auch keine Chancen bei mir, wenn er der allerletzte Mann auf der Welt wäre, Susanne. Und lass gefälligst Patrick aus dem Spiel. Das ist eine rein geschäftliche Verbindung.«

»Du bist so unglaublich dumm, Helene. Sven könnte dir eine gesicherte Zukunft bieten, eine gesellschaftliche Position, die der meinen und der unserer Eltern angemessen wäre.«

»Großer Gott – wir sind doch nicht die Kennedys! Drehst du jetzt völlig durch? *Gesellschaftliche Stellung* – du spinnst doch.«

Sie schnappte nach Luft und verschränkte beleidigt die Arme vor der Brust. Immerhin hielt sie die Klappe. Vermutlich hatte sie keine Lust darauf, dass ich ihr wieder Essen an den Kopf warf.

Königin Waltraud rauschte herein und setzte sich an den Tisch. Sie sah erschöpft aus. Ihr blieb der momentane Stress genauso wenig in den Kleidern stecken wie mir.

»Hast du Hunger?«, fragte ich, und sie nickte müde.

Ich füllte unsere Teller mit der frischen Hühnerbrühe, die ich morgens vorbereitet hatte, und setzte mich zu ihnen. Meine Mutter und Susanne tauschten Dorftratsch aus, der mich nur mäßig interessierte. Ich räumte die zwischenzeitlich geleerten Teller ab und stellte Kaffeetassen auf den Tisch.

Susanne zog eine Mappe aus ihrer Umhängetasche und schlug sie auf. Sie blätterte durch eine Sammlung von Plänen,

Listen und eng mit der Hand beschriebenen Seiten.

»Steht schon fest, wo unser Stand sein wird?«, fragte meine Mutter.

Susanne fischte den entsprechenden Plan aus dem Blätterstapel und faltete ihn auseinander. »Das ist der Aufbauplan«, erklärte sie stolz und deutete auf ein Quadrat, in dem unser Name stand. »Hier stehen wir. Der beste Platz überhaupt, direkt am Eingang zur Scheune.« Sie kicherte und fügte mit einem beredten Blick auf mich hinzu: »Manchmal ist es eben von Vorteil, mit einem Mann verheiratet zu sein, der etwas zu sagen hat.«

»Und der seine Position ausnutzt, um seiner Familie einen finanziellen Vorteil zu verschaffen«, murmelte ich, »sehr nobel, ich bin beeindruckt. Und auch ein bisschen neidisch auf dich.«

»Dieser Standort ist für uns angemessen«, sagte Susanne streng, »die Konditorei Bernauer ist das wichtigste Geschäft im Ort und wird an entsprechend prominenter Stelle präsentiert.«

»Toll. Und damit ruinieren wir all den Hausfrauen mit ihrem selbst gemachten Blechkuchen den Umsatz.«

»Die müssen auch keine Standgebühr bezahlen«, gab Susanne zurück, »und sie verkaufen ihren Kuchen wesentlich günstiger. Dafür kann man an unserem Stand sitzen und wird bedient. So kann jeder frei entscheiden.«

Ich zog mir den Plan heran und studierte ihn. Zwei Bierwagen, zwei Bratwurstbuden, ein Kinderkarussell, ein Streichelzoo, Trödelmarkt. In der großen Scheune gab es eine Bühne, einen Tresen, die Künstlergarderoben und jede Menge Bierbänke und tische.

»Künstlergarderoben?«, warf ich amüsiert in den Raum. »Ein großes Wort für drei Plastikpavillons.«

»Sei nicht so arrogant«, sagte meine Mutter, während sie

den Plan aufmerksam studierte. »Und das Programm?« Sie hob den Kopf und sah meine Schwester an.

»Ach, das habe ich ja noch gar nicht erzählt!«, rief Susanne. »Heute Morgen hat der Hauptkünstler abgesagt!«

»Dann singt der Shantychor halt zweimal. Wer sollte denn kommen?«, fragte ich.

Um ehrlich zu sein, nichts hätte mich weniger interessieren können, aber da wir gerade so etwas wie eine normale Unterhaltung führten, wollte ich meinen guten Willen durch ein wenig Small Talk demonstrieren Immer zu streiten war auf Dauer wirklich anstrengend, und ich hatte nichts gegen eine kleine Gefechtspause.

»Serena Wolkenstein«, antwortete Susanne in einem Ton, der voraussetzte, dass mir der genannte Name tatsächlich ein Begriff war.

War er natürlich nicht. *Serena Wolkenstein* – was für ein bekloppter Name. Ganz sicher ein Künstlername für eine Schlagersängerin mit falschen Locken und in Klamotten, die es ausschließlich im Schlagersängerbedarf zu kaufen gab. Woanders hatte ich zumindest diese ... nun ja ... speziellen Outfits der Damen und Herren aus dieser Branche noch nie gesehen.

»Was macht die so? Ich meine ... künstlerisch?«

»Sie ist eine bekannte Schlagersängerin«, erklärte Susanne und sang zu meiner Verblüffung: »*Wenn der Zigeuner in mir und der Zigeuner in dir zusammen tanzen, dann gerät, dann gerät, dann gerät meine Welt ins Wanken ...*« Meine Mutter schunkelte im Takt und summte die mir völlig unbekannte Melodie mit.

Da stecke ich doch lieber meine Haare in Brand, ehe ich mir das anhöre, dachte ich, aber dann fiel mir ein, dass dieser Kelch an mir vorübergehen würde, weil die Dame ja abgesagt hatte.

»Und wer tritt außerdem auf?«

Susanne zählte das Übliche auf: eine Kindertanztruppe, ein Gospelchor, ein Männerballett – hier kicherten meine Mutter und meine Schwester, während ich mir überlegte, dass ich mir zu meinen brennenden Haaren noch Holzstifte unter die Fingernägel stecken würde, um das nicht sehen zu müssen. Außerdem würde alle zwei Stunden ein Krabben-Wettpulen stattfinden, von dem Einheimische ausgeschlossen waren.

Wir besprachen die Details zum Personaleinsatz, und Susanne kramte noch eine Überraschung aus ihrer Umhängetasche. Sie breitete ein weinrotes T-Shirt aus und faltete eine gleichfarbige Halbschürze auseinander. Beide Teile waren mit der Aufschrift »50 Jahre Konditorei Bernauer« in silberner Schnörkelschrift bedruckt.

»Das war Lutz' Idee«, posaunte Susanne stolz wie Oskar und warf sich in die Brust, »jeder am Stand wird das tragen. Wir haben auch weinrote Servietten bedrucken lassen. Ein Geschenk aus dem Hause Bürgermeister Schmidt!«

Meine Mutter war begeistert, und ich gönnte ihr die Freude. Solange die beiden Drachenfrauen gute Laune hatten, konnte ich immerhin hoffen, dass sie sich nicht auf mich stürzen würden.

Abends kam Patrick in die Backstube, und wir machten uns daran, auf einer hohen Etagere, die er mitgebracht hatte, einen Turm aus vielen kleinen, himbeerfarbenen Petits Fours zu konstruieren. Er hatte außerdem ein Kofferradio besorgt, und wir stapelten die Törtchen immer wieder neu, während wir Oldies aus den Sechzigern mitsangen.

»Ich weiß nicht recht«, sagte ich und trat einen Schritt zurück, um die achte Variation des Turms kritisch zu begutachten. Patrick stellte sich neben mich und kopierte perfekt meine Pose: vor der Brust verschränkte Arme und geneigter Kopf.

»Was meinst du? Du bist der mit dem Fotografenblick.«

»Ich glaube, ich weiß, was nicht stimmt Der Turm wirkt ... ich weiß nicht ... die Küchlein sind nicht mehr als Einzelstücke zu erkennen, die ein Ganzes bilden.«

Er hatte recht. Und damit war die Idee dahinter zum Teufel. »Wir müssen mit unterschiedlichen Schattierungen dieser Farbe arbeiten. Mit mehr Kontrasten. An die Arbeit.«

Wir kneteten Fondant und arbeiteten Lebensmittelfarbe ein, Tropfen für Tropfen, um verschiedene Variationen dieses Pinktons herzustellen. Nach zwei Stunden lagen sieben Klumpen auf dem Tisch, und ich hatte sieben Schattierungen zur Auswahl. Das würde den Turm lebendig machen.

Mittlerweile erklang aus dem Radio langsamer Swing, der inzwischen mitternächtlichen Sunde angemessen. Ich griff nach dem Nudelholz, um den ersten Klumpen Fondant auszurollen, aber Patrick hielt meine Hand fest und nahm es mir sanft weg.

»Lass uns tanzen, wir haben für heute genug getan.«

Ich wich unwillkürlich einen Schritt zurück. »Tanzen? Hier? Aber ich kann nicht tanzen.«

Er folgte mir und nahm wieder meine Hand. »Blödsinn, jeder kann tanzen. Ich führe dich, ist ganz leicht. Nur ein bisschen hin und her wiegen ...« Er zog mich mit einem Ruck an sich und legte mir den Arm um die Taille.

Es stimmte, es war ganz leicht. Ich schmiegte mich an ihn und ließ mich von ihm führen.

»Meine arme Windsbraut«, murmelte er, »so müde, dass sie nicht einmal mehr tanzen kann.« Er feixte. »Das hätte mir vor zwei Monaten mal jemand prophezeien sollen, dass ich mitten in der Nacht in einer Backstube mit der schönen Bäckerin Klammerblues tanze – und am liebsten für immer hier bleiben würde.«

»Das ist nur, weil es gerade exotisch für dich ist«, murmelte ich zurück, und sein Schritt stockte. Er hielt mich eine

Armlänge von sich weg und sagte: »Das ist nicht fair. Du lebst doch auch hier und sehnst dich nicht in eine große Stadt. Ich meine es ernst.«

Ich schüttelte den Kopf. »Das glaube ich nicht, Patrick. Du fühlst dich hier wohl, hier ist es landschaftlich schön und mit Sicherheit ruhiger als in Berlin. Aber ich bin auch nur zufällig hier. Weißt du, eigentlich sollte ich jetzt in Paris hinter der Ladentheke meiner eigenen kleinen Patisserie stehen und eine glückliche, frisch verheiratete Frau sein. Ich bin erst seit ein paar Monaten wieder in Middelswarfen. So viel dazu. Und jetzt kommst du daher und findest es gerade mal schick, ein Faible für das Leben auf dem Dorf und für die schlichte, aber wirklich nette Dorftussi zu entwickeln. In zwei Wochen ist hier alles vorbei, und du wirst das Dorf und mich schnell vergessen haben.«

»Ich meine es ernst, Helene. Ich möchte gern Zeit mit dir verbringen.«

Er zog mich plötzlich an sich und küsste mich. Während ich noch mit mir rang, ob ich das zulassen wollte oder nicht, mir mit der Entscheidung aber jede Menge Zeit ließ, klingelte natürlich sein Handy. Wir fuhren auseinander und starrten uns erschrocken an. Wir wussten beide, wer da gerade anrief, mittlerweile weit nach Mitternacht. Das blöde Handy piepste und piepste, und schließlich sagte ich: »Geh schon ran.«

»Was?«, bellte er ungeduldig in den Hörer.

Ich ging leise zum Radio, um es abzustellen. Womöglich drehte sie noch mehr durch, wenn sie Musik hörte. Aber wer weiß, vielleicht wollte ich auch nur besser verstehen, was sie sagte.

»Wo bist du?«, drang prompt Chantals übliche Gesprächseröffnung aus dem Hörer.

»Im Bett. Guck mal auf die Uhr.«

»Allein? Oder mit der fetten Kuh?«

Offenbar war ihr Vokabular echt beschränkt. Patrick schien das ähnlich zu empfinden, denn er verdrehte die Augen und stöhnte: »Nicht schon wieder, bitte. Ich bin im Bett, und ich bin allein. Reicht das?«

»Du kannst mir viel erzählen. Ich glaube dir nicht!«

Womit sie ja nun mal die richtige Ahnung hatte, das musste ich ihr lassen. Ich war Zeugin dabei, wie Patrick seine Freundin belog.

Er wimmelte sie tatsächlich ab und zuckte entschuldigend mit den Schultern. »Das hat sich für dich bestimmt seltsam angehört, ich lüge meine Partnerin normalerweise nicht an, aber die Situation ist momentan etwas sensibel, und ich habe Angst, dass sie das Shooting nächste Woche platzen lässt. So schnell finde ich keinen Ersatz.«

»Tja, und ich als fette Kuh stelle natürlich keine Option dar.«

Er sah mich bestürzt an. »Wieso sagst du so etwas? Wie kannst du nur so über dich selbst reden? Mal abgesehen davon, dass ...«

Ich hob die Hand, um ihn zu unterbrechen. »Ich zitiere nur deine Freundin.«

»Woher ...?«

»Die Stimme deiner Holden ist derart laut und schrill, dass niemand, der in deiner Nähe steht, wenn du mit ihr telefonierst, überhören kann, was sie sagt. Tragisch, aber wahr. Aber der Lauscher an der Wand hört seine eigene Schand', hat meine Oma immer gesagt. Ich hätte ja weghören können, schließlich gehen mich eure Gespräche nichts an. Und dann hätte ich nie erfahren, was sie über mich denkt. Ist ja auch eigentlich egal, was sie denkt ...« Ich plapperte und plapperte immer dümmeres Zeug, denn er kam auf mich zu, und ich sah ihm an, was er vorhatte.

Er legte mir kurz den rechten Zeigefinger auf den Mund,

und dann küsste er mich wieder. Diesmal musste ich nicht lange überlegen und löste mich von ihm. Es fiel mir schwer.

»Patrick, das geht nicht. Wir stecken mitten in einer wichtigen Arbeit, auf die wir uns konzentrieren müssen, und deine Freundin kommt in ein paar Tagen. Das führt zu nichts.«

Er blickte mich lange an und sagte: »Du hast recht. Komm, ich fahre dich nach Hause.«

Ich lehnte ab, denn ich wollte nicht, dass er merkte, wie sehr mich seine Zustimmung dazu, dass wir keine Zukunft hatten, enttäuscht hatte.

KAPITEL 33

Das Dorffest rückte näher, und ich versank bis zum Hals in Arbeit. Patricks abendliche Besuche in der Backstube wurden kürzer und seltener, denn er war mit den Vorbereitungen für seine Fotoproduktion beschäftigt.

Unser spezieller Moment in der nächtlichen Backstube war kein Thema zwischen uns. Nun, vielleicht war es ein Thema, aber wir sprachen nicht darüber. Manchmal spürte ich, dass sein Blick auf mir ruhte, aber wenn ich hinsah, guckte er garantiert in eine ganz andere Richtung.

Ich war froh darüber, dass ich keine Zeit hatte, über meine Verwirrung nachzudenken. Zu viel stürmte zu schnell auf mich ein. Die geplante gemeinsame Besichtigung der Räumlichkeiten im Schloss fiel ins Wasser, weil ich es zeitlich nicht schaffte, beziehungsweise weil es mir wichtiger war, meinen Vater zu seinem Kurhotel zu fahren. Ich verlor zwar einen halben Arbeitstag, gewann aber – wie heißt es so schön neudeutsch? – Qualitätszeit mit meinem Paps. Waltraud die Sparsame schüttelte natürlich deswegen ausgiebig den Kopf, denn mein Vater hätte auch einen kostenfreien Shuttleservice nutzen können.

Also gondelten wir über ländliche Straßen und genossen die Gelegenheit, uns zu unterhalten, denn ich hatte es nicht oft ins Krankenhaus geschafft. Er war blass und wirkte schmaler als vor seinem Zusammenbruch.

»Läuft alles?«, fragte er mich.

»Wie auf Schienen. Die beiden Jungs in der Backstube sind ein Gottesgeschenk.«

»Und deine Torten? Bist du zufrieden?«

Erst jetzt fiel es mir auf: Meine Mutter hatte sich kein einziges Mal nach dem Fortgang oder dem Stand der Dinge meiner Arbeit für Patrick erkundigt.

»Du wirst schon sehen«, sagte ich geheimnisvoll, »in deiner Reisetasche steckt eine Überraschung.«

»Was ist es?«

»Paps«, sagte ich streng, »Sinn einer Überraschung ist es, dass du überrascht sein sollst, wenn du siehst, was es ist. Es wird dir Spaß machen, ganz sicher.«

Patrick hatte die Entstehung der süßen Kunstwerke mit der Kamera dokumentiert. Jetzt – drei Tage vor dem Shooting standen bereits elf Torten verpackt im Kühlhaus der Metzgerei Oltmanns. Es fehlte nur noch der Feinschliff, das würde ich vor Ort machen und die dann insgesamt zwölf Torten mit frischen Blüten, Federn, Obst oder filigranen Zuckerguss-Elementen dekorieren.

Ich hatte mich rasch daran gewöhnt, dass Patrick seine Kamera immer und überall dabei hatte. Ständig knipste er mich bei der Arbeit, und irgendwann hatte ich es aufgegeben, mich dagegen zu wehren. Deshalb hatte Patrick Hunderte von Bildern zur Auswahl gehabt, um für meinen Paps ein dickes Album auszudrucken.

»Magst du ihn?«, fragte mein Vater plötzlich.

»Wen?« Ich wusste wirklich nicht, von wem er sprach. Hatte meine Mutter ihm bezüglich Sven Janssen etwa irgendwelche Flausen in den Kopf gesetzt?

»Diesen Modemann. Patrick Foerster. Du verbringst viel Zeit mit ihm, habe ich gehört.«

»Wir arbeiten eng zusammen, da die Torten perfekt ins jeweilige Motiv passen müssen.«

»Hm. Hast du kreative Freiheit, oder bestimmt er, wie die Torten aussehen?«

Ich überlegte, während ich den neugierigen Blick meines Vaters von der Seite spürte. Wie gern wäre er selbst dabei gewesen!

»Sagen wir mal so: Am Anfang war das Kleid. Das Kleid

hat eine bestimmte Farbe und soll in einer genau festgelegten Dekoration inszeniert werden. Und da hinein kommt die Torte als zweites wichtiges Motiv neben der Robe. Wenn ich also an dem Entwurf für die Torte arbeite, liegt die digitale Version des geplanten Fotos neben mir. Die Hälfte der Torten haben Patrick und ich gemeinsam entworfen. Er hat mir auch in der Backstube geholfen.«

»Bei niederen Sklavenarbeiten.«

Ich sah rasch zur Seite, mein Vater grinste.

»Ja, genau, bei niederen Sklavenarbeiten. Aber immerhin. Wenn ich ein paar Quadratmeter Fondant ausgerollt habe, um ein anderthalb Meter hohes Bauwerk aus Teig damit zu verkleiden, bin ich fertig mit Schönschreiben. Patrick hat dafür jetzt Arme wie ein Preisboxer.«

Mein Vater lachte, und ich stimmte ein.

»Du magst ihn«, stellte Paps fest.

»Ich bin gern mit ihm zusammen. Aber er hat eine Freundin, Paps. Tabuzone also.«

»Und Sven Janssen?«

Gott sei Dank hörte ich das Glucksen in seiner Stimme, sonst wäre Alarmstufe Rot gewesen. Denn: Was, wenn er Sven für einen passenden Partner gehalten hätte? Hätte ich den mit brüchiger Stimme vorgetragenen letzten Wunsch des herzkranken, besorgten Vaters ignorieren dürfen? Meine Fantasie lief mal wieder Amok, und das völlig ohne Grund, denn ich hatte ja das Amüsement in der Stimme meines Vaters durchaus wahrgenommen.

»Sven Janssen ist ein Vollidiot.«

Mein Vater seufzte. »Da hast du leider recht. Der war als Kind schon nicht der Hellste.«

»Wohl wahr. Aber warum fragst du danach?«

Wieder seufzte er, bevor er antwortete. »Deine Mutter. Sie scheint sehr daran interessiert zu sein, dass aus dir und Sven ein Paar wird. Sie macht sich Sorgen um deine Zukunft, das darfst du ihr nicht übel nehmen, Helene.«

»Ich reiße mich ja schon zusammen«, grollte ich, »aber ich habe momentan keinen leichten Stand im Geschäft.«

»Kann ich mir vorstellen. Du sollst ziemlich unflätig geflucht haben, laut deiner Mutter.«

»Hat sie dir erzählt, was ich gesagt habe?«

Mein Vater lachte leise. »Wollte sie nicht. War ihr zu ordinär. Erfahre ich es von dir?«

Ich schüttelte den Kopf und sagte stattdessen: »Ich vermisse Oma schrecklich, Paps.«

»Ich auch, mein Mädchen.«

»Glaubst du, dass sie noch was von dem mitbekommt, was wir tun? Dass sie ... ich weiß nicht ... uns beobachtet?«

Er zuckte mit den Schultern. »Keine Ahnung, aber ich ertappe mich dabei, dass ich Zwiesprache mit ihr halte, lautlos, in meinem Inneren. Das ist fast wie eine normale Unterhaltung.« Er schwieg einen Moment und fuhr dann fort: »Weißt du, ich bin durch diese Herzsache zum Innehalten gezwungen und habe viel Zeit, um nachzudenken. Alles kann sich von einer Sekunde auf die andere verändern. Natürlich kann der Mensch nicht ständig über seine eigene Sterblichkeit nachdenken, das wäre ja fürchterlich. Aber wir sollten uns zusammensetzen, wenn ich aus der Kur zurück bin, Helene. Ich möchte die Zukunft unseres Geschäftes regeln, das steht nach Mutters Tod sowieso an. Haben wir eine Verabredung miteinander, Helene?«

»Wir haben eine Verabredung«, bestätigte ich.

Ich begleitete ihn in sein Zimmer, gab ihm einen Abschiedskuss und raste zurück nach Middelswarfen. Es war bereits Freitag, und morgen sollte das Dorffest stattfinden. In der Backstube liefen die Vorbereitungen bereits auf Hochtouren, aber ich wurde nicht dort gebraucht, sondern zum Veranstaltungsort für das Fest geschickt, meine Mutter erwarte mich dort, hieß es.

Widerwillig trabte ich los. Viel lieber hätte ich mich mit der noch fehlenden, letzten Torte beschäftigt, aber das musste wohl warten.

Auf dem großen Platz vor der Scheune war die Hölle los. Dutzende von Menschen liefen durcheinander, trugen Dinge herum, bauten auf oder dekorierten den Festplatz. Die Bierwagen standen auf ihrer Position, jugendliche Helfer, die sich hier ein paar Euro Taschengeld verdienen konnten, schleppten Bierbänke in die Scheune und bauten Pavillons auf, unter denen der Flohmarkt stattfinden würde. Aus der Scheune schallten Musikfetzen, offenbar checkte ein Tontechniker die Beschallungsanlage.

Ich beschirmte die Augen mit der Hand vor der Sonne und suchte meine Mutter in diesem unüberschaubaren Wimmelbild. Sie fand ich nicht, wohl aber meine Schwester, die sich vor einer kleinen Gruppe Menschen mit Klemmbrett und Handy am Ohr wichtig machte. Stimmt, Marie hatte unter entnervtem Augenrollen erzählt, Susanne sehe sich als Dirigentin der ganzen Veranstaltung, und nichts dürfe ohne sie entschieden werden, nicht einmal, wo ein Mülleimer stand.

Ich grinste.

Die gute Frau Bürgermeister, ganz in ihrem Element. Das hier musste für sie eine wesentliche Stufe auf ihrer Leiter zum gesellschaftlichen Erfolg sein: Sie organisierte eine große Veranstaltung und durfte eine Schar Domestiken herumscheuchen.

Dann sah ich, was es mit der kleinen Szene auf sich hatte: Susanne wurde gerade von der regionalen Presse fotografiert. Sie steckte das Handy weg, reichte jemandem das Klemmbrett, entfaltete den Aufbauplan und studierte ihn mit wichtiger Miene. Sie verharrte einige Sekunden in dieser

Pose, während sie wieder geknipst wurde. Dann winkte sie Majestix heran, der im Hintergrund herumgelungert hatte. Kurze Besprechung. Pose: Die patente Frau Bürgermeister zeigt dem Herrn Bürgermeister etwas im Plan, und er guckt interessiert. Oder vielleicht auch beeindruckt, so genau konnte ich das aus der Entfernung nicht sehen. Und morgen würde alles in der Zeitung stehen, und Susanne würde wie auf Wolken schweben.

Meine Mutter befand sich an unserem Stand, der umgeben war von einem Areal, dessen Grenzen durch einen niedrigen weißen Gartenzaun gekennzeichnet waren. Ein paar Teenager stellten runde Plastiktische und passende Stühle auf, andere steckten Sonnenschirme in Ständer, die neben jedem Tisch standen.

»Da bin ich, Mutti. Was gibt es denn?«

Sie sah von der Liste hoch, die sie konzentriert studiert hatte, und sagte: »Gleich kommen die Mädchen, die kellnern werden. Ich wollte, dass du bei der Einweisung dabei bist immerhin wirst du ja morgen auch hier sein.«

»Hm. Susanne ist beschäftigt, wie ich sehe? Ich dachte, sie würde an unserem Stand mitarbeiten.«

»Wird sie, wird sie ... wenn Not am Mann ist.«

Die Stimme meiner Mutter war immer leiser geworden, aber ich hatte es trotzdem gehört.

»Wenn Not am Mann ist? Ich dachte, sie hilft mir mit den Backwaren und den Bestellungen.«

»Deine Schwester hat eine wichtige Aufgabe bei der Veranstaltung«, schnarrte meine Mutter hoheitsvoll.

»Ja, genau, sich die verdammte Schürze mit der hübschen Bling-Bling-Stickerei umzubinden und Kuchenstücke auf Kuchenteller zu legen. Aber das scheint der First Lady nicht wichtig genug zu sein. Das kann Aschenputtel allein erledigen.«

»Das ist doch Unsinn. Wenn es zu viel wird, schicke ich dir eine Kellnerin.«

»Wenn es zu viel wird, brauchst du jede Kellnerin. Ist also ein blöder Plan, finde ich.«

»Aber die Leitung der Veranstaltung ist wichtiger als ...«

»Meine Torten für Patrick sind auch *wichtiger als*«, sagte ich leise. »Und jetzt? Was, wenn ich morgen einfach in der Backstube bleibe und die letzte Torte mache? Weil es *wichtiger* ist?«

»Das wagst du nicht«, stellte meine Mutter fest, von meiner Drohung völlig unbeeindruckt, »das tust du deinem Vater nicht an.«

Peng! Mitten rein ins Schwarze. Das musste ich ihr mal wieder neidlos zugestehen: Wenn es hart auf hart kam, hatte sie die Argumente, die dich schlagartig mundtot machen konnten. Ich war nur noch einen Atemzug davon entfernt, wie Rumpelstilzchen loszutoben oder mich wie ein bockiges Kind auf dem Boden zu wälzen und die Luft anzuhalten, bis ich meinen Willen bekam. Im letzten Moment suchte ich mein Heil in der Flucht.

Mit gesenktem Kopf bahnte ich mir meinen Weg durch die Menschen und stieß nach ein paar schnellen Schritten unsanft mit jemandem zusammen.

»He ...!«, sagte das dürre Mädchen, das ich aus Versehen angerempelt hatte, und drehte sich empört zu mir um. Hellgrüne Katzenaugen funkelten mich aus einem mageren Gesicht an und wanderten abschätzig an mir auf und ab.

»Entschuldigen Sie bitte«, stammelte ich verlegen, meine Wangen brannten heiß.

»Pass doch auf, du Bauerntrampel«, quengelte das Mädchen gedehnt, und auf einmal erkannte ich die Stimme. Ich stand vor Chantal.

Jetzt drehten sich auch die drei Personen in ihrer Begleitung um: zwei weitere magere Mädchen und Patrick, dem ein erstauntes »Helene!« entfuhr.

Wusch – die Zeitmaschine brachte mich zurück in ein Krankenhaus in Paris, zu Leon und zwei Frauen, die an seinem Bett stehen. Leon hatte exakt so reagiert wie Patrick jetzt.

»Das ist ja eine Überraschung«, sagte Patrick schnell, »dann lernt ihr euch jetzt schon kennen, ganz spontan. Helene, das sind Chantal, Fiona und Oksana. Mädels, das ist Helene, die Königin der Torten.«

»Nicht zu übersehen«, murmelte eins der Mädchen – Fiona? Oksana? –, und alle drei kicherten kurz. Dann wurden ihre Gesichter wieder so ausdruckslos wie vor dem Kichern. Sicher warteten sie auf eine Anweisung, welche Miene sie als Nächstes aufsetzen sollten, das war schließlich ihr Beruf.

»Freut mich«, sagte ich, aber in ihren Gesichtern regte sich überhaupt nichts. Da sie nicht den Eindruck machten, gern meine Hand schütteln zu wollen, behielt ich meine Hände bei mir.

»Ja ... also, die Mädels sind schon heute Morgen angereist, ganz überraschend«, erklärte Patrick, was ihm einen prüfenden Blick von Chantal einbrachte. »Sie wollten unbedingt etwas unternehmen, und da dachte ich ... und hier sind wir nun. Ich hatte dich in der Backstube vermutet, ich hatte nicht erwartet, dich hier zu treffen.«

»Krieg dich mal ein«, sagte Chantal, »ist ja gut. Wir sind hier, deine d..., deine Bäckerin ist hier, und jetzt gehen alle ihrer Wege.« Sie nickte mir zu. »Man sieht sich ja wohl noch.«

Die beiden anderen Mädchen hakten sich rechts und links bei ihr ein, dann marschierten sie einfach los.

»Ich versuche später, dich anzurufen«, sagte Patrick, und ich nickte.

Ich sah ihm hinterher, wie er die Mädchen einholte. Alk

drei hatten winzige Hintern und endlose, dünne Beine, die in hautengen Röhrenjeans steckten.

Bis zu diesem Moment hatte ich gedacht, die Models erst am Tag der Fotoproduktion zu treffen, das Ding professionell durchzuziehen und keine privaten Begegnungen zuzulassen. Das sah jetzt anders aus. Ich hätte alles, was ich besaß, darauf verwettet, dass die drei Grazien morgen auf dem Dorffest auftauchen würden. Und dann vermutlich in voller Kriegsbemalung und nicht so schlicht und ungeschminkt wie heute.

Sven Janssen würde bestimmt auch da sein. Das konnte spannend werden.

KAPITEL 34

Ich begann den Tag mit ein paar Dehnübungen. Ich hatte eine harte Schicht vor mir, das war mir klar. Wenn ich geahnt hätte, welche Überraschungen dieser sonnige Samstag für mich bereithielt, wäre ich auf der Stelle wieder ins Bett gegangen und hätte mir die Decke über den Kopf gezogen.

Als ich zur Bäckerei radelte, summte ich vor mich hin. Ich war so fröhlich, weil Marie sich angeboten hatte, für Susanne einzuspringen. Das würde mir nicht nur bei der Arbeit helfen, sondern vor allem, wenn – und nicht falls, denn ich war mir sicher – Patrick mit den Models auftauchen würde. Mit Marie an meiner Seite fühlte ich mich für alle Eventualitäten gewappnet.

Meine Mutter hatte den Transport unseres Angebotes – Torten, Plunderteilchen und so weiter – bereits generalstabsmäßig organisiert und dirigierte eine Menschenkette von Helfern, die große Tabletts mit Kuchen und Gepäck in einem Transporter verstauten.

»Du kannst schon zum Stand fahren, Helene«, rief sie mir zu und winkte mich ungeduldig aus dem Weg, »du wirst dort gleich gebraucht, um die Ware in Empfang zu nehmen. Ich komme etwas später nach.«

Ich schwang mich wieder aufs Rad und fuhr zum Festplatz. Alle Stände waren von deren Betreibern bereits in Beschlag genommen und wurden mit Ware ausgestattet und dekoriert. Über allem schwebte fröhliche, aufgeregte Stimmung. Der Himmel war bis auf ein paar Schäfchenwolken blau, die Wettervorhersage hatte perfekte zwanzig Grad angekündigt. Auf dem Weg zum Stand grüßte ich rechts und links ein paar Leute und stieß bald auf Susanne, die mir aber nur flüchtig zunickte und mit ihrem Klemmbrett vor der Brust majestätisch an mir vorbeisegelte wie ein Dreimaster mit voller Takelage.

Ich war die Erste an unserem Stand. Die Veranstaltung sollte um zehn – also in einer Stunde – losgehen. Die Mädchen würden in einer halben Stunde kommen und die Tische eindecken: rosa Plastikdecke, Zuckerstreuer, Aschenbecher, Wasserglas mit rosa Blümchen. Süß. Susannes Idee, natürlich.

Marie erwartete ich erst mittags, das würde reichen. Vormittags waren Dorffeste meist nur dünn besucht, hatte ich von Susanne gelernt, ab zwölf sollte es dann stetig mehr werden. Der Star des Festes, oder was immer man für einen Ersatz für ihn gefunden hatte, würde um sechs im Zelt auftreten, und spätestens zwei Stunden später sollten die Zapfhähne hochgedreht werden. Party zu Ende. Schließlich wolle man nicht, dass die Dorfjugend und gelangweilte Touristen sich an den Bierständen vollaufen ließen und dann grölend durchs Dorf zogen. Sollte mir recht sein, so bekam ich früh genug Feierabend, um eventuell sogar noch an der Torte zu arbeiten. Bestens.

Der Vormittag erwies sich als so ruhig wie von Susanne vorhergesagt. Um zehn hielt Majestix in der Scheune eine Eröffnungsrede, und zu meinem Leidwesen wurden seine salbungsvollen Worte per Lautsprecher nach draußen übertragen, damit auch ja niemand ein Wort des Großen Vorsitzenden verpasste. Vermutlich stand Susanne wie immer neben ihm und himmelte ihn an.

Unser kleines Café war gut besucht, aber noch hatte niemand ein Problem, einen Platz zu finden. Ab kurz vor zwölf wurde es deutlich mehr an Publikum, und die Familien schwärmten aus, um das Angebot zu erkunden. Die Kinder vergnügten sich im Streichelzoo und auf dem Karussell, während Mami und Papi erst über den Flohmarkt schlenderten und dann bei uns einkehrten. So manch einem Papi war deutlich anzusehen, dass er sich lieber an einen der Bierwagen gestellt hätte, aber die Mamis waren durch die Bank entzückt von der Möglichkeit, sich gepflegt hinsetzen zu können. Die Kellnerinnen flitzten hin und her, und als Marie endlich kam, stellte sie sich ohne Umschweife neben mich und half mir, die Bestellungen abzuarbeiten. Wir kamen erst wieder zu Atem, als in der Scheune die Kindertanztruppe angekündigt wurde und das Publikum hineinströmte.

»Komm, ich brauche eine kurze Pause«, stöhnte ich und zog Marie zu einem der Tische. Wir ließen uns von einem der Mädchen Kaffee bringen.

»Großer Sport«, sagte Marie schließlich und nickte anerkennend, »auch hier, das Café. Wirklich schön. Eure Kasse dürfte schon ordentlich geklingelt haben.« Sie deutete auf meine Mutter, die mit den Kellnerinnen zusammenstand und Anweisungen erteilte. Ihr Gesicht war entspannt, also musste der Umsatz bisher sehr gut gewesen sein. »Sie sieht zufrieden aus.«

Ich nickte. »Zweifellos ist sie das. Vermutlich wird sie eine Schubkarre brauchen, um das Geld nach Hause zu schaffen.«

Aus der Scheune drangen lustige Kindermusik und das asynchrone Trappeln von Kinderfüßen bei ihren ersten Stepp-Versuchen. Der Applaus nach dem Ende einer Nummer war jedes Mal laut und frenetisch.

»Wie lange dauert das wohl da drin?«, fragte Marie und blinzelte träge gegen die Sonne.

»Keine Ahnung, aber direkt danach kommt das Männerballett.«

»Ich weiß. Ich musste das Programm tippen. Männerballett. Entsetzlich.«

»Gott sei Dank musst du es dir nicht ansehen, wenn du nicht willst.«

»Gott sei Dank«, gluckste sie vergnügt, aber dann wurde sie

plötzlich ernst und setzte sich auf. »Aber das da muss ich mir ansehen, ob ich will oder nicht.«

Ich drehte mich um. Patrick kam auf uns zu, flankiert von den drei Mädchen von gestern, mit denen eine verblüffende Wandlung vor sich gegangen war: Jetzt sahen sie aus wie Models.

Wenn ich mich heute daran erinnere, sehe ich die Szene immer in Zeitlupe vor mir: Lange Haare wehten, bemalte Lippen glänzten verführerisch, Augen waren dunkel und verrucht betont, hauchzarte, fast transparente Blusen flatterten über tief sitzenden Jeans und ließen keinen Zweifel daran, dass Büstenhalter nicht zu diesen Outfits gehörten. Fehlte nur noch ein Weichzeichner à la David Hamilton.

»Wie hieß noch mal diese Serie aus den Siebzigern, mit diesen drei Frauen ...?«, fragte Marie, ohne den Blick von dem spektakulären Kleeblatt zu nehmen, das sich uns langsam, aber stetig näherte. »Alle Wetter, die eine hat eine Föhnwelle. Eine *Außenwelle.*« Ihre Stimme klang beinahe ehrfürchtig.

»Das ist übrigens Chantal«, verkündete ich, und Marie zog die Augenbrauen hoch.

»Das ist die Stabheuschrecke? Die gelangweilte Trine von den Fotos? Was Schminke alles ausmacht ... irre.«

»Freut mich, dass es dir gefällt«, sagte ich kiebig.

Marie lachte leise. »Ho, Brauner, ganz ruhig. Wir sind zu zweit, und wir stecken diese Damen dreimal in die Tasche. Die können dir gar nichts, und Miss Föhnwelle schon überhaupt nicht. Eine falsche Bemerkung, und ich reiße ihr die ondulierten Locken vom Kopf.«

Sie hob die Hand, winkte und rief übertrieben laut: »Patrick, *Darling*, da bist du ja endlich! Komm, gib mir einen Kuss!«

»*Darling*? Gib mir einen Kuss?«, murmelte ich aus dem Mundwinkel. »Bist du besoffen?«

Aber Marie kicherte nur und erhob sich vom Stuhl, um

Patrick, der samt Gefolge mittlerweile am Tisch stand, mit großer Geste zu umarmen. Chantal bebte, und Patrick sah mich über Maries Schulter fragend an.

»Und jetzt stell mir endlich deine kleine Model-Freundin vor, ich bin so gespannt!«

Marie ließ Patrick los und strahlte die drei Grazien an, die noch damit beschäftigt waren, die *kleine Model-Freundin* zu verdauen.

»Fiona, Oksana – das ist Marie.« Die beiden Mädchen nickten synchron, und wieder fand ich nicht heraus, welcher Name zu welchem Model gehörte. Patrick zeigte auf Chantal und sagte: »Und das ist Chantal, meine ...«

»Verlobte!«, fauchte Chantal und presste die Lippen zusammen.

»Verlobte, soso. Wirklich, recht hübsch, Patrick.« Marie musterte Chantal und flötete: »Aber mit ihrem Gesichtsausdruck muss sie aufpassen, mein Lieber, sie darf nicht zu oft die Stirn runzeln – so wie jetzt gerade. Auf Dauer gibt das Falten, und schon ist es vorbei mit der Modelkarriere.« Sie zwinkerte schelmisch. »Irgendwann kannst du nämlich selbst mit Photoshop nichts mehr ausrichten!« Sie riss plötzlich übertrieben bestürzt die Augen auf. »Oh, das nimmt sie mir doch nicht übel, oder, Patrick? Ich meine es nur nett, das weiß sie doch bestimmt?«

Marie beendete ihre kleine Show mit einem strahlenden, entwaffnenden Lächeln. Fehlte nur noch, dass sie sich verbeugt hätte.

Ich hielt den Atem an. Fiona und Oksana sahen Chantal an, Chantal sah abwechselnd Patrick und Marie an. Patrick stierte mit zuckenden Mundwinkeln auf seine Schuhe, und Marie strahlte immer noch.

»Ich habe keine Falten«, sagte Chantal schließlich. Ihr Gesicht war so versteinert, dass ich mich wunderte, dass sie überhaupt die Kiefer auseinander brachte, um zu sprechen.

»Natürlich nicht, meine Liebe, dazu sind Sie ja noch viel zu jung! Wie alt ist sie noch, Patrick?«

»Zweiundzwanzig«, sagte Patrick.

»Blutjung! In dem Alter muss man sich um sein Gesicht noch keine Sorgen machen.« Sie tätschelte Chantals Arm und raunte: »Da haben Sie mit Sicherheit noch drei oder vier sorgenfreie, faltenlose Jahre vor sich, meine Liebe. Ich beneide Sie.«

Chantal starrte auf die Stelle an ihrem Arm, wo Maries Hand sie berührt hatte. Sie sah aus, als würde ihr jede Sekunde der Kopf explodieren, aber Fiona und Oksana standen mittlerweile wieder völlig teilnahmslos in der Gegend herum. Sie sahen sich nicht um, zeigten keinerlei Interesse an dem, was sie umgab, warteten einfach, wo man sie als Nächstes hinstellen würde. Schaufensterpuppen.

»Patrick, ich glaube, deine hübschen kleinen Models langweilen sich. Ich empfehle das Männerballett oder den Streichelzoo.« Marie kriegte einfach nicht genug.

»Gibt es hier irgendwo Champagner?« Chantal war wieder im Quengelmodus angekommen.

»Oh, natürlich, in der Penthouse-Bar der Scheune. Hummer, Austern, Champagner – alles, was Sie wollen.«

Ich gab Marie unter dem Tisch einen Tritt, und sie fügte hinzu: »Kleiner Scherz, meine Liebe. In diesem Jahr haben wir beschlossen, unser kleines Fest ganz rustikal zu halten. So eine Art *Country* ... *Vintage* ... Sie kennen sich da natürlich viel besser aus. Aber einen ordentlichen Schnaps bekommen Sie natürlich am Bierwagen.«

Die Grazien drehten sich wie auf ein geheimes Signal um und stolzierten von dannen.

Patrick grinste und sagte zu Marie: »Du Hexe. Country? Vintage? Wo hast du das denn her? Und ich muss mir jetzt Chantals Tiraden über dich anhören, vielen Dank auch.«

Marie grinste zurück. »Hau schon ab, sonst zieht sie dir bei lebendigem Leib die Haut in Streifen vom Körper.«

»Ich ... wir sehen uns später noch?«

Als er das sagte, sah er mich an, und ich zuckte mit den Schultern. »Warten wir es ab.«

»Bist du denn später noch in der Backstube?«

»Kann sein. Je nachdem, wie kaputt ich bin. Ansonsten sehen wir uns spätestens morgen Abend, oder?«

Für den Termin war der Transport der Torten ins Schloss geplant.

Patrick nickte. »Ich hoffe aber noch vorher.« Er winkte und folgte den Mädchen.

»Er steht auf dich«, stellte Marie fest.

»Dadurch, dass du es ständig wiederholst, wird es auch nicht wahrscheinlicher.«

»Der hat sich innerlich längst von der Dürren verabschiedet, sonst hätte er gerade anders auf mich reagiert. Schon allein, um sich vor ihrem Zorn zu schützen. Er hat gelacht, hast du das nicht gesehen? Sie ist ihm egal!«

»Totaler Quatsch.«

»Warum kannst du mich nicht angucken? Du weichst mir aus. Ist da etwa schon was gelaufen?« Sie sah mich nachdenklich an. »Da ist schon was gelaufen!«

Mein Gesicht wurde heiß.

»Du wirst ja rot! Los, erzähl mir alles!«

»Da gibt es nicht viel zu erzählen«, murmelte ich knapp oberhalb der Hörgrenze, »wir haben uns zweimal kurz geküsst.«

»Wann? Wo?«, rief Marie atemlos und so laut, dass meine Mutter aufmerksam zu uns herübersah.

»Sch!«, zischte ich. »Meine Mutter kann uns hören! Eigentlich ist überhaupt nichts passiert, und wir haben beschlossen, dass nichts weiter passieren wird. Ende der

Geschichte.«

»Laaangweilig!« Marie kniff die Augen zusammen. »Damit willst du mich doch wohl nicht abspeisen?«

Ein Schatten fiel auf uns, und wir sahen beide auf. Sven Janssen stand an unserem Tisch.

»Guten Tag, Helene. Marie.«

Er trippelte irgendwie aufgeregt hin und her und spähte immer wieder hinüber zu irgendetwas, das in meinem Rücken war.

»Tag, Sven. Amüsierst du dich? Unsere Pause ist leider gerade vorbei.« Schlau, wie ich war, wollte ich so einer potenziellen Einladung vorbeugen.

»Hm. Sag mal, Helene ... sind das die Models?«

Sein zitternder Zeigefinger wies über meine linke Schulter hinweg auf ... die Models natürlich, wie ich feststellte, als ich mich umdrehte.

Die drei standen wie hingegossen am Tresen des Bierwagens, eingefroren in Posen unendlicher Langeweile, und starrten hochmütig über die Köpfe der Leute um sie herum, was dank ihrer schwindelerregend hohen Absätze auch mühelos möglich war. Sie ragten wirklich und wahrhaftig wie Türme heraus. Natürlich wurden sie angestarrt. Nicht nur die Männer am Bierstand glotzten, nein, wir standen kurz vor einem Volksauflauf. Patrick hätte seine Modefotos hier machen sollen, mitsamt den Gaffern, das wäre doch mal etwas anderes gewesen.

»Ja, Sven, das sind die Models.«

»Kannst du ... Würdest du mich ...«

»Vorstellen?«, sagte ich knapp. »Ich glaube nicht, dass das geht. Die Damen sind etwas eigen.«

»Und nicht besonders gut gelaunt«, fügte Marie hinzu, die es schließlich wissen musste.

Sven gab sich keine Mühe, seine Enttäuschung zu verbergen, und zog mit hängenden Schultern ab. Ich stemmte mich aus dem gemütlichen Stuhl hoch, denn das Publikum verließ die Scheune wieder. Das Männerballett hatte offenbar alle Pirouetten gedreht, die es zu drehen gab. Ich stutzte, weil ich ein bekanntes Gesicht in der Menge zu sehen glaubte, aber schon war es nicht mehr zu entdecken.

Außerdem – was sollte Marcel hier in Middelswarfen machen?

KAPITEL 35

Unsere Tische waren rasch wieder besetzt. Marie und ich hatten ordentlich zu tun, und so bemerkte ich ihn erst, als es zu spät war.

»Hallo, Helene«, sagte Leon, und mir fiel umgehend der Teller aus der Hand. Ein Stück Buttercremetorte klatschte auf meine Schuhe, und ich konnte nur dastehen und ihn anstarren. Wieso war er hier? Für einen Moment glaubte ich zu halluzinieren, aber dann tauchte Marcel hinter ihm auf, der mich ungläubig ansah. Was war das hier? Was passierte hier gerade? Mein Gehirn kam nicht mehr mit.

Marie war herbeigeeilt und sah sich die Bescherung zu meinen Füßen an.

»Marie, darf ich vorstellen«, sagte ich automatisch, »das sind Leon und sein Manager Marcel.«

»Was wollen die denn hier?«

»Keine Ahnung. Waren auf einmal da. Du siehst sie also auch?«

Marie prustete kurz und wartete dann ab, was als Nächstes passieren würde.

»Helene«, sagte Leon versonnen, »ich hatte gehofft, dass ich dich hier treffen würde.«

»Hau ab, Leon. Lass mich in Ruhe.«

»Ich kann leider nicht abhauen, weil ich gleich hier auftreten werde.« Er lächelte strahlend. »Freust du dich nicht auch ein bisschen? Ich vermisse dich jeden Tag.«

»Seit wann ist klar, dass er heute auftreten wird? Bei dieser Veranstaltung?« Ich sah Marcel an.

»Seit zwei Tagen? Drei ...? War wohl ein Notfall. Die Sängerin, die ausgefallen ist, wird von der gleichen Agentur vertreten wie wir.«

Tatsächlich schien alles ein Zufall zu sein. Ich schüttelte den

Kopf, weil ich mich weiterhin weigerte zu akzeptieren, was da gerade passierte, es war zu unvorstellbar. Aber da standen Leon und Marcel, und ich fühlte mich wie ... ja, wie fühlte ich mich eigentlich? Eher so, als wäre ich nicht diejenige, der das gerade passierte, sondern nur eine unbeteiligte Zuschauerin.

»Ich ... ich möchte nicht mit euch reden«, brachte ich mühsam heraus, »lasst uns bitte so tun, als hätte diese Begegnung niemals stattgefunden.«

Pathetisch, aber treffend. Genau das wünschte ich mir.

»Das kannst du nicht tun«, lamentierte Leon, »jetzt, wo ich dich endlich gefunden habe! Tu mir das nicht an, Helene, ich flehe dich an. Du bist mein Leben!«

Damit ging der Pathos-Pokal eindeutig an Leon. Ich funkelte ihn an, und Marcel griff hastig den Arm des protestierenden Leon und zerrte ihn in Richtung Bierwagen.

Ich ging in die Hocke und sammelte die Scherben des Tellers ein. Als ich wieder hoch kam, begegnete ich Maries Blick.

»Alles bestens«, sagte ich, warf die Scherben in den Mülleimer und sah mich nach einem Lappen um.

»Wirklich?« Marie klang zweifelnd, kein Wunder.

Ich dachte nach und forschte in meinem Inneren nach einer Antwort auf diese Frage. »Ich glaube schon Zumindest empfange ich kein gegenteiliges Signal. Ich vermute, ich bin momentan in so einer Art Energiesparmodus unterwegs. Bei jedem Einschlag denke ich: Was soll mich jetzt noch schokken? Und dann passiert die nächste Posse, und ich denke: He, da gab es ja doch noch eine Steigerung, aber jetzt kannst du dich entspannen, schlimmer geht nicht. Wer weiß, vielleicht reißt mich der ganze Mist in einer Woche von den Füßen, aber im Moment habe ich zu tun, und das gilt noch für ein paar Tage. Zum Nachdenken komme ich erst später. Vielleicht besser so.«

»Hm, du klingst mir ein bisschen zu vernünftig, um ehrlich zu sein. Versprich mir, dass du sofort Laut gibst, wenn du eine Auszeit brauchst. Oder von mir aus auch Feierabend.«

Ich versprach es, und wir konnten endlich weiterarbeiten. Eine Durchsage kündigte den Shantychor an, und wieder geriet das Publikum in Bewegung.

»Setzen wir uns raus?« Marie hielt bereits einen Kuchenteller mit Obsttörtchen und einen großen Becher Kaffee in den Händen.

»Aber wir brauchen einen strategisch günstigen Platz, damit Leon sich nicht anschleichen kann.«

Wir fanden den am besten geeigneten Tisch und setzten uns.

»Das ist also Leon«, sagte Marie, die ihn bisher nur von Fotos gekannt hatte. »Und sein guter Freund und Manager Marcel. Wie war das für dich?«

»Als hätte ich einen Film gesehen. Ich kann es immer noch nicht glauben. So einen Zufall kann es doch gar nicht geben.«

»Kann er dir noch gefährlich werden?«

Wieder horchte ich in mich hinein. Regte sich da irgendetwas? Ein zärtliches Gefühl vielleicht, ein bisschen Wehmut? Totenstille. Nichts.

»Ich fühle nicht das Geringste, außer dass ich über die Störung genervt bin und dass er mich von der Arbeit abgehalten hat. Aber wer weiß, vielleicht stehe ich ja derart unter Schock, dass ich einfach nur momentan nichts fühle, und in einer Woche ...«

»Reißt der ganze Mist dich von den Füßen, ich weiß«, unterbrach sie mich. »Dann lass uns jetzt nicht darüber sprechen.«

Ein vernünftiger Vorschlag, fand ich. Und noch etwas anderes hatte ich beschlossen, was auch sehr vernünftig war: Ich würde diesen Stand heute nur noch verlassen, um nach Hause zu gehen. Auf keinen Fall würde ich über das Fest schlendern oder womöglich in die Scheune – überall lauerten griechische Tragödien.

»Patrick ist auf dem Weg hierher«, verkündete Marie.

»Allein?«

Sie nickte.

»Dann ist es okay. Ungeordneter Rückzug ist hiermit abgeblasen.«

Wir lachten beide noch, als Patrick an den Tisch trat.

»Gewähren die holden Damen mir für ein paar Minuten Asyl? Ich suche einen Ort, wo ich nicht von idiotischem Geplapper umgeben bin. Dies scheint mit so ein Ort zu sein.«

»Seid willkommen, edler Herr.« Marie lud ihn mit großer Geste ein, sich zu uns zu setzen, und er ließ sich seufzend auf einen Stuhl fallen.

»Wo ist denn das Trio Infernale? Abgehängt? Gefesselt und geknebelt im Watt abgesetzt – und die Flut erledigt den Rest?« Marie grinste breit, und Patrick lachte.

»Nee, die Damen halten am Bierstand Hof und lassen sich Longdrinks ausgeben.«

Das konnte ich mir lebhaft vorstellen: Die versammelte Männerwelt konnte die Brieftaschen bestimmt gar nicht schnell genug aus den Sakkos zerren, um die Scheine fliegen zu lassen. Nur um später, nach dem Urlaub, am Stammtisch zu Hause erzählen zu können, dass sie einem echten Model einen ausgegeben hatten.

»Und jetzt sind da auch noch zwei unglaubliche Schnösel aufgetaucht, von denen einer der Star des Abends ist. Oksana ist völlig aus dem Häuschen, weil der Typ in Frankreich so was wie ein Star ist.«

Leon und Marcel – zusammen mit den Models und Strömen von Alkohol. Das konnte nur ein Desaster geben.

Aber alles nicht mein Problem. Ich würde mich völlig raushalten.

Als Marie und ich wieder an unseren Arbeitsplatz gingen, blieb Patrick draußen sitzen. Er brauche noch etwas Ruhe, er möchte jetzt einfach abwarten, bis die Damen genug hatten und in ihr Hotel wollten, erklärte er.

In der Umbaupause nach dem Shantychor gaben wir noch einmal alles und waren tatsächlich so gut wie ausverkauft, als Leons Auftritt begann und der Platz vor der Scheune sich leerte. Ich hatte sogar die drei Modeltürme hineinstöckeln sehen, was Patrick augenrollend und genervt bestätigte. Offenbar hatten die Damen noch lange nicht genug.

Leons Discopop, der sich für mich immer anhörte wie etwas, das ich bereits kannte, drang aus der Scheune.

Marie verdrehte die Augen. »Das ist ja grauenhaft. Damit verdient er sein Geld?«

»Sieht so aus.«

Sie sah sich um. »Alles soweit aufgeräumt. Meinst du, wir können uns ein Bier genehmigen?«

Sie holte drei Glas Bier vom Bierwagen, und wir setzten uns zu Patrick.

»Hoffentlich ist der Clown da drin bald fertig, ist schon die zweite verdammte Zugabe«, grummelte er, und wie auf sein Stichwort hörten wir, dass Leon sich bei seinem Publikum bedankte und sich verabschiedete. Vereinzelte Rufe nach weiteren Zugaben wurden nicht erhört, und das Publikum strömte heraus. Die Models blieben verschwunden.

»Kleine Aftershow-Party?«, rätselte Patrick. »Ich warte jetzt noch eine Viertelstunde, dann hole ich sie raus.«

Wir beobachteten träge und schweigend den Eingang der dunklen Scheune, und schließlich, nach etwa zwanzig Minuten, kamen Chantal und eins der beiden anderen Mädchen blinzelnd aus der Dunkelheit geschwankt und sahen sich suchend um.

»Du liebe Güte«, murmelte Patrick, »wo, zum Teufel, ist ...« Er riss den Arm hoch, winkte und rief: »Hier bin ich! Hallo!«

Endlich wurde Chantal aufmerksam, und die beiden Mädchen stolperten auf uns zu. Sie sahen etwas derangiert aus und hatten offenkundig ein paar Longdrinks zu viel intus. Unsicher blieben sie neben dem Tisch stehen.

»Wo ist Oksana?«, fragte Patrick.

Damit war für mich endlich diese Frage geklärt. Das betrunkene Mädchen neben Chantal war Fiona.

Chantal stürzte sich in eine weitschweifige, mit zahllosen unwichtigen Details geschmückte Geschichte. Fazit: Man habe zu dritt gestanden und das Konzert verfolgt, und auf einmal sei Oksana verschwunden gewesen. Sie hatten sich nicht von der Stelle gerührt, aber die Vermisste sei nicht wieder aufgetaucht.

»Jetzt reicht es mir aber langsam«, sagte Patrick und sprang auf »Ihr beide setzt euch und wartet auf mich«, herrschte er Chantal und Fiona barsch an. Dann wandte er sich an Marie und mich. »Helft ihr mir suchen?«

Wir verteilten uns. Marie übernahm den Streichelzoo und den Flohmarkt, ich graste Bierwagen und Gastronomiestände ab, Patrick suchte in der Scheune.

Marie kam keuchend heran. »Nix. Hast du sie gesehen?«

Ich schüttelte den Kopf.

»Wo ist Patrick?«

»In der Scheune, glaube ich.«

Wir gingen hinein, aber es war niemand zu sehen. Die Hintertür des riesigen Gebäudes stand offen.

»Vielleicht ist er hinten raus und sucht da. Los, ich gehe links rum, du rechts«, kommandierte Marie und marschierte los. Ich bog rechts um die Ecke und stand auf einem breiten, grasbewachsenen Streifen, auf dem sich einige Büsche verteilten. Hinter einem, der ein paar Meter entfernt stand, glaubte ich eine Bewegung zu sehen. Vielleicht war ihr schlecht geworden, und sie lag hilflos da?

Hinter mir hörte ich Schritte, und Patrick sagte: »Und? Hast du sie gesehen?«

Ich schüttelte den Kopf und deutete auf den verdächtigen Busch, an dem sich jetzt sogar einige Blätter bewegten. Wir rannten gleichzeitig los und blieben in exakt der gleichen Sekunde abrupt stehen, als wir sahen, was hinter dem Busch vor sich ging: Oksana und Leon standen eng umschlungen und küssten sich, als ob sie ineinanderkriechen wollten. Leons Hände machten sich dabei mit gierigen Bewegungen unter Oksanas Bluse zu schaffen.

Natürlich – warum war ich nicht gleich darauf gekommen?

Der Anblick der beiden versetzte mir einen Stich. Die Tatsache, dass Leon mir vor wenigen Stunden noch erklärt hatte, ich sei sein Leben, hielt ihn nach wie vor nicht davon ab, alles mitzunehmen, was sich ihm anbot. Er würde sich niemals ändern. Und wenn ich noch eine Bestätigung dafür gebraucht hatte, sah ich sie gerade vor mir.

»Verdammt, Oksana!«, donnerte Patrick.

Leon drehte kurz den Kopf zur Seite und sagte: »Hau ab, du Penner. Oksana ist beschäftigt.«

Dann erkannte er mich. Er stieß das Mädchen von sich. »Helene, bitte ... die kleine Schlampe hat nicht lockergelassen ... ich liebe nur dich!«

Was bisher nur verlogen gewesen war, wurde jetzt grotesk. Patrick sah aus, als verstünde er die Welt nicht mehr. Oksana hatte sich von dem brüsken Ende ihres Intermezzos erholt und schrie: »Wer ist hier eine kleine Schlampe? Du hast mich doch von deinem kleinen Sklaven aus dem Publikum holen lassen!«

»Du wärst mir doch am liebsten schon am Bierstand an die

Hose gegangen. Mädchen wie dich gibt es wie Sand am Meer, aber so eine wunderbare Frau wie Helene gibt es nur einmal! Und du blöde Kuh hast mir alles kaputt gemacht!«

Gab es eine Steigerung für grotesk? Leon warf diesem Mädchen vor, ihm alles kaputt gemacht zu haben?

Wie ein Zombie schwankte Leon ein paar Schritte auf mich zu und streckte die Arme nach mir aus. Sein Gesicht war weinerlich verzogen, als er flehte: »Helene, bitte, schick mich nicht weg. Komm mit mir zurück nach Paris, unsere Wohnung ist so leer! Alles wird anders, ich verspreche es dir. Ehrlich.«

Ungelenk versuchte er, mich zu umarmen, aber ich wich zurück, bis ich mit dem Rücken an der Scheunenwand stand. Leon kam immer näher. Er stützte sich rechts und links von meinem Kopf an der Wand ab. Der säuerliche Alkoholgeruch seines Atems verursachte mir Übelkeit. Ich versuchte, ihn von mir zu stoßen, aber er war stärker.

»He, lass sie in Ruhe!«, rief Patrick, der sich aus seiner Erstarrung endlich gelöst hatte. Oksana hockte auf dem Rasen und heulte.

Ohne seine Position zu verändern, sah Leon über seine Schulter zu Patrick und gab zurück: »Ich habe dir doch vorhin schon gesagt, du sollst abhauen, du blöder Penner. Das ist eine Sache zwischen mir und meiner Braut. Nimm deine kleine Modelschlampe und verzieh dich.«

Er drehte sich wieder zu mir um und versuchte, mich zu küssen. Ich fing umgehend an zu kreischen.

KAPITEL 36

»Das war mehr so beißen, kratzen und Haare ziehen«, spöttelte Marie am nächsten Morgen, als sie mir beim Frühstück erzählte, wie sie und Marcel dazugekommen seien, Oksana heulend auf der Erde gelegen und sich Patrick mit Leon prügelnd auf dem Boden gewälzt habe, während ich geschrien hätte wie am Spieß. »Wie eine Mädchenschlägerei. Kneifen und vors Schienbein treten. Lustig sah das aus.«

»Ich fand das überhaupt nicht komisch. Irgendwann habe ich gedacht, ich bin auf einem schlechten Trip. Es wurde immer bizarrer, und der vorläufige Höhepunkt – ha, ha, kleines Wortspiel – war damit erreicht, Leon und Oksana kurz vorm Sex zu erwischen.«

»Darum beneide ich dich weiß Gott nicht«, gab Marie zu.

»Weißt du, ob irgendwer von dem Theater etwas mitgekriegt hat?« Das fehlte mir nämlich noch, dass meine Mutter oder meine Schwester davon erfuhren.

»Nicht, dass ich wüsste. Ich finde, wir haben alles äußerst diskret geregelt.«

Das stimmte allerdings. Marcel hatte die beiden Kontrahenten überraschend beherzt getrennt und war dann ohne ein Wort mit Leon verschwunden. Patrick hatte Oksana aufgeholfen, und dann waren wir zu den anderen Mädchen gegangen, die mittlerweile auf umgedrehten Getränkekisten hockten, da unser Caféstand bereits abgebaut wurde.

»Wo wart ihr denn so lange?«, hatte Chantal gemault. »Ich will endlich ins Hotel, diese Bauern hier langweilen mich.«

»Ach, halt doch die Klappe«, war Patricks Reaktion gewesen, und nach einer kurzen Verabschiedung hatte er seine Models eingesammelt und war mit ihnen Richtung Parkplatz verschwunden.

Alle Beteiligten hatten sich eilig in ihre Autos gesetzt und waren in verschiedene Richtungen gefahren – die einen nach Paris, andere ins Hotel und ich nach Hause, ins heimische Wohnzimmer, *in Sicherheit*. Ich hatte nur noch ein langes, heißes Bad genommen, einen doppelten Wodka getrunken und war dann schlafen gegangen.

»Ich bin so froh, dass du bei mir warst«, sagte ich, »keine Ahnung, ob ich das sonst überlebt hätte.«

»Gern geschehen, das Drama hätte ich um nichts in der Welt verpassen mögen. Ich habe ja nicht geahnt, wie aufregend dein Leben wirklich ist! Aber du hast königliche Haltung bewahrt, das muss man dir neidlos lassen.«

»Das war nur Schockstarre, nichts weiter.«

»Hat äußerst souverän gewirkt. Aber dass ausgerechnet du deinen Ex mit dieser ukrainischen Hungerkünstlerin erwischen musstest, ist schon echt harter Tobak. Wie hat er denn reagiert?«

»Abartig. Erst hat er Oksana die Schuld zugeschoben, dann hat er mich angefleht, zu ihm zurückzukommen. Und als er handgreiflich wurde und versucht hat, mich zu küssen, hat Patrick ihn von mir weggezerrt. Den Rest hast du selbst gesehen.«

»Und wie hat Patrick reagiert?«

»Keine Ahnung«, sagte ich sarkastisch, »ich war mit mir selbst beschäftigt, sorry.«

Meine Stimmung drohte zu kippen. Ich hatte noch ein paar harte Tage vor mir und absolut keine Lust, mir über die Befindlichkeiten anderer Leute den Kopf zu zerbrechen. Was interessierte es mich, wie es Patrick, Leon oder sonst wem ging?

Marie spürte mein inneres Stirnrunzeln sofort und wechselte schnell das Thema.

»Wenn du willst, helfe ich dir heute in der Backstube. Ich habe nichts vor.«

Ich schüttelte den Kopf. »Ich möchte allein sein. Ein bisschen runterkommen und darüber nachdenken, was gestern passiert ist und wie ich mich damit fühle. Ich bin völlig verwirrt. Aber ich finde es gut, dass ich Leon begegnet bin, denn ich habe ihn schließlich seit dem Zwischenfall im Pariser Krankenhaus nicht gesehen. Auch, dass ich nicht darauf vorbereitet war. Aus der Distanz kann ich mir gut einreden, über ihn hinweg zu sein. Ich hocke nicht in einer Wohnung, in der wir einmal gemeinsam gelebt haben und in der mich alles an ihn erinnert. Ich konnte ihn einfach aus meinem Leben streichen, indem ich alles zurückgelassen habe. Kein Souvenir an ihn existiert noch, nichts. Ich habe zu tun, ich bin von netten Menschen umgeben – ich hatte ja kaum Zeit, mich einsam zu fühlen und ihn zu vermissen.«

»Tust du das? Ihn vermissen?«

»Das ist ja genau die Frage. Vermisse ich ihn, oder will ich schlicht nicht allein sein? Weißt du, es war wirklich schön mit Leon, solange ich nicht wusste ...«

Marie sah mit einem Ruck von ihrem Frühstücksbrettchen hoch. »Aber jetzt weißt du es, und du wirst es niemals wieder vergessen können. Hoffe ich doch. Und wenn euer Sex noch so gut war.«

Danke, Marie. Noch ein Thema, über das ich nicht nachdenken will: erderschütternder Sex mit Leon. Ich sah auf meine Armbanduhr.

»Ich muss los, wenn ich rechtzeitig fertig sein will.«

»Du kannst mich jederzeit anrufen, ich komme dann angeflitzt.«

»Mach ich. Falls nicht – warte nicht auf mich, es wird spät. Wir bringen heute Abend die Torten ins Schloss.«

Ich war bereits vier Stunden bei der Arbeit und überzog die letzte Torte mit tiefblauem Fondant, als meine Mutter in der Backstube erschien. Nach einem kurzen Gruß sah sie mir schweigend bei der Arbeit zu, aber ich ließ mich nicht ablenken.

Schließlich sagte sie: »Helene ... der junge Mann gestern, der zuletzt aufgetreten ist, war das nicht dein ...?«

Hatte sie ihn also doch erkannt. Ich hatte gehofft ... na ja, schließlich war sie ihm nur einmal begegnet. Aber Waltraud das Superhirn vergaß selten ein Gesicht.

»Ja, das war Leon.«

»Er hat die Haare anders.«

»Kann schon sein.« Ich verschränkte die Arme vor der Brust. »Bist du gekommen, um dich mit mir über Leons neue Haarfarbe zu unterhalten? Dazu habe ich nämlich keine Lust. Ich habe zu tun, wie du siehst.«

Ich hatte gehofft, sie würde gehen, aber das tat sie nicht.

»Schöne Grüße von deinem Vater, ich habe ihn heute Morgen besucht. Er hat mir das Album gezeigt, die Fotos von den Torten. Und von dir. Sehr schön, Helene, wirklich.« Sie deutete auf die dunkelblaue, fünfstöckige Kreation, an der ich gerade arbeitete, und fuhr fort: »Die ist auch außerordentlich beeindruckend. Ich wusste ja nicht ...« Sie verstummte.

Du wolltest es ja auch nicht wissen, grollte ich innerlich, und jetzt versagt dir die Stimme daran, mir ein Kompliment zu machen.

»Schon gut, Mutti«, sagte ich.

»Na, dann lasse ich dich jetzt mal in Ruhe. Falls wir uns nicht mehr sehen – ich wünsche dir, dass morgen alles gut klappt und du glücklich mit deiner Arbeit bist.«

»Danke, das ist nett.«

Ja, das war es wirklich. Ich konnte mich nicht erinnern, meine Mutter jemals so erlebt zu haben. Irgendwie ein bisschen unheimlich.

Sie ging zur Tür, drehte sich aber noch einmal um. »War

es schlimm für dich, Leon zu begegnen? Ich habe euch kurz miteinander sprechen sehen.«

Nanu? Meine offizielle Version war doch gewesen, dass Leon und ich uns in Freundschaft getrennt hatten. Hatte meine Mutter doch mehr verstanden, als ich ihr zutraute?

»Alles bestens«, benutzte ich meinen Standardspruch für alle Fälle, auf den ich immer dann zurückgriff, wenn ich keine Lust auf Erklärungen hatte.

Sie nickte. »Gut, dann bin ich beruhigt. Ich geh dann mal. Viel Glück.«

Sie verließ die Backstube und ließ mich mehr als verwirrt zurück. Sie versuchte eindeutig, freundlich zu mir zu sein. Aber warum? Hatte es einen Moment der Einsicht bei ihr gegeben? Oder war ihr verändertes Verhalten das Resultat der Gespräche mit meinem Vater, wenn sie ihn besuchte? Bestimmt hatten sie schon lange nicht mehr so viel Zeit miteinander verbracht, ohne dass es um die Konditorei ging.

Ich konzentrierte mich wieder auf meine Arbeit. Der Überzug der Torte war vollständig, jetzt folgte das eigentliche Design. Ich rollte den bereitliegenden türkisfarbenen Klumpen Fondant zu einer hauchdünnen Teigplatte und stach mithilfe einer Form Rauten aus, mit denen ich die erste, dritte und fünfte Etage der Torte verzierte, sodass dort ein Rautenmuster wie bei einem Pierrotkostüm entstand. Auf die zweite und die vierte Etage klebte ich komplizierte und filigrane Muster aus goldenen Zuckerperlen. Als Abschluss setzte ich ein goldenes Krönchen, das Patrick besorgt hatte, auf die Spitze und trat zwei Schritte zurück. Morgen früh, wenn der Lieferant die bestellten Blumen ins Schloss brachte, würde ich die Torte noch mit hellgrünen Chrysanthemenblüten besetzen.

Ich sah auf die Uhr. Ich hatte genug Zeit, mich zu duschen und frisch zu machen, bevor Patrick kommen wollte.

Marie wollte mir Nudeln kochen, damit ich noch ein paar Kohlehydrate zur Stärkung bekam, und so wartete ein köstliches Mahl auf mich, als ich geduscht in die Küche trat.

Sie fragte mich noch einmal, ob sie helfen könne, und ich lehnte wieder ab. Wir hatten uns gerade mit einer Tasse Tee auf die Terrasse gesetzt, als Patrick um die Ecke kam.

»Hier bist du!«, rief er, als er mich sah.

»Warst du an der Backstube?«

Er nickte und ließ sich auf einen Stuhl fallen. »Das war gestern ein aufregender Tag«, sagte er und sah mich an.

»Hm. Und morgen wird auch ein aufregender Tag«, gab ich zurück und signalisierte damit, dass er das falsche Gesprächsthema angeschnitten hatte.

Er kapierte sofort. »Ich bin gespannt auf die Torte. Du hast doch heute die Torte ...?«

Was sollte er auch denken? Ich saß im Bademantel mit Frotteeturban auf der Terrasse und trank Kaffee.

»Torte? Heute?«, fragte ich also mit gespielter Überraschung und gähnte ausgiebig. »Ich bin gerade erst aufgestanden.«

Patrick riss entsetzt die Augen auf. »Aber dann müssen wir sofort ...« Er stockte, als er mein Grinsen sah. »Du hast natürlich heute schon die finale deiner fabulösen Torten gebaut, richtig?«

Ich nickte. »Willst du sie sehen? Dann lass uns in die Backstube fahren.«

Er lachte. »So, wie du jetzt bist?«

»Wohl noch nie was von der berühmten Bademantel-Bäckerin Helene Bernauer gehört?«, warf Marie ein.

»Gib mir zehn Minuten«, sagte ich und flitzte ins Haus. Während ich mich rasch anzog und dann versuchte, meine noch feuchten Locken zu einer Art Frisur zu zwirbeln, hörte ich Marie und Patrick gackern. Vermutlich hechelten sie den gestrigen Tag noch einmal durch. Ich konnte es ihnen nicht verübeln. Wäre ich nicht mittendrin gewesen, hätte mich dieses absurde Theater wohl auch königlich amüsiert.

Patrick war von der Torte hingerissen.

»Was hältst du davon, wenn wir noch ein paar vereinzelte Rauten mit Blattgold belegen?«, schlug ich vor.

Er stimmte mir zu, und die nächste Stunde verbrachte ich mit der Geduldsprobe, Blattgold auf einige türkisfarbene Rauten zu applizieren. Die Blättchen waren so zart, dass falsches Atmen ausreichte, um sie davonfliegen zu lassen.

»Dass du nicht ausflippst«, sagte Patrick kopfschüttelnd, der schnell aufgegeben und es mir überlassen hatte, das widerspenstige Material zu bändigen.

»Aber es lohnt sich«, murmelte ich mit angehaltenem Atem, doch das reichte schon aus, um das Blattgold an meinem Pinsel zum Flattern zu bringen.

Endlich konnten wir die Torte in den Karton bugsieren und in den Transporter tragen, der mit den anderen Torten beladen war. Patrick hatte das nachmittags schon erledigt, und Metzger Oltmanns hatte ihm freundlicherweise geholfen. Ich war begeistert.

Im Schloss wartete bereits eine Handvoll Helfer, die Models waren Gott sei Dank nirgends zu sehen. Sie trugen die Kartons mit den Torten – ängstlich von mir eskortiert – zu einem großen Tisch im Gobelinsaal im ersten Stockwerk, der sogenannten »Fürstlichen Etage«, wo ein Museumsmitarbeiter das Treiben kritisch beobachtete.

Der alte Kassetten-Parkettboden knarrte unter unseren Schritten. Ein gigantischer, mehrstöckiger Kristalllüster beleuchtete die kostbaren Gobelins, die sich an den vertäfelten Wänden mit riesigen Spiegeln abwechselten. Die hohen

Sprossenfenster wurden von tiefroten, üppigen Portieren umrahmt. Ich war schwer beeindruckt.

»Alle auspacken«, kommandierte Patrick, »und so auf dem Tisch arrangieren, wie es auf diesem Plan steht.« Er hatte ein Blatt Papier aus der Tasche gezogen und legte es auf den Tisch. »Die Kartons sind nummeriert, wie ihr seht, und auf diesem Plan stehen ebenfalls Nummern. Seid bitte vorsichtig mit den Torten. Bis gleich.«

»Warum sollen sie die Torten denn jetzt schon auspacken?«, flüsterte ich. »Wir brauchen sie doch erst morgen.«

»Ich möchte die Torten als Gruppenbild knipsen, noch sind sie unversehrt.«

»Aber die Dekoration ist noch nicht fertig.«

Er zog mich zu einem großen Koffer und öffnete den Deckel. Der Koffer war bis zum Rand gefüllt mit Stoffblüten, Federn, glitzernden Ketten und anderem Deko-Firlefanz. »Wir können zumindest improvisieren, wie du siehst. Du hast es doch nicht eilig?«

Ich schüttelte den Kopf.

»Na siehst du. Und so bekommst du ein kleines Warm-up für den morgigen Tag, dann trifft dich der Affenzirkus nicht ganz so unvorbereitet.«

Ich sah mich genauer um, und jetzt fielen mir auch die in einer Ecke des Raums bereitstehenden Scheinwerfer auf, die Samtdraperien hinter dem Tisch und der barocke Sessel, der daneben stand. Die vier Helfer, die vorsichtig die Kartons auspackten und die Torten positionierten, arbeiteten rasch und umsichtig. Patrick erklärte mir, dass er sie in Berlin für diese Produktion engagiert hatte.

Ich stürzte mich auf den Koffer mit den Requisiten und machte mich daran, die Torten herzurichten. Bei einigen improvisierte ich, andere konnte ich beinahe nach Plan gestalten. Ich hielt mich allerdings mit der Dekoration zurück, damit die

Torten sich auf dem Gruppenbild nicht gegenseitig die Show stehlen konnten. Patrick baute seine Kamera auf und kam dann zu mir an den Tisch, um das Ergebnis zu begutachten. Er nickte anerkennend.

»Komm, ich habe eine Überraschung für dich«, sagte er und nahm meine Hand.

Er führte mich in einen weiteren Raum, der mit einigen Schminktischen und Kleiderständern zu einer provisorischen Garderobe umgebaut worden war. Die Wände hatte man mit Stoff verhüllt, der Boden war mit billigem Teppichboden ausgelegt – wohl, um das kostbare Parkett zu schützen.

»Nebenan ist der Audienzsaal, da ist aber jetzt alles dunkel. Du musst dir morgen unbedingt die Ledertapeten angucken, die hätte ich ausgesprochen gern für mein Wohnzimmer.« Er grinste und dozierte weiter: »Wir sind hier ungefähr auf halber Strecke zwischen den beiden Locations. Die haben uns den Raum nicht gern gegeben, aber die einzige Alternative wäre die Gemäldegalerie gewesen, und das kam überhaupt nicht infrage. Wir sind hier im Edzardzimmer. Guck mal.«

Er lüpfte den Stoff an der Wand neben sich. Ich hatte mich schon gefragt, was sich unter der auffälligen, eckigen Wölbung wohl verstecken könnte. Eine Telefonzelle vielleicht? Aber zum Vorschein kam ein jadegrüner, reich verzierter Kachelofen, der von vier sitzenden Löwenfiguren getragen wurde.

»Nicht schlecht.« Ich fuhr mit dem Finger über die glatt polierte Oberfläche und zeichnete die Linien eines der Porträtreliefs auf dem Ofen nach.

Einer der Schminkplätze war beleuchtet, und jetzt bemerkte ich auch die Frau neben dem Stuhl. Sie lächelte und schien uns erwartet zu haben.

»Das ist Christin«, erklärte Patrick, »meine Stamm-Visagistin. Christin, das ist Helene.«

»Hei«, sagte Christin fröhlich, »setz dich.«

Wer? Ich? Was sollte das denn jetzt werden?

Ich sah Patrick fragend an, und er sagte: »Helene, ich möchte dich fotografieren. Mit deinen Torten. In diesem Kleid.«

Patrick ging zu einem der Kleiderständer und nahm einen Bügel, auf dem etwas Langes, Gebauschtes hing, das von einer Stoffhülle verdeckt wurde. Er hängte den Bügel an den mannshohen Spiegel neben dem Schminktisch und zog an der Hülle einen Reißverschluss auf. Grüner Samt quoll hervor, in einem Farbton zwischen Laubfrosch und Maigrün und Limette. Eine unglaubliche Farbe, in die ich mich sofort verliebte.

»Du glaubst doch nicht, dass ich in eines deiner Kleider passe«, sagte ich, nur um etwas zu sagen.

»Das habe ich für dich genäht. Das wird dir wie angegossen passen.«

»Woher hast du denn meine ...?« Plötzlich wusste ich es. »Marie und ihr angeblicher Nähkurs im Internet!«

»Genau. Magst du? Christin wird dir bei allem helfen und dich schminken.«

»Schminken?«, sagte ich zweifelnd. »Ich schminke mich nie.«

Patrick lächelte. »Sie soll dich auch um Gottes willen nicht anmalen. Aber ein bisschen was brauchen wir für deine Haut, sonst sieht man unter den grellen Scheinwerfern aus wie eine Wasserleiche.«

KAPITEL 37

Ehe ich genau wusste, was los war, saß ich vor dem Spiegel, und Christin zupfte in meinen Haaren herum.

»So eine Pracht«, sagte sie, »aber bestimmt schwer zu bändigen. Ich werde sie dir nur locker hochstecken.« Sie raffte meine Locken mit beiden Händen zusammen und probierte ein paar Variationen aus. »Was denkst du?«

»Hm«, brummte ich automatisch, denn ich war mit meinen Gedanken ganz woanders.

Um ehrlich zu sein, wusste ich gerade nicht, was ich denken sollte. Patrick hatte mich völlig überrumpelt. Dass er ein Foto von mir mit den Torten machen wollte, überraschte mich nicht, denn er hatte beinahe die gesamte Arbeit daran dokumentiert. Aber ich hätte mich lieber in Jeans und Shirt neben den Tisch gestellt, das erschien mir irgendwie ehrlicher. Ich linste zu dem Kleid hinüber, das – jetzt unverhüllt – am großen Spiegel hing. Ich wusste nicht, was ich davon halten sollte. Überhaupt: Wann und wie war dieses Kleid entstanden? Marie hatte mir erst vor ein paar Tagen die Maße genommen, und Patrick würde ja wohl nicht abends in seinem Hotelzimmer wie das tapfere Schneiderlein mit gekreuzten Beinen auf seinem Bett gesessen und Stoffbahnen zusammengestichelt haben. Ich nahm mir vor, ihn danach zu fragen.

Christin hatte meine Haare inzwischen straff zurückgebunden weil sie mich zuerst schminken wollte, wie sie mir erklärte. Während sie mein Gesicht mit getönten Cremes und Gesichtspuder behandelte, plapperte sie munter drauflos.

»Du hast also diese Torten gemacht? Patrick hat mir Fotos gezeigt, ich konnte es ja nicht glauben. Weißt du übrigens, dass du die tollste Haut hast, die ich je unter meinen Händen hatte? Helene ... schöner Name, passt zu dir. Kennt ihr euch schon lange, Patrick und du?«

»Ein paar Wochen.«

»Ach, echt? Wie habt ihr euch kennengelernt?«

»Er ist auf der Suche nach einem Konditor in unser Geschäft gekommen. In Middelswarfen, ein paar Kilometer von hier.«

Sie ließ den Pinsel sinken, mit dem sie mir gerade die Wangen puderte. »Ist nicht dein Ernst – du lebst hier? Und ihr seid euch zufällig begegnet? Verrückt.« Sie musterte mein Gesicht konzentriert. »Darf ich dich doch ein bisschen schminken? Weißt du, am liebsten würde ich eine Rokoko-Schönheit aus dir machen, ganz hell mit Kirschmund und Schönheitsfleck. Deine Haare toupiere ich ganz extrem und pudere sie weiß ... was denkst du?«

Ich wehrte lachend ab.

»Aber ein bisschen Farbe ... ich möchte deine schönen grünen Augen etwas betonen, und den Lippenstift darf man auch ruhig sehen, finde ich. Was passt am besten zu diesem vielen Grün? Vielleicht etwas in Richtung Mokka, oder Pflaume vielleicht ... und dazu Chandeliers mit Glitzersteinen in der gleichen Farbe ...«

»Äh, was sind denn Chandeliers?«

»Warte kurz.« Sie öffnete einen Schrankkoffer und holte eine flache Schatulle aus einer der Schubladen, die sie vor mich auf den Schminktisch stellte und aufklappte. »Bitte. Drei Lagen Chandeliers, in allen Farben. Ich schminke deine Augen, dann suchen wir ein Paar aus.«

Lange, reich verzierte Ohrgehänge lagen auf dunklem Stoff und funkelten um die Wette.

Ich schloss die Augen auf Christins Anweisungen hin oder öffnete sie wieder, während sie mit Stiften, Pinselchen und Schwämmchen arbeitete. Als sie fertig war und ich in den Spiegel sah, blickte ich in Raubkatzenaugen.

Keine fünf Minuten später hatte sie mir die Haare locker

hochgesteckt, bis auf ein paar einzelne Locken, die scheinbar zufällig und lässig herabrieselten, von Christin aber exakt platziert waren. Zum Schluss steckte sie mir zwei Seidenblumen ins Haar, deren Farbe genau zu der des Kleides passte.

»Du siehst super aus«, stellte Christin fest.

Aus dem Spiegel blickte mir ein völlig anderer Mensch entgegen. Ich wusste nicht, was ich davon halten sollte.

»Komm«, sagte sie, »jetzt das Kleid.«

»Und der Lippenstift?«

»Kommt ganz zum Schluss, wenn wir den Schmuck aussuchen. Vielleicht wird es ja doch ein Dunkelrot, mal sehen.«

Ich zog vorsichtig mein Shirt aus und dann die Jeans und stieg in das Kleid, das sie mir hinhielt

»Es ist zweiteilig«, sagte sie, »auf dem Bügel hängt noch was.«

Mit ihrer Hilfe zog ich das Kleid hoch und schlüpfte in die Ärmel. Christin zog den langen Reißverschluss am Rücken zu, und der Stoff umschloss meinen Körper wie ein Handschuh. Erst vor dem Spiegel sah ich die Details: Der tiefe, viereckige Ausschnitt war mit einem Streifen Kunstpelz besetzt, ebenso der Saum der schmalen, langen Ärmel. Das Kleid saß eng und war an beiden Seiten bis zum Knie geschlitzt, sonst hätte ich darin lediglich trippeln können wie eine Japanerin im Kimono. Von vorn sah es gut aus, aber ich wollte mir nicht ausmalen, wie mein Hintern in diesem engen Futteral wirkte!

Christin stand hinter mir und hielt etwas hoch, das wie ein Cape aussah.

»Gott sei Dank!«, rief ich, »unter dem Cape kann ich meine Speckrollen verstecken!«

Aber sie legte das vermeintliche Cape zu meiner Überraschung um meine Taille, Das breite Bündchen bestand ebenfalls aus Kunstpelz und verlängerte sich zu zwei Bändern, die Christin seitlich vorn zu einer Schleife band. Der bodenlange, üppige Rock war vorne nicht geschlossen, bedeckte aber zu meiner Erleichterung mein Hinterteil.

»Ein zweiter Rock – das ist ja genial«, sagte Christin und ging um mich herum, »ich finde übrigens nicht, dass du deinen Po verhüllen musst. Du hast eine sehr schöne Figur.«

»Klar, wenn man auf Nilpferde steht.«

»Quatsch. Sicher bist du kurvig, aber an den richtigen Stellen. Und du hast ein schönes Dekolleté, das man übrigens erst bekommt, wenn man ein paar Pfunde zu viel hat. So, und jetzt die Ohrringe und der Lippenstift.«

Es wurde tatsächlich Blutrot, und jetzt erkannte ich mich endgültig nicht mehr wieder.

»Sehr schön«, sagte Christin zufrieden und fing an, einzupacken. »Ich bin dann weg, schönen Gruß an Patrick. Wir sehen uns morgen.«

Ich ging zurück zu dem Raum, in dem die Torten aufgebaut waren. Patrick schraubte an einem Scheinwerfer, sonst war niemand zu sehen.

»Wo sind denn die anderen?«, fragte ich.

Patrick sah zu mir, und ein Strahlen breitete sich auf seinem Gesicht aus. »Du siehst wie eine Königin aus. Die Königin der Torten.«

Er kam näher und nahm meine Hände, und für einen Moment dachte ich, er würde mich küssen, aber ich hatte mich geirrt. Er ließ mich wieder los.

»Gefällt dir das Kleid?«

Ich nickte. »Aber wo hattest du es so schnell her? Hast du es nachts heimlich im Hotelzimmer genäht?«

Er lachte schallend. »Selbst wenn ich gut nähen könnte – was ich nicht kann –, wäre das kaum zu schaffen gewesen. Nein, ich kenne in Berlin zwei Schwestern, beide Schneidermeisterinnen und längst im rentenfähigen Alter, die noch immer aktiv sind und ein perfekt eingerichtetes Atelier haben. Die beiden nähen meine Kollektion und haben mir zuliebe Sonderschichten eingelegt. Ein Botendienst hat das Kleid gestern gebracht.«

Ich strich mit den Händen über den weichen Samt. Womit ich niemals gerechnet hatte: Ich fühlte mich wohl. Die Robe war unglaublich bequem, da der Stoff leicht nachgab.

»Es ist wunderschön. Danke, Patrick.«

»Nein, Helene, ich danke dir. Und jetzt machen wir ein paar Bilder.«

Patrick hatte die Kulisse mit weichem Licht ausgeleuchtet. Ich folgte seinen Anweisungen – was hätte ich auch sonst tun sollen? Chantal, Fiona und Oksana würden jetzt wahrscheinlich eine Abfolge von Dutzenden Posen abspulen, aber ich stand nur verlegen da und wusste nicht, wohin mit meinen Händen. Patrick dirigierte mich geduldig durch die Aufnahmen, mal stand ich neben dem Tisch, mal saß ich im Sessel, was mir übrigens nicht so behagte, weil ich fürchtete, meine Speckrollen würden dann unbarmherzig zum Vorschein kommen. Wenn er wollte, dass ich lächelte, machte er Faxen und zog Grimassen, bis ich nicht mehr anders konnte.

»So!«, rief er schließlich, »ein Motiv noch Nimm bitte ein Petit Four von der Pyramide und tu so, als wolltest du hineinbeißen. Eins in Pink, bitte.«

Der Turm, an dem wir so lange gearbeitet hatten, in der Nacht, als wir in der Backstube getanzt und uns geküsst hatten. Ob er auch gerade daran dachte? Ich pickte ein Törtchen in der gewünschten Farbe heraus und posierte damit. Das Törtchen direkt vor meinem Mund machte mir Appetit. Ich biss herzhaft hinein, und der Auslöser von Patricks Kamera klickte wie verrückt.

Schließlich ließ er die Kamera sinken. »Ich habe noch einen

Wunsch, Helene.«

»Noch einen?«, rief ich in gespielter Empörung. »Findest du nicht, dass es allmählich reicht?«

»Ich möchte noch ein Bild von der echten Helene machen. Wir hatten die hoheitsvolle Tortenkönigin, und jetzt hätte ich gern Helene, die Bäckerin«, sagte er ernst, und ich verstand sofort, was er meinte.

»Ich brauche deine Hilfe beim Reißverschluss«, sagte ich, und er kam mit in die Garderobe, wartete, bis ich den zweiten Rock abgelegt hatte, und zog ihn herunter. Das leise Ratschen verursachte mir eine Gänsehaut, und ich wäre vor Schreck fast in die Höhe gesprungen, als ich überraschend Patricks Lippen auf meinem Nacken spürte. Er zog sich allerdings sofort zurück, und ich hörte, dass er den Raum verließ.

Ich stieg aus dem Kleid, hängte es auf den Bügel und zog meine Sachen wieder an. Mein Anblick im Spiegel brachte mich zum Lachen, denn mein Kopf mit der Hochsteckfrisur, dem dramatischen Make-up und den glitzernden, fast schulterlangen Ohrgehängen passte nun wirklich nicht mehr zu den Jeans und dem Ringelshirt. Ich fand einen Tiegel mit Abschminktüchern und wischte mir alles aus dem Gesicht. Die Ohrringe kamen zurück in die Schatulle, die ich wieder im Schrankkoffer verstaute. Zu guter Letzt entfernte ich die Seidenblumen und die vielen Klämmerchen aus meinem Haar, griff mit beiden Händen hinein und lockerte es auf.

Als ich zurückkam, sagte Patrick: »Genauso sieht Helene aus, und nicht anders. Weißt du, dass du ungeschminkt viel schöner bist?«

»Christin wird begeistert sein, wenn sie das erfährt. Und auch ich danke dir für dieses Kompliment.«

»Versteh mich nicht falsch – du hast unglaublich ausgesehen. Nicht, dass mich das überrascht hätte. Aber natürliche

Schönheit finde ich persönlich wesentlich attraktiver. Selbst völlig ungeschminkt hast du ein ausdrucksstarkes Gesicht.«

Er nahm die Kamera hoch und begann zu knipsen, erst Bilder von mir neben dem Tisch, dann kam er immer näher und machte schließlich Nahaufnahmen von meinem Gesicht.

»Ich bin so froh, dass wir uns getroffen haben, Helene«, murmelte er, während er immer weiter abdrückte, »du bist so anders, so besonders und ungekünstelt, du lebst richtig, während die Leute um mich herum den ganzen Tag nur Rollen spielen, das ödet mich so an ...«

Klick, klick, klick.

Und warum bist du dann mit Chantal zusammen?, hätte ich ihn am liebsten gefragt, aber ich sagte nichts. Ich wollte diesen Moment nicht zerstören. Plötzlich wurde mir bewusst, dass dies vielleicht die letzten Minuten waren, die wir ungestört miteinander verbringen konnten. Morgen würde es hier vor Menschen nur so wimmeln, und womöglich hätten wir nicht einmal die Gelegenheit, uns voneinander zu verabschieden.

Meine Augen füllten sich mit Tränen, denn diese Erkenntnis hatte mich plötzlich und mit Wucht getroffen. Patrick legte die Kamera weg und strich mir das Haar aus dem Gesicht.

»Warum weinst du?«, flüsterte er.

»Weil ich dich vermissen werde«, sagte ich und trat einen Schritt zurück.

Er schüttelte vehement den Kopf. »Wir werden uns wiedersehen. Ganz sicher.«

»Du hast eine Freundin.«

Er runzelte die Stirn. »So oder so, ich werde mich von ihr trennen. Nicht deinetwegen. Ich denke schon länger darüber nach.«

»Patrick, ganz ehrlich, das alles will ich überhaupt nicht wissen. Du bist nicht frei, und damit ist das Thema erledigt. Ich mag dich sehr, aber ...«

»Aber?«

Ich seufzte. »Es geht einfach nicht.«

»Wegen dieses Kerls, den wir mit Oksana erwischt haben?«, sagte er heftig, und ich fragte mich, in welche Richtung dieses Gespräch gerade steuerte.

»Leon? Sicher nicht.«

»Er nannte dich seine Braut. Und du bist doch erst seit ein paar Monaten wieder hier, oder?«

»Leon ist Vergangenheit. Eine Versöhnung mit ihm kommt für mich unter keinen Umständen infrage.«

Er atmete tief aus. »Du ahnst nicht, wie sehr es mich erleichtert, das zu hören.«

Er sah mich an und ich sah ihn an, und plötzlich küssten wir uns. Nach endlosen Minuten lösten wir uns voneinander.

»Ich gehe jetzt«, sagte ich, und Patrick griff nach meinen Händen.

»Helene, du musst wissen ...«

Weiter kam er nicht.

»Dass ich schwanger bin und du Vater wirst«, sagte eine kalte Stimme, die ausnahmsweise mal überhaupt nicht quengelte.

Wir fuhren herum. Chantal stand in der Tür und funkelte mich hasserfüllt an. »Lass deine fetten Finger von meinem Mann«, zischte sie und ging drohend ein paar Schritte auf mich zu.

Das war genug. Nicht noch einmal dasselbe, das würde ich nicht aushalten. Die Dramaturgie meines Lebens war offensichtlich auf schmerzhafte Wiederholungen aus.

Patrick stand wie vom Donner gerührt einfach da und versuchte, Chantals Enthüllung zu verdauen. Ich hatte keine Lust, auf seine Reaktion zu warten.

Ich sagte zu Patrick: »Damit wäre wohl alles geklärt«, und sah zu, dass ich aus der Schusslinie kam.

KAPITEL 38

Marie sah mir sofort an, dass ich durcheinander war.

Sie hatte den warmen Sommerabend auf der Terrasse bei einem Glas Wein genossen. Sie knipste die bunte Lichterkette an und holte mir ein Glas aus der Küche.

Ich erzählte ihr von dem Kleid, den Fotos und den Küssen danach.

»Und? Bist du verliebt?«, fragte sie mit glänzenden Augen. Sie mochte Patrick sehr, und ich wusste, sie würde sich freuen, wenn er und ich zusammenkämen.

»Ja, ich glaube schon.«

»Na und, dann ist doch alles wunderbar!«

»Bin ich die Einzige, die der Ansicht ist, dass Chantal hier auch eine Rolle spielt?«

»Ach, die«, Marie machte eine wegwerfende Handbewegung. »Patrick hat sowieso vor, sich von ihr zu trennen, hat er dir das nicht gesagt?«

»Hat er. Aber das spielt keine Rolle für mich. Außerdem finde ich es nicht nett, wie du über Chantal sprichst. Sie hat schließlich auch Gefühle.«

Marie sah mich überrascht an. »Habe ich etwas verpasst? Seid ihr neuerdings beste Freundinnen?«

»Wohl alles andere als das. Sie hat uns erwischt.«

»Erzähl!«, rief Marie. »Wie? Wobei? Was ist passiert?«

»Wir haben uns nur an den Händen gehalten, nichts weiter. Patrick wollte mir gerade etwas sagen, da tauchte sie auf wie aus dem Boden gewachsen. Und hat mal eben eine Bombe platzen lassen.«

Ich sah es wieder vor mir: Chantals vor Hass verzerrtes und gleichzeitig triumphierendes Gesicht und den völlig versteinerten, fassungslosen Patrick. Und ich spürte wieder den Stich der Enttäuschung, den Chantals Eröffnung mir versetzt hatte.

»Helene, du weinst«, sagte Marie leise, und erst als ich meine Wangen berührte, spürte ich die Nässe.

»Sie hat gesagt, sie sei schwanger«, brachte ich mühsam heraus.

»Ich glaube kein Wort«, rief Marie bestimmt, »nie im Leben. Die hat viel zu viel Angst, dass es ihren Körper ruiniert, die doofe Nuss. Das hat sie nur gesagt, um ihn unter Druck zu setzen, jede Wette. Und Patrick ist naiv und ehrenhaft genug, ihr zu glauben. Und selbst wenn, kann Patrick sich trotzdem von ihr trennen. Aber glaub mir: Diese Frau ist nicht schwanger.«

»Und wenn doch?«, schniefte ich. »Ich will keinen Mann, der sieben oder acht Monate, nachdem wir uns verliebt haben, ein Baby von einer anderen Frau bekommt.«

Schorsch tapste aus der diffusen Dämmerung des Gartens lautlos heran und sprang zu mir in den Strandkorb. Er rollte sich eng an meinem Bein zusammen, und ich legte meine Hand auf sein seidenglattes Fell.

»Ich halte mich an Schorsch«, verkündete ich, »der kann mir wenigstens keine Lügen erzählen.«

»Hat Patrick dich angelogen?«

Ich zuckte mit den Schultern. »Keine Ahnung. Aber es soll schon vorgekommen sein, dass jemand, den man für ehrlich, aufrichtig und loyal gehalten hat, sich als rückgratloser Feigling entpuppt, der lieber jedem Konflikt aus dem Weg geht, anstatt um etwas zu kämpfen.«

»Und was ist mit morgen?«

Ich schauderte bei der Frage ein wenig zusammen, gab mich aber cool. »Morgen werde ich exzellente Arbeit abliefern, meine Rechnung übergeben, und dann tschüss. Keine Diskussionen, keine Dramen, keine Gefühle. Nur noch ein Tag, dann ist es vorbei. Patrick fährt zurück nach Berlin, und ich gehe zurück in die Backstube und mache wieder stinknormale Sahnetorte.«

Im Schloss herrschte Hektik, als ich am nächsten Morgen in aller Frühe dort ankam. Es wurde an mehreren Sets gleichzeitig gearbeitet, und Patrick begrüßte mich nur knapp und bat mich, sofort mit der Arbeit anzufangen. Er drückte mir einen Ablaufplan in die Hand, damit ich wusste, in welcher Reihenfolge die Torten gebraucht wurden.

Der Tag war straff durchgeplant, denn nur heute hatte das Museum Ruhetag. Die bestellten Blumen lagen für mich bereit.

Irgendwann steckte Christin den Kopf durch die Tür. »Ich wollte nur kurz hallo sagen und mitteilen, dass ich meine Schminkpinselsammlung dafür hergeben würde, wenn du heute bei mir sitzen würdest und nicht diese ... diese drei fürchterlichen ...«, sie rang um Worte, »... Kinder!«

»So schlimm?«

Sie verdrehte die Augen. »Eine hohler als die andere. Kaum auszuhalten, das dumme Geplapper.«

»Lass mich raten: Sie zerreißen sich über mich das Maul.«

Christin grinste. »Du bist der Teufel persönlich, und du nimmst anderen Frauen die Männer weg.«

»Ha.«

Sie winkte ab. »Mach dir nichts draus. Heute bist du die Hexe, morgen ist es eine andere. Chantals Toleranzschwelle ist nicht sehr hoch, um es mal höflich zu formulieren. Patrick muss nur mit einer Frau sprechen, dann dreht sie schon durch.« Sie zwinkerte mir zu und sah vorsichtig hinter sich, bevor sie flüsterte: »Allerdings habe ich es noch nie erlebt, dass Patrick eine private Fotosession gemacht und eigens dafür ein Kleid geschneidert hätte. Er war sehr aufgeregt, weil er nicht wusste, ob dir das Kleid gefallen würde.«

Irgendwer rief nach ihr, und sie flitzte los. Patrick war also aufgeregt gewesen. Schön zu wissen, brachte mich aber auch nicht weiter. Ich verzog den Mund und versuchte, die Ruhe zu bewahren.

Ich arbeitete konzentriert weiter. Am besten an nichts denken, schöne Blüten aussuchen, Federn drapieren und sonst nichts. Als ich fertig war, stand ich ratlos neben dem Tisch und wusste nicht mehr, was ich machen sollte. Neun der Torten waren bereits benutzt worden, und zwei von Patricks Assistenten kamen, um die dunkelblaue Torte zu holen.

»Möchtest du mitkommen und zugucken?«, fragte der eine der beiden und nickte mir freundlich zu.

Klar, warum eigentlich nicht. Ich stiefelte hinter ihnen her. Sie schoben einen Rollwagen zwischen sich, auf dem die Torte leise schwankte. Mir wurde ein Platz im Hintergrund zugewiesen mit der Bitte, die Aufnahmen nicht zu stören. Was glaubten die, was ich tun könnte? Mich ins Bild stellen und in die Kamera winken?

Die Torte wurde auf den reich verschnörkelten, barokken Tisch in der Mitte des Motivs gestellt. Blaue und grüne Weintraubendolden mit Laub bedeckten den Tisch um die Torte herum. Den Hintergrund bildete eine dunkelgrün bespannte Wand.

Chantal stolzierte ins Bild. Ihr blondes Haar war zu einer duftigen, goldenen Wolke toupiert. Sie trug ein mitternachtsblaues, enges Kleid, vorne sehr züchtig und hochgeschlossen, aber am Rücken tief ausgeschnitten. Sie war ganz hell geschminkt, mit blassen Lippen und Wimpern. An ihren Ohren funkelten weiß glitzernde, pompöse Gehänge. Die Eiskönigin betrat die Arena.

»Schneidet mal einer ein Stück Torte heraus und besorgt eine Kuchengabel?«, rief Patrick. »Chantal soll so tun, als würde sie die Torte essen.«

»Was? Ich soll die Torte essen?«, empörte Chantal sich sofort.

»Nein, du sollst so tun, als ob«, erklärte Patrick in der Reloaded-Version der Szene mit mir einen Abend zuvor, nur klang er jetzt wesentlich ungeduldiger als gestern.

Chantal verzog angeekelt das Gesicht. »Dass du mir das zumutest, Patrick, in meinem Zustand. Mir wird schon übel, wenn ich diese schreckliche Torte nur neben mir stehen habe. Genauso rund und fett wie die Frau, die sie gemacht hat.«

»Chantal!«, rief Patrick scharf. »Du nimmst den verdammten Teller und tust verdammt noch mal so, als wäre dieses Stück Torte die Erfüllung all deiner Sehnsüchte. Und lass Helene aus dem Spiel.«

»*Lass Helene aus dem Spiel*«, äffte sie ihn nach, »du solltest dich mal hören. Der edle Herr Ritter!«

Patrick ging nicht weiter darauf ein, sondern befahl nur knapp: »Konzentration.«

Kaum hob er die Kamera, funktionierte Chantal wie ein Roboter. Es war exakt so, wie ich es mir vorgestellt hatte. Sie nahm eine Pose ein, verharrte für ein paar Sekunden, nächste Pose, ein paar Sekunden innehalten, andere Pose. Und immer so weiter. Patrick gab leise Anweisungen, und wenn er sie fröhlich haben wollte, war sie fröhlich – oder ernst oder nachdenklich. Nur wegen der Torte blieb sie widerspenstig. Ich sah ihre Nasenflügel beben, als Patrick sie aufforderte, für eine Nahaufnahme an dem Stück Torte zu schnuppern.

»Das war‘s«, rief er schließlich, und Chantal feuerte den Teller auf den Tisch und stürmte weg.

Patrick barg sein Gesicht in den Händen. Er wirkte müde und traurig. Plötzlich hob er den Kopf und drehte sich um. Wir sahen uns in die Augen, und er kam auf mich zu. Für einen kurzen Moment spürte ich den Impuls wegzulaufen, aber es wäre sowieso zu spät gewesen.

»Helene«, sagte er bittend, »können wir reden?«

Ich schüttelte den Kopf. »Nein, Patrick, worüber auch? Du hast jetzt eine Verpflichtung Chantal gegenüber. Nenn mich altmodisch, aber so sehe ich es.«

Er versuchte nicht, mich umzustimmen. »Aber du nimmst das Kleid an, ja? Ich möchte es dir schenken.«

»Ich ... gern. Ich werde es immer in Ehren halten, und wer weiß, vielleicht bekomme ich ja mal einen Pokal für mein Schwarzbrot oder meine Mohnbrötchen, dann ziehe ich es an.«

»Ich lasse es dir gleich bringen. Sehen wir uns später noch?«

Wieder schüttelte ich den Kopf. »Nein, Patrick, nicht, wenn es nicht unbedingt sein muss. Brauchst du mich noch?«

Täuschte ich mich, oder füllten seine Augen sich mit Tränen?

Er blinzelte, und die Tränen waren verschwunden.

»Ich würde am liebsten sagen, dass ich dich unbedingt noch brauche, aber das gilt nur für mich privat.« Er seufzte. »Ich kann dich nicht aufhalten, wenn du gehen möchtest. Ich kann dich sogar verstehen.«

»Danke. Ich wünsche dir alles Gute, Patrick.«

»Ich dir auch, Helene.«

Und dann drehte ich mich um und ging.

Am nächsten Morgen rief ich meine Mutter an und meldete mich krank. Dann heulte ich drei Tage lang durch.

KAPITEL 39

Mein Leben ging weiter, und hätte es nicht dieses Kleid in meinem Schrank und die Porträts von Marie und mir an der Wand gegeben, hätte ich mir einbilden können, Patrick sei nie ein Teil davon gewesen.

Ein einziges Mal hatte ich die Robe noch getragen: um sie Marie vorzuführen, die mich beinahe ehrfürchtig bestaunt hatte. Meine Rechnung war per Post an Patrick gegangen, und er hatte umgehend das Geld überwiesen.

Geschäft abgeschlossen.

Um mich abzulenken, löste ich den Haushalt von Oma auf. Ich musste weinen, als ich eine Hutschachtel fand, in der sie jede Postkarte und jeden Brief gesammelt hatte, die ich ihr je geschrieben hatte. Wie ihr Schmuck zwischen Susanne, unserer Mutter und mir aufgeteilt werden sollte, hatte sie genau festgelegt. Den Rest ihrer beweglichen Habe – bis auf ein paar Erinnerungsstücke – spendeten wir an gemeinnützige Organisationen.

Paps kehrte nach vier Wochen Kur nach Hause zurück. Er war gerührt, als er sah, dass ich ein paar Erinnerungsstücke an seine Mutter für ihn gesichert hatte, bevor alles abtransportiert worden war. Paps durfte höchstens vier Stunden am Tag in der Backstube arbeiten, und obwohl er protestierte und behauptete, Bäume ausreißen zu können, achteten meine Mutter und ich streng darauf, dass er sich daran hielt.

Aus purer Langeweile begann er – zunächst heimlich – damit, Omas Räume zu renovieren. Als meine Mutter ihn erwischte und ihm eine Szene machte, sagte er nur: »Du weißt doch, Waltraud, die Ärzte haben gesagt, ich darf mich nicht aufregen!« Es war fast unglaublich, aber damit bekam er sie mundtot.

Er sähe es gern, wenn ich dort einziehen würde, sagte er mir, aber ich lehnte dankend ab.

»Schade. Du hättest hier viel Platz, und wir können alles so umbauen, wie du es gern hättest«, bot er mir hoffnungsvoll an.

Ich war gerührt, blieb aber bei meiner Entscheidung.

»Ich fühle mich wohl bei Marie, Paps. Ich bin froh, dass ihr in meiner Nähe seid, und ich arbeite gern mit dir und Mutti zusammen. Ich finde, wir sind mittlerweile ein gutes Team.«

Er nickte versonnen.

Einiges hatte sich verändert, seit mein Vater zusammengebrochen war. Meine Eltern gingen aufmerksamer und liebevoller miteinander um, und meine Mutter zeigte eine weiche, freundliche Seite, die sie bisher erfolgreich verborgen hatte. Vielleicht hatte ihr der Infarkt gezeigt, wie schnell jegliche Gelegenheit vorbei sein konnte, nett zueinander zu sein.

»Warum vermietet ihr die Wohnung nicht an Feriengäste? Es gibt genug Urlauber, denen es in den Küstenorten zu überlaufen ist.«

Nach einigen Diskussionen entschieden meine Eltern sich, es so zu machen, und übertrugen es zu meiner großen Freude mir, die Wohnung einzurichten.

Sogar mit Sven war ich einmal ausgegangen. Er hatte für unser Date ein gutbürgerliches Lokal ausgesucht, dessen Speisenkarte mir alle Mühe bereitete, etwas zu finden, das nicht in dicker Sauce ersoff. Die Essensgebirge, die sich an den Nachbartischen auf den Tellern und Platten zeigten, ließen Schlimmes erahnen.

In keinster Weise war ich jedoch auf den Sven vorbereitet, der mich erwartete, als das Essen serviert war: Während er wie eine Maschine seinen Schweinebraten mit Klößen und Rosenkohl in seinen Schlund schaufelte und die Sauce von seinem Kinn tropfen ließ, nörgelte er ohne Unterlass wie ein verzogenes Kind, bei seiner Mama – er nannte sie tatsächlich so – schmecke das aber ganz anders und überhaupt viel besser.

Nicht, dass ich eine Verbindung mit Sven jemals ernsthaft in Erwägung gezogen hätte, aber spätestens bei diesem Treffen wären meine Alarmsirenen angegangen. Als Frau an seiner Seite konnte man da nämlich nur hoffen, dass Mama ihm nicht auch noch regelmäßig die Socken bügelte und die Fußnägel schnitt. Kein Wunder, dass er geschieden war. Wahrscheinlich hatte seine Frau die Hölle auf Erden gehabt und hatte sich ständig sein Genörgel anhören müssen, dass Mama aber die Wohnzimmergardinen alle zwei Wochen wusch und nicht nur zwei Mal im Jahr.

Beim Kaffee nach dem Essen beschloss ich, ihm die Wahrheit zu sagen, und zwar klar und schonungslos, denn er hatte wieder angefangen, von den Models zu erzählen. Das war nicht der alleinige Grund – schon sein Anblick beim Essen hätte ausgereicht. Oder die selbstzufriedene Art, wie er seine fette Zigarre rauchte und mir den Qualm ins Gesicht blies.

»Sven, ich habe dir etwas zu sagen«, unterbrach ich seine Schwärmerei vom Dorffest.

Seinem Enthusiasmus nach zu urteilen, mit dem er die Geschichte ausschmückte, schien es der bisherige Höhepunkt seines Lebens gewesen zu sein, den Models einen Drink spendieren zu dürfen. Seine Belohnung dürfte allenfalls aus einem hochnäsigen Nicken bestanden haben, aber auch das hatte seinen magischen Moment nicht zerstört.

Er sah mich neugierig und erwartungsvoll an. Hoffte er, ich würde ihm meine Liebe gestehen? Er tat mir ein bisschen leid, aber ich gab mir einen Ruck.

»Sven, das mit uns beiden ... das wird nichts.«

Sein Gesicht veränderte sich, und er sagte bestürzt: »Aber

ich dachte, wir verstehen uns gut!«

»Das reicht nicht. Mir nicht, und dir sollte es auch nicht reichen.«

Er runzelte die Stirn und dachte nach. »Ich kann dir einiges bieten, Helene. Wir können ein gutes Leben haben, und du bist jung genug für Kinder.«

Na, danke schön. Immerhin eierte er nicht um den Kern der Sache herum.

»Sven, eine Ehe ist kein Geschäft. Jedenfalls nicht für mich. Ich liebe dich nicht, und du liebst mich doch auch nicht.«

»Doch, das tue ich!«, begehrte er auf.

»Quatsch. Wenn du das tätest, würdest du nicht ständig von den Models reden. Denk doch mal nach! Glaubst du ernsthaft, ich will mich bei einem Date mit dir über andere Frauen unterhalten, die du scharf findest?«

Er guckte schuldbewusst aus der Wäsche, und ich setzte sofort nach: »Dir gefällt die Idee, verheiratet und umsorgt zu sein. Ich kann kochen und gut backen, und das reicht dir. Ich glaube dir, dass du mich nett findest. Aber willst du nicht auch mehr? Stell dir vor, wir heiraten, und dann verliebst du dich. So richtig. Dann hast du mich an der Backe.«

»Wir können lernen, uns zu lieben«, murrte er bockig. Seine Zigarre hing erloschen zwischen seinen Fingern. »Das kann funktionieren. Ich kann dir ein finanziell sorgenfreies Leben bieten. Du müsstest nicht mehr arbeiten. Die Frau von Sven Janssen geht nicht arbeiten.«

Danke, Sven, jubilierte ich innerlich. Ich hatte schon überlegt, ob ich ihm sagen sollte, ich hätte mich in Marie verliebt, um ihn endgültig in die Flucht zu schlagen, aber jetzt hatte er mir die perfekte Vorlage geliefert.

»Ich werde keinesfalls aufhören zu arbeiten«, sagte ich streng. »Meine Eltern und ich planen gerade unsere gemeinsame Zukunft mit der Konditorei, und das ist mir wichtiger als alles andere.«

Sven war anzusehen, dass für ihn der Plan, mich zu heiraten, in diesem Moment Geschichte war. Der optimale Moment für mich, zur entscheidenden Blutgrätsche anzusetzen. »Ich entscheide mich für die Karriere!«, deklamierte ich theatralisch.

»Und gegen die Liebe«, murmelte Sven düster, und ich nickte mit niedergeschlagenen Lidern.

Sven war von der Bedeutungsschwere dieses Augenblicks tief ergriffen und schluckte. Für ihn waren wir jetzt tragisch Liebende, die wegen der widrigen Situation nicht zueinander kommen konnten.

Er griff nach meiner Hand und hauchte: »Tapfere, tapfere Helene. Ich respektiere deine Entscheidung, auch wenn es mir schwerfällt.«

Ich bin nicht stolz darauf, aber ich tanzte innerlich auf einem Bein vor Freude, den tumben Sohn von Dick und Doof auf denkbar elegante Art und Weise in die Flucht geschlagen zu haben.

Mein Leben war also völlig männerfrei. Sven ließ mich in Ruhe, auch von Patrick hatte ich nichts mehr gehört. Und Leon ... Leon wurde immer unwirklicher. Je mehr Zeit verging, desto komischer fand ich die Szene mit ihm und Oksana. War das wirklich passiert? Manchmal fragte ich mich das.

Mein Alltag lief in sicheren Bahnen, als Mitte Oktober das Paket kam. Es stand auf unserem Küchentresen, und Marie saß daneben auf einem Hocker und platzte fast vor Ungeduld.

Ich hatte einen harten Tag gehabt und war todmüde. Es war Samstagnachmittag, und wir hatten für eine Hochzeit ein riesiges Tortenbüffet geliefert, bei dem ich endlich mal wieder kreativ hatte sein dürfen.

Ich hatte noch nicht einmal meine Jacke ausgezogen, als Marie schon auffordernd auf das Paket klopfte und befahl:

»Los, auspacken. Sofort.«

»Wie – ist das für mich?«

Marie rollte mit den Augen. »Natürlich ist es für dich. Denkst du, es wäre noch geschlossen, wenn es für mich wäre? So gut solltest du mich eigentlich kennen.« Sie machte eine bedeutsame Pause und platzte heraus: »Es ist von Patrick.«

Mir fiel fast die Jacke aus der Hand. Mein Herz hämmerte, aber ich sagte leichthin: »Das sind bestimmt nur ein paar Exemplare von diesem Magazin, in dem seine Bilder erscheinen sollten.«

»Dann sind da zweihundert Stück drin, so groß und schwer wie das ist«, übertrieb sie maßlos, »und das glaube ich nicht. Los, mach es endlich auf.«

Wir hoben gemeinsam den Inhalt heraus: zwei Briefumschläge, einer klein, der andere groß, außerdem zwei Pappboxen, von den Ausmaßen etwas größer als eine Packung Kopierpapier.

»Zuerst der große Umschlag«, entschied Marie und fand darin drei Exemplare des besagten Modemagazins.

Hastig suchten wir die Bilder, die uns interessierten, im Inhaltsverzeichnis. »Süße Verführung – Mode von Patrick Foerster, fotografiert von ihm selbst« stand da, und wir blätterten aufgeregt kichernd zur angegebenen Seite.

Staunend sahen wir uns die Bilder an, und selbst ich war beeindruckt, das Ergebnis unserer Arbeit mit eigenen Augen zu sehen.

»Guck mal, da bist du!«, kreischte Marie auf einmal und zeigte auf das letzte Bild.

Ich erstarrte: Ein kleines – immerhin! – Bild von mir, ich in vollem Ornat, neben dem Tisch mit den Torten.

»Davon hat er mir kein Wort gesagt«, stotterte ich und wusste nicht, was ich davon halten sollte.

»Du siehst so schön aus, Helene. Vielleicht hat er nicht gewusst, ob es wirklich veröffentlicht wird, und hat dir deshalb nichts davon erzählt. Damit du nicht enttäuscht bist. Wow, meine Freundin in einer Designerrobe in dieser Hochglanz-Postille. Ich bin stolz auf dich. Los, nächste Überraschung.«

Ich hob den Deckel von der ersten der beiden Boxen und stieß auf ein in Stoff gebundenes Album. Es war der ungewöhnliche grüne Stoff meines Kleides, und vorne auf dem festen Einband stand in Blutrot gestickt: Die Tortenkönigin.

Wir blätterten durch eine Dokumentation meiner Arbeit an den Torten, sogar einige der Skizzen und Entwürfe waren dabei, natürlich auch die Fotos von mir neben dem Tortentisch, und zu guter Letzt sämtliche Motive aus dem Magazin.

Marie und ich hatten uns aufs Sofa gesetzt, das Album lag vor uns auf dem niedrigen Tisch. Ich war sprachlos und sehr gerührt, und Marie sprach aus, was ich dachte: »Das hat der aber nicht an einem Abend gebastelt oder weil er Langeweile hatte, meine Liebe. Das ist dir hoffentlich klar.«

Ja, das war es allerdings.

Marie sprang auf und holte die zweite Box und den kleinen Briefumschlag vom Tresen. »Erst die Box oder erst der Umschlag?«

»Die Box«, entschied ich.

Noch ein Album, praktisch der Zwilling vom ersten, bis auf einen Unterschied: diesmal stand »Helene« auf dem Einband.

Neben bekannten Motiven wie den Fotos vom Imbiss mit den Raubmöwen fand ich Bilder, bei denen ich mich sehr wohl an die abgebildete Situation erinnerte, nicht aber daran, fotografiert worden zu sein. Ich mit Schorsch auf dem Schoß im Strandkorb oder in der Backstube bei filigraner Detailarbeit an den Torten, Marie und ich lachend am Gartentisch, Schorsch bei Dehnübungen unter einem Baum. Schließlich auch noch weitere Bilder von mir in der Robe, auf denen ich herumalberte und in ein Törtchen biss. Die allerletzte Seite bildete ein Foto von mir, wie ich in Jeans und Ringelshirt neben dem Tisch mit meinen Torten stehe. Auf dem Bild klebte ein kleiner Haftnotizzettel, auf dem stand: *Mein Lieblingsbild von dir.*

Ich klappte das Album mit einer heftigen Bewegung zu und stieß es weg.

»Warum hast du das getan? Hast du nicht gesehen, was auf dem Zettel stand?«, fragte Marie entgeistert.

»Doch.«

»Und? Was hat dich daran wütend gemacht?«

»Kann ich dir sagen: Nur Minuten, nachdem dieses Bild entstanden ist, haben Patrick und ich uns geküsst und ich habe für einen kurzen Moment geglaubt, wir hätten eine Chance. Und was ist dann passiert? Hm, mal nachdenken ... ach ja, richtig! Chantal und ihre Schwangerschaft standen plötzlich in der Tür.«

»Ups.«

»Kurz und treffend formuliert, meine Liebe. Ups.«

Marie blätterte nachdenklich durch das erste Album. »Das hier ... das hat Patrick nicht nur so gemacht. Diese Mühe ... er hat Hunderte Bilder ausgedruckt oder im Fotolabor entwickelt oder entwickeln lassen, was weiß ich. Er hat dieses Album binden lassen, und selbst der Stoff des Einbands hat eine *Bedeutung*, Helene! Sieh nach, was im Kuvert ist.«

Es lag eine Karte in dem Umschlag, auf der stand: »Hast du Lust, einen Single anzurufen?«

»Was?«, rief ich, und Marie riss mir die Mitteilung aus der Hand und las die paar Worte.

»Ich wusste es, ich wusste es!«, rief sie und hopste durchs Zimmer. Dann hielt sie plötzlich inne und sagte: »He, bist du nicht diejenige, die hier ein Freudentänzchen aufführen sollte? Was ist los?«

»Ich weiß nicht.«

Sie packte mich bei den Schultern und schüttelte mich, dass

meine Locken flogen. »Los, ruf ihn an, oder vermisst du ihn etwa nicht?«

»Doch.«

Irgendwann fand ich mich mit meinem Telefon in der Hand im Strandkorb wieder. Marie war im Haus und hatte diskret die Terrassentür geschlossen. Schorsch kam angetapst und setzte sich vor mich.

»Na, was denkst du? Soll ich Patrick anrufen?«

Er sah mich ernst und unergründlich an. Dann blinzelte er zweimal.

»Was war das? War das ein Ja, Schorsch? Wenn das ein Ja war, bitte noch mal blinzeln. Zweimal.«

Seine Ohren zuckten, dann tat er, worum ich ihn gebeten hatte. Das war eindeutig, Schorsch war auch dafür, dass ich Patrick anrief. Der Kater schnurrte kurz, strich an meinen Beinen entlang und stiefelte weg.

Ich wählte Patricks Nummer. Es klingelte einige Male, dann hörte ich seine Stimme: »Helene. Ich erkenne deine Nummer.«

»Ja«, antwortete ich und wusste nicht mehr weiter.

»Hast du das Paket bekommen?«

Ich musste lächeln.

»Ja, ich bin ganz erschlagen. Die beiden Alben ... ich weiß gar nicht, was ich sagen soll.«

»Sag, dass ich dich in einer halben Stunde zurückrufen darf. Ich bin gerade ... ich möchte in Ruhe mit dir sprechen, ja?«

Ich stimmte erleichtert zu. Das würde mir die Gelegenheit geben, ein bisschen ruhiger zu werden und zu duschen, das hatte ich nach dem harten Tag dringend nötig.

»Und?«, fragte Marie aufgeregt, als ich ins Haus kam.

»Er ruft in einer halben Stunde zurück. Ich gehe erst mal duschen.«

Es klingelte an der Haustür, als ich mir in der Küche einen heißen Kakao machte. Marie war oben, um ein Bad zu nehmen. Mist, dachte ich, ausgerechnet jetzt. Ich wollte in Ruhe mit Patrick telefonieren, vielleicht sollte ich einfach nicht öffnen?

Es klingelte wieder, und ich stürmte zur Haustür und riss sie auf.

»Tag, Helene«, sagte Patrick.

Ich war viel zu perplex, um reagieren zu können.

Er lächelte liebevoll. »Zieh dir eine Jacke an und komm bitte mit, ich möchte dir etwas zeigen.«

Wie ein Zombie griff ich nach meiner Jacke und schlüpfte hinein. Dann ging ich in die Küche und schrieb Marie eine Nachricht: *Bin unterwegs, rufe dich später an.*

Ich folgte Patrick zu seinem Auto. Er verriet mir nicht, wohin wir unterwegs waren, und ich, sprachlos wie ich war, stellte keine Fragen.

Er bog nach einer viertelstündigen Fahrt über Landstraßen in einen schmalen Weg ein, der nach ein paar Dutzend Metern zu einem kleinen Bauernhaus führte. Patrick hielt an, zog den Zündschlüssel ab und stieg aus dem Auto. Er kam um die Motorhaube herum auf meine Seite, öffnete die Tür und hielt mir seine Hand hin.

»Komm«, sagte er wieder.

Er öffnete die Haustür mit einem Schlüssel und bat mich einzutreten. Ich sah mich um. Hier waren vom rustikalen Charme der äußeren Hülle nur noch Andeutungen übrig geblieben, die Räume waren offensichtlich erst vor Kurzem umgebaut und modernisiert worden. Die Einrichtung war modern, aber gemütlich, und überall hingen große, gerahmte Fotos. Über dem offenen Kamin im großen Wohnzimmer, für dessen Ausmaße bestimmt einige Wände hatten fallen müssen, entdeckte ich ein großes Porträt von mir.

»Was bedeutet das, Patrick?«, flüsterte ich verwirrt. »Willkommen in meinem Haus«, sagte er stolz. »Ich hoffe, dass du dich hier wohl fühlst.«

Wie bitte? Sein Haus? Sicherlich als nettes kleines Feriendomizil, und wenn man von Zeit zu Zeit mal hier war, weil die glitzernde Modelwelt wieder plötzlich viel zu laut und viel zu bunt war, dann konnte man sich mit der netten Bäckerin treffen. Guter Plan.

»Schön für dich. Und für deine kleine Familie.« Ich traute dem Braten nicht.

»Keine Familie. Ich bin offiziell Single. Seit Wochen schon. Seit Jever, um genau zu sein.«

Na und? Das änderte für mich nicht viel. In ein paar Monaten würde Chantal ein Kind von ihm bekommen, getrennt oder nicht.

»Du wirst Vater. Du weißt nicht, wie das dein Leben verändern wird. Das ist mir zu unberechenbar, Patrick.«

»Chantal ist nicht schwanger«, sagte er ernst.

Ich wandte mich ab und ging zum Fenster. Ich war aufgewühlt und verwirrt, und mein Herz klopfte, während ich in den verwilderten Garten blickte.

»Im Garten muss aber einiges gemacht werden«, plapperte ich blöde, nur um etwas zu sagen.

»Ich habe hier seit einer Woche meinen Wohnsitz. Gleich morgen mähe ich den Rasen«, sagte er leise, direkt hinter mir. Ich spürte seinen Atem an meinem Nacken und bekam eine Gänsehaut. »Ich habe keine Wohnung mehr in Berlin. Ich konnte dort nicht mehr leben, Helene.«

Ich stand ganz still, aber meine Gedanken rasten und versuchten, das Gehörte zu verarbeiten.

»Aber ... deine Arbeit?«, fragte ich schließlich. Es war das Erste, was mir in den Kopf kam.

»Ich weiß momentan nicht genau, was ich in Zukunft machen will. Ich habe die unglaubliche Chance, eine Filmproduktion mit Kostümen auszustatten, nichts Großes, aber es ist genau das, was ich machen möchte.«

Er legte mir vorsichtig und ganz zart die Hände auf die Schultern und drehte mich zu sich um.

»Ich möchte ganz neu anfangen, Helene. Und wir lassen uns so viel Zeit, wie du möchtest.«

Ich hätte vor Glück schreien können, aber ich sah ihn nur an und nickte.

Und er verbeugte sich vor mir und sagte: »Mein Name ist Patrick Foerster, und ich möchte Sie gern näher kennenlernen, Helene Bernauer. Ich habe gehört, Sie können ganz passabel backen.«

Ich lachte und warf ihm die Arme um den Hals. Und man darf mir ruhig glauben: Unser erster »richtiger« Kuss ist es durchaus wert, hier schriftlich festgehalten zu werden.